爱有七分甜

花重 著

贵州出版集团
贵州人民出版社

图书在版编目（CIP）数据

爱有七分甜 / 花重著. -- 贵阳：贵州人民出版社，2023.6

ISBN 978-7-221-17654-7

Ⅰ．①爱… Ⅱ．①花… Ⅲ．①长篇小说－中国－当代 Ⅳ．① I247.5

中国国家版本馆CIP数据核字（2023）第078487号

爱有七分甜
AIYOU QIFENTIAN

花重 / 著

出 版 人	朱文迅
责任编辑	郭予恒
封面设计	吴黛君
装帧设计	徐 倩
出版发行	贵州出版集团　贵州人民出版社
地　　址	贵阳市观山湖区会展东路SOHO办公区A座
邮　　编	550081
印　　刷	大厂回族自治县德诚印务有限公司
开　　本	890mm×1240mm　1/32
印　　张	9
字　　数	259千字
版次印次	2023年6月第1版　2023年6月第1次印刷
书　　号	ISBN 978-7-221-17654-7

定　　价　49.00元

第一章

"封迟琰死了。

"听说是病死的,封家的意思是,你是封迟琰指腹为婚的妻子,还是要嫁过去。

"婚礼就不用办了,我会让人送你去封家,从此以后,你就是封家的少夫人。"戴丽玟坐在沙发上,喝了口茶,抬起眼睛看了眼打扮得土里土气的少女,淡淡道,"阮家之所以接你回来,就是为了这门婚事,你应该明白。"

阮芽一直垂着头,轻轻地"嗯"了一声。她都知道的,如果不是因为阮家舍不得阮芸嫁到封家吃苦,怎么会愿意将她从乡下接回来呢?

十五岁那年,阮芽就知道自己才是阮家真正的千金小姐,阮芸是抱错的那一个,但是阮芸做了阮家十五年的大小姐,聪明、优秀、漂亮,和阮家人有了浓厚的感情。阮家为了阮芸,哪怕知道阮芽的存在,还是将她放在乡下不闻不问。阮家终于将她接回来,是为了让她代替阮芸嫁给一个已经死去的男人。

戴丽玟看了眼时间,道:"封家的车应该到了,你可以走了。"

阮芽抿了抿唇,轻声问:"爸爸还有哥哥们……""他们都很忙,没时间见你。"戴丽玟皱起眉说,"今天是小芸的毕业典礼,你不知道?"她不耐烦道:"行了,走吧。"

阮家的别墅外停了好几辆豪车,阮芽上了车,离开了还没待够三十分钟的阮家。

戴丽玫看着远去的车子，叹口气道："真是晦气。"保姆周妈道："夫人，说到底，这阮芽的亲妈早就死了，您何必来见她一面？"戴丽玫冷笑："她亲妈死了又怎么样？这么多年我这个阮夫人还不是只有个名头好听，一个孩子都没生出来……再怎么说阮芽才是正儿八经的阮家大小姐，我要是不来，指不定外面怎么骂我呢！"

封家是A城最顶尖的豪门，几百年积累下来，老宅都带着肃穆之气，此时挂着白幡白灯笼，处处是披麻戴孝的用人和吊唁的宾客。阮芽作为封迟琰的妻子出现，实在荒诞不经。

封家的老管家林伯径直把阮芽带进了灵堂，面无表情道："少夫人，你要给少爷守灵，就在这里跪着吧。"阮芽听话地跪在蒲团上，抬头就看见了一口漆黑的乌木棺材。棺材前面的供台上放着一张黑白遗像。即便是遗像，也能看出封迟琰五官深邃，一双冷淡的眸子不带丝毫情绪，让人不敢直视，于是很少有人能注意到他的左眼角下面有一颗很小的黑痣。

阮芽被他的眼神吓到，赶紧低下头，耳边响起林伯的声音："少夫人，我还有事，就先走了。"阮芽点点头。林伯很快就离开了，阮芽一直跪在原地。

每个上香的人都会看一眼阮芽，或是冷漠或是好奇，却都不带什么善意。一直到了夜里，灵堂才安静下来，就连用人都回房休息了。

阮芽一个人孤零零地跪在灵堂里，不到三米，就是她丈夫的棺材。她一整天水米未进，膝盖跪得酸疼，确保四周真的没有人了，才敢站起来，轻轻地捶了捶膝盖。

六月的夜里，穿着单衣还是有些冷。风送来九里香浅淡的香气，阮芽摸了摸自己的肚子。真的好饿。阮芽的眼睛黏上了供台上的水果和糕点，犹豫好一会儿，还是走到供台边上，双手合十拜了拜，有商有量说："我太饿了，借你一个苹果吃，以后会还给你的。"纤细雪白的手指伸出去，刚要碰到红彤彤的苹果，手腕忽然被另一只骨节分明的大手握住了。

阮芽吓一跳，后背都起了鸡皮疙瘩，赶紧道："对不起，我只是太饿了，我……"她以为自己是被封家的用人抓住了，却听见一道漫不经心但十足悦耳的声音："你偷吃我的苹果，得到我的同意了吗？"

阮芽一僵。这些……不是给封迟琰的贡品吗？这人怎么会这么说……阮芽缓缓地抬起脑袋，看见抓住她手的是一个极其高大的男人。男人穿了件黑色的衬衣，勾出宽肩窄腰，眉目俊朗，凌厉非常，左眼眼角下面有一颗很小、莫名带着几分性感的痣。阮芽瞪大了眼睛："你是……"

封迟琰挑了挑眉，打量了一眼这个娇娇小小的姑娘。土气的打扮和过长的头发让人连她的脸都看不清楚。"你就是我的那个……"封迟琰顿了顿，说，"未婚妻？"

阮芽眼睛里全是泪光，哽咽道："我只是饿了……你怎么这么小气？吃一个苹果你就要变成鬼来吓我……"她的哭声实在不小，封迟琰"啧"了一声，一只手捂住她的嘴，一只手搂住她的腰，轻轻松松就把人拎了起来，放在了棺材上，声音很沉："别哭了。"阮芽大眼睛里都是泪水，但因为恐惧还是乖巧地点了点头。

封迟琰松开她的嘴，道："你今年几岁了，连活人死人都分不出来？"

阮芽才意识到，面前这个男人是有体温的，甚至有些烫。"你没有死……"阮芽慌忙地去看自己坐着的棺材，"那……"

封迟琰看了眼棺材，挑眉道："我也好奇这里面装着什么，你想看看吗？"阮芽吓得直往他怀里扑："不……不要……你放我下去……"封迟琰觉得她像是一只蹬腿儿的兔子，冷着脸道："你听说过我的名声吧？"阮芽点头。"你要是惹我生气，我就让人把你也装进棺材里。"封迟琰冷淡地道。封迟琰把人从棺材上抱下来，阮芽脚一沾地就想跑，被封迟琰轻轻松松地拎着衣领拽了回来："就站在这里看着。"

阮芽小声说："琰……琰少……你不知道棺材里是什么吗？""我刚办完事回来。"封迟琰讥诮道，"没想到会参加自己的葬礼。"看来那些人真是迫不及待地想要他死，才捕风捉影地得到了一点消息，连葬礼都办上了。

棺材没有封死，封迟琰用力一推，棺材盖就被推开了。阮芽赶紧闭上眼睛，封迟琰却嗤笑一声："几件衣服而已，有什么好怕的？"

阮芽眼睫颤了颤，睁开眼睛，见里面果然只有几件衣服。

她还没来得及说话，忽听外面响起一阵脚步声。封迟琰皱眉看了眼灵堂外，不等阮芽反应过来，已经将她塞进了棺材里。阮芽瞪着眼睛，就见封迟琰单手撑着棺材一侧，自己也翻了进来。棺材一个人躺着绰绰有余，但是两人一起就太勉强了，更别提封迟琰身高腿长。他将棺材盖合上时，阮芽只能被迫地蜷缩在他怀里，甚至能够清楚地听见他心脏搏动的声音。

"琰少……"封迟琰在黑暗里也能精准地捂住她的嘴，让她的话被迫吞回了嗓子里。

"奇怪……"棺材外响起人声，"阮家那个去哪儿了？""大半夜的谁愿意待在灵堂里啊，估计跑去别的地方了。""真晦气……"有人啐了一声，"竟然让我们来换油灯。""你别乱说啊。"另一人压低声音道。窸窸窣窣的声音响起，应该是两人给油灯换了灯芯。"赶紧走，太晦气了。"

脚步声远去，捂着阮芽嘴的手终于松开了。阮芽的脸憋得通红，封迟琰倒是先开口了："你身上怎么这么香？"阮芽一蒙。

"喷香水了？"封迟琰蹙眉。两人挤在狭小的棺材里，封迟琰几乎是贴着阮芽的耳朵说话。阮芽耳尖烫红一片，紧紧地抓着衣摆："没……没有。"

但是真的好香，空气里全是她身上的甜香味儿。

"琰少……"阮芽声音跟猫儿似的，"我们为什么要躲进棺材里？"

"他们要是看见我，明天我就要上新闻头条。"封迟琰冷冷地道。

"可是……"阮芽认真地说，"您不用带着我一起呀。"

封迟琰：……啧。忘了。

阮芽不自在地动了动："我们快出去吧……"

封迟琰推开棺材盖，率先翻了出去，阮芽细软的额发因为出汗贴在了白嫩的脸颊上。她急促地喘了两口气，趴在棺材边上可怜巴巴地看着封迟琰："琰少……我自己出不去。"封迟琰靠在棺材边上，随意道："关我什么事？"

阮芽要被他气哭了："是你把我放进来的呀……"

封迟琰无动于衷："那又怎么样？"

阮芽不可置信地说："你不讲道理！"

封迟琰好多年没有遇见敢这么跟自己说话的人了，大约这小姑娘刚从乡下回来，没见过什么世面，不知道在A城"封迟琰"这三个字意味着什么，竟然敢指责他。他眯起眼睛，微微俯身看着阮芽："放你出来也可以。"

阮芽眼睛立刻亮了。封迟琰笑了一下，道："你刚刚叫我什么？""叫……琰少呀。"阮芽咬着嘴唇说，"大家都这么叫您。"

"那是别人。"封迟琰说，"你是我妻子，不算别人。"

阮芽一呆："那应该叫什么？"

封迟琰挑起眉，俊美无俦的脸在灯光月色里格外惑人："自己想。"

阮芽的脸瞬间红了。

"琰少。"身后响起人声，是封迟琰的助理陶湛。他看见封迟琰，松了口气："您怎么来这里了？您的死讯传出去了，大家伙儿惶惶不安，都在等着您……"封迟琰道："没参加过自己的葬礼，想见识见识。"

他瞥了眼还呆呆坐在棺材里的阮芽，转身就要走："既然还有人等，就先……"

他话还没有说完，就听见阮芽带着哭腔的声音：老……老公……呜呜呜，你快让我出去……

封迟琰一顿，陶湛睁大了眼睛："什么老公？"

封迟琰笑了一声，转身看着阮芽："这不是知道该叫什么吗？"

阮芽怕他真把自己丢在棺材里了，哭得鼻尖都红了，伸出手道："老公……"

封迟琰压住笑意，觉得阮芽像一只乖得不像话的白毛兔子，让干什么就干什么，连反抗都不知道。他伸出手把阮芽抱出来，一转头，就看见陶湛目瞪口呆的脸。

封迟琰顿了顿，冷声问："你不认识她？"陶湛反应过来："是阮家送过来的那个……"

封迟琰"嗯"了一声，把阮芽放在地上。阮芽抬手去擦眼泪，又被男人的手掐住了柔软的脸颊："我还活着的事儿，不准对任何人说。"

005

阮芽赶紧点头。

封迟琰觉得她脸颊肉还挺软挺嫩，恶劣地又掐了一把，掐得阮芽的脸都皱成了一团，这才松开她，将红彤彤的苹果塞进了她嘴里，声音带了点儿愉悦笑意："陶湛，以后这就是少夫人，知道了吗？"

陶湛讶异地看了阮芽一眼，实在没看出来这个土里土气的小姑娘哪里能入了琰少的眼。不过封迟琰一向喜怒无常，他并不多问，道："琰少，还有半小时会议就开始了。""嗯。"封迟琰散漫地应了一声，转身就走，却被一只白嫩的手拉住了衣角。那只手小心翼翼地抓住了一点布料，好像很怕他生气，偏偏又不怕死地拦住他。

封迟琰侧眸，冷冷淡淡道："怎么，想今晚上就给你琰少殉葬？"

阮芽张了张红润的唇，眼睛红红的，看着封迟琰，声音软乎乎地带着哭腔："我只是想……"

"嗯？"

"我只是想睡觉。"阮芽哽咽着说，"我凌晨四点就起来了，现在很困……"

封迟琰挑了挑眉："那么大个棺材不够你睡？"

阮芽的眼泪一下掉下来了："那你还是杀了我吧，杀了我就可以睡棺材了。"

小姑娘眼睛哭红了，脸颊被封迟琰捏红了，唇也是红的，看着可怜得不行。封迟琰那近三十年来都死气沉沉的心，有了点苏醒的意思。男人淡声道："跟我过来。"

陶湛在一边道："琰少，时间……"封迟琰看了他一眼，陶湛立刻闭嘴了。

阮芽亦步亦趋地跟在封迟琰身后，男人的身形高大，阮芽娇小的身子整个陷在他的影子里，小声地问："琰少……你要带我去哪儿呀？"

封迟琰道："你不是我未婚妻吗？新婚之夜，你说我带你去哪儿？"阮芽立刻停在原地不动了，细声细气地说："我觉得睡棺材挺好的。"

封迟琰转过身盯着阮芽："不听话？"

阮芽干脆蹲在了地上，道："我听话，我回去给你守灵。"封迟琰居高临下地看着她，这姑娘小小一团，荏弱得可怜。封迟琰越加恶劣，问:"守着棺材有什么用?守着人才有意思。"

阮芽瞪大眼睛,想骂他臭流氓,但是又不敢,只好紧紧地抱住了自己。"走不走?"封迟琰的耐心告罄,"我最后问你一次。"

阮芽坚定地摇摇头:"不!"

封迟琰面无表情道:"看来你是真想给我殉情。"

阮芽嘴巴一扁,又要哭,男人忽然弯腰,阴影瞬间笼罩下来,恍若一座不可逾越的山,阮芽吓得都忘了哭,愣愣地看着他。

封迟琰轻而易举地把人抱了起来。阮芽个子小,人又瘦,抱着轻飘飘的,离得近了那股子甜香变得浓郁了,让寂静的夜带了几分躁动。

阮芽缩成一团,小声抽噎:"我……我在临死之前还有一个心愿,您可以满足我吗?"封迟琰道:"说。"

阮芽擦了擦眼泪:"我还没有吃过小蛋糕,我可以吃一块小蛋糕再给你殉情吗?"

封迟琰停下脚步:"蛋糕?"

"嗯嗯。"阮芽说,"我小时候就很想吃,但是奶奶说很贵,不准爸爸给我买……"

封迟琰开始怀疑阮家随便从乡下找了个人塞进封家,阮芽如果真是阮家的千金,会过得这么惨,连蛋糕都没吃过?"不行。"封迟琰无情拒绝,继续往前走。

阮芽轻轻揪了一下他的衣领,眼巴巴地望着他:"为什么呀?""提这么多要求做什么。"封迟琰穿过长廊,九里香的香味更加明显。清冷月色下,他眉目深邃,仿佛一尊精致的大理石像,俊美无俦。

阮芽轻轻地撇嘴,不说话了。从平安村离开时,奶奶阴阳怪气地说她终于要飞回自己的凤凰窝了。妈妈脸色也很难看,觉得她攀上了高枝儿。但阮芽从一开始,就没想过做回阮小姐。阮芸已经成了阮家的孩子,每个人心里的位置就那么大,给了一个人,就容不下另一个人了。所以戴丽玫通知她要嫁给一个死人时,阮芽很平静地接受了。只是她没想到,连亲生父亲和哥哥们的面都没有见到就要死了。

一路寂静,封迟琰推开了一间院子的门,阮芽看见院子里有许多花树。还没来得及辨认,封迟琰已经带她进了屋,灯光亮起,她被人放在了床上。阮芽捧着苹果坐在铺着黑色床单的床上，更显得一身皮肉嫩白。

封迟琰站在她面前，扯了扯衬衣领口，道："这是我的住处，今晚你睡这里。"他忽然倾身，双手撑在阮芽身边，将阮芽困在臂膀之间。阮芽闻见男人身上很淡的烟草味儿，混着一点木质香调，似乎是松柏。她抬起蕴满水光的眼睛，看着封迟琰。

封迟琰单手捧起她脸颊，手指将她刘海掀开，露出一双明亮的眼睛。封迟琰一怔。他出生在钟鸣鼎食的封家，自幼见过无数金银珠宝、豪车美人，但是阮芽这张脸，生得实在是……叫人心痒难耐。不管是纯真的鹿眼、挺翘的秀鼻，还是丰润嫣红的唇，粉白的、带着一点点婴儿肥的脸颊，无不在勾引他。分明生了这样纯的脸，却带了最极端的欲。

封迟琰的手忽然盖下来，让厚重的刘海重新落下，遮住阮芽半张脸，嗓音有些哑："待在这里，乖乖听话。"

阮芽乖巧地点头。封迟琰又捏了一把她柔嫩的脸颊，道："要是不听话……"阮芽道："要是不听话，我就去给您殉情！"

封迟琰笑了一声，直起身，道："知道就好。"他转身出了房间，陶湛正在外面等着，封迟琰走到了院子门口，忽然说："去让人送两块蛋糕过来。"

陶湛疑惑道："蛋糕？"琰少不是一向不爱吃甜食吗？封迟琰面无表情地问："怎么？""没怎么。"陶湛道，"不知道您想吃哪种味道呢？是戚风蛋糕还是慕斯蛋糕……"

封迟琰打断他："小姑娘喜欢吃哪种？"陶湛咳嗽一声："小姑娘？"

封迟琰眯起眼睛："我像是喜欢吃这种东西的人？"

陶湛努力维持平静的表情："原来是少夫人想吃，我不太了解少夫人的口味，需要致电阮家问一下吗？我现在……"

"问了也白问。"封迟琰回眸看了眼亮着灯的房间，垂眸将黑色的手套拉紧，修长手指被勾勒得更加骨感，嗓音散漫，"让人送两块小姑娘喜欢的就成。"就阮芽那没见过世面的样子，估计也分不出好坏。

房间里的陈设很简单，看得出来封迟琰并不常住这里，没有多少生活气息。阮芽四处看看，不敢乱动封迟琰的东西，慢吞吞地吃完了苹果，就准备洗漱睡觉了，忽然敲门声响起："少夫人。"

阮芽听出是陶湛的声音，打开门，果然看见脸上挂着公式化微笑的陶湛。陶湛道："自我介绍一下，我是琰少的助理，叫作陶湛，少夫人可以叫我陶助理。"他将手上拎着的蛋糕盒子举起来，道，"这是给您的。"

阮芽接住盒子，疑惑道："这是什么？""少夫人打开就知道了。"陶湛看了眼腕表上的时间，道，"我还有事，先走了，少夫人好梦。"他说完就利落地转身离开。

阮芽好奇地打量着怀里的盒子。先把门关上，才打开精美的纸盒，里面躺着两块小蛋糕，一块布朗尼，一块草莓慕斯。它们比以往她看见的摆在蛋糕店玻璃柜里的蛋糕要精致漂亮许多，空气里全是奶油的香甜气息。

阮芽呆立在原地。封迟琰给她送小蛋糕了！阮芽本着不吃白不吃的想法，把两块小蛋糕都解决了。陶湛还贴心地放了一瓶解腻的花茶。吃饱喝足，阮芽洗脸漱口后，趴在封迟琰的床上，很快就睡着了。

第二天，阮芽是被刺耳的尖叫声吓醒的。

"成何体统！成何体统！！"女人尖厉的声音直戳她的耳膜，"赶紧把她给我弄醒！""是！"有人推了一把阮芽，阮芽费力地睁开眼，眼睫颤了颤。清晨的阳光有些刺眼，好一会儿她的眼睛才适应了光线，看见房间里站了一堆人。

为首的是一位穿着黑色长裙的女人，化着精致的淡妆，保养得体，一眼看去四十出头的样子，五官生得漂亮，然而脸上的表情极其刻薄："阮小姐，你不是应该在灵堂里给你丈夫守灵吗？怎么会出现在这里？！"

一大早封家的用人就在到处找人，一个小时后才在封迟琰的院子里找到了阮芽。若不是封迟琰死了，他的屋子也没人敢进，谁知道阮芽竟然溜来了这里？女人气得脸色铁青，现在外面那么多的宾客，灵堂里却连一个守灵的人都没有！若是传出去了，那些人还不知道要怎么骂她呢！

阮芽揉了揉眼睛,表情迷茫。她不认识这个女人。"少夫人。"旁边的用人说,"这是二夫人,琰少的叔母。"

来 A 城的路上,有人跟阮芽说过封家的关系:封迟琰是长房嫡子,母亲早亡,父亲虽然在世,但吃斋念佛不问世事;二房要繁茂许多,封迟琰的二叔封霖有两个儿子、一个女儿,眼前这位应当是他的妻子卢美玲。

卢美玲见她那样子,更是气不打一处来:"我早就听说阮家的千金是个没有教养的乡下丫头,今日倒是让我长见识了!既然你父母没有好好管教你,我这个做叔母的就教教你什么叫规矩。来人,请家法!"用人们一惊,有人道:"二夫人,少夫人是老太太做主接回来的,您贸然处置……"卢美玲冷笑道:"怎么,我说话不管用?!"用人赶紧闭嘴了。封迟琰一死,封家就是二房当家,卢美玲拥有绝对的话语权,现在得罪卢美玲无异于找死。

有用人殷勤地将家法请出来了,那是一根将近两寸厚的乌木板子。卢美玲接过板子,冷冷地道:"把她给我拖下来!"用人们七手八脚地将还晕晕乎乎的阮芽拖下床,按在了柔软的地毯上。卢美玲居高临下地看着她:"念在你是初犯,我只罚十下。"

阮芽看见卢美玲手里的板子,不由得恐惧起来。幼年时,奶奶就总是用这种板子打她,有时候是因为她赶着做作业,没在天黑前做好饭;有时候是因为她多吃了半碗饭;大多数时候,是奶奶在外面受了气,或者嫌弃她是个女孩儿。奶奶下手很重,不打得她皮开肉绽不会罢休,妈妈不会劝,爸爸不敢劝,弟弟只会冷眼看着,这就是阮芽关于"家"的全部记忆。

卢美玲高高地扬起手,忽然想起什么,皱眉道:"你是怎么到这里来的?"阮芽之前没来过封家,灵堂离封迟琰的院子也不近,她到底是怎么找到这里的?!

阮芽实话实说:"是琰少带我过来的。"

她这话一出,众人只觉得房间里阴气弥漫。怎么可能?!封迟琰已经死了!

卢美玲背后发凉,咬牙道:"你胡说八道什么?!阿琰的尸体还在灵堂里呢，怎么可能……怎么可能带你过来？！"阮芽眨眨眼睛，道："就是琰少带我过来的呀，他还把他的苹果给了我一个，本来他想让我睡棺材的，但是我不愿意，他就带我来这里了。"

天地良心，阮芽说的全是真话。房间里众人的脸色却越来越苍白，尤其是卢美玲的。封迟琰是她的噩梦，封迟琰活着，她的儿女没有出头之日不说，她这个做叔母的都要被压一头，在封迟琰面前一句重话都不敢说。好不容易封迟琰死了，她可以扬眉吐气了，这个阮家的丫头却说封迟琰变成了鬼！"你知不知道你在说什么！"卢美玲的声音都变了调，"你少在这里装神弄鬼！"

阮芽无辜地道："可是……我说的都是实话呀。"

卢美玲的心腹小声说："夫人，这丫头说的没准是真的，不然她自己怎么可能找到这里来……"卢美玲盯着阮芽，道："既然你说你看到了阿琰……那他现在在哪里？就在这间房间里吗？！"

阮芽摇摇头："没有哦，昨晚上琰少把我送过来后就离开啦，白天应该是不会出现的。"

用人们吓得面无人色。卢美玲强作镇定，道："就算是这样，今天这顿家法你也跑不了！"

"你要是打我，琰少会生气的。"阮芽后退一点，道，"他生气的话，就会去找你。"

卢美玲被阮芽说得后背发麻，硬着头皮道："我是他的叔母，他能对我怎么样？！别以为为你搬出阿琰我就怕了你，把她给我摁住了！"用人们紧紧地按住阮芽，阮芽根本就挣脱不了，眼睁睁地看着木板高高抬起，马上就要落到她身上。门口响起一道温和的声音："二夫人，您怎么会在这里？"

卢美玲一僵，赶紧收回手，转身笑道："是陶助理啊……陶助理不是在处理公司的事情吗？怎么回来了？"陶湛看了眼可怜兮兮的阮芽，脸上笑容不变："我回来找一些资料，这位是？""哦。"卢美玲道，"这就是那位阮小姐，阿琰的未婚妻……你们也太没规矩了，阮小姐摔倒了，怎么还不把阮小姐扶起来？！就算大少爷去了，阮小姐也是大少夫人，知不知道？！"

用人们不敢对卢美玲有丝毫意见，赶紧把阮芽搀了起来，阮芽看着自己被磨得红红的膝盖，不高兴地撇撇嘴，看向陶湛："你叫陶湛，是吗？""是的，少夫人。"陶湛应声，"您有什么吩咐吗？"阮芽道："昨晚上我见到琰少了。"

陶湛眸光一冷——分明已经警告这个女人了！

阮芽皱着脸道："他说虽然他死了，但是很喜欢我，让你好好照顾我，昨晚上他有没有给你托梦？是不是这么说的？"

阮芽的眼睛闪啊闪，看着陶湛，一脸委屈："琰少没有给你托梦吗？他怎么能骗我呢？果然男人说的话都不能信。"

陶湛额角的青筋跳了跳，吸了口气，道："当然，我就是因为梦见了琰少，才会回来一趟。"

卢美玲简直要站不稳了："陶助理……阿琰他真的……真的……"

陶湛心想怎么可能？全是这个看起来天真单纯的乡下丫头瞎编的。他还是头一次看走眼，以为阮芽天真柔弱，不想颇有心机。

"二夫人，我确实做了一个古怪的梦。"陶湛扶了扶眼镜，锐利的眸子透过镜片看了阮芽一眼，阮芽仍旧是一脸的无辜，"或许琰少真的挺喜欢这位阮小姐的。"

陶湛是封迟琰最得力的助手，掌握的权力并不小，封迟琰死了，没人能驯服他。卢美玲并不敢轻易得罪这人，下意识地将板子藏在身后，压着怒火道："我知道了。陶助理你先忙……至于阮小姐，收拾好了就赶紧去灵堂吧，别让宾客们等太久。"阮芽点点头："好的。"卢美玲怒气冲冲地离开了。

阮芽转身穿上鞋，问陶湛："你不是要找东西吗？"陶湛道："这个少夫人就不用担心了。"

阮芽"哦"了一声。陶湛掏出手机，道："很不巧，我来的时候正好在跟琰少通话，少夫人刚刚说的话琰少应该都听到了。琰少到底有没有说过喜欢您、照顾您的话……不如您亲自问一问琰少？"

阮芽呆住了，看着陶湛的手机屏幕，上面果然显示"通话中"。

"男人说的话，都不能信？"封迟琰的声音穿过手机扬声器，冷冷淡淡，又带着几分沙哑，"我还挺喜欢你？"陶湛似笑非笑地将手机递给阮芽:"少夫人。"

阮芽白嫩的爪子捧着手机,表情几度变换,最终说:"琰少,我要先说一件重要的事。"

封迟琰大发慈悲:"说。"阮芽声音又软又甜,跟棉花糖似的:"我好饿,想吃早饭。"

陶湛怀疑自己听错了。琰少在兴师问罪,阮芽竟然在……撒娇?

封迟琰听见阮芽的话,嗤笑一声:"这就是你所谓的重要的事?"

阮芽道:"民以食为天,人不吃饭就会死,这个当然很重要。"顿了顿,又眼巴巴地看着陶湛:"昨晚上的草莓蛋糕好好吃。"陶湛想,你看我也没用啊。

"布朗尼不好吃?"封迟琰问。阮芽皱起眉,道:"有点苦,有点油,不是很喜欢。"

封迟琰冷淡地吩咐陶湛:"今早上,给她吃布朗尼。"陶湛:"是。不过琰少……"

您是不是忘了什么?不是要跟阮芽算账吗?!

然而阮芽没有给他把话说完的机会,对着手机道:"琰少,虽然布朗尼不好吃,但是你愿意给我吃小蛋糕,我觉得你是个好人。"

封迟琰:"……"

阮芽补充道:"我觉得二夫人不是好人,我早上还在睡觉,她就冲进来要打我。"电话那边,封迟琰靠在沙发上,一只手拿着手机,另一只手从烟盒里取出了一根烟。"她要打你?"封迟琰的声音听不出什么情绪,"为什么?"阮芽坐在柔软的床上,道:"她觉得我不应该这么晚起床,还说要替我爸妈教育我,不过好在陶助理过来了……"她看了陶湛一眼,说,"陶助理也是好人。"

陶湛觉得这话不对劲,下一秒就听见琰少冷淡的声音:"他也是好人?"陶湛深吸口气,道:"少夫人,我去给您准备蛋糕。"阮芽点点头:"谢谢你哦。"

陶湛觉得不能再待下去了,再待下去封迟琰绝对会觉得他和阮芽有一腿。阮芽哪里是什么兔子?分明是只小狐狸精,三言两语就让人晕头转向。

阮芽看着陶湛的背影，弯起眼睛笑了一下："不过还是琰少最好啦。"小姑娘的嘴跟抹了蜜似的，什么甜言蜜语都说得出口。

封迟琰不吃这一套，道："今天会去很多人，如果实在应付不了……"他顿了顿，道，"就把你糊弄卢美玲的那一套搬出来。"

阮芽心口一跳，没想到他这么记仇，不是已经翻篇儿了吗？怎么还提呢。阮芽撇撇嘴，说："只有做了亏心事的人，才会怕鬼敲门。"

封迟琰笑了一声："脑子不聪明，看得还挺通透。"他站起身，看着窗外晨阳，淡淡道，"受了委屈就记着，等我忙完了，再跟我告状。"阮芽愣了一下："您会帮我报仇吗？"封迟琰笑着说："不会。只是觉得你被人欺负很有意思。"

阮芽利落地挂了电话。

等她吃完不那么喜欢的布朗尼，陶湛将她带到灵堂，道："少夫人，琰少还等着我，您自己进去吧。"阮芽"嗯嗯"两声，伸出手挥了挥："拜拜。"陶湛礼貌微笑："少夫人再见。"

灵堂里确实来了不少宾客，卢美玲正在主持大局，脸上的表情十分哀婉，不知道的还以为她有多心疼这个侄子。

"美玲。"忽然有个贵妇人道，"不是说老太太把阮家那位接来了吗？怎么没有看见人？""阮家那位？"有人接过话头，"你是说阮芸？她是A城里数一数二的名媛，阮家竟然愿意？"说到这里，那人自觉失言，赶紧抱歉地看了眼卢美玲："抱歉啊美玲，我没有别的意思，阮家的千金嫁进封家自然是不吃亏的，只是琰少他毕竟已经……"之前说话的贵妇人抱着胳膊冷笑了一声："怎么可能是阮芸？那可是阮家人的心肝宝贝，掌上明珠，能愿意？我是说阮家亲生的女儿，从乡下接回来那个。"

不少人都知道阮家那点事儿。当年阮夫人生了三个儿子后，身体一直不好，但执意要生小女儿。因为身体太虚弱，就去了一个叫平安村的僻静地方养病，本来打算在预产期前半个月回A城。可孩子早产了，只好去了镇上的医院。小镇子的医院管理松懈，另一个女人也正值生产，粗心大意的护士把两个孩子抱错了。从此，真千金在乡下为温饱发愁,假千金在豪门里金尊玉贵。

按理说在得知了孩子被抱错后,阮家就该把亲生孩子接回来的,但为了照顾阮芸的感受,愣是对亲生女儿不闻不问,一直放在乡下。若不是封家要求履行婚约,阮家估计永远不会把阮芽接回 A 城。

卢美玲露出一个尴尬的笑容,道:"阮小姐……还在睡觉呢,她乡下回来的,不懂规矩。我这个做叔母也不好多说什么,只好自己过来看着……"

"哎哟!"有人尖声道,"她刚被接回来就这么大派头?难怪亲生爹妈都不要她!""依我看,阮家就压根没想认她,昨天她被接回来了,阮家家主和几个少爷连见都没见她,这还不能说明问题?"有人跟腔道。这时候,一道少女温柔的声音响起:"几位夫人,请不要这么说我妹妹。"众人一顿,循声看去。

说话的是一位穿着白裙的少女,亭亭玉立,气质婉约,一张瓜子脸,容貌清秀漂亮,虽然算不上绝色,但是气质绝佳。少女身后跟着一个穿着黑衣西装的年轻男人。这人穿着正经西装也显得放浪,一双含笑的桃花眼尤为多情,唇形又偏薄,笑起来的时候能让小姑娘的心都化了。"是阮小姐和三少爷。"有人低声道。

卢美玲赶紧上前去,笑着道:"阮小姐来了。""卢阿姨。"阮芸礼貌地点点头,询问道,"我妹妹呢?"卢美玲面上露出一点尴尬来,旁边的阮枸似笑非笑地道:"那丫头不会是不愿意,连夜跑了吧?"他眼神有点冷,"之前接她回来的时候,她可是自己说什么都答应的。""三哥!"阮芸瞪了哥哥一眼,道,"你别胡说。"阮枸一向对妹妹纵容,笑了笑,没再说什么。

"那倒没有。"卢美玲道,"只是她这会儿还睡着呢,我也不好叫她……"阮枸勾起唇角,道:"让这么多人都等她一个,倒是挺会耍威风。"阮芸蹙眉低声道:"三哥,说到底,她才是你亲妹妹,你不要这样说她……"阮枸心情更差。阮芸自从知道自己不是阮家的亲生孩子后,一直闷闷不乐,让他很烦躁。不管有没有血缘关系,阮芸才是跟他朝夕相处十九年的妹妹。阮芽想夺走属于阮芸的一切,不说阮芸,阮枸都不同意。

"那我去叫她起来吧。"阮芸细声细气地说,"麻烦卢阿姨带一下路。"卢美玲刚要答应,忽然一道身影穿过人群,径直走到了供台前,在蒲团上跪下了。少女身形纤瘦,跪着也脊梁挺直,天光下的皮肤雪白细腻,像是琼脂软玉,让人不自觉地想要看看这少女的长相——然后大失所望。

阮芽的头发太长了,遮住了半张脸,加之她垂着头,下半张脸也被挡住了,和光鲜亮丽的阮芸形成了鲜明对比。

阮芸看着阮芽,上前道:"你是……阮芽吧?"阮芽抬起眼睛看了她一眼,"嗯"了一声:"你好。"阮芸笑了笑:"你好。我是阮芸,我比你先出生半个小时,就算是你的姐姐,你可以叫我姐姐。"

阮芽没有叫,静静地看了阮芸一会儿,就又垂下了头。阮芸一时间有些尴尬。

阮栒皱眉道:"你什么态度?"阮芸好心示好,她竟然还不领情?

阮栒满脸的不耐烦把阮芽吓到了,往旁边缩了缩,小声说:"你为什么这么凶?"阮栒哑然,又有点生气。阮芽太小一只了,阮栒个子又高,干脆半跪下身,盯着阮芽道:"我叫阮栒,你不认识我?"

阮芽又往旁边挪了挪,却被暴脾气的阮栒一把抓了回来。他"啧"了一声:"你跑什么?我会吃了你?"阮芸赶紧道:"三哥,你别……"

阮芽垂眸看着阮栒的手,轻声说:"你弄疼我了。"阮栒下意识松了手,而后更加火大:"怎么,你觉得自己嫁了人,本事大了?"他知道自己这话说出来伤人,毕竟嫁进封家不是什么好事,但是被阮芽这一句轻飘飘的话气到了,说话也不过脑子,"难不成,你还要跟阮家断绝关系?"

阮芸察觉不对,阮栒虽然脾气不好,在外人面前还是会收敛几分的,不会这样发难,赶紧弯腰拉阮栒:"三哥!还有这么多宾客呢!"阮栒冷着脸松开阮芽,冷冷地道:"戴阿姨还说她可怜,我倒没看出她哪里可怜。"阮栒对阮芽如此恶劣,阮芸却很不安。如果阮栒只是把阮芽当作一个无关紧要的人,何必生气呢?生了气,就代表在意。"小芽。"阮芸温柔道,"你别跟三哥计较,他一直这样。"

阮芽轻轻"嗯"了一声,手指揉了揉自己的胳膊,阮栒的手劲儿太大了,手臂被捏得生疼。

阮芸柔声道:"昨天爸爸还有哥哥们都去参加我的毕业典礼了,我不知道你昨天回来……真的很抱歉。如果我知道的话,就把毕业典礼延后了,再怎么说,你回来也是大事,我不该这样……"阮芸这番话乍听得体,却向所有人透露出一个信息:在阮家人眼里,阮芽嫁入封家这件事,甚至远比不上阮芸的毕业典礼重要。两位小姐的地位,一目了然。

"没事。"阮芽将几张黄纸扔进火盆里,看着封迟琛的遗像,淡然说,"毕业典礼也很重要。"

阮芸一愣——被这样轻视,阮芽都不闹吗?阮芽不闹,接下去的戏要怎么演?她讨厌阮芽,也深深恐惧阮芽,怕阮芽会抢走自己所拥有的一切,父亲、继母、哥哥们……还有阮小姐这个高贵的身份。如果不是因为和封迟琛的婚约,她绝对不会同意阮家将阮芽接回来。四年前父亲动了接阮芽回家念头,她曾大闹一场。如今阮芽若是威胁到了她的地位……这不能怪她心狠,上天让她做了十九年的千金小姐,她怎么可能回到平安村那个落后、蒙昧、贫穷的地方去?人不为己,天诛地灭,她绝不会放弃现如今拥有的一切。

"真的很抱歉。"阮芸看着阮芽的侧脸,又说,"我跟你道歉,希望你不要怪爸爸还有哥哥们,都是我的错,他们其实很在乎你的,毕竟……"她惨然一笑:"毕竟你才是阮家真正的千金小姐呀。"

"够了。"阮枸皱眉把阮芸拉起来,道,"我不是跟你说过了吗?不许再说这种话!不管别人怎么想,我只认你这一个妹妹。"

旁人窃窃私语,感动于兄妹情深,阮芽却成了一个彻头彻尾的笑话。

卢美玲脸上划过一抹冷笑。阮家表现得这么不在意,阮芽算是个什么东西,进了封家,还不是她想如何处置就如何处置!"好了好了……"她开始打圆场,"既然守灵的人都已经来了,大家就准备吊唁吧。"

阮芽独自跪在那里,不发一语,好像周围的那些难听的话都不是对她说的。

阮枸无意间瞥见,有些烦躁。搞什么啊,她干吗要摆出一副所有人都欺负了她的样子？

"哥？"阮芸抬起眼睛，"你听见我说话了吗？"

"怎么了？"阮栒收回视线。"我是说要不然等琰少下葬了，就把小芽接回家里住一段时间吧。"阮芸小心翼翼地说，"她其实很可怜的……我看封家人对她都不太好。"

"有什么可怜的。"因为阮芸的话，阮栒心头刚刚泛起的一点烦躁全部被压了回去，道，"在封家锦衣玉食地养着，就算是偶尔受点委屈，也比在平安村那种地方好吧？"阮芸还要说什么，阮栒直接打断："好了，去休息会儿吧。"见阮栒不想多说的样子，阮芸只好点点头。

不断有宾客来上香，阮芽作为封迟琰的未亡人，要给人家递香，道谢。大多数人看她的眼神都很轻蔑，似乎她是什么上不得台面的东西。时至中午，最后一位宾客从阮芽的手中接过了香。

那是一个看起来岁数不大的少女，她接过了香，并没点，上上下下地打量起阮芽，而后勾起唇角，道："你就是阮芽啊？难怪阮家不愿意让你回来，你看起来一点都不像是夏阿姨的女儿。"少女看见阮芽茫然的眼神，道："哦……你不认识我，我叫孙新蕾，是小芸的好朋友。今天我专程跑一趟，就是要看看你到底有多没脸没皮，想回来抢走小芸的一切！"

阮芽觉得孙新蕾有点莫名其妙的，她回A城是为了代替阮芸跳火坑，哪里是要抢走阮芸的一切？孙新蕾压低声音道："我告诉你，就算你是阮家的亲生孩子，也没有任何用处，被阮家养了十九年的是小芸，不是你！阮家是A城顶级的豪门世家，你觉得这样的家族会接受你这样一个什么也不懂、什么也不会的土包子吗？醒醒吧！"

阮芽终于道："孙小姐，你是不是搞错了？"孙新蕾一愣："什么？"阮芽说："是我救了阮芸，她应该对我感恩戴德，不然跪在这里的就是她了。而且……"她笑了一下，声音柔柔地说，"不管阮家接不接受我，我都姓阮，跟你一个姓孙的外人，有什么关系？"

孙新蕾勃然大怒："你什么意思？！"

阮芽心平气和道："这是我丈夫的灵堂，请孙小姐不要高声喧哗。"

孙新蕾下意识地看了一眼黑白遗像。封迟琰在世的时候，她见过这个男人两三次，都只是远远地瞥了一眼，没有看清楚他的相貌。因为她和封迟琰根本就不是同一个世界的人。但这并不妨碍她听过封迟琰的传说。阴狠毒辣、喜怒无常……都是对他的真实写照。哪怕他死了，他名下的蛋糕，也没人敢动。

孙新蕾抿了抿唇，终究有些惧怕，丢下一句"之后再找你算账"，就赶紧离开了。

灵堂里安静下来，阮芽终于可以站起来活动一下胳膊腿儿。

没有人在乎她，自然就没人给她送饭。阮芽叹口气，瞅了瞅供桌，掰了一根香蕉来吃。仔细想想，还是封迟琰比较好，起码不会让她饿肚子。

"少夫人。"忽然一道声音响起，吓了阮芽一跳，她一转头就看见了神出鬼没的陶湛，赶紧把香蕉放回果盘。陶湛的眸光落在果盘上，顿了顿，而后对阮芽道："少夫人，琰少吩咐我叫您吃饭。"

阮芽眼睛一亮："琰少真是个好人！"陶湛露出一个礼貌的笑容："琰少正在燕回居里等您……一起吃饭。"

阮芽被带回了封迟琰的院子，这时候她才知道这地方叫燕回居。陶湛推开门，道："少夫人请。"阮芽走进去，见封迟琰已经坐在餐桌边了。

昨夜，阮芽没怎么看清楚封迟琰的长相，如今在六月明亮的阳光下，她终于看清了封迟琰的脸。男人穿着一身军绿色的衬衣，搭配黑色长裤，脚上是一双军靴，勾勒出修长双腿，衬衣袖口挽起，露出结实的小臂，修长手指间夹了一根烟，烟雾袅袅里，他的眉眼深邃，如同刀凿斧刻而就，又带着几分秀美。他比遗像多了几分森冷，也更加俊美。

封迟琰随手将烟摁进了烟灰缸里，抬起薄薄的眼皮子道："过来坐。"阮芽看看桌子上丰盛的菜肴，坐在了封迟琰对面。封迟琰眯起眼睛："坐那么远，怕我吃人？"

阮芽挪了两步，还是离封迟琰十万八千里。好在封迟琰没再提要求，转而靠在椅子上道："听说今天早上你排场很大，宾客们都到了，你还没到，还当众没给阮芸脸？"

阮芽小心地看了封迟琰一眼，小声道："琰少，您喜欢阮芸吗？""你觉得呢？"阮芽小脸皱成一团："她是你指腹为婚的未婚妻，你应该挺喜欢吧？"

"我指腹为婚的未婚妻不正在我旁边坐着吗？"封迟琰冷淡道，"跟阮芸有什么关系？"虽然有婚约在，但封迟琰对阮芸没什么印象，连长什么样子都没记住。他"活着"的时候，阮芸倒是愿意嫁进封家，只可惜他不想娶，才会一直拖着，不履行婚约，连订婚礼都没有。比起 A 城名媛，封迟琰觉得身边这只软乎乎的小兔子更有意思，他这些年过得挺无趣，难得遇见新鲜东西。

"我没有让阮芸没脸。"阮芽解释道，"但是她让我叫她姐姐，我才不叫。"

封迟琰没想到她还挺有脾气："为什么？""她不是我姐姐。"阮芽说，"我妈妈只有我一个女儿。"

封迟琰看了她一会儿，道："我听说，阮梅对你的态度也很不好。"

"嗯，不过……"阮芽抬起一双清澈的鹿眼，一笑，眼睛弯成了月牙，声音像是糯米糍似的，又软又甜，"琰少你对我好就够了，你是世界上最好的人！"给她吃小蛋糕，还给她准备午饭，这个世界上不会再有比封迟琰更好的人了！

封迟琰一贯对人间百态冷眼旁观，他不需要别人知晓他的苦痛，也不能共情别人的悲伤。但此时，他觉得阮家的确做得有些过了。估计是常年吃不饱饭，阮芽的个头才只有这么一丁点儿。"陶湛。"封迟琰开口。"是。"陶湛一直等在门口，听见封迟琰的声音，立刻应道，"您有什么吩咐？"

封迟琰道："以后准时准点地往燕回居送一日三餐。"他看了眼阮芽："你想吃什么，就跟陶湛说。"阮芽开心得不行，简直想抱着封迟琰亲一下，又不敢，便乖乖巧巧地坐在椅子上，抱起杯子喝了一口果汁。

陶湛觉得自己大概需要重新定位一下少夫人的地位。封迟琰这人冷心冷肺，连亲爹都不放在眼里，但是占有欲极重，只要被划进了他领地里的东西，旁人动一下都不行。显然，阮芽被他归进了自己的保护圈，即便他自己不在意，别人也不能随意欺辱。

"你今年十九岁？"封迟琰一边慢条斯理地吃东西一边问。阮芽点点头:"嗯嗯。""上大学?"

说起这个,阮芽抿了抿唇,表情有点低落。封迟琰了然,但是一点面子都不给人家留:"听说你成绩不好,这是没考上?"

阮芽的来头传遍 A 城,据说她长得不好看,脾气不好,目无尊长,欺负弟弟,成绩更是烂得一塌糊涂,高中都是险之又险才考上的,没考上大学,简直是太正常不过了。而阮芸漂亮,温柔,优秀,又考进了全国排名前三的 A 大。她的毕业典礼办得十分隆重,不少人都去参加了。两人一对比,阮芽输得体无完肤。

"没有考好。"阮芽小声说。

高考的前一天晚上,奶奶怕她上大学要花很多钱,把她锁在屋子不准出去,好在凌晨的时候门不知道被谁打开了,她才能赶去考场,但是因为疼痛、发烧、饥饿,发挥得很不好。阮芽快快不乐地说:"我没有考上想去的学校,但还是有学可以上的。"就是没学费。

她本来想,回到 A 城后,阮家人就算不喜欢她,但是应该能借她点学费吧?结果她爹她哥哥连见她都不愿意,还是趁着这几个月出去打工算了。

封迟琰还有事,吃完饭就要走,揉了揉阮芽毛茸茸的脑袋,道:"那个破灵堂不想跪就不跪。"

"我要是不跪的话二夫人要骂我的。"阮芽说,"她可凶了。""你就不会比她更凶?"封迟琰"啧"了一声,"不是说你挺会耍脾气的吗?经常把你乡下那个奶奶气得进医院。"阮芽:……

封迟琰靠在玄关处,拿起柜子上的手套戴上,薄薄的皮质手套严丝合缝地贴在手指上。那双手修长而带有力量感,在小姑娘的绵软的脸颊上捏了一把:"你怕她做什么?封家的家主是我,就算这会儿我死了,也轮不到封霖那个废物来指点乾坤。"他拍了拍阮芽的脸颊,语气很散漫,"你是家主夫人,想怎么样就怎么样,知道了吗?"阮芽张张嘴:"原来可以这样吗?""不然呢?"封迟琰道。

阮芽严肃地道:"那我今晚上要吃五个菜!"

封迟琰一顿,笑了一声:"出息。"他转身出了门,阮芽赶紧跑到院子门口对他挥手:"琰少,一路平安哦。"

封迟琰"嗯"了一声。他和陶湛走出去了几步，转头看了一眼，阮芽还靠在院子门边，身后是被风吹得零落的合欢花树，像是下了一场粉色的雨。

封迟琰忽然想，原来有个人在等他，是这种感觉。

下午的宾客更多，阮芽没再跪着，舒服多了。用人们你看看我看看你，卢美玲的心腹章姐站了出来，低声对阮芽道："阮小姐，你这是什么意思？"

"膝盖痛。"阮芽道，"不想跪。"章姐冷笑一声："你不想跪就不跪？"阮芽认真地看着她，看得章姐都有些发毛了："你干什么？！"阮芽慢吞吞地说："我在想，你是谁？"章姐挺直了背，道："我是二夫人的贴身用人！"阮芽"哦"了一声："你是用人呀。""那又怎么样？"即便是用人，她在封家的地位也要比阮芽高！

"你知道我是谁吗？"阮芽反问。"我当然知道。"章姐莫名其妙，阴阳怪气地道，"你是阮小姐，是大少夫人。""既然我是大少夫人，你凭什么管教我？"阮芽柔声说，"你们二夫人平时就是这样教导你们的吗？"章姐一僵，她不过是狗仗人势罢了。"你……"她咬牙道，"我看阮小姐果然伶牙俐齿得很，二夫人都没有这么说过我！""那二夫人脾气真好。"阮芽感叹，"花钱雇你来找气受，反正我是做不到，你要是欺负我，我是要生气的。""你……"章姐气得脸色铁青，"我什么时候欺负你了？！"

阮芽后退两步，撇嘴："你不仅在大庭广众下无端指责我，还跟我吵架，这还不叫欺负我？""你强词夺理！"章姐怒道，"我分明是让你遵守规矩，好好跪着给大少爷守灵！""你看。"阮芽缩缩肩膀，"你还吼我。"章姐觉得自己简直要被阮芽气出心脏病了："我……""好了。"阮芽拍了拍她的肩膀，一副好说话的样子，"我不会跟你计较，你也别生气了，你看你一生气，满脸的皱纹都出来了，多难看呀。"章姐下意识地捧住了脸，而后意识到哪里不对劲，瞪着阮芽道："什么叫你不跟我计较？！你！"阮芽道："你别闹了，宾客们都看着呢，封家的用人这么顶撞少夫人，传出去多丢人呀！老太太、二夫人肯定都要生气的,你肯定要受惩罚,你还是趁现在有时间回去敷张面膜吧。"

章姐还要说什么,阮芽已经走回供台前,拿起三炷香递给了吊唁的宾客。"这个贱蹄子……"章姐咬牙道,"一张嘴还真是厉害得很!""那章姐……"有用人凑上来小声道,"现在怎么办啊?二夫人可是吩咐过了,就要让她跪一整天,不给吃也不给喝的。""我能怎么办!"章姐气不打一处来,"难道当着这么多人的面压着她跪下吗?!"要是她真这么做了,就跟阮芽说的一样,让封家出丑了。

"二夫人在做什么?"章姐问。"二少爷领了几个小姐回来,事情闹得挺大的,把老太太都惊动了,二夫人正在处理呢。"用人说。只要是关于封家二少爷封杰辉的,就没一件好事。前两天得知封迟琰的死讯后他就包了酒吧狂欢,已经被不少人诟病了。如今竟然敢在大哥的丧事上带女人回家,简直是丢人现眼到了极致,卢美玲现在肯定分身乏术。章姐思来想去,一跺脚:"算了,就当没看见。"她眼神阴冷地看了阮芽一眼,冷哼一声:"我看你能嚣张几天!"

阮芽不知道自己还能嚣张几天,但是不用跪着舒服多了。她跪着的时候,感觉所有人都在俯视她,那种轻蔑和不屑让她很不喜欢。

天黑时,人少了很多,用人来请阮芽:"少夫人,老太太请您过去一趟。"阮芽一愣。封家老太太八十来岁的高龄了,不怎么管事,但正是因为她坚持让阮家履行婚约,她才会被从平安村接来A城的。

阮芽放下手里的香,道:"我们走吧。"她挺想知道,老太太找她是想做什么。封家百年世家,规矩森严。从用人们小心翼翼的态度就能看出来,封家这位老太太并不是什么好相处的人。用人将阮芽带到正堂,便停在门口,道:"少夫人请进。"

正厅里摆着全套的酸枝木家具,都是古董。不管是案几上摆放的粉彩花瓶,还是桌上放的紫砂茶具,随随便便一件就是拍卖会上压轴的藏品,而这些在封家,不过是日常用品。屋里有不少人,坐在首座上的,是一位穿着黑色布衣的老太太。那身衣裳看着低调,但是阮芽学过苏绣,一眼看出上面暗绣的福寿纹绝对出自苏绣大师之手。

封家老太太的面目并不慈和,即便笑着跟人说话,也让人觉得刻薄。她瞥见阮芽进来了,淡淡道:"说曹操曹操到。"阮芸回过头,看见阮芽，笑着说："小芽，快过来。"

阮芽走到众人面前，封老太太挑剔地打量她两眼，笑了一声："小芸，照我看，她比起你可差远了，可惜你没有做我孙媳妇儿的命。若是阿琰还在，我绝不会允许这种女人嫁进封家，她给阿琰提鞋都不配。"阮芸有些尴尬，封老太太这话明面虽是在夸她，暗地里却讥讽阮家人不守承诺，因为封老太太点名要的是阮芸，阮家却因为心疼阮芸，不愿意把她推进火坑，转而把阮芽送进了封家。

"老太太，话不能这么说。"阮栒一向不喜欢封家这个老太婆的做派，脸上带着玩世不恭的笑，道，"琰少是A城里响当当的人物，他活着的时候我妹妹嫁过来是高攀了，但是人都死了，您要我妹妹守活寡，就不太厚道了。我父亲看在当年我母亲和大夫人的交情上才履行了婚约，老太太不要欺人太甚。"

封老太太面上的表情一下子就变了："婚约可是夏语冰亲口定的。"

听封老太太说起早逝的母亲，阮栒也冷下脸："我妈订婚约的时候，肚子里怀着的就是阮芽。如今阮芽嫁进来，可没有违约。"

两人之间火药味浓重，旁人都不敢开口，怕殃及池鱼。良久，封老太太冷声道："阮三，你这张嘴迟早要招来祸患。""这就不劳老太太挂心了。"阮栒站起身道，"我们今天过来，除了祭奠琰少，还要接阮芽回去上族谱，老太太应该没有意见吧？"

封老太太看了一直垂着头的阮芽一眼，端起茶杯喝了口茶，冷哼一声道："当然没有意见。我要的是阮家的千金小姐，可不是乡下的土丫头，若是连族谱都没有上，就给她和阿琰办婚礼，是在折辱阿琰。"

阮芽本来事不关己，直到听见封老太太这话，一下子就蒙了。封迟琰已经死了，怎么办婚礼？老太太的意思分明是要办冥婚！

"行了。"封老太太道，"把人带走吧。"

阮栒敷衍地道别，转身就走，阮芸赶紧跟上他。两人走到门口，阮栒忽然转身回来一把抓住阮芽的胳膊："你傻了？不知道跟着走？"

阮芽："你又这么凶。"

阮栒吸口气，道："别在这儿浪费我时间。"阮芸拉住阮栒道："哥！你别这样，会吓到小芽的！"阮栒没理会，拽着阮芽就往外走。阮芸咬了咬嘴唇，总觉得阮栒不对劲，他对阮芽似乎……有些太上心了。

阮芽被阮栒拽着往外走，她想阮栒还不如封迟琰呢！起码封迟琰会抱着她，虽然封迟琰的胸膛很硬，有点硌人，但比被这样被拽着走舒服多了。

果然琰少是世界上最好的人。

好不容易出了封家大门，阮芽终于可以歇口气了，蹲在地上拍着心口，急促喘息。阮芸匆匆跟上来："哥！你看看你，小芽身体本来就不好，你还这样，要是她出了什么事怎么办啊……你又不是不知道妈妈那么拼命才把她生下来……"

阮栒本来有点愧疚，听见阮芸的话后面色又冷淡起来。如果不是执意要生下阮芽，夏语冰不会那么早就去世，阮芽是吸着夏语冰血肉里的养分活下来的。

阮芸去搀扶阮芽："小芽，你没事吧？"

"没事。"阮芽没理会阮芸的手，自己站起来，抿了抿唇对阮栒道："你自己生气，不要把火撒在我身上，我又不欠你的。"她的眼睛清澈干净，没有怨恨也没有仰慕地看着阮栒，"是你们欠我的。"

"你——"阮栒冷笑，"我们欠你？你哪儿来的脸这么说？要不是我们，你还在平安村里……"阮芽静静地说："那你把我送回去。"

"你以为你还能回去？"阮栒像是听见了天大的笑话，"你为了名利选择回到A城的时候，就再也回不去了。"他说完就上了车，重重地摔上了车门。

阮芸知道阮栒为什么这么生气，封家老太太本就不喜欢夏语冰，今天更是在阮栒面前阴阳怪气了好久，阮栒心情能好才怪。虽然很不想那么想，但是阮芸觉得，阮栒急着带阮芽离开封家……很有可能是不想让阮芽被封老太太刁难。阮芽咬了咬嘴唇——血缘的影响就这么大吗？她努力让阮家人讨厌阮芽，阮栒却在跟阮芽见了一面后就心软了。但面对阮芽，阮芸只是抱歉道："小芽，你别放在心上，不要跟三哥生气。"

"我为什么要跟他生气。"阮芽疑惑道，"我又不在乎他。"阮芸在心里冷笑。不在乎？她怎么可能不在乎同胞哥哥的态度？没准都要气死了，还装出这副样子，真是难为她了。

阮家没有封家历史久远，但也是底蕴丰厚的豪门世家。老宅子坐落在秋山上，车子停在门口，阮栒一句话没跟阮芽说，径直进了大门，阮芽也不理会他。

夜里很安静，正厅里灯火通明，戴丽玟这个做后妈的对阮家这些孩子一向抱着讨好的态度，见阮栒回来了，赶紧迎上来道："阿栒，辛苦你了，封家那老太太没有为难你吧？""她除了说难听话，还能对我怎么样。"阮栒冷笑，"真想不通妈当年怎么会和封家订婚约。"戴丽玟笑了笑，道："婚约是你妈妈和封家夫人定的，她们两人是很好的朋友。你知道，封老太太对封家大夫人很厌恶，对你妈妈是恨屋及乌……你别放在心上。"

阮家不送阮芸去封家，就有这么一层原因：封老太太和封迟琛母亲的关系说得上是恶劣，而封迟琛的母亲和夏语冰是闺蜜，封老太太就连夏语冰也一起恨上了，怎么可能会好好对待夏语冰的女儿？

"戴阿姨。"阮芸亲昵地抱住戴丽玟的胳膊，"你还在等我们呀？"戴丽玟笑道："当然要等你们了，你们今天去封家，可给我担心坏了，就怕那老太太刁难你们呢。""那么多人在，她不能做得太过分了。"阮芸笑着说，"如今琛少死了，她可不能再像以前那么目中无人了。"戴丽玟拍了拍她的手，道："我让人给你做了甜粥，你和你哥哥去吃一点吧？""不吃了。"阮芸道，"最近减肥呢，还让我吃甜粥。"

他们相处融洽，是真正的一家人，阮芽站在门口，像是走错了门的乞丐。

戴丽玟才看见她似的，语气冷淡起来："阮芽，你爸爸临时有事，出门了，上族谱的事情明天再说，你先去休息吧。"

阮芽"哦"了一声。

阮芸道："我带你去房间吧，小芽，你不认识路。"

"我带她去。"阮栒站起身道，"你今天也累了，赶紧回去休息。"阮芸一愣，眼里划过一抹冷光，面上却甜美笑着："那，哥你不要再欺负小芽了，她会难过的。"

阮栒走到阮芽旁边，瞥了她一眼："走。"

阮芽对阮家一点都不了解，虽然不想理会阮枸，但是更不想迷路，犹豫了一下，还是跟了出去。不承想刚刚走到院子里，她就被阮枸一把抓住，扣在了一棵老杏花的树干上。阮芽惊愕地看着阮枸："你干什么？"

阮枸抿了抿唇，道："阮芽。"这似乎是他第一次正儿八经地喊阮芽的名字，阮芽愣了愣："怎么了？"阮枸犹豫了下，说："你年纪小小的，别满脑子都是名利权势，这是好东西，但也要你有命去享，知不知道？"

阮芽一头雾水："你在说什么？"其实她被奶奶摁着上了阮家的车的时候，都不知道是要做什么。奶奶为了阮家给的十万块钱，毫不犹豫就同意把阮芽送回A城，哪管阮芽这一去是上刀山还是下火海？也不考虑她看似"利索"地跟着阮家的车回去，会被众人误以为是追名逐利，什么都豁得出去。

而阮芽平静地接受嫁进封家这件事，是因为她不想留在平安村了，但她没想融入阮家，也没想抢走阮芸拥有的东西。

"你别想着取代小芸。"阮枸警告道，"大哥和二哥要是知道，你会没命的。"更别提父亲。即便那是自己亲爹，阮枸都觉得他偏执得可怕。

阮芽低着头，动了动手腕，只说："疼。"阮枸下意识地松开，就见阮芽白嫩嫩的手腕上一圈青紫，是被他给捏出来的。阮芽完美继承了夏语冰一身凝脂般的肌肤，稍微用点力就会在上面留下印子。

"你以后要说话就说话，不要动手。"阮芽道，"真的很疼。"

阮枸想说自己根本没怎么用力，是她自己娇气，但是看着阮芽的手腕，只好道："叫什么，擦点药不就行了？"他轻轻推了一把阮芽，"也就我脾气好，你跟你大哥叽歪一个试一试，头给你拧下来。"阮芽瞬间惊呆："他脾气这么不好吗？"

阮枸冷笑："他那脾气是不好就能形容的？A城除了封迟琰，就他脾气最臭。"

阮芽纠正："我觉得琰少挺好的。"阮枸看怪物一样看着她："你说封迟琰脾气好？"他怜惜地叹口气，"你要是见过封迟琰本人还能说出这话，绝对要去检查一下脑袋。"

那她现在就得去检查，因为她真见过封迟琰本人。今天中午才见过呢。

戴丽玟给阮芽安排的住处挺偏僻，要走许久。阮栒放慢了速度，阮芽还是走得气喘吁吁，越来越慢，跟只小乌龟似的。阮栒暴躁道："照你这速度，明早上才能到。"阮芽也挺委屈："我又没要你送我。"阮栒冷眼看着她一会儿，实在是受不了她的蜗牛速度，蹲下身道："上来，我背你。"

阮芽警惕地后退两步，一双大眼睛盯着阮栒："你要干吗？"看她那防洪水猛兽的样子，阮栒更来气："我还能害你？"阮芽犹犹豫豫地趴在阮栒背上，道："你不会是打算把我背去丢了吧？"阮栒说："好主意，你再说话我就把你带去丢了。"

阮芽乖乖地闭嘴了。

阮芽轻飘飘的，小小一只，背着没什么感觉，阮栒皱眉道："你怎么这么轻？"好一会儿没听见阮芽的回答，他黑着脸道，"现在我准你说话了。"

阮芽"哦"了一声，道："可能是因为吃不饱饭。"阮栒道："我知道平安村穷，但也没穷到那个地步，连给你口饭吃都做不到？"

阮芽趴在阮栒背上，感觉还挺新奇的，她想，原来这就是有哥哥的感觉，阮栒这人喜怒无常，偶尔算得上是挺好的。她太容易记住别人的好了，大度地摒弃前嫌，道："他们不喜欢我。"

阮栒以为阮芽是说气话，走了一段路后又说："我今天带你走，是因为我得罪了封老太太，怕她借机折腾你。"阮芽有点惊讶："你这么好呀？"

阮栒表情又臭起来："我就不该带你走，没准这时候你还跪在那老太婆面前呢。""封老太太这么可怕吗？"阮芽小声问。"那是你没见识过。"阮栒冷笑一声，"那老太婆在A城是出了名的难相处，把自己的儿媳妇都逼得自杀了，你说可不可怕？"

封老太太就两个儿子，二儿子的媳妇是卢美玲，她活蹦乱跳的，显然自杀的儿媳妇不是她。阮芽愣了愣："你是说……琰少的妈妈吗？"

"嗯。"阮栒穿过连廊，月色里花影婆娑，他声音很淡，"当年事情闹得挺大的，大夫人自杀后，封迟琰性情大变，行事越来越狠辣。"阮芽皱着脸道:"那琰少多可怜呀。""可怜?"阮栒语调怪异,"你可怜封迟琰?""不可怜吗?""他这身世听起来挺可怜的,但是他这人一点都不可怜。"阮栒一顿,道,"算了,他都死了,我跟你说这些做什么。"

"行了,到了。"阮栒把阮芽放下来,打开房间的灯,是一间普普通通的客房,他道,"总之我跟你说的话,你好好记着。"阮芽歪头看着他:"你不是讨厌我吗?为什么要跟我说这些?"

阮栒咳嗽一声:"还不是看在我们是同一个妈生的分儿上。她死的时候我不到三岁。但大哥二哥不一样,他们对妈的感情很深,更别说爸了……"他看着阮芽,说,"很长一段时间,爸都不管小芸。四年前大哥、二哥知道小芸不是亲生的,对她的态度才有所好转。你回来,他们不掐死你就不错了。"

阮芽抿了抿唇,道:"可是那不是我能选择的。""我知道,"阮栒道,"但你的出生是妈用命换来的,你懂吗?"

阮芽垂着头没说话。阮栒叹口气,伸手揉了揉阮芽的头发,道:"阮芽,你没有选择,我们也没有选择。所以你别想着回到阮家了,我言尽于此。"阮芽一直看着地板不说话,就在阮栒怀疑她是不是哭了时,阮芽抬起头,轻声说:"我知道了。"

阮栒摆摆手:"睡吧。"

阮栒离开了,阮芽却有点睡不着。她以前被奶奶打的时候,妈妈只是冷眼看着,从不劝解,有时候还会一起动手。那时候她就想,妈妈为什么不爱她?如今她知道了,她的亲生妈妈很爱她,为她失去了生命,不管夏语冰的选择带来了什么后果,她只要知道这一点就够了。

阮芽洗漱后正打算上床睡觉,她的手机响了一声。阮芽打开那部老年机,是有人给她发了一条短信,就两个字:出来。

阮芽瞬间猜到了这条短信是谁发来的,揪着手指纠结了好一会儿,给发信号码打了个电话过去,那边倒是很快就接了,男人声音懒散低哑:"怎么?"阮芽犹犹豫豫地道:"琰少,您找我干什么呀?"

那边有风声,让他声音显得有几分模糊:"吃晚饭了吗?""没。"阮芽实话实说。"正巧有人请我吃饭,带你一起去。"封迟琰笑了笑,"海鲜大餐。去吗?"

029

说起这个阮芽可就不困了,但她想起这是在什么地方,又沉闷下来,道,"可是……可是我不认识路,不知道怎么出去。"封迟琰"啧"了一声:"那不带你了。"

阮芽赶紧道:"我马上出去!"她穿上外套就往外跑,可惜刚走到花园里,看着一模一样的四面八方,就蒙了。这里是迷宫吗?为什么长得一样?

阮芽迷茫地蹲在地上,确认自己是真的走不出去了,可怜兮兮地给封迟琰打电话:"琰少,我迷路了,呜呜呜呜……"

陶湛听见封迟琰笑了一声,随即打开车门,道:"那小蠢货在自己家迷路了,我去逮她。"陶湛一点都不意外,道:"那我跟那边联系一下,饭局推迟半个小时。"

"嗯。"封迟琰穿上风衣,揉了揉眉心,"真没见过这么蠢的。"

阮芽脚都要蹲麻了,也没等到封迟琰,只好选择了一条路往前走,发现此路不通,前面是一堵墙。她叹口气,刚要转身,就见墙头上落下一个黑影,阮芽瞪大眼睛,还没叫出声就被捂住了嘴。那人身形修长,应该是个男人,捂住她嘴的手指骨节分明。阮芽闻见了一点熟悉的木质香调和烟草味。

"叫什么叫。"封迟琰的声音从耳后传来,带着热气,"想让所有人都知道你大半夜跟男人出门?"阮芽"呜呜"了两声,封迟琰松开她的嘴,她立刻道:"你突然出现,我肯定会觉得很吓人呀!"封迟琰居高临下地看着她莹白软嫩的脸颊:"这么说,我不该来?"阮芽赶紧抱住他胳膊,道:"没有没有,我不是这个意思。"

封迟琰身体一僵,看着被阮芽抱着的胳膊。这小蠢货一点危机意识都没有,一脸纯真地问:"琰少,那里这么高,你是怎么跳下来的呀?""你刚才不是看见了吗?"

阮芽抬起脑袋,看了眼高高的院墙,纠结了一下,问道:"琰少……您不会打算让我也翻墙出去吧?"她小脸皱巴巴的,"我不敢。"

封迟琰都不知道她这小胳膊小腿儿的哪来的勇气说翻墙出去,阮家的院墙都装着红外线感应装置,这小蠢货只要一爬就会被守卫发现。

但是看她那样子，封迟琰又觉得挺有意思，道："不然你打算怎么出去？你要是不敢，就回去睡觉。"

阮芽摸了摸肚子，本来中午吃得多，她不是特别饿，但听见封迟琰说海鲜大餐的时候，她就饿了。"那我……"阮芽给自己打气，"那我努力一下。"

封迟琰"嗤"的一声笑了，抬手摁住院芽的脑袋，道："有些事，不是你努力就能成功的，两个你加起来都没墙高，算了吧。"阮芽蹦跶了一下："万一呢……万一我可以呢！"封迟琰又把她摁回去，道："我说的，你不可以。"

阮芽撇嘴："都没有尝试呢……"

"这么想吃海鲜？"封迟琰弯腰与阮芽平视，"为了口吃的，你还挺拼命。"阮芽可怜巴巴地说："想吃。"

"那你求求我。"封迟琰逗她，"没准我心情好，就带你出去了。"

阮芽毫不犹豫地靠近他，封迟琰恰巧直起身子，阮芽的唇就稀里糊涂地印在了封迟琰的喉结上。男人的衬衣领口上的木质香调尤为明显，还带着体温，在微凉的夏夜里不容忽视。阮芽整个人贴在封迟琰怀里，还没有反应过来怎么回事，柔软唇瓣下的喉结滑动了一下，封迟琰的嗓音有些哑："你花样还挺多。"

阮芽脸红了，热度从脸颊一直蔓延到脖颈，白皙的肌肤染上了艳丽的浅红，像是一朵在雪地里绽放的、粉色的合欢花。封迟琰将人拎开，戴着黑色手套的拇指在喉结上轻轻一抹，似乎带着一点阮芽唇上的温度似的："便宜还没占够？"

阮芽支支吾吾道："我不是要占你的便宜，这是一个意外！"封迟琰低沉地笑了声，道："你说是意外就是意外？"他捏住院芽下巴，道，"看不出来，你这么狂野啊。"

阮芽觉得自己百口莫辩。好在封迟琰也没有继续逗她，道："跟着我。"阮芽"哦"了一声，跟在封迟琰身后。

阮家的花园很有意趣，由专门的园林大师设计，亭台水榭，假山池塘，半隐没在寂静的夜色里。月光清冷洒落，如梦似幻。封迟琰走路快，阮芽就一直看着他的背，生怕跟丢了，冷不防踩到一块鹅卵石，脚一扭,整个人砸在封迟琰背上。

男人的背脊挺直,全是坚硬的骨头,砸得阮芽眼冒金星,鼻骨剧痛,眼泪立刻冒了出来:"好痛。"被砸的人还什么都没说呢,始作俑者倒是哭上了,封迟琰转身看着阮芽:"你还好意思哭?"

阮芽:"痛,呜呜呜……"封迟琰挑了挑眉,伸手拨开她额前的长发,白白净净的脸上的眼睛是红的,鼻尖也是红的。眼睛是哭的,鼻子是撞的。"没什么事。"封迟琰看着这个娇滴滴的小姑娘,皱起眉道,"你平地走路也能摔?"阮芽一边哭一边说:"你走得太快了,我怕追不上你……"

封迟琰一怔,笑了:"阮芽,你知不知道你长着嘴,除了占便宜,还可以说话。"被他嘲弄,阮芽哭得更凶了。"行了。"封迟琰揉了揉她鼻尖,"过会儿就不痛了。"阮芽擦了擦眼泪:"那你走慢一点。"

封迟琰没说话,双手抄进了风衣口袋里,走了两步后才说:"拉着我衣角。"阮芽伸出手拽住他衣角,封迟琰又说:"好好看路。"阮芽"嗯"了一声。

两人在冷冷月色里分花拂柳,大概十来分钟后,封迟琰带着阮芽到了一道垂花门前。门开着,一个用人低着头站在旁边,都没敢看来人是谁。封迟琰带着阮芽堂而皇之地出了阮家,用人左右看看,将门又锁上了。

又走了几分钟,阮芽看见了陶湛和一辆黑色的迈巴赫。"少夫人晚上好。"陶湛笑着问好,拉开了后车门。"晚上好。"阮芽礼貌地打完招呼,就被封迟琰塞进了后座里。车门"嘭"一声关上,阮芽赶紧扒拉着车窗道:"你干吗呀?"封迟琰靠在车边上,从风衣口袋里摸出了烟盒,敲出一支烟叼在唇间,垂下眼睑看着阮芽:"抽烟。"

封迟琰这个人,生得真的很好看。此时他垂着眸,更显得眉骨优越,眉眼深邃,鼻梁挺直,像一把出鞘的刀,连同凌厉的下颌线,不带丝毫的柔软。唇也生得薄,不笑的时候显得冷,笑起来又显得坏。左眼角下的那颗黑色的小痣中和了一点他的冷淡,显出惑人的性感。

香烟被点燃,青烟袅袅升起,模糊了封迟琰的眉眼,他挑了挑眉,对阮芽道:"你盯着我做什么?"阮芽的手指在自己眼睛下面一点:"这里,有颗痣。"封迟琰凑近几分,吓了阮芽一跳,猛地往后缩去,封迟琰勾起唇角:"没有啊。""我是说你。"阮芽撇嘴,又趴回车窗边,手指轻轻在封迟琰的眼下点了点,"这里。"封迟琰向来不太关心这些,"怎么了?"

"很好看。"阮芽说。

封迟琰眯了眯眼睛,吐出一口烟,呛得阮芽直咳嗽,笑着说:"小蠢货。"阮芽咳得满脸通红,又被封迟琰扣了一顶大帽子,转过头不想理会封迟琰了。封迟琰掐灭了烟,拉开车门坐在她旁边,见她板着小脸的样子:"生气了?"阮芽"哼"了一声。

陶湛也上了车,车子发动,往山下去,从寂静山腰奔向城市万家灯火。"让你买的东西呢?"封迟琰问。陶湛从副驾驶座上拿起一个袋子:"这里。"封迟琰接过纸袋,从里面拿出什么东西,阮芽正打算偷偷摸摸瞥一眼,唇边忽然被送上了一个软软甜甜的东西。

阮芽看向封迟琰。"张嘴。"封迟琰道。阮芽张嘴,封迟琰将那颗棉花糖喂了进去,阮芽眼睛亮晶晶:"这个糖好好吃。"

封迟琰料到了阮芽这副没见过世面的样子,亲眼看到还是觉得挺可爱。"你刚刚不是生我气吗?"封迟琰慢条斯理道,"还吃我的糖?"阮芽盯着他手上的纸袋子,十分大度:"我没有生你气,我不是这么小气的人。"她摊开白嫩嫩的掌心,"还想要。"封迟琰笑了一声,将袋子放在她手里,道:"别吃太多。"阮芽抱着袋子,又有点不好意思地问:"琰少,你要吃吗?"

封迟琰刚要说不吃,棉花糖已经送到了唇边——阮芽是有样学样。棉花糖很甜,甜味在口腔里炸裂的瞬间,似乎没有封迟琰想象中的讨厌。

车子从秋山开进繁华的市中心,霓虹闪烁,车流不停,行人如梭,A城这座欲望之都在夜色里苏醒过来。

"待会儿你什么都不用说。"车子停在云顶餐厅楼下,有泊车小弟殷勤地等候。封迟琰戴上墨镜,对阮芽说:"负责吃就行了。"

云顶餐厅坐落在寸土寸金的市中心,在这里吃一顿饭的钱,足够普通人一年的工资,若是再开瓶酒,估计小城市里房子的首付都有了。这儿还不是有钱就能来的,有严格的会员制度。是以私密性极好,侍应生知情知趣,知道什么该说,什么不该说。

阮芽是个小土包子,好奇地左看右看,紧紧跟在封迟琰旁边。

云顶餐厅的经理亲自下来接人,按了电梯,恭恭敬敬地道:"陶助理,今天照旧开一瓶罗曼尼康帝吗?"陶湛还没说话,封迟琰已经道:"送一壶热牛奶。"经理差点没管理住自己的表情,不可置信道:"热……热牛奶?!"这么重要的场合,就算不开红酒也要放香槟,热牛奶是怎么回事?陶湛笑了笑:"琰少说了,你照办就是,哪儿这么多废话?"经理额头上的汗立刻就下来了:"是……是我多嘴了。"

电梯到了二十六层。这一层呈半球形,装的透明玻璃,城市夜景尽收眼底,十分漂亮。只有一桌亮着灯。位子上已经坐了人,一男一女。两人看见封迟琰后都站起身,其中金发碧眼的外国老人十分有绅士风度地弯了弯腰:"琰少,晚上好。"

封迟琰没理会,单手拉开了椅子,阮芽正好奇地看着窗外的万家灯火呢,就被他按在了椅子上,男人声音含笑:"不是说饿了?"他脱下外套交给陶湛,而后在阮芽身边坐下,道:"叫他们上菜。"陶湛点头。

"琰少。"从阮芽出现后目光就没从她身上离开过的女人咬了咬唇,"您不介绍一下这位小姐吗?"她长得很漂亮,显然是精心打扮过,妆容精致,一身高定,佩戴的珠宝在灯光下熠熠生辉,旁边的包是全球限量款,妥妥的"白富美"。

相比之下,阮芽就是一只灰扑扑的丑小鸭,穿着土气的T恤、牛仔裤。

"格雷小姐。"陶湛微笑道,"这位是琰少的妻子,封家的少夫人,您应该有所耳闻。"

杰奎琳·格雷几乎把自己新做的水晶甲折断,勉强笑了一下:"我还以为琰少不会承认这段荒唐的婚姻,毕竟琰少不是会被这种东西束缚的人。"

封迟琰抬起眼睛:"我怎么不知道我是这种人?"杰奎琳一僵。

"好了杰奎琳。"罗伯德·格雷警告地看了女儿一眼,"今天我们是来谈正事的。"杰奎琳只好压下心中的不悦,目光却放肆地打量阮芽,想看看她到底哪里与众不同,能够入封迟琰的眼。

服务生陆陆续续地上菜，都是精心烹制的美味佳肴，只可惜真正想吃饭的，只有阮芽一个人。封迟琰没骗人，今晚确实是大餐，云顶餐厅的所有食材都是当天早晨空运到A城的，国内外的珍稀食材应有尽有。与菜品一同送上来的，还有装在小奶壶里的热牛奶。

罗伯德笑道："我专门从庄园里带了一支陈酿干红，琰少懂酒，夫人也可以尝尝看。如果喜欢的话，我那里还有几支。"他示意杰奎琳开酒，杰奎琳刚要动作，封迟琰道："不用。"便拎起小奶壶，往阮芽的玻璃杯里倒了大半杯热牛奶，道："小朋友不能喝酒。"罗伯德笑容一僵。

阮芽有点渴了，抱着玻璃杯喝了一口，舔了舔唇边的奶渍，瞅着封迟琰："可以吃饭了吗？""可以。"封迟琰问，"想吃什么？"阮芽眼睛亮晶晶的："螃蟹！"

封迟琰夹了一只螃蟹给她，阮芽扒拉了一下，叹口气："我不会剥螃蟹。""怎么不蠢死你算了。"封迟琰扯下手套，用桌上的湿毛巾擦了擦手，拿起螃蟹剥开，"你只会吃吗？"

有吃的时候，阮芽的脾气一直是很好的，她专注地看着封迟琰修长的手指怎么将螃蟹扒拉开，敷衍地点点头。

封迟琰眼睛里带了笑意，将盛着蟹肉、蟹黄的后盖放在阮芽的盘子里，又将手指擦干净，才想起桌上还有其他人似的，挑眉："让两位见笑了，我夫人乡下来的。"

阮芽觉得封迟琰在骂她，但螃蟹很好吃，就不计较了。

杰奎琳紧紧地咬了下嘴唇，道："怎么会……琰少对夫人真好。"

封迟琰侧眸看着跟小仓鼠似的阮芽，道："还成，她挺好养。"给吃的就行。

杰奎琳几乎失态，罗伯德抓住她的手："杰奎琳。"杰奎琳勉强冷静下来，可是心里嫉妒得发疯。她之所以和父亲一起出现在这里，就是想嫁进封家，嫁给封迟琰。不管为了她自己还是为了格雷家族，都是百利而无一害的事情。本来父亲答应她，今晚会跟封迟琰提联姻的事情。封迟琰却直接带了一个所谓的少夫人出现——这让她怎么能不恨？！

"这次来A城，听闻琰少的死讯，我可真吃了一惊。"罗伯德转移话题道,"怎么会出现这种情况?"封迟琰淡淡道:"狐狸终于露出了尾巴而已,不要紧。"罗伯德笑道:"琰少在 A 城是说一不二的人物,竟然有人敢算计到您的头上。""总有那么些不怕死的。"封迟琰莞尔,"我也没办法。"他分明笑着说话,罗伯德却背后一凉,十分庆幸自己没有掺和 A 城的这些斗争。那些为封迟琰死了而沾沾自喜、企图趁着权力洗牌上位的人不知道将会迎来怎样可怕的报复。

"罗伯德。"封迟琰靠在真皮椅子上,微微垂着眼睑看着对面的老人,"你知道为什么我愿意把 Y 国那块地交给你吗?"罗伯德面对封迟琰时完全处于下位,垂头道:"很感谢琰少愿意相信格雷家族,但我不太清楚……"想要那块地的人太多了,在封家放出风声后,世界各地的权贵闻风而动,封迟琰从中选择了格雷家族。诚然,格雷家族有这个实力,但其他的竞争对手也不差。

封迟琰喝了口薄荷水,阮芽正大快朵颐。她看着小,倒是挺能吃,吃相跟优雅不沾边,但很可爱,让人看着心情舒畅。

他弯了弯唇角,道:"因为你很清醒。"

罗伯德苦笑道:"老实说,接到您的死讯后,我动摇过,但我又想,您并不是会这样静寂无声死去的人。"罗伯德的吹捧,封迟琰并不在意,只是抬起了手指,陶湛立刻将一份文件放在罗伯德面前,罗伯德面色激动。

陶湛道:"这是秘书起草的合同,格雷先生可以看看,如果没有意见的话就可以签订合同了。"罗伯德看都没看,毫不犹豫地在合同上签下了自己的名字。拿下这块地,格雷家族的地位必定更高,不管合同里有什么坑,他都愿意跳。

陶湛伸出手:"合作愉快。"罗伯德连忙伸手跟他握了一下:"合作愉快。"

他们签完了合同,阮芽也吃得差不多了,她用餐巾擦了擦手,发现还是有点不干净,偏头小声对封迟琰:"我去洗下手。""嗯。"封迟琰道,"让服务生带你去。"阮芽点点头,站起来,服务生十分热情地带她去了洗手间。

阮芽站在镜子前,挤出洗手液认真洗手,冷不防身后有人道:"你叫阮芽，是吧？"

阮芽抬起头，从镜子里看见了艳丽逼人的杰奎琳。杰奎琳个子高挑，衬得阮芽小小一只。她慢吞吞道："你找我有事吗？"杰奎琳冷笑道："你看看你自己，土里土气的，哪里配得上琰少？"阮芽看了看镜子里的自己，疑惑道："我觉得还好。"杰奎琳不可置信道："你到底哪里来的自信啊？！你站在琰少旁边都是对他的羞辱！"

阮芽洗干净了手，用纸巾擦干，才转身看着杰奎琳："可他不觉得啊。"她偏头想了想，又开始编瞎话，"琰少可喜欢我了。"杰奎琳简直要被她气死了："怎么可能！像他那样的人，怎么可能会喜欢上谁……绝对不可能！"阮芽很奇怪："你知道这一点，为什么还要喜欢他？"

"你！"杰奎琳气得一把抓住阮芽的肩膀，咬牙道，"你根本不懂，别在这里胡说八道！你以为琰少真的在乎你？不过是以前没有见过你这种活在下水道里的臭虫，觉得新鲜罢了！"

这话羞辱性极强，阮芽却很平静："那你连下水道里的臭虫都不如，是什么值得高兴的事情吗？"阮芽真心实意的疑惑在杰奎琳耳朵里是莫大的嘲讽，她一时间气血上头，五官都狰狞了："你敢骂我？！"她狠狠地抓住阮芽的肩膀，长长的指甲戳进了软肉里，阮芽喊了声痛。杰奎琳冷笑道："你们C国有句古话，叫作初生牛犊不怕虎，你没见过世面，我就好好地给你上一课！"她说着就要将摁阮芽的脑袋摁进旁边的水池里。阮芽怕死了，奋力挣扎开，转身就跑，杰奎琳用Y国话骂了几句，赶紧追出去。

阮芽刚刚跑到走廊上，刚好见封迟琰往这边来。她可委屈了，一头撞进他怀里，封迟琰一顿："怎么了？"

杰奎琳看见刚才在卫生间里一脸平静嘲讽自己的阮芽，眼泪说下来就下来，声音哽咽地对封迟琰说："琰少……有人欺负我，呜呜呜呜……"

封迟琰皱起眉，捧住阮芽的脸："到底怎么了？"阮芽哽咽道："她骂我，还打我……好痛。"

封迟琰脸色冷下来。"哪里痛？"封迟琰压着脾气，"我看看。"阮芽哭哭啼啼地拉开T恤领口，白皙透粉的肩膀上有几个深深的青紫色指痕，娇嫩的皮肉都肿了起来，看起来十分吓人。封迟琰抬起眼睛，看了一眼茫然不知所措的杰奎琳。杰奎琳只觉得那一眼，让人浑身发寒，遍体生凉。

封迟琰将她的领口拉好，将人揽在怀里，道："哭有什么用。"阮芽抽泣道："我打不过她……她还想把我摁进水池里，那个水池是洗拖把的，好脏……她太恶毒了！"

"琰少，我没有，我……"杰奎琳慌张地解释，"我只是……只是想跟夫人聊聊天，不是她说的那样……"男人眼里的冰雪半分没有融化，冷淡地看着她，声音没有丝毫温度："你说我是信你，还是信我的妻子。"杰奎琳崩溃道："琰少！她根本就配不上您……她不配！您为什么……"

阮芽更生气了："你看，她还在骂我！"封迟琰抬起手指给她擦了擦眼泪，阮芽脸小，巴掌大一点儿，此刻哭得可怜，皮肤粉粉白白的一片，像是受了天大的委屈。"听见了。"封迟琰将她被泪水打湿的长发拨开，哄小孩儿似的，"确实很过分。"他转头，面无表情地看着杰奎琳，"你刚才说，只是想跟她聊聊天。"杰奎琳恐惧地后退两步，后背抵住了墙，但是冰冷的墙壁给不了她丝毫的安全感，她全身都在发抖："我……我真的只是……""你喜欢把人摁进水池里聊天？不如你表演给我看看。"

杰奎琳慌乱道："我是格雷家族的大小姐，琰少，你不能这么对我……你……"封迟琰笑了："那又怎么样？"他眼睛里的讥诮几乎凝为实质，随意地道，"那份合同，我还没有签字。若是格雷家族因为你而失去了这个机会，你觉得格雷家族还会容得下你？"

杰奎琳紧紧地攥着裙摆，哭得满脸是泪，可眼前的男人对她没有半点怜惜。那块地对格雷家族有多重要，杰奎琳最是清楚不过，如果因为她失去了这个机会……她的确是罗伯德的亲生女儿，但在世家之中，利益高于一切。

她狠狠地看了阮芽一眼，深吸一口气，转身进了洗手间。这样的高级餐厅，就算是洗拖把的水池看着也挺干净，但对杰奎琳这样的千金小姐来说，心理上的羞辱要远大过于身体的羞辱。

她咬咬牙，弯腰埋进了水里。几秒后，她从水池里抬起头，不复之前的名媛气质，狼狈不堪地道："琰少，这件事是我做错了，以后不会了。"

封迟琰冷淡道："跟我道歉做什么？"杰奎琳几乎要将一口牙都咬碎，对阮芽一弯腰："对不起！是我错了。"

封迟琰看着阮芽："你怎么说？"

阮芽撇撇嘴："我肩膀还很痛呢。"杰奎琳简直恨不得撕了阮芽——她已经这么低声下气了，阮芽竟然不依不饶？！

"那……"封迟琰眯了眯眼睛。

阮芽慢慢走到杰奎琳面前，杰奎琳警惕地看着她，不知道她还想干什么。阮芽缓缓伸出手，杰奎琳下意识地闭上眼睛。就算阮芽甩她两巴掌，她也不能反抗。

但是预想中的疼痛并没有到来。杰奎琳睁开眼睛，见阮芽对她摊开了手心，道："我刚刚看了下，我伤得很严重，你要赔偿我医药费。"

杰奎琳松了一口气。她有的是钱，不就是赔钱吗？就算阮芽要几百上千万，她也拿得出来。

阮芽慢吞吞道："赔我五百医药费，只接受现金，快点。"

杰奎琳试探性地问："五百万吗？"

阮芽看傻子一样看着杰奎琳："我说，五百块。"

杰奎琳怀疑自己听错了。她给餐厅服务生的小费都不止五百，阮芽逮住了这么好的一个机会，不趁机敲诈，竟然只要五百块？！杰奎琳心中冷笑，想阮芽不愧是乡下来的，连五百块都觉得很多，她想从钱夹里拿出银行卡，忽然想起阮芽说的是，现金。这年头谁还用现金啊？！

"不可以刷卡或者支票？"杰奎琳深吸口气，道，"或者微信……"

阮芽沉痛地摸出自己的老人机："我手机用不了微信。"

杰奎琳震惊地看着那仿佛古董的老人机。"我没有现金。"杰奎琳道，"我给你开张支票。"阮芽皱起眉："支票好麻烦，还要去换，我就要现金。""你！"杰奎琳心头火气起，顾忌封迟琰在，硬生生地把脾气压下去，轻声细语地道，"那我……去找人换现金。"

"不用这么麻烦了。"封迟琰调出手机收款码，放杰奎琳面前，"转我。"

阮芽一脸怀疑："你要对我的五百块钱干什么？"封迟琰弯腰看着她："那你倒是说说看，这五百块钱能干什么。"阮芽严肃道："那就可多了……"封迟琰拍了拍她脸颊，道："五百块，连你吃的那只螃蟹都买不到。"阮芽震惊。

杰奎琳颤颤巍巍地拿出手机转了五百块。

阮芽扒拉着封迟琰的胳膊，确认收到了钱，才对杰奎琳一笑："那我们就两清了，不过你要记住，以后不要动手打人，下次我就报警了，警察叔叔可没有我这么好说话。"杰奎琳委屈地道："我知道了。"

阮芽赞许地点点头："知错能改，善莫大焉嘛。"她拉了拉封迟琰的手："琰少，我们走吧。"

封迟琰瞥了一眼她被衣服盖住的肩头，道："你肩膀不痛了？"

"其实没有那么痛，我装的，我皮肤就是很容易出现印子。"她挂在封迟琰身上，"我现在是有钱人了，我请你吃东西。"

封迟琰见她一直盯着自己手机的财迷样儿，干脆把手机装进了她的外套兜里，问："你要请我吃什么？"

阮芽琢磨了会儿，道："糖葫芦吧。"封迟琰："……"

陶湛并不知道什么事儿能让封迟琰直接扔下罗伯德就走了。不过封迟琰向来如此随意，他并不惊讶，罗伯德更不敢有意见，只要合同签下来了，其他都是小事。

阮芽和封迟琰下了楼，已经将近九点了，城市灯火却越发璀璨。阮芽抬起脑袋看了看云顶餐厅，道："这个餐厅的老板一年肯定能赚很多钱。""你怎么知道？"封迟琰问。阮芽："因为他一只螃蟹就要卖五百，太黑心了。"

"纠正一下，不止五百。"封迟琰说，"你要是好奇这里一年的营业额是多少，我可以让陶湛查查看。"阮芽好奇道："这个你也能查到吗？"封迟琰垂着眼睑看她："当然，这家餐厅是我名下的财产。我就是你说的那个黑心老板。"

阮芽想，最有钱的人竟在我身边。阮芽咳嗽一声，道："你卖五百我就可以接受了。""你还看人下菜碟?"

阮芽笑起来,在微凉的夜风里显得格外柔软:"因为琰少是很好的人。"

封迟琰一怔,阮芽已经跑到前面了:"我下车的时候看见路边有人卖糖葫芦,怎么找不到了?"封迟琰道:"因为你矮。"阮芽不太高兴了:"你怎么可以人身攻击呢?"

"实话实说。"封迟琰猛地伸手卡住她的腰。阮芽吓一跳,下一瞬就被举高了,视野开阔起来,看见人群里卖糖葫芦的大叔。封迟琰笑了声:"我人身攻击?"阮芽沉默了。

封迟琰把人放下来,手指展开,在她腰上量了一下,觉得稍微用点力阮芽的腰就要断,实在太细了。

阮芽不知道封迟琰在想什么,拉着封迟琰的衣角好奇道:"你平时的视角就是那样吗?""差不多。"封迟琰道,"还要再高点儿。"阮芽有点泄气,踮了踮脚:"我已经十九岁了,应该不会再长高了。"封迟琰说:"对。"阮芽气鼓鼓道:"你应该安慰我。""我应该让你认清现实。"封迟琰说,"少看点电视,看多了对脑子不好。"

阮芽轻哼一声。两人到了卖糖葫芦的面前,她看着山楂的、草莓的、苹果的、猕猴桃的糖葫芦,不知道该怎么选,她都没吃过。

她纠结地给自己买了一串山楂的,给封迟琰买了一串草莓的。封迟琰对这东西没有兴趣,随手放在了阮芽的帽兜里。阮芽刚刚吃了颗酸甜的山楂,封迟琰的手机就响了。她从兜里掏出手机还给封迟琰,封迟琰看了眼来电显示,脸色就冷淡下来,直接挂断了电话,道:"回去了。"

"哦。"阮芽跟在封迟琰身后,像是一条小尾巴,"你要送我回阮家吗?""不然呢?"封迟琰挑眉看她,"你跟我去睡棺材?"阮芽立刻后退两步,道:"我还是回阮家吧。"封迟琰看着她这没良心的样子,倒是笑了:"小白眼儿狼。"

阮芽有理有据:"你肯定有事要忙,不吃饭的事情就不用叫我了。"她凑近封迟琰一点,唇角带着小小的、得意的笑,"我知道,你带我出来是为了避免被那个杰奎琳缠上。"封迟琰道:"看来你也不是蠢得无可救药。""哼。"阮芽说,"我帮了你的忙,这顿饭可不是我白吃的哦。"封迟琰:"你不是还趁机赚了五百块钱吗?"阮芽:"这是我的医药费。"她扯扯封迟琰的袖子,"我们去把钱换成现金吧。"封迟琰将自己的袖子扯回来,慢条斯理道:"我还有事,忙,没空。"说着就往停车的方向走。

封迟琰打开后车门,一偏头:"进去。"阮芽"哦"一声,钻进车里,说:"从现在开始你不是天底下最好的人了。"封迟琰从另一边上了车,闻言倾身过去,高大的身躯几乎将阮芽整个盖住,阮芽戾得不行:"你……你要干吗?"

封迟琰垂着纤长的眼睫,笑了一声,手指拉出安全带,替她扣上,说:"系安全带而已,你以为呢?"阮芽松了一口气。

车子发动,阮芽想起什么,道:"啊,我们刚才应该买点药酒。我肩膀还是有点痛。"封迟琰淡声道:"我看看。""哦。"阮芽拉开T恤领口,露出白白的肩膀。

正好车子停着等红灯,陶湛拿出一个小小的医药箱,交给了封迟琰。封迟琰从箱子最底下找到了消肿的软膏,刚刚拧开盖子,就听阮芽软乎乎的声音:"这个药,疼不疼啊?"

封迟琰思索了一瞬:"不疼。"阮芽放下心来,还往旁边蹭了蹭,把肩膀露出来,方便封迟琰给她上药。封迟琰"嘖"了一声,挤出一点药膏在指尖上,而后在阮芽肩头的淤青上揉开。阮芽眼立刻就跟炸了毛的猫似的往里面躲,泪汪汪地看着他:"你骗人,好疼!"有些破皮的地方,沾了药膏火辣辣的疼,阮芽直往回缩,"我不要擦药了。"封迟琰用另一只手按住阮芽的肩膀,声音沉了几分:"别乱动。"阮芽抽泣道:"可是真的好疼。""忍着。"封迟琰说完又挤了药膏,用了点力把药膏揉开,阮芽哼哼唧唧地哭个不停,不知道的还以为把她怎么了。驾驶座上的陶湛乐不可支,强忍着不笑出声。

好不容易上完药,阮芽哭得满脸都是眼泪,封迟琰把她长发拨开,露出一张精致漂亮的仿佛瓷娃娃的脸,道:"还哭?"药膏揉开后就没那么痛了,但阮芽的眼泪还是掉:"你不知道有时候哭起来是一下子止不住的吗?"

封迟琛还真不知道。他从小到大就没哭过。他抽了两张纸巾，替她把眼泪擦干净，又找到装棉花糖的纸袋子，道："吃糖能不能不哭？"阮芽抽抽搭搭地说："我……我试一下。"她吃了两颗棉花糖后终于止住了眼泪，一双大眼睛都哭肿了。

　　车子到了阮家，封迟琛没下车，看着阮芽自己往拱门走。她走出去几步，又"嗒嗒嗒"地跑回来，晚风将她头发吹乱，一张小脸白得发光。她弯腰敲了敲玻璃窗，车窗降下，封迟琛问："怎么？"阮芽说："琛少，你是要去见不喜欢的人吗？"

　　封迟琛眯起眼睛："为什么这么问？"阮芽道："之前那个电话打过来的时候，你不高兴。"她叹口气，道，"原来有钱人也会有烦恼。"她从自己帽兜里把那串草莓糖葫芦拿出来："吃点糖会开心一点。"封迟琛还没说话，阮芽已经把糖葫芦塞进他手里，摆摆手跑远了。

　　直到阮芽进了阮家，封迟琛才摇上车窗，问："陶湛，你说这个世界上怎么会有这么蠢的人？"陶湛想了想，说："可能是为了……丰富物种多样性？"

　　封迟琛笑了一声，手指捏着糖葫芦一转，道："有时候，蠢一点，也挺可爱。"

　　陶湛犹豫了一下，还是问："少爷，您对这位阮小姐……"封迟琛道："她挺有意思的，养着解闷儿还不错。"他靠在真皮后座上，闭上眼睛，散漫道，"给吃的就行，多好养。"

　　陶湛不知道该不该说您这可不像是养着解闷儿，就差给捧手心里了。最终他还是没说，发动车子离开了阮家。

　　窗外夜景飞速闪过，封迟琛想，阮芽偶尔还是能聪明一回的，他的确是要去见一个很不喜欢的人。

　　阮芽第二天一大早就被扒拉起来了，原因是阮沥修九点之后要开个股东大会，只能在早晨抽出一点时间，让女儿认祖归宗。

　　阮芽晕晕乎乎地跟着用人进了祠堂，阮家的祠堂修建得十分威严肃穆，常年点着檀香，香味浓郁不散，沉沉的香气瞬间让阮芽清醒过来。阮家的长辈都已经列座，首位的男人穿着一件黑色的唐装，上面没有丝毫花纹，哪怕是上了年纪，也俊朗非凡，让人移不开眼睛。

这是阮芽第一次见到自己的亲生父亲，阮家的家主，阮沥修。看见阮沥修的长相，阮芽明白自己的容貌随了夏语冰，赶紧低下头，就怕亲爹看见她长得像夏语冰的脸，想起十几年前的丧妻之痛。

阮沥修淡淡看了一眼阮芽，没说话。戴丽玟笑着道："家主，沉桉和落榆说有事脱不开身，就不回来了，我们直接开始吧？""不回来？"阮芸皱起眉道，"大哥二哥怎么能这样？今天对小芽那么重要，他们怎么能不回来呢？！""小芸！"戴丽玟赶紧给阮芸使眼色，"你哥哥们是太忙了。"

阮芽下意识地看了眼阮沥修，阮沥修站起身，道："开始吧。"阮芸抱歉地看向阮芽："对不起啊小芽，哥哥他们肯定是……唉。"阮芽没说话。

整个流程非常简单，阮芽的名字被写进了族谱，排在阮芸之后，算是阮沥修和夏语冰的第五个孩子。仪式结束，阮沥修一句话没说就走了，阮芽跪在祠堂里，抬眼就是阮家列祖列宗的牌位，对她而言，全都陌生至极。别人可以走，但她要在这里跪到中午才行，此时外面传来议论声——

"你们看见家主的表情没有？是真不把这位五小姐放在眼里啊！"

"愿意把她接回来就不错了！夫人用自己的命换了五小姐的命，家主能喜欢她才怪呢！"

"你们在这儿嚼什么舌根。"冷不防一道声音响起，吓了用人们一跳。阮栒不知道什么时候出现在了门口，双手抄在裤兜里，道："阮家花钱雇你们来聊闲天儿的？"用人们赶紧道："三少爷……我们只是……""只是什么？"阮栒皱眉道，"既然你们知道阮芽是阮家的五小姐，就别在背后说她是非，她再怎么着，也是阮家的人，听明白了？""听……听明白了。""听明白了就滚。"阮栒烦躁道。用人们赶紧散开。

阮栒看着祠堂里孤零零跪着的阮芽，心里挺不是滋味。

"喂。"他走进祠堂，站在阮芽旁边道，"今天大哥二哥是真有事，大哥要去谈生意，二哥有一个很重要的采访。""哦。"阮芽轻轻地应了一声。阮栒在她旁边蹲下:"你就哦?"阮芽疑惑道:"不然呢?"她叹口气,"我还以为你也不来呢。"

本来他的确没打算来的,连理由都想好了,但是……他觉得自己大概是被鬼迷了心窍,觉得阮芽可怜兮兮的,要是他也不来,阮芽指不定要被怎么嘲讽呢!

"封家已经在准备婚礼了。"阮栒说,"打算今晚上让你和封迟琰拜堂。"阮芽道:"他们不会要我抱着琰少的遗像拜堂吧?"阮栒想了想说:"万一是让你跟一只大公鸡拜堂呢?"阮芽立刻道:"那我宁愿跟遗像拜堂。"起码封迟琰的遗像很好看,比大公鸡好看。

"喂。"阮栒无语道,"你都不知道反抗吗?你知不知道这个堂你要是拜了,就会成为整个 A 城的笑柄?""知道。"阮芽抬起脑袋看他,眨眨眼,"可是你们不是希望我听话吗?接我回来,就是为了跟琰少结婚。"

阮栒一僵。阮芽听话是最好的,封家和阮家都清净,他却让阮芽去反抗……他肯定是疯了。阮栒抹了把脸,道:"我跟你说这些做什么,你跟你的大公鸡拜堂去吧。"

阮芽严肃道:"我不会跟大公鸡拜堂的。"

阮栒心想小姑娘还是有点反抗精神的,她又说:"必须把大公鸡换成遗像。"

阮芽这个蠢货,真的是阮家的孩子吗?!

"那我以后是不是都不能回来了。"阮芽忽然道,"好像已经没什么事需要我回阮家了。"

阮栒一怔,伸手揉了揉阮芽的头发,道:"别胡思乱想,这里是你的家,你想回来,当然可以回来。"阮芽却摇摇头,轻声说:"这里不是我的家。"这里没有人欢迎她。从前在平安村的时候,她觉得那不是她家,如今回到 A 城,发现阮家也没有她的容身之处,甚至不如封迟琰的燕回居带给她的归属感强烈。

阮栒叹口气,道:"你怎么这么实诚?这里都没人了,你还跪着干吗?我带你去吃早饭。"阮芽吃饭吃到一半,阮栒接到了一个电话,匆匆离开了。

阮芽没事干，又回了祠堂。

她一眼就看见了夏语冰的灵位，端端正正地摆着，比别的灵位都要干净些，上面的字体也和别的灵位不一样。阮芽猜，应该是阮沥修亲手刻上去的。阮芽没见过夏语冰，连照片都没见过，只是看着这三个字，都能感到温柔。这个世界上唯一真正爱她的，就只有夏语冰了吧。

阮芽伸手碰了碰灵位，轻轻叫了声妈妈。

下午，封家来接人，阮芽被戴丽玫带着坐进了封家的车，阮芸一脸的担忧："小芽，要是有什么事，就给我打电话。"

阮芽没回答，只是撇了撇嘴，心想那你倒是把你电话号码给我呀。

今日要办冥婚，封家宾客如云，阮芽一回来就被带去换衣服了。封老太太挺讲究的，婚服用的是上好的丝绸，上面的刺绣精致，这一身下来要花不少钱。

用人们把盖头给阮芽盖上，霎时间眼前一片通红，她只能看见自己的脚下了。卢美玲打量了两眼阮芽，本想讥讽她穿上龙袍也不像皇帝，却见这大红色的婚服穿上，更显得阮芽皮肤白嫩，勾勒出纤细的腰身，站在那儿……还挺好看。嘴里的刻薄话憋了回去，卢美玲道："收拾好了就出去啊！怎么，还想等着新郎官儿来接？"

阮芽提着裙摆磕磕绊绊地走出门，外面瞬间唢呐齐鸣。

唢呐这乐器很有意思，大悲是它，大喜也是它。阮芽迷迷糊糊地往前走，迈过一道门槛后终于停下，有人往她手里放了个东西，阮芽松了一口气——是遗像，不是大公鸡。

"时辰到了。"封老太太道，"拜堂吧。"阮芽跟着主婚人的声音，一个指令一个动作，拜了天地，又拜了高堂，正要跟遗像对拜时，宾客躁动起来，人声议论不断，就连封老太太也站了起来。

"哟。"引发轰动的人笑了一声，"这么热闹呢。"封老太太压下心中怒火，道："应少爷也是来观礼的？我可记得没有给应少爷下请帖！"

封家当然不可能给应家下请帖，整个A城的人都知道这两家不对付，祖上八代就有仇，从前算是势均力敌，但是封迟琰掌权后，封家明显压了应家一头。当然，对别的世家来说，应家仍旧是庞然大物。

来人是应家这一代的翘楚、年纪轻轻就在上流圈子里名声赫赫的应白川，这人没规没矩的，整个A城也就他敢跟封迟琰叫板。

"老太太别生气啊。"应白川笑起来，"我只是听说您给封迟琰找了个媳妇儿，来看看而已。"他说着看向阮芽："这就是少夫人了吧？"阮芽皱起细眉，后退了两步，应白川恶劣地笑了："少夫人别怕啊，我又不会对你做什么。"封老太太咬牙，道："应少爷，如果你要观礼，我自然会为你安排位置，如果你是来搅局的，就请你立刻离开！""不必了。"应白川莞尔，靠近阮芽两步，"这么怕我啊？"阮芽又往后退了两步。

应白川弯腰掀开她的盖头，正对上她一双水润的鹿眼。看见这双眼睛，他一顿，道："我听说你今年才十九岁，封迟琰都死了，你嫁给他多亏啊。"阮芽有点怕他，下意识地抱紧了封迟琰的遗像，小声说："要你管。"

应白川愣了下，不仅没生气，反而"哈哈"笑了，笑着笑着忽然靠近，猛地将阮芽扛在了肩上，在一片惊呼声中往外走，朗声道："老太太，我看封迟琰没这个福分，我这人心善，他老婆我帮他照顾就行了。"

封老太太气得直哆嗦："应白川！你给我站住！"应白川丝毫不理会，封家的用人惧怕应白川带来的保镖，没敢上前，只能眼睁睁地看着阮芽被带走。卢美玲不愿意掺和这事儿，等人都要走出大门了才道："你们站着干什么？！还不赶紧去把少夫人带回来！"用人们才慌慌张张地追出去。

封家一团乱，阮芽也没好受到哪里去。她被人扛着，柔软的肚腹正好顶在男人坚硬的肩膀上，又痛又想吐，她拍了拍应白川的背，有气无力道："你放我下来吧……我自己跟你走。"应白川饶有兴致道："这么听话？"阮芽："你再不放我下来，我就要吐你身上了。"

应白川拉开车门，将她塞进去，撑着车门框看着她道："你随便吐，这车新买的，市价一千万不到，你吐了，还给我一辆新的就行。"阮芽瞬间觉得自己不是那么想吐了。

应白川也上了车，道："回西萍园那边。"

阮芽头上的盖头早在应白川扛她出来的时候就掉了，用人都懒得替她收拾，反正盖头一盖就什么都看不见了，所以长发凌乱，加上一身红嫁衣，给人白日见鬼的既视感。

应白川毫不掩饰地打量她，道："封迟琰的眼光也不怎么样。"阮芽喘匀了气，揉了揉肚子，道："那你把我放回去吧，我好累。"应白川惊奇道："我把你扛出来的，我还没说累，你累什么？"

阮芽叹息："挣扎也是很累的。"说到这里，她看向应白川，发现这人长得很好看。剑眉星目，鼻若悬胆，眼睛总是带着一点讥诮的笑意，还穿着规规整整的灰蓝色衬衫。

阮芽慢吞吞道："你跟琰少有仇吗？""祖宗十八辈都有仇。"应白川道，"你不知道？"阮芽诚实地摇摇头："不知道。"应白川道："封家祖上就不是什么好东西，到了封迟琰这一代，就更不是什么好东西了。"

阮芽撇撇嘴，才不信这话。应白川道："我们应家往上数三代都是良民，跟封家可不一样。"阮芽说："琰少也是良民。"应白川跟听见什么笑话似的，笑得胸腔都在震动："封迟琰……良民？"阮芽道："你和琰少有仇，我不相信你的话。"

应白川道："你是不是没有意识到自己的处境。"阮芽后背有点发凉，她本能地觉得应白川不是个好东西，往车窗那边缩了缩，小声道："你要把我带去哪里？"应白川看了眼手机上的消息，淡淡道："到了你就知道了。"

西萍园是A城寸土寸金的别墅区之一，在这里有房产的都是A城有名有姓的大佬，应白川的别墅就坐落在西萍园中心，地理位置极好，房价能吓得人手打战。

车子停下，应白川先行下车，拉开车门，看着阮芽："下来。"阮芽看了一眼别墅，又看了一眼应白川，觉得进去不会有什么好事，果断摇头拒绝："不要，我就待在车上，挺好的。"应白川看她一会儿，忽然钻进车里来捉她，阮芽吓得赶紧往里面爬，但是车内的空间就那么大，应白川抓住她手臂就把人扯了出来，扛在肩上。

别墅的用人见应白川扛了个人回来，看都不敢多看，站在门口对着他鞠躬："您回来了。"应白川没理会，直接把阮芽扔在了沙发上，他力气太大，阮芽的头又磕在了沙发的木质扶手上，痛得她立刻哭了，缩在沙发上一边擦眼泪一边警惕地看着应白川。

应白川见她哭得真情实感，鼻尖都通红了，鬼使神差地伸手抬起她下巴："你哭什么？"阮芽巴掌大的小脸上都是泪痕，纤长的眼睫毛上也挂着水珠，看着像是某种孱弱的小动物，格外惹人怜爱。应白川不自觉地放轻了手上的力道，还要再说什么，忽然听见外面一声尖叫，随即是一阵脚步声。

阮芽在混乱之中抬起头，就见别墅里多了很多穿着黑衣的人，封迟琰从门口进来，黑色风衣切割开灯光，像是黑夜在吞噬光明。男人面色很冷，没有丝毫表情，高大的身影带来极强的威压。

"应少。"陶湛脸上仍旧带着公式化的笑容，"您这次做得太过了。"

应白川眯了眯眼睛："都说祸害遗千年，我就知道你没死。"说着一把抓过阮芽，手指卡在她纤弱的脖子上，"看来你挺在意她。"阮芽现在相信这两人是祖上八代都有仇了，针尖对麦芒的，空气里充满了火药味儿，一点就会炸。

"应白川。"封迟琰轻蔑道，"从前我只觉得你有病，一段时间不见，还学会拿女人做文章了？"

"有用啊。"应白川阴鸷地盯着封迟琰，"你看，我才把人带回来，你就出现了。我还以为阮家这个丫头的死活你不在乎呢！我觉得她还挺有意思，不如人就放我这儿吧，城西的开发案我就让给你了。"陶湛咳嗽一声，道："应少，话不能这么说，城西的开发案可是封氏通过正当渠道拿下的，什么叫您让给琰少了呢？""哈。"应白川冷冷地道，"正当渠道？你以为我不知道封霖干的龌龊事？也真亏他拉得下脸，舍得让自己的私生女去陪四五十岁的老头子。"

封迟琰蹙眉看向陶湛："怎么回事？"陶湛低声道："开发案是封先生一手筹办的，我听人说过一嘴，他把自己私生女送到了开发商的床上，又用了您的名头……"别说应白川了，陶湛都觉得这事儿封霖办得恶心，他自己龌龊就算了，还总喜欢打着封迟琰的旗号。

"城西的那个开发案。"封迟琰看了阮芽一眼，视线在她红肿的眼睛上顿住，淡淡道，"封氏不会插手。"

陶湛知道封迟琰决定的事不会轻易改变，点头道："我会联系人处理这件事。"

"把人放了。"封迟琰看着应白川，"别逼我动手。"应白川垂眸看了一眼睫毛不停颤的阮芽，"嗤"了一声，把人推出去："动手做什么啊，大家都是文明人，事情解决了，我当然愿意跟你好好说话。"

阮芽被他推得跟跄几步，封迟琰单手揽住她的腰，把人扣在了怀里，阮芽一闻见他身上的淡香，赶紧抱住封迟琰劲瘦的腰。陶湛看着，不知道为什么想起了在外面受了欺负回家找爹妈撒娇的小孩儿。

封迟琰慢慢地将风衣外套脱下来，放了阮芽怀里。他看了陶湛一眼："带她出去。"陶湛在心里叹一口气，道："少夫人，我们先出去吧。"

阮芽跟着陶湛往外走，到了门口时听见花瓶破碎的声音，还有应白川的一声大骂。阮芽吓得一抖，下意识要转头去看，陶湛将她的头扭回来，微笑道："少儿不宜。"

阮芽车上坐了好一会儿，才看见封迟琰从别墅里出来。他的衣衫有些乱，气场十足，荷尔蒙爆棚，像是丛林之中野性十足的兽类，连眼神都显出一种冰冷。他拉开车门上车。"回老宅吗？"陶湛问。

"去汀兰溪。"封迟琰垂眸将袖口放下来，"老宅现在什么情况？"陶湛笑了笑："老太太给应老爷子去了电话，要应白川放人。应老爷子说他管不了，把电话挂了，气得老太太犯了病。二夫人不愿意得罪应白川，让人给阮家送了信，意思是让阮家主去应家要人。"

"阮沥修怎么说？"陶湛顿了一下，道："阮家主的意思是，既然五小姐已经送到了封家，那就是封家的人了。"封迟琰轻"嗤"一声，淡淡道："阮沥修也真够狠心。"他转眸看着阮芽，捏住她脸颊道："结果到头来，只有我来救你了。"

阮芽在他手心蹭了蹭："因为你是全天下最好的人。"封迟琰不吃她这一套，道："之前不还说我不是了吗？""现在你又是了。"阮芽软声说。这小姑娘的嘴时常跟抹了蜜似的甜，很会哄人，封迟琰明知道，但还是弯起唇笑了笑。

迈巴赫开进了汀兰溪，停在一栋花园别墅前，阮芽跟着封迟琰下车，好奇道："琰少，这是您住的地方吗？""嗯。"封迟琰应了一声，"我不常在老宅。"其实他也很少回汀兰溪住，大多数时候不是在出差就是在出国。

陶湛打开了铁艺门，里面的花香被风吹出来，阮芽认出来是九里香的味道。

封迟琰抬手牵住阮芽外套帽子上的抽绳，道："走了。"阮芽被封迟琰牵了进去，别墅里的装修风格很简约，通眼看去不过黑白灰三个颜色，因为陈设少，显出一种空旷冷清。

封迟琰将外套扔在了沙发上，转眼见阮芽好奇地东看西看，问她："吃晚饭没有？没吃就叫外卖。"阮芽当然没吃。她摸了摸肚子，觉得她的胃等不到外卖送进来了："厨房里有食材吗？我可以自己做。"

封迟琰才想起阮芽跟A城里那些娇滴滴的千金小姐不一样，人家学的是乐器、插花、茶艺，她学的是喂鸡、养鸭、做饭。"应该有。"陶湛道，"每隔几天会有专人来补充新鲜食材。"

阮芽去厨房打开冰箱，里面果然满满当当。她趴在厨房门边，看着封迟琰："琰少，你吃晚饭了吗？"封迟琰"嗯"了一声："没吃。""那我多做几个菜。"阮芽说完又缩回了厨房，不一会儿里面响起水声。陶湛才对封迟琰道："少爷，那边的会议……"

接到应白川把阮芽抢走的消息时，高层会议正谈到很关键的地方，封迟琰却直接离席。这会儿诸位高层还一脸蒙地坐在会议室里讨论到底是什么事比会议还重要。

"接电话会议。"封迟琰喝了口水，淡声道。

厨房里，阮芽很快做了三个简单的家常菜，西红柿炒鸡蛋、芹菜牛肉和一个黄瓜皮蛋汤。她将饭菜端出去，放在餐桌上，站在沙发边上期待地看着封迟琰。

"嗯，我的意思，那块地让给应白川。"封迟琰瞥了阮芽一眼，道，"今天就先这样，家属喊吃饭了。"他利落地挂了电话，站起身道："走吧。"阮芽听见他说"家属"，耳尖通红，移开眼睛对陶湛道："陶助理也一起吃吧？"

陶湛很会看自己老大的脸色，道："公司里还有些事等着我去处理，多谢少夫人好意，我就不吃了。"阮芽："你可以吃完饭再……"

封迟琰伸手拎着她的帽子,往餐桌走:"他减肥,不吃晚饭。"

陶湛微笑:"是的,少夫人,我减肥。"

封迟琰看了眼桌子上摆着的菜,都是普通的家常菜,卖相很不错,不如餐厅里摆盘精致,却让人更有食欲,带着独属于"家"的烟火气。

他夹了一筷子芹菜牛肉,味道意外地很好,他一抬眼就见阮芽咬着筷子看着自己,挑眉:"怎么了?""我不知道你能不能吃习惯。"阮芽比画了一下,"毕竟你的餐厅一只螃蟹卖五百块。"

封迟琰顿了下:"难道我天天吃螃蟹?"阮芽想,那倒也是。

阮芽努力地吃了两碗饭,成功地把自己给吃撑了,封迟琰还有事情要处理,看了一眼她微微鼓起来的肚子,道:"你自己出去溜一圈儿。""别走太远。"封迟琰揉了揉她脑袋,"不然你迷路了,我还得叫保安找你,那你在汀兰溪就出名了。"

阮芽郁闷地撇嘴,转身跑出了门,以此表示自己的愤怒。封迟琰笑了声,转身上楼进了书房,脸色也冷淡下来。

十来天前他在N城出差,刚结束一个饭局,回程的路上遇上暴风雨,天色又晚,于是他"顺理成章"出了车祸,他的车冲破护栏,掉下了山崖。其实,封迟琰从一开始就知道N城有个布置精密的局等着他,故意赴宴,就是想看看幕后之人是谁。如今看来封霖最有嫌疑,但封迟琰不认为封霖那个蠢货有能力下这么大一盘棋。他背后必定还有一个隐藏得更深、更危险的人。

阮芽没走太远,就在门口溜达了一圈儿,正打算回去,忽然手机响了。她看见来电的是一个陌生号码,她没见过,犹豫一下还是接通了,那边立刻道:"阮芽你这个没良心的!我之前给你打电话你死活不接,借了别人的电话打你就接了是吧?!"

阮芽垂着纤长的眼睫,白净的小脸上没有什么表情。电话那边的人是她的奶奶万桂芬,她现在无比后悔没有去换一张手机卡。

"你找我有事吗?"阮芽轻声问。万桂芬道:"你爸这段时间腿脚又不舒服了,你给家里打点钱回来,你爸可从来没有亏待过你,把你当亲闺女养,你要是连你爸都不管,那你就真是狼心狗肺了!"

孟永平是个老实憨厚的男人,对阮芽一直很好,即便知道了阮芽不是他的亲生女儿,这份好也没有变过。但他太软弱了,不敢反抗母亲和妻子,很多时候帮不了阮芽,只能眼睁睁地看着阮芽受欺负。"我没有钱。"阮芽心平气和道,"你们也知道,阮家接我回来只是为了嫁给一个死人,怎么可能给我钱。""呸!"万桂芬道,"你可是阮家真正的千金大小姐,你要不到钱我才不信!你就是看见城里的好了,不想要我们这些穷亲戚了!虽然你不是我们孟家的种,但我们家养了你十九年,你怎么能这么忘恩负义呢?!"

阮芽蹲在树下,看着天上的星辰,道:"阮家去接我的时候,给了你十万块,我知道。""那十万块钱能干什么?我全攒着给你弟弟买房子。"万桂芬道,"再说了,那是阮家给的抚养费用,我们不该拿着?!""那你去找阮芸。"阮芽说,"她有钱。"不等万桂芬说什么,赵蓉椿已经凑了上来:"不行!人家是千金小姐,找她要钱像话吗?!"

阮芽有时候觉得奇怪,难道这就是血缘吗?她叫了赵蓉椿十九年的妈,赵蓉椿对她十分冷漠,但千般维护甚至没有亲眼见过的阮芸。"我没钱。"阮芽还是那句话,"你们想要钱就去找阮芸,说到底,阮芸才是孟家的孩子,不管爸出了什么事,她都应该处理。"

说完阮芽就挂了电话,并且把这个号码拉进了黑名单。万桂芬被挂了电话,立刻破口大骂:"看看!看看!这就是养了十九年的女儿啊!就养出这么个白眼狼!"赵蓉椿眼珠子转了转,小声道:"妈,要是再要不回钱,你在外面欠的高利贷可就要上门讨债了。"

万桂芬脸色一变,站起身道:"她不接我电话,我就亲自去A城找她!"

第二章

阮芽蹲在树下，看着落在石板上的叶子，叹一口气。人的欲望似乎是永无止境的。她十五岁那年，万桂芬得知她是阮家的千金小姐，立刻张罗着要把她送回去，好趁机敲上一笔，还能不时上门打打秋风。不承想阮家根本就不要阮芽，把万桂芬气得半死，但她还是竭力找阮家要了一大笔生活费。

这生活费阮芽一分都没花到，万桂芬和赵蓉椿的胃口却越来越大，找阮家要的钱也越来越多。如今阮芽被接回来了，她们就换了种方式要钱，像是看见了人的肌肤就往上贴的水蛭，只要吸到了血，就不会松开。

"我远远地看着，还以为这里长了一朵蘑菇。"黑色的皮鞋停在阮芽面前，男人的声音在夏夜微凉的风中含着笑意，一只骨节分明的手落在阮芽头顶，"有人欺负你？"阮芽抬起头，看见穿着轻薄的圆领针织衫的封迟琰，男人肩宽腿长，立在她面前，挡住了轻柔月光。

阮芽眨眨眼睛，说："没有人欺负我。""没人欺负你，怎么这副表情？"封迟琰朝阮芽伸出手，"蹲在这里不难受？起来。"阮芽慢慢地伸出手，封迟琰握住她白皙的手指，将她拉了起来，也没松开，牵着她往别墅走："肚子还撑不撑？"

"不撑了。"阮芽说。不过又被气饱了。

阮芽进屋换了鞋，要往客厅走时，封迟琰忽然说："等等。"阮芽停在原地:"怎么啦?"

封迟琰在门锁上点了几下,道:"过来录入你的指纹。"阮芽凑上去看了看,伸出五根白嫩嫩的手指:"哪根手指呀?"封迟琰握住她食指:"这根。"

阮芽道:"那我以后可以随便进你家了吗?"封迟琰脚步顿住,转头看着她:"这里也是你的家。"阮芽一愣,而后眼睛亮亮地扑进封迟琰怀里:"真的吗?!"

她在平安村孟家长大,A城阮家似乎是她的家,但这两个地方,其实都没有她的位置。

封迟琰单手抄在裤兜里,上了楼,推开了一个房间的门,道:"以后你住这里。"阮芽探头看了看,里面放了一张铺着黑色床单的大床,玻璃门的衣帽间,一组小沙发,和一个露台。沙发上还放着一件封迟琰的外套。

阮芽迟疑道:"琰少……这不是你的房间吗?""嗯。"封迟琰走进房间,道,"我从不带人来汀兰溪,所以没有客房。"阮芽扒着门框没进去:"那我……睡沙发好了。"封迟琰站在床边,面无表情地看着她:"我会吃了你?"阮芽摇摇头。

封迟琰:"过来。"阮芽一小步一小步地挪到封迟琰面前,封迟琰一把抓住她的手腕,顺势一扯,就把人压在了床上,两人之间的距离近得呼吸可闻,阮芽一抬眼睛,甚至可以数清楚封迟琰纤长浓密的睫毛,左眼眼角下的那颗小痣,也明显起来。她浑身都僵硬了,像是被狼含在了嘴里的兔子,哆哆嗦嗦地问:"琰、琰少……你干吗呀?"

封迟琰道:"你今天是不是抱着我的遗像拜了天地?"阮芽诚实地点头。

"行了。"封迟琰捏了捏阮芽的脸颊肉,"先洗澡。"说完他站起身,在衣柜里找了一件T恤放在阮芽怀里,打量了一下阮芽的小身板,说:"你应该可以当裙子穿。"

阮芽觉得她的身高受到了侮辱。她其实不算矮,都怪封迟琰长太高了。

阮芽磨磨蹭蹭洗了澡,她没有换洗的内衣,只好不穿,裹了一张大大的厚浴巾。

封迟琰在阳台上跟人打电话，一转头看见一颗长了腿的"汤圆"滚出来。他挂了电话，看着阮芽："你不热？""还好。"阮芽扒拉了一下湿淋淋的长发，刚刚洗完澡，她整个人白里透着粉，一张脸更显得精致漂亮，眼睛乌黑纯澈，唇却丰润，带着欲色。

阮芽湿漉漉地跑过来问他："琰少，吹风机在哪里呀？"封迟琰从抽屉里拿出吹风机，阮芽刚要接，封迟琰已经道："坐着。""哦。"阮芽大多数时候是乖巧听话的，乖乖地坐在小凳子上，封迟琰打开吹风机，缓缓地给她吹头发。吹风机吹出来的风温和，封迟琰摸了摸发尾，觉得差不多干了就关了吹风机，用梳子将她的头发梳顺，然后看了一眼时间，道："现在已经晚上十一点了。"

阮芽慢吞吞地爬到床上，掀开被子躺了进去，乖巧地闭上眼睛："琰少晚安。"封迟琰"嗯"了一声，在她旁边躺下。另一个人的强烈存在感让阮芽有些不自在，不由得往床边上靠了靠。

两人身上有着相同的沐浴露香，是很淡的柠檬味道，交织在空气里，好像他们多亲密似的。阮芽能够清晰地感知到封迟琰的体温，似乎比常人要高一些，阮芽被热气熏得脖子都泛红，又往床边上挪了挪，冷不防封迟琰长臂一伸，就将她捞回了床中间，声音懒懒："你再翻个身，就掉地上去了。"阮芽心跳得很快，隔着一层不厚的空调被封迟琰搂在怀里，抬眼就是男人锋利的下颌线，像是一柄出鞘的刀。

"睡不着？"封迟琰问。阮芽气鼓鼓地想我睡不着都是因为谁啊，但是不敢说，小小声地回："嗯。"封迟琰顿了顿，而后抬手在她背上缓缓地拍打起来，动作并不熟练，声音也很淡："眼睛闭上。"

阮芽"哦"了一声，闭上眼睛，竟然真的被封迟琰这生涩敷衍的动作哄睡了。

察觉到小姑娘绵长的呼吸，封迟琰停下动作，垂眸看了眼怀里的人。他睡眠一向不好，有时候可以闭着眼睛在床上躺一整晚，清醒地迎接黎明。不知道今晚是不是因为怀里软绵绵的姑娘身上带着温软的甜香，他竟然很快地睡过去了。

静谧的夜里，没有预兆地下起了雨，阮芽似乎觉得冷，整个人钻进了封迟琰怀里，脸颊贴在封迟琰的心口，导致封迟琰的深梦里出现了一只不断往他怀里钻的小奶猫。

阮芽迎着晨阳，舒舒服服地从宽敞柔软的床上醒来，打了个滚，才意识到封迟琰已经不在了。她从床上爬起来，听见楼下"乒里乓啷"地响，连鞋都没顾得上穿，就跑到了二楼的楼梯边。

楼下有不少人，还有不少东西，封迟琰正坐在沙发上说什么，余光看见她，道："醒了？"阮芽顶着一头乱糟糟的长发点头。封迟琰道："正好，下来看看。""哦。"阮芽刚要下楼，封迟琰忽地站起身："等等。"

阮芽莫名其妙地站在原地。封迟琰上了楼，因为是在家里，他穿了件宽松的黑色圆领衫，没有穿正装的时候那么严肃，却别有一种性感。

封迟琰垂眸打量她一眼："你就打算这么见人？"阮芽才想起自己就穿了件封迟琰的T恤，甚至没有穿内衣。她脸颊红红地说："我刚醒，忘了。"封迟琰眸光落在她白嫩嫩的脚丫子上："鞋也不穿？"

封迟琰弯腰把人抱起来，阮芽吓得赶紧抱住他脖颈："你干吗呀？"封迟琰道："地上都是瓷砖，你不冷？"阮芽蜷缩了下脚趾头，觉得还挺冷的。

封迟琰把人抱回房间，昨晚上扔洗衣间里的衣服已经洗好烘干了，阮芽换了衣服，穿上鞋，洗漱完毕，才跟着封迟琰一起下楼。

Amy是圈内顶尖的造型师，能接触到许多时尚资源，不少明星的出圈造型都出自她手，就算是影后、影帝都要提前半年预约。在圈子里摸爬打滚这么多年，她知道不能多问、不能多看，带着团队进来后只是谨慎地问了好。

楼梯上响起拖鞋的"嗒嗒"声，Amy听见小姑娘软软的声音："有点饿。""早餐送来了，在桌子上。"男人嗓音低沉散漫，"你看看还是不是热的？"阮芽看了看，南瓜粥小米糕，还有一份灌汤包，都是温热的。她一边吃一边看着那些安静的人，问封迟琰："他们都是谁呀？"

封迟琰："卖衣服的。"

只一眼，Amy就觉得，这姑娘不进娱乐圈，真是可惜了。或许是Amy的惊讶太明显，阮芽下意识地摸了摸自己的脸："怎么了吗？""没事儿。"Amy赶紧收回视线，道，"没什么。小姐您要不要试试看这些衣服？穿在身上比较容易看出效果。"阮芽点点头："好。"Amy挑了一条小白裙拿给阮芽，阮芽换了衣服出来，在封迟琰面前转了个圈："好不好看？"

阮芽本就长得好，小白裙没有什么花里胡哨的设计，布料很好，剪裁合身，衬得她整个人跟一朵白色的花儿似的，十分夺目。封迟琰抬起纤薄的眼皮子，看了一眼："还行。"

Amy又挑了另一套给阮芽，封迟琰却道："不用试了，选她能穿的尺码，各一件放进衣帽间。"

阮芽坐在沙发上看他们忙上忙下的，就去厨房给他们拿了几瓶水。

小助理捧着手里的水，说了"谢谢"，等晕晕乎乎地走出别墅，才敢问："姐，这水，就是号称来自几百米深海水的、卖得贼贵的那个水？？"Amy表情复杂："如果我没有看错的话，是的。"

她们刚走到门口，就看见了陶湛，陶湛微笑道："希望几位对今天的所见所闻保密。"Amy赶紧道："我知道。"陶湛道："如果以后有需要，我还会联系你的，Amy小姐，请慢走。"

阮芽并不知道自己到底有多败家，也不知道送出去的那十来瓶水有多贵。

封迟琰看了一眼时间，道："我要出去一趟，你自己在家玩儿？"阮芽立刻站起身："我也想出去。"她得出去找工作，不然学费都没着落。现在是六月，到八月底开学还有两个半月的时间，不能浪费了。

封迟琰没拒绝，上楼去换了一身衣服，拎着阮芽一起出门。他要去谈合作，面对的都是些老头子，估计阮芽不太乐意去，就让陶湛把人放在了一个购物广场。

阮芽看看人流如织的购物广场，刚要进去，封迟琰忽然道："过来。"阮芽转身走回车边，封迟琰从真皮钱夹里取出一沓钞票："上次买糖葫芦花了三十八块，这是剩下的四百六十二。"阮芽赶紧接过钱揣进兜里："谢谢琰少！"

封迟琰挑眉："你准备买点什么？"阮芽摇摇头："不买。"这地方的东西一看就好贵，她肯定买不起，上次买两串糖葫芦就花了三十八块,她可心疼了。封迟琰笑了一声:"那你进去干什么?数人头?"

阮芽:"那你又不带我去玩儿。"封迟琰道:"在会议室里听一群老头子讲金融理论,一听就是两三小时,你要去吗?要去就上车。"阮芽后退两步:"不要。"封迟琰捏了捏她的脸颊,道:"不去你还这么多话,陶湛。"

陶湛笑着取出一张卡,卡通体黑色,印着一颗淡银色的六芒星,不是市面上任何一家银行的卡。"这座购物广场是琰少名下的,少夫人如果要买什么,出示这张卡,记在琰少名下就可以了。"阮芽接过卡对着阳光看了看,道:"这张卡里面有钱吗?""没有的。"陶湛道,"只有感应芯片。"

阮芽觉得这张卡还怪好看的,既然没有钱她就可以收下了,说了一句"谢谢",转身就跑。

封迟琰"啧"了一声:"我还以为听见没钱她会失望。"他看着阮芽进了商场,才说,"让人看着她。""是。"陶湛应了声。

封迟琰开完会出来,捏了捏眉心,问:"阮芽呢?"陶湛看了一眼手机上的消息,有点惊讶:"少夫人她,正在上班。"封迟琰一顿:"上班?""是的。"陶湛道,"阮小姐找了个甜品店上班……现在快到下班时间了。"

封迟琰眯起眼睛:"我短她吃穿了?"陶湛思索了一下,道:"可能少夫人觉得待在家里无聊?毕竟您很忙,不能一直陪着她。"

封迟琰勉强接受了这个解释,道:"去接她下班。"陶湛点点头。

甜品店地址位置不算好,迈巴赫停在门口,就显得格外醒目。封迟琰没下车,正好阮芽从店里出来,她都认识封迟琰的车了,一看见就赶紧跑了过来,弯腰看着车窗,惊讶道:"你怎么来啦?"

封迟琰打量了一眼那家小小的甜品店,好一会儿,还是没说什么,只是道:"上车,吃晚饭。"

车子停在一家餐厅前,是个私房菜馆,四周没什么人。

阮芽跟在封迟琰身后进去,里面装潢得很是雅致,古色古香,桌子都空着,没有客人。

阮芽兴致勃勃地跟封迟琰分享自己今天找到的新工作,"我们老板人特别好,还给我免费吃小蛋糕!"封迟琰嗤了一声:"给你吃小蛋糕就特别好了?""反正林老板是好人。"阮芽嘀嘀咕咕:"别人都不乐意收我们这样的暑假工的,但是她看我可怜,就愿意让我做两个月,工资给的还不低呢。"

封迟琰看她那高兴模样,笑了一声:"她给你开多少工资?"阮芽比出三根手指,封迟琰:"那真是好高的工资。"阮芽在他这话里听出了嘲讽,轻哼一声:"对我来说已经很高啦,而且林老板有个儿子,也特别可爱……"

两人相处时阮芽似乎总有说不完的话,话题来得快去得也快,很快就被院子里的鱼缸吸引了注意力,忍不住凑过去看,被封迟琰拎了回来:"乱跑什么?"

阮芽:"我没有见过这样的金鱼,好好看。"

鱼缸里养的是很名贵的红薄荷神仙,又叫君子仙,常年生活在临海礁石下的深水域,捕捉成本高,所以价格高达五位数。

"什么眼光?"封迟琰拎着她衣领,让她去看另一个缸,淡声道,"这才贵。"

另一个缸里养的是白金龙鱼,比红薄荷神仙的身价要翻将近四倍。阮芽一点都不识货,道:"我觉得还是那种小鱼比较好看,你看红的、白的、黄的……有三种颜色,多喜庆。"

服务员赶紧道:"要是小姐喜欢的话,我们可以送您两条。"不等阮芽回话,她已经殷勤地让人拿了一个水晶鱼缸过来,亲自捞了两条君子仙放进鱼缸里,道:"待会儿我让人再拿两包饲料,这鱼挺好养的。"

阮芽抱着鱼缸,觉得有点烫手,求助地看着封迟琰:"这两条小鱼……多少钱啊?"封迟琰顿了顿,道:"八块钱一条,喜欢的话让他们再捞两条。"服务员脸上的笑容垮掉。八块钱一条……这后面得再加四个零吧!

"我还以为很贵呢。"阮芽松口气,瞅了瞅白金龙鱼:"那这个呢？""这个贵点儿。"封迟琰懒洋洋道,"十块。"服务员觉得自己缺氧了。

阮芽犹豫了一下:"那再要一条这个。"封迟琰看了服务员一眼,服务员露出一个勉强的微笑:"好的。"她又捞了一条白金龙鱼,阮芽不占人便宜:"一共二十六块对不对?"服务员:"是的。不过琰少是我们这里的VIP,几条鱼而已,不用给钱。小姐,就当是我们送给您的见面礼物。"

阮芽甜甜一笑:"那谢谢姐姐啦!"

服务员:"不用客气。"

阮芽抱着小鱼跟着封迟琰往里走,她没养过鱼,只吃过,她会做红烧鱼、清蒸鱼、松鼠鳜鱼。她问封迟琰:"我要给它们买一个大鱼缸吗?""怎么,这么有钱了?"封迟琰道,"上次给我买糖葫芦那么心疼,给鱼买缸不心疼?"

阮芽:"你怎么能跟鱼比。"

封迟琰顿住脚步,面无表情地看着她:"你说什么?"

阮芽:"我是说,鱼怎么能跟您比。"

"让陶湛给你定个大点儿的鱼缸。"封迟琰淡淡道,"明天有家政去家里,这些她会处理,你不用管。""那不行。"阮芽有自己的逻辑,"你把我丢给陶助理养,和你自己养,还是有很大区别的。"封迟琰一想,是这个道理,思索道:"那你自己养。"阮芽"嗯嗯"点头。

服务员带着两人进了包厢,阮芽看着菜单,随便点了几个菜,趴在桌子上看着水晶缸里的小鱼,后知后觉地反应过来:"琰少,你怎么知道我在甜品店的?"

封迟琰一顿,他就没有见过反射弧这么长的人。他有时候真不懂这小丫头的脑子是怎么长的。

服务员进来上菜,色香味俱全,阮芽本来就饿了,吃得很香,封迟琰都有点疑惑:难道一段时间没来,这地方换厨子了,味道变好了?吃过饭,阮芽又要去抱鱼缸,封迟琰伸出手将鱼缸拿起来,阮芽眼巴巴地看着自己的小鱼:"你干吗呀?"

"你抱着不累?"封迟琰道,"帮你拿着。"

"哦。"阮芽应了一声，走了两步，忽然问封迟琰，"你不会想把它们拿去做红烧鱼、清蒸鱼、松鼠鳜鱼吧？你一看就不是会养小宠物的人。"封迟琰身高腿长，已经走出好几步，阮芽赶紧跟上去，警觉地问："难道你想用我的鱼去喂猫吗？"

封迟琰停住脚步，将阮芽堵在了柱子边上，垂眸看着她："有些人嘴上说着琰少是天底下最好的人，实则整天怀疑他，阮芽，你说这个人过分吗？"

阮芽咳嗽一声："这是合理的怀疑嘛……"她抱住封迟琰的胳膊，小声道，"我跟你道歉。"

封迟琰笑了："你的道歉我已经听腻了。"

阮芽："那我收回我的道歉。"

正值华灯初上，暗沉的天幕上隐约可见月亮的轮廓和几颗明星，晚风吹起阮芽的长发，露出一张莹白如玉的脸。她站在高高的天穹之下，身后是璀璨灯火。

那一刻，封迟琰忽然觉得，这样娇嫩的、鲜艳的玫瑰，就该在无微不至的呵护中成长，绽放出最好看的模样。

"琰少。"阮芽疑惑问，"你怎么啦？"

"没什么。"封迟琰道，"只是看见了一朵玫瑰。"

阮芽环顾四周，正好看见一个卖花的女孩子，她过去跟人家说了什么，过了一会儿，她端端正正地站在封迟琰面前，手里拿着一支粉色的玫瑰花，放在封迟琰眼前，道："喏，玫瑰。"

过去有无数人给封迟琰送花，全都包装精美，这是他头一次收到一支枝干瘦弱、只用牛皮纸包着的花，看上去寒酸又单薄。

"你不喜欢吗？"阮芽偏偏头，"花了我五块钱！"她说完叹口气，就要收回来，封迟琰抓住她手腕，从她手里接过了玫瑰，道："我说不喜欢了？"他垂下眼睫看着她，缓声道："你知道粉玫瑰的花语是什么吗？"

阮芽就是小土包子，眨眨眼："什么？"封迟琰却没说，往车边走去："想知道就自己查。"

阮芽跟着上了车，陶湛已经离开了，封迟琰自己开车，阮芽就坐在了副驾驶座,她乖乖地系上安全带,好奇封迟琰说的花语,但她的手机是老人机,没有搜索引擎。她瞅了瞅封迟琰,假装淡定地伸出白嫩嫩的爪子去摸封迟琰的风衣口袋。

还没碰到衣服呢,手就被人抓住了。

封迟琰侧眸看了阮芽一眼:"做什么?"阮芽:"借你手机用一下。"她伸出另一只手把封迟琰的手机摸走了:"密码是多少呀?"

封迟琰觉得不能对她太好,给她一点阳光她就蹬鼻子上脸,刚见面的时候多乖巧听话,一两句话就能吓哭。"四个零。"封迟琰淡声道。

阮芽输入密码,搜了一下,有点惊讶:"初恋?"

封迟琰笑了一声:"你送我粉玫瑰,什么意思,嗯?"

阮芽看了一眼被封迟琰放在仪表台上的花,白玉似的耳垂染上了红色:"我就是觉得很好看,没有别的意思。"封迟琰道:"你们小姑娘太会骗人了,我不信。"阮芽有点委屈:"我什么时候骗过你了?"封迟琰:"之前没有,不代表现在没有。"

阮芽张张嘴,觉得百口莫辩。早知道她就不花这五块钱买气受了!

回到汀兰溪,下车的时候阮芽手疾眼快地要把粉玫瑰拿走,封迟琰动作更快,直接将人摁在了副驾上,眯起眼睛:"干什么?"阮芽:"你帮我拿鱼缸,我帮你拿花。""不用。"封迟琰道,"我会找人把它做成永生花,放在客厅里。"

封迟琰下了车,一只手拿着鱼缸一只手拿着花,阮芽蔫头耷脑地跟在他身后,走一步叹一口气,进了别墅。"我有个线上会议。"封迟琰把东西放下,揉了揉她脑袋,道,"自己玩儿一会儿,困了就去睡觉,知道了?""哦。"阮芽点点头。

"冰箱里有水果。"封迟琰想起什么,道,"洗好的,想吃自己拿。"阮芽又"哦"了一声,封迟琰收回手往楼上走,走出两步了想起什么,又回身拿走了玫瑰花,彻底断了阮芽毁尸灭迹的想法。

阮芽撇撇嘴,对封迟琰的背影扮了个鬼脸,而后打开电视机看综艺片。九点半的时候她去厨房冰箱看了看,里面果然有不少水果,有些阮芽甚至叫不上名字。

她选了几样,切了一个果盘,觉得不能白吃白喝封迟琰的,于是端

063

着果盘上楼，敲了敲书房的门。封迟琰垂眸在文件上签下名字，头也没抬："进来。"阮芽道："你工作结束了吗？""嗯。"封迟琰把文件放到旁边，"怎么了？""那就一起吃嘛。"阮芽用叉子叉起一颗草莓，"给你。"封迟琰不太爱吃甜的东西，但是阮芽跟他截然相反，嗜甜如命，一大盘高糖水果她吃了四分之三，让封迟琰怀疑她会不会蛀牙。

吃完水果已经十点多了，阮芽打了个呵欠，忙了一天，她有些累，迷迷糊糊地靠在封迟琰肩头，眼睛半闭着："好困。"封迟琰单手抱着她，另一只手拎着她的拖鞋。阮芽没什么重量，明明挺能吃的，就是一点肉都不长。

回了卧室，阮芽虽然困了，但记着自己没洗澡，迷迷糊糊地站稳，打开衣柜去找睡衣，找完睡衣找内衣。她脑子有点晕，找半天都没有找到，坐在地上自言自语："我记得放这里的呀……"旁边的柜门打开，一只手拎着她要找的东西："在这里。"

阮芽接过，礼貌地说了声"谢谢"，忽然意识到不对，转头，抬头，看着封迟琰。封迟琰挑眉："怎么了？不喜欢这个颜色？我觉得粉色挺可爱，上面还有樱桃图案。"阮芽：……

封迟琰："那给你换蓝色的小鲨鱼？"阮芽：……

封迟琰笑着将人抱起来："你到底洗不洗澡？都十一点了，你明天不是要上班吗？"

阮芽在浴室了磨蹭了半个小时才出去。她不想搭理封迟琰，等封迟琰拿了衣服进浴室洗澡，赶紧开始吹头发，头发一干就爬到床上，把自己团成一颗卷心菜，坚决不给封迟琰嘲笑她的机会。封迟琰从浴室里出来，阮芽已经睡着了。

她睡前把自己严严实实地裹着，睡着了又觉得热，从被子里钻出来，整张小脸都有些泛红，肉嘟嘟的，看着就想让人捏两把。封迟琰毫不犹豫上去就捏了捏，阮芽觉得他好烦，转身背对着他。

她穿的睡裙宽松，在床上滚来滚去，领口挂到了肩膀上，露出修长的脖颈和一片白皙的后背，在柔和的灯光下泛着盈润的光，最引人注目的，是她蝴蝶骨上的一片胎记。

胎记是嫣红色的，形状像是某种花卉，点缀在嶙峋的骨头上，显出一种暧昧的色气。

封迟琰微微蹙眉，眸光沉了几分，把衣领拉上来，盖住了胎记。

第二天阮芽一早起来，封迟琰已经不在了，餐桌上放着温热的早餐，还有一个白色的盒子。她疑惑地拿起盒子看了看，陶湛从门外进来，看见她，道："这是琰少给您的。"

"是什么呀？"阮芽问。陶湛道："您打开看看就知道了。"

阮芽打开盒子，是一部手机。"因为不知道您喜欢什么样的，就购买了目前市面上的最新款。"陶湛说，"您要是不喜欢，可以再换。"阮芽用的是早几年赵蓉椿换下来的手机，孟家不是穷得买不起手机，是觉得没有必要给阮芽买新的。

"谢谢陶助理。"阮芽道，"我很喜欢。""少夫人喜欢就好。"陶湛道，"您趁热吃早饭，饭后我送您去甜品店。""我自己去就好了。"阮芽道，"不用麻烦的。"

陶湛就笑了，道："如果您自己去，光是从这里到大门口，就要步行半小时。"

阮沉桉一大早就有个会，不怎么顺利，导致他心情不怎么好，出了会议室，见秘书在等着自己，皱眉："怎么了？"秘书谨慎地说："您的妹妹被应白川带走后，陶湛亲自带人去应家把人接走了。陶湛对您妹妹，似乎还挺重视的。"

阮沉桉脸色更冷："她不是我妹妹。"秘书只能道："好的，是五小姐。五小姐目前不在封家，琰少过几天就要下葬了，封老太太亲自登门找了家主一趟，要家主把五小姐送回封家，家主让您来办这件事。"

阮沉桉半点不想见名义上的亲妹妹，冷冷道："我没空，让阮落榆去。""我已经联系过二少了。"秘书道，"二少现在在B城拍戏，联系不上。"阮沉桉一顿，道："那就让阮栒去。""三少他……"

阮沉桉打断道："告诉阮栒，如果他不去，就立刻滚回公司来开会。"秘书："好的。"

今天甜品店生意不错，阮芽一整个上午都挺忙的，店长林珞笑道："我看还是要再招人，我没想到生意这么好，让你又收银又招呼客人的……太辛苦了。""那是珞姐你做的蛋糕好吃。"阮芽认真道，"客人都愿意来买。"

"你呀。"林珞笑着摇摇头，"嘴这么甜，将来男朋友可有福啦。"

阮芽刚要说话，忽然玻璃门被人从外面大力推开，风铃急促地响，男人嗓门很大，声音粗哑："林珞，你现在这日子，过得不错啊。"进来的是一个五大三粗的男人。林珞看见他，抖了一下，而后咬牙："潘诚……你怎么会来这里？"潘诚打量了林珞两眼，道："离婚的时候你说你没钱，你骗鬼呢？这么一家店盘下来，没个几十万根本不可能！"林珞深吸一口气，道："你来做什么？如果是来闹事的，我可就报警了。"潘诚一笑，靠近林珞道："这么绝情干什么啊？我们好歹做了五年的夫妻，我就是最近手头有点紧，找你借点钱而已。你给了，我马上就走，保证以后再也不来找你。"

阮芽有点惊讶。这个看上去混混一样的男人竟然是林珞的前夫？林珞一看就是书香人家养出来的，怎么会嫁给潘诚这样的人？

"我不会给你钱。"林珞一字一句道，"我没钱。""你他妈的……"潘诚被激怒了，一脚将店里的桌子踹翻，"老子好好跟你说话，你不听是吧？！行，那大家就一起完蛋，我让你让开店……我让你开！"他抄起椅子就砸在了玻璃橱柜上，瞬间玻璃碎裂，响声刺耳，漂亮的小蛋糕都被砸成了一团奶油。林珞慌忙地想去拦他，却被潘诚一推，倒在了地上。

阮芽赶紧扶起林珞："珞姐……"林珞脸上全是泪："对不起……对不起，吓到你了……你，你今天先下班。"她怕阮芽继续留在这里，潘诚会伤害她。

阮芽蹙起秀气的眉，看了潘诚一眼，拿出手机就要报警，潘诚骂了一声："你要是敢报警，我弄死你信不信？！"

阮芽一顿，抬起眼睛道："你弄死我，就是蓄意杀人！""妈的。"潘诚丢了手里的椅子，要去抢阮芽的手机。阮芽仗着个子小，一个猫腰就从潘诚手臂下溜走了。潘诚一时间没有收好力道，人砸在了柜台上，痛得脸都扭曲起来。他更加火大，阴冷道："你他妈的今天死定了！"

林珞惊恐地道："阮芽……快跑！快跑！"阮芽看一看潘诚的虎背熊腰，想一想自己的细胳膊细腿儿，拔腿就跑，潘诚嘴里满是脏话地追上来。阮芽拉开玻璃门往外冲，一头撞进了门口的人的怀里。好痛！

潘诚追到了门口，吐了口水，看着来人粗声道："我劝你别多管闲事，赶紧滚！"被阮芽撞了个满怀的人伸手抬起阮芽脑袋，蹙眉："我见过抢银行的，没见过抢蛋糕的，你怎么招惹这位大哥了？"

阮芽看见他，眼睛一亮，赶紧往他身后一躲："三哥！他欺负我！你快打他！"

阮栒一怔："你叫我什么？"阮芽："阮栒！他过来了！"

他有点不耐烦地看向潘诚："早就说过出来遛狗要牵绳，你主人这么没有公德心？"他骂人还挺弯弯绕绕的，以至于潘诚过了半分钟才反应过来阮栒骂他是狗，当即暴跳如雷："你这个小白脸活腻了是吧？！"

"要跟我动手？行。"阮栒脱下外套放阮芽怀里，道，"站远点。"阮芽很听话，赶紧退出了门。

潘诚满脸戾气，拳头捏得死紧："老子今天非得把你打得满地找牙！"他五官狰狞，一拳朝阮栒砸去。阮栒个子高挑，身形清瘦，看着和膀大腰粗的潘诚就不是一个重量级的，却不想他伸出双臂，十分轻巧地就挡下了。不等潘诚惊愕，他手臂一曲，一个肘击直接砸在了潘诚的肚子上，硬是让潘诚后退了好几步，不停咳嗽起来。

"打架只会用蛮力，莽夫一个。"阮栒冷笑。不等潘城说什么，玻璃门又被推开了，几个穿着制服的警察冲了进来，见室内一片狼藉，都皱起了眉，为首的中年警察道："是谁报的警啊？说这里有人入室抢劫！"

阮芽赶紧举手："我！警察叔叔是我报的警。"警察一看见她这小小一只，语气都柔和了几分："丫头，你报的警？"阮芽乖巧点头，指着潘诚道："警察叔叔，这个人入室抢劫，发现我们没钱后恼羞成怒，就把店砸了，还动手打我哥哥！"潘诚只觉得自己浑身都在一抽一抽地痛，赶紧闭上嘴，不敢说话了。"请你们跟我去局里录个口供。"中

067

年警察对着阮芽温声道,"没事啊,别怕,就是问几个问题。"阮芽乖乖点头。

阮栒坐在警车上,觉得这人生真梦幻。他是来逮阮芽的,结果坐上了警车。

正好有个电话进来,是阮沉桉的秘书,他随手就点了接听:"喂?"秘书询问道:"三少,您找到五小姐了吗?"阮栒看了眼阮芽:"找到了。"秘书道:"那您现在是在去封家的路上?"

阮栒:"在去警局的路上。"

阮栒挂了电话,阮芽转过头看着他:"你怎么会来找我啊?""你还好意思问。"阮栒冷笑,"你记不记得自己已经嫁进封家了?你婆家在举行葬礼,你在干吗?"

阮芽思索了一下:"赚钱养家?"

开车的警察从后视镜瞟了一眼阮栒:"诶,你这个小伙子怎么跟你妹妹说话呢?她年纪小小的就知道赚钱养家,这不是好事吗?"

阮栒勉强挤出一个笑:"是,警察叔叔说得对。"

潘诚进过不少次警察局,稍微一查就知道他是个什么样的人,很快有了结果:潘诚赔偿林珞将近五万元的损失,赔偿林珞、阮栒和阮芽每人一千块的精神损失费。

三人走出警察局,林珞擦了擦眼泪,拉着阮芽的手道:"今天真的很谢谢你……我一直不敢报警,我怕他对我儿子……"

阮芽从阮栒的外套口袋里摸出纸巾,给林珞擦了擦眼泪,道:"珞姐,你别哭呀,为这种人有什么好哭的。""对啊……"林珞哽咽着道,"为这种人……"她终于忍不住哭声,蹲在路边哭得像是孩子:"我从小循规蹈矩地长大,什么都听我父母的安排,上大学那年我认识了潘诚,他的世界是我从来没有接触过的……我发了疯,为了他跟父母决裂,大学也没有念完,跟他结婚生子……我的父母不要我了,我的朋友也远离我了……"

阮芽蹲下身,抱住林珞,轻声说:"珞姐,你的父母不会不要你的。"她将林珞凌乱的头发拨开,说,"他们肯定是爱你的。"

"可是……可是……"林珞哭着说,"可是我爸亲口说,没有我这个女儿……我回去找过他们,我爸把我赶了出来……""珞姐。"阮芽拍了拍她的背,道,"父母也是会生气的呀,你做了错事,就应该给他们道歉,如果说一次对不起不够,那就说很多次。"她莞尔一笑:"你是你爸爸妈妈的孩子,不管怎么样,他们肯定会爱着你的。""真的吗……"林珞咬着唇,"他们真的……"

"你去问问他们呀。"阮芽说,"你去问问你的父母,就知道了。"

林珞擦了擦眼泪:"我知道了……谢谢你。""嗯。"阮芽点点头,"珞姐,一切都会更好的。""一切都会更好的。"林珞笑着说,"一定。"

林珞打车离开后,阮栒垂眸看着阮芽,心里有点不舒服,道:"父母总是爱自己的孩子……你怎么知道?"阮芽顿了顿,笑了:"我知道不是所有爸爸妈妈都会爱自己的孩子,比如说我的爸爸就不爱我。但是我觉得,珞姐在父母的宠爱中长大,所以她爸爸妈妈肯定很爱她。"

她问:"阮栒,你现在要带我回封家吗?"阮栒知道,他应该拎着阮芽送回封家去,阮芽在封家过得怎么样跟他没有关系,但他看着小姑娘柔软的脸颊,那一声"是",如何都说不出口。阮栒觉得自己大概是有点什么问题。

"你怎么啦?"见阮栒不说话,阮芽抬头好奇地问。"没什么。"阮栒伸手将阮芽脑袋按下去,道,"你饿了吗?"这时候饭点都要过了,阮芽当然饿,于是点头。阮栒往前走:"带你去吃饭。"

一听吃饭,阮芽就来劲儿了,赶紧跟在他后面道:"我们吃什么呀?"阮栒已经不问阮芽想吃什么了,她来来去去就点那个几个菜,他都懒得听。"吃烤肉。"阮栒看了眼周围环境,想起有个朋友的连锁烤肉店就开在附近,道:"吃过没?"

阮芽摇头。

阮栒骂她:"小土包子。"

阮芽:"那你就是大土包子。"

"嘿。"阮栒道,"你还敢骂我了?""是你先骂我的。"阮芽嘟囔道,"你骂我,我当然要骂回去。"

阮栒忽然想起之前在甜品店里阮芽对他的称呼,顿了顿,道:"你怎么……不叫我三哥了?"阮芽疑惑道:"你不是说我不是你妹妹吗?我要是这么叫你,你要生气的。"阮栒有点不爽:"那你刚才还这么叫?"阮芽有理有据:"那是怕你看见潘诚害怕,直接跑了,我都叫你哥了你还跑的话,大家都会鄙视你的。"

阮栒:"……"他竟然会天真地以为阮芽是真把他当哥哥了。

眼看着阮栒的表情越来越臭,阮芽离他远一点,小声说:"我以后都不会叫你三哥了,你别生气了。""我不是……"阮栒话忽然顿住。他不是什么?他本来就不乐意阮芽叫他哥。阮栒抿了抿唇,不再跟阮芽说话,直接进了街边的烤肉店。

阮芽撇撇嘴,心想他们老阮家的人脾气可真差。

阮栒脾气臭,但身高、外貌无疑是十分出色的,走进店里的时候瞬间吸引了无数人的视线。他太熟悉这些眼神了,压根不在意,找了个空桌坐下,让服务员过来点单。阮芽低头研究菜谱,阮栒越看她越觉得心里不舒服。这时候他的手机响了,是阮沉桉打来的。

"大哥。"阮栒接通电话,"怎么了?"阮沉桉刚刚从谈判桌上下来,垂眸看了一眼时间,道:"秘书说你进局子了,你惹什么事了?"阮栒揉了揉眉心,道:"我没犯事儿,我是见义勇为。"阮沉桉只是冷声道:"封家刚才又打电话过来了,六点前你没把阮芽带回封家,明天就滚来公司上班。"阮栒沉默一瞬,道:"行。我明天去公司上班。"他说完就挂了电话,将手机扔到桌上。

吃过饭,阮栒让人把车开了过来,阮芽扒拉着车门,眼泪汪汪地看着阮栒:"你真要把我送回封家吗?"阮栒把她塞进车里:"不然呢?吃也吃饱了。"阮芽想起他揍潘诚的样子,立刻乖巧地坐好了。

阮栒发动车子,阮芽瞅他,叹一口气:"虽然你要把我带回封家,但你请我吃了烤肉,我觉得你是个好人。"阮栒:"收回你的好人卡,我不需要。"

阮芽:"哦,那你是个烂人。"

阮栒说:"你再骂?"

阮芽不敢骂,缩到窗户边上玩儿手机。阮栒瞥见了,一愣:"你的手机不是个砖头一样的老人机吗?怎么换成了最新款?"

阮芽:"好人的事情烂人少管。"阮栒深吸一口气:"阮芽,你皮痒了是不是？！"阮芽尿尿地说："是陶助理给我的。"车停着等红灯，阮枸探身过来捏住阮芽的下巴，皱眉道："你老实跟我说，陶湛是不是对你有意思？""没有啊。"阮芽一脸茫然，"他能对我有什么意思。"

车子穿过街道，忽然一辆黑色的迈巴赫从后面超车，一个转弯，直接拦在了阮枸的车前。阮枸赶紧踩下刹车，骂了一声："找死？"迈巴赫的车门打开，一道高挑的人影下了车，阮芽眼睛都亮了，欢呼雀跃地说："陶助理！"

玻璃窗被敲了两下，阮枸降下车窗，表情不善地看着陶湛："有事？"陶湛微笑道："我来接少夫人。"阮芽看见陶湛就跟看见了救星似的："你是来带我走的吗？"她才不要回封家，封老太太能骂应白川两小时，就能抽她四小时。

"是的。"陶湛说，"请少夫人下车吧。""嗯嗯！"阮芽立刻就去开车门。

阮枸一把拉住她胳膊："我让你走了？"

陶湛眯了眯眼睛，声音里含着警告："三少，少夫人已经是琰少的妻子了，我来接她，天经地义。"阮枸抿了抿唇，手指松开，阮芽就跟只兔子似的溜下了车。"三少再见。"陶湛礼貌地点点头，带着阮芽上了黑色的迈巴赫。

阮枸一拳砸在了方向盘上："白眼狼！"他今天那顿烤肉大概是喂进狗肚子里去了。

"琰少在开会，我送您回汀兰溪。"车子内，陶湛道，"我联系了几个阿姨，琰少的意思是让您看着选，碰到有眼缘的就留下，不行的话再换。"陶湛没有等到回答，从后视镜里看了一眼，发现阮芽靠在车后座上睡着了。这种单细胞生物真是吃了睡睡了吃。

车子一路到了汀兰溪，陶湛没有叫她，阮芽倒是自己醒了，揉了揉眼睛，迷迷糊糊地下车。陶湛在前面打开了铁门，阮芽用指纹开了大门，就见别墅里面有不少人。她们穿着统一的制服，年龄在四五十岁左右，五官端正，见到有人回来，纷纷弯腰打招呼："少夫人好！"

阮芽晕晕乎乎地坐到沙发上，立刻有人开始做自我介绍，这时候，有人在她手边放了一杯温水。阮芽抬起头，就看见一个阿姨正对她和善地笑。阮芽一愣,端起水喝了一口,其他人纷纷后悔倒水的怎么不是自己。

陶湛出声道:"你们可以回去了,留这位阿姨就好。"阿姨愣了愣,她来之前很忐忑,毕竟这年头保姆不是那么好做的,她不是这些人里最出色的那一个,只是看见这小姑娘嘴唇有些干,给她倒了杯水而已,就被留下了。

"你好。"阮芽看了眼她的名牌,道,"我可以叫你唐姨吗?""当然可以!"唐姨道,"谢谢少夫人愿意留下我!"陶湛看了一眼时间,道,"今晚就有人跟你签订合同。""好的。"唐姨有些怕陶湛,恭敬道,"我知道了。"陶湛点点头,又对阮芽说:"少夫人,我还有事,就先走了。"

阮芽挥挥手:"拜拜。"陶湛面不改色地说:"拜拜。"他出了别墅,看见手机收到了一条从封家老宅那边发来的消息,给封老太太回了一通电话。

阮芽要注册微信,弄了好一会儿才成功,她记得封迟琰电话号码,用电话号码找到了封迟琰的微信。头像是一张全黑图片,昵称就一个句号,很好,这很封迟琰。

阮芽发送了好友申请,躺在沙发上等了半小时都没有通过,她坐起来,皱着眉给封迟琰打电话,一接通就委委屈屈地问:"你为什么不同意我的好友申请?"

宽阔的会议室里,一众高层正襟危坐,看着屏幕,扩音器里忽然传出小姑娘又甜又软又有点不高兴的声音:"你为什么不同意我的好友申请?!"

负责播放 ppt 的秘书腿一软,差点没直接摔倒,哆哆嗦嗦道:"我……我不小心点了来电接听……"这个 ppt 是秘密资料,投屏用的是封迟琰的手机。秘书心里全是绝望,觉得这份安定的工作多半要打水漂了,毕竟出现了这么大的失误,封迟琰又一贯冷漠不讲人情……

封迟琰站起身,朝秘书走来,她心如擂鼓,然后就见封迟琰从她身侧拿走了手机。封迟琰懒洋洋地坐回了椅子上,偏头示意陶湛重新投屏,陶湛点头,道:"会议继续。"

上面的人口若悬河，封迟琰这个大老板靠在椅子上摸鱼，回阮芽的话："什么好友申请？"阮芽听见了那边的声音，声音小了许多："你在开会吗？""嗯。"封迟琰道，"怎么了？"

"我半个小时之前加你微信，你为什么不同意我的申请啊？"

封迟琰一顿，道："那个昵称叫'翠花'的人是你？"

阮芽："对啊！"

封迟琰："我以为是卖猪饲料的。把名字改了，不然我不会通过。"

阮芽委屈："为什么啊？"这名字多接地气啊。

封迟琰修长的手指在桌面上敲了敲，道："虽然很多领域都有我的产业，但是目前没有开养猪场的打算，翠花。"阮芽："到底哪里像卖猪饲料的了！你这是偏见！""不像卖猪饲料的也像是卖红薯的。"封迟琰说。

阮芽愤怒地挂了电话，封迟琰笑了一声。

一位高层实在是忍不住："琰少……咱们最近有卖红薯和猪饲料的意向吗？需不需要让人考察一下今年价格，好做进一步规划？"

封迟琰抬眸看了他一眼，道："不用了，我已经找到负责人了。"什么时候阮芽不乖了，就让她去开养猪场再兼职卖红薯。封迟琰想象了一下，觉得阮芽大概会哭。

手机响了一声，他打开看了一眼，是微信的新好友申请：你好，我是芽芽乐。

封迟琰指尖一顿，弯唇笑了，同意了芽芽乐的好友申请。

万桂芬坐在火车上，看着窗外的夜色，不耐烦地道："怎么还没到啊？这都坐了多久了？！"火车上的其他乘客都休息了，她嗓门大，这么一嗓子下来，不少人不满地看了过来。万桂芬半点不怵，瞪大眼睛道："看什么看？！"

"妈！"比起万桂芬，赵蓉椿还是稍微要点脸的，扯了扯万桂芬的袖子，道，"早上六点才能到呢，这才晚上一点多，你先睡会儿吧！"万桂芬道："不是说现在的火车都很快了吗？这能叫快？"赵蓉椿无奈道："人家快的那个叫动车，你不是嫌贵没买吗？"贪便宜买的绿皮火车票,慢能怪谁?

一提起这个,万桂芬就来气:"要不是阮芽那个贱丫头不听话,我至于跑这么远去找她?!"赵蓉椿皱起眉道:"她确实太不像话了,我就知道她回了阮家肯定就不管我们了,我说不让她回去,你还不听,就盯着那十万块钱……""这么说还是我的错?!"万桂芬尖声道,"那丫头考上了大学,本来就留不住,还不如趁机卖了赚钱。你以为她进城里念书就会念着我们?"赵蓉椿说:"我不是那个意思……"

一个年轻女人终于忍不住了,道:"我说两位,你们也知道现在是半夜一点钟,你们这么大声,整个车厢都能听见,你们不睡觉,难道我们也不睡吗?"万桂芬腾的一下就站起来了,指着年轻女人骂道:"我说两句话就碍着你了?!我买了票凭什么不能说话?!"她说着就要冲过去对年轻女人动手,坐在年轻女人旁边的壮汉站起来,粗声道:"老太婆,你想对我媳妇儿做什么?"万桂芬看见对方那体格,立刻就怂了,讪讪地坐了回去。

赵蓉椿小声道:"好了妈,咱不说了,等天亮咱们就到A城了,到时候当面去找阮芽问清楚,这会儿先休息吧。"说着她还悄悄去瞥那个壮汉。万桂芬冷笑:"看你那点儿出息!你女儿可是阮家的大小姐,你怕他干什么?!"赵蓉椿腹诽,你要是不怂你倒是继续跟人家对着干啊。"行了行了。"万桂芬靠回位置上,道,"睡觉。"

阮芽一大早醒来,就接到了阮枸的电话。他声音很不耐烦:"你现在回阮家来一趟。"

"干吗呀。"阮芽说。阮枸黑着脸说:"你奶奶和你养母来了。"

阮芽原本坐在椅子上晃荡着脚丫子,听见这话,一顿:"什么?"阮枸烦躁道:"一大早的用人就说有人找,一个自称你妈妈一个自称你奶奶,今天只有我在家,烦都要烦死了。她们点名要见你,见不到你不肯走,你来一趟。"阮芽先是"哦"了一声,又问:"阮芸不在吗?"

阮枸一顿,说:"嗯,不在。"阮芽没再说什么,挂断了电话。

阮枸收起手机,转身就见万桂芬和赵蓉椿坐在会客厅里一脸贪婪地左右观瞧,那样子让人打心底里喜欢不起来。阮枸无法想象是这样的人养大了阮芽，相比起来，阮芽只是没见识一点，不会让人这么不舒服。

门口的用人忽然鞠了一躬，齐声道："大少爷上午好。"阮栒看见阮沉桉进来，疑惑道："大哥，你怎么回来了？""昨晚上有一份文件落在这了，回来拿。"阮沉桉西装革履，眉眼沉稳，看向万桂芬和赵蓉椿，"这两位是？"

阮栒刚要介绍，万桂芬已经极其热情地迎了上去："这位想必就是阮家大少爷吧！哎呀，真是大老板……我是阮芽的奶奶，她回来后一个电话都没打，我们实在想她，所以来A城看看她。"阮沉桉冷声道："一个电话都没打？""可不是吗……"赵蓉椿叹口气，"她现在认祖归宗了，就看不起我们了吧……不过也有可能孩子太忙了，没空。"阮沉桉"嗤"了一声，看了阮栒一眼，道："你好好招待，我先走了。"

阮栒："大哥，大家都是亲兄弟，你这样太不厚道了吧？"阮沉桉转身就走。他手里拿着文件袋，一路穿花拂柳到了大门口，正好看见一辆黑色的迈巴赫停下。秘书看了一眼，道："想必是五小姐回来了。"阮沉桉收回视线，丝毫不感兴趣，冷硬道："走。"

阮芽拉开车门，道："司机叔叔，您在这里等我一会儿哦。"司机看她这可爱样子，忍不住就笑了，道："我的工作就是为少夫人开车，肯定在这里等您啊。"

阮芽灿烂一笑，才进了阮家大门。

用人对她不冷不淡地点头："五小姐回来了，三少爷等您很久了，请跟我来吧。"她把阮芽带到会客厅，万桂芬眼睛尖，立刻就道："阮芽！"听见万桂芬的声音，阮芽纤长的眼睫颤了颤。万桂芬上上下下地打量阮芽，见她还是那个刘海盖脸的样子，但身上穿的裙子剪裁精致，布料柔软，造价不菲。阮芽皮肤白，奶黄色的裙子一衬，更显得她跟糯米糍似的软糯，打眼看过去，真像极了富贵人家的小姐，和以前在乡里的样子哪还有半分相似。

"奶奶。"阮芽先是叫了万桂芬一声，而后看向赵蓉椿，顿了顿，道："妈。"赵蓉椿冷笑："你还知道我是你妈？你回来A城多久了？有关心过家里一句吗？怎么，我们养你十九年，你来A城几天，就把我们忘光了?"

阮芽没说话。万桂芬道:"不怪你妈数落你,上次给你打电话,说你爸腿不好,你那是什么态度?直接就把电话挂了!怎么,你怕我们讹你?阮芽,就是我们养条狗,养了十九年,也该养出感情了吧?!"

阮栒觉得这话说得就不太好听了,刚要说话,听见阮芽说:"可是狗一般活不到十九岁。"阮栒觉得,竟然挺有道理。

万桂芬脸色一青:"行啊,你是有钱人家的千金小姐了,就不把我放在眼里了,处处都要顶撞我是吧?!"阮芽茫然道:"我是跟你阐述事实啊,村里最长寿的大黄狗也就活了十七岁。"

万桂芬看向阮栒:"三少!你看看她!我怎么会养出这么个东西来!"阮栒看了眼阮芽,道:"不要顶撞长辈。"阮芽撇撇嘴:"我说得不对吗?"阮栒想了想:"我见过的最长寿的狗好像只有十八岁,但是我们不能排除有十九岁或二十岁的狗。"

阮芽受教地点点头:"我知道了。""阮芽。"万桂芬沉声道,"你爸还躺在病床上,医生说他那腿治不了根,只能让他没那么痛,要花很多钱,这事儿你怎么说?"阮栒挑眉,刚要说话,阮芽已经道:"你都叫我阮芽了,孟家的事情,跟我还有关系吗?"她脸上表情很疑惑,并非嘲讽,像是真的不明白为什么。

万桂芬一怔,随即破口大骂:"你这是什么意思?!你改了姓了,了不起了,不把我们放在眼里了,是吧?!"赵蓉椿捂着眼睛道:"三少你听啊!你听她说的什么话!这才回来多久,就连她爸都不管了!"

阮栒皱起眉,觉得阮芽这话说得太过了。按照万桂芬的说法,孟家虽然穷,但是没有亏待过阮芽。阮栒也了解过,平安村相当落后,有一部分小孩儿是没有读过书的,孟家却养出了阮芽这么一个大学生,可见对她是不错的。阮芽说她不姓孟了,不管她的养父,实在有些绝情。

"阮芽。"阮栒道,"既然你养父生了病,于情于理你都该回去看看他。"阮芽抿了抿唇。她想回去看孟永平,但是怕这一去,就彻底被孟家人缠上了。孟家打算榨干她身体里的血,如果她心软,可能连她尸体里的油都不会放过。

阮芽想起临走前,孟永平正坐在门口抽旱烟。这个懦弱的男人很瘦,皮包骨头似的，像是一阵风就能把他吹走。阮芽从低矮的屋里出来，孟永平动作停了停，站起身，粗糙的手摸了摸她柔软的头发，说："芽儿，你出去了，就别再回来了。""爸知道，留在这里，你不会有出息，你别担心爸，爸没事。"男人的眼睛里有了泪光，"芽儿，你要是再回来，爸就不认你这个闺女了，听见没有？"

她咬了咬嫩红的唇角，摇头："我不去。""你……"阮栒脸色不太好看，"你就这么忘恩负义？"之前他还觉得阮芽或许不是那种人，但是现在看来，她和阮芸说得并没有什么区别，分明就是追名逐利的白眼狼！

阮栒极其失望地看了阮芽一眼，转身就走。万桂芬一看阮栒走了，也不装了，伸手就抓住了阮芽的胳膊："你给我过来！"她的力气太大了，阮芽皮肉又嫩，疼得小脸皱成一团。

"你这个贱丫头……"万桂芬骂道，"你这是飞上枝头变凤凰，就想甩开我们了？我告诉你，休想！"赵蓉椿也道："你爸对你那么好，有什么好东西都给你，你就这么报答他？！你爸要是知道你这么狼心狗肺，都要气死！"她一指头戳在阮芽脑袋上，阮芽头皮一痛，被她尖锐的指甲戳得眼泪都要出来了。

阮芽抿了抿唇，道："奶奶，妈，你们想要什么？"听她松口，赵蓉椿和万桂芬对视一眼，万桂芬道："你这话说得，难道我们就是来找你要钱的？！你爸想你了，让你回去看看他。"阮芽眼睫颤了颤，还没说话，万桂芬又道："不过我们第一次来A城，你总得带我们逛一逛吧？""对对对……她现在是阮家正儿八经的五小姐了，肯定有钱。"赵蓉椿一听这话，心头也活络了起来，转头对万桂芬道："妈，你记不记得前天我给你看的那个项链？那个项链太好看了……"万桂芬道："那东西十几万呢。"赵蓉椿瞥了阮芽一样："这不是有人付账吗？"

"人走了？"阮芸在自己房间里看这个季度各大奢侈品品牌送来的衣服，听见用人的话，松一口气，"可算是走了。"阮栒坐在小沙发上，喝了一口水，道："那个老太太就算了，赵蓉椿是你亲生母亲，你不见？"阮芸面色一变，道："我妈妈叫夏语冰。"

"我只是说说,你别生气。"阮栒道,"不见就不见吧。她们说孟永平生病了,是不是要给她们拿一笔钱?"阮芸眸光一闪。这笔钱可不能由阮栒来拿,应该让她们找阮芽要。

"哥,这事儿交给我吧。"阮芸笑着说,"这个钱应该我拿的,不用麻烦你了。""行。"阮栒说,"你要是零花钱不够了,就去找大哥。"阮芸娇嗔道:"就不能找你啊?""你三哥可比不上你大哥二哥,目前还靠家里养活呢。"阮栒笑了笑,"你大哥生意风生水起,你二哥天价片酬,哪个不比我有钱啊,我还得攒钱买车呢。"阮芸无奈道:"说得好像爸爸不给你拿钱一样。"

阮栒笑了笑。他在跟阮芸说话,脑子里却全是阮芽。她把万桂芬和赵蓉椿,带去了哪里?

阮芽让刘叔把车停在了上次封迟琛带她去的购物大楼。万桂芬到底没见过什么世面,一看这里红男绿女,个个光鲜亮丽。建筑高耸入云,窗明几净,难免有些发怵,道:"难怪都喜欢往城里跑呢。"赵蓉椿左右看着,道:"她们穿那衣服……那能叫衣服吗?穿得这么风骚,出来勾引男人?"阮芽没说话,进了购物广场,万桂芬连忙跟上去,道:"我要先去买两身衣服!"她特意穿了自己最贵的一套衣服,但还是透露着一股子穷酸,让她抬不起头,她必须得马上换身衣服。

阮芽没说什么。她们随着人流一路上了三楼,这一层全是各种奢侈品店。万桂芬眼睛顿时亮了,和赵蓉椿一起进了一家,看什么都喜欢。导购看着两人皱了皱眉,笑容倒还甜美:"两位想要买点什么呢?""我买两身衣服。"万桂芬道,"你看看,有没有适合我的?"

导购一顿,道:"有倒是有……""怎么,你看不起人啊?"赵蓉椿对人的视线尤其敏锐,立刻就说,"我们买不起会来逛?"她拉过阮芽,道:"这是我女儿,她有的是钱!"导购一看阮芽身上的裙子是顶奢品牌的本季限定款,立刻神色恭敬地说:"好的,请两位随我来。"

另一个导购热情地问阮芽:"请问小姐您要买点什么吗?我们店里今天新到了几套衣服,您要不要看看?""我自己看看就好。"阮芽在休息区坐下,道,"你去忙吧。""好的。"导购也不勉强,给她端了杯水。

万桂芬和赵蓉椿疯狂试衣服,只觉得什么都喜欢,一口气敲定了五六套。万桂芬抱着新衣服,高傲地走到柜台边上,学着电视里那些贵太太的样子,盛气凌人地道:"这些我都要了。""好的,您稍等。"导购连忙结算金额,微笑道,"您好,一共是二十六万零两千,您刷卡还是……?"

万桂芬一听这么几件衣服竟然要二十六万,不由得咋舌,但不愿意露怯,装出一副淡定的样子,看向阮芽:"过来付账啊!还要我请你?"阮芽慢慢站起身,将自己刚刚挑选的一条领带放在了柜台上,道:"帮我结一下账。"顿了顿,说,"只结这一条领带。"

导购脸上的表情一僵,确认道:"只结这一条领带吗?那这些……"

阮芽道:"这些不是我买的,我为什么要结账?"万桂芬的脸立刻铁青:"阮芽,你什么意思?你不愿意给钱?!"

阮芽眨眨眼睛,道:"我要买的东西就是这个,你们有喜欢的衣服,自己付钱就好了呀。"导购们的表情古怪起来,其中一人利落地把领带包好,问道:"您是刷卡吗?"

阮芽从包里拿出封迟琰给的那张卡,导购一看,脸色立刻就变了。她在这里工作四年了,还是第一次看见这张卡,顿时更加恭敬,微笑道:"已经为您记账了。"

阮芽提过袋子,转身就要走,赵蓉椿一把抓住她:"你给我站住!今天你不给钱就休想走!"她们进门时话说得那么满,结果一件都不买,简直丢死人了!

万桂芬倒不是在乎面子不面子的,就是想贪便宜,哪里肯让阮芽走?一屁股坐在地上哭闹起来:"大家伙儿都看看啊!看看这只白眼狼!她现在发达了,不管奶奶也不管爹娘,连给我买两件衣服都舍不得,养这种东西有什么用啊!"

导购们面面相觑,一时间不知道该怎么办。

忽然一位西装革履的中年男人从里间出来了,他神情紧张,额头上挂着冷汗,导购们看见他,一愣:"店长?您怎么来了?"

店长在人群中锁定阮芽,热情地道:"想必这位就是阮小姐吧?"阮芽疑惑的:"你认识我?"店长笑着说:"不认识……但是我刚刚接到了吩咐。"阮芽更加疑惑了。店长道："这些衣服，已经有人为阮小姐买下来了。""什么？"赵蓉椿都愣住了，"谁买的？"

店长没有回答，让导购取出了一把大剪刀，在众人错愕的视线中，亲手将那一堆衣服剪成了碎布，对阮芽道："那位吩咐了，说这些衣服变得不干净了，拿给别人穿也不好，所以让我全部剪碎扔垃圾桶。"

万桂芬亲眼看着二十多万的东西变得一文不值，眼珠子都要瞪出来了："这都是我的衣服！我的衣服！谁准你剪的？！啊？！"她从地上爬起来，抱着那堆衣服，眼泪都要出来了，"你要赔给我！全部赔给我！"

店长可比导购的心理素质强多了，丝毫不在乎万桂芬的大吼大叫。万桂芬抱着那一堆碎布，眼圈都红了，盯着阮芽，恨不得从她身上撕下一块肉。比起不买衣服，阮芽把衣服买下来剪碎，更戳万桂芬的肺管子。万桂芬气急了什么脏话都往外骂，简直不堪入耳："今天我跟你没完！"

她说着就要冲过去打阮芽，店长厉声道："保安！"保安飞快地架住了万桂芬，万桂芬拼命挣扎："你们干什么？！你们干什么？！信不信我报警抓你们——"店长蹙眉道："就算报警，抓的也是你。老太太，我希望你认清楚形势，是你先在我们店里撒泼打滚的，我们有权利拒绝接待你。""阮芽！"赵蓉椿哪里见过这个阵势啊，拉着阮芽的胳膊，道，"你就看着他们欺负你奶奶？！你还有没有良心啊？！你赶紧叫他们放开！"

阮芽"哦"了一声，转头说："麻烦两位保安叔叔把她也带出去，她们婆媳感情很好，分开一会儿都不行。"保安点头："好的小姐。"两人被保安拖了出去，仍在外面破口大骂。

阮芽皱着眉道："抱歉，给你们添麻烦了。""没关系阮小姐。"店长道，"请问您还要看看其他东西吗？陶先生吩咐了，您想要的东西都送去汀兰溪。"阮芽摇摇头，道："我要买的东西已经买好了，先走了。"店长道："请您这边走，我怕您从正门出去，会有麻烦。"阮芽看了眼外面目眦欲裂的万桂芬赵蓉椿两人，道："谢谢。"

阮芽跟着店长从后门出去，走到僻静处，才拿出手机，犹豫好一会儿,拨通了封迟琰的电话。封迟琰很快就接了电话:"怎么了?"阮芽听见他的声音,不知道为什么,忽然觉得特别委屈。明明她在阮家被阮栒误会、在店里被万桂芬和赵蓉椿骂的时候,也没有委屈。

"封迟琰……"阮芽声音很轻,她不知道自己蹲在墙角的样子有多可怜,像一只无家可归的流浪猫,小小的一团,好像想从自己的身上汲取一点温暖,"我有一点……想你。"

封迟琰顿了顿,说:"那你下楼,从一号门出来。"

阮芽一怔,然后站起身,抓着手机就往楼下跑。外面阳光灿烂,封迟琰站在车边,穿着一件烟灰蓝色的衬衣,戴着一副墨镜,身高腿长,站在那里就是焦点。

阮芽一头撞进他怀里,脸颊贴在他心口,声音闷闷的:"你怎么会在这里?"封迟琰摸了摸她毛茸茸的脑袋,道:"我要是不在这里,你哭了都没人安慰你。"阮芽撇嘴:"我才没有哭……"声音却已经带了哭腔。阮芽经常哭,封迟琰也见过很多次,都说眼泪越多越不值钱,但看着小姑娘脸颊上挂的晶莹眼泪,他还是觉得不太舒服。

"想哭就哭,我又不会笑话你。"封迟琰说。"你那么坏,你肯定会……"阮芽哽咽着说,"你就是专门来看我笑话的。""我专门开了四十多分钟的车来看你笑话?"封迟琰笑了,"那你的笑话可真值钱,你知道我时间多贵吗?"阮芽抽噎着说:"那你回去……我又没钱给你。"她眼睛大,皮肤白,有点儿婴儿肥,卷翘浓密的睫毛都被泪水打湿了,粘在一起,格外可怜。

封迟琰一手搂着她,一手打开车门,将人放进了车里,道:"这里这么多人也好意思耍横?多少人看着你。"阮芽后知后觉地尴尬,赶紧擦了擦眼泪。

封迟琰上了车,抽了两张纸巾俯身给她擦眼泪,忽然问:"她们对你不好?"

阮芽下意识地说:"对我好的,我……"她说到这里,眼眶又红起来。"阮芽。"封迟琰叫她的名字,阮芽含糊不清地"嗯"了一声,封迟琰双手卡着她的腰,把人抱起来,放在自己腿上。阮芽后背就是方向盘,从车前窗还能看见来来往往的行人,她吓一跳:"你……你干什么呀?"

封迟琰的五官比起一般人来说要深邃许多，鼻梁挺拔，鼻尖靠在阮芽细嫩的脖颈间磨了磨，声音很哑："对你不好就是不好，为什么要撒谎？"阮芽鼻子一酸，眼泪一颗一颗地掉下来，抱住封迟琰的脖子，哭着说："她们对我一点也不好……我不喜欢她们……我一点都不喜欢她们……"

"不哭了。"封迟琰揉了揉她柔软的长发，道，"我相信你。"阮芽眼泪汪汪的："真的吗？""我骗你做什么？"封迟琰道。阮芽擦了擦红肿的眼睛，闷闷地说："阮栒就不相信我。""因为他蠢。"封迟琰漫不经心地说，"你跟一个蠢货计较什么？"

之前不觉得，阮芽过了伤心劲儿才发现自己跟封迟琰靠得太近了。驾驶座本来就不大，她整个人贴在封迟琰的身上，能够清晰地感觉到属于成年男人的炽热体温，就像是一把火从相触的皮肤烧过来，漫过心底，在她脸颊上烫出烟云一般柔软的红来。她眼睫不停地抖啊抖，犹犹豫豫好一会儿，凑上去在封迟琰的侧脸亲了一下，声音很软："报酬。"

封迟琰眸光落在她丰润嫩红的唇瓣上，道："你亲错地方了。"阮芽脸红红的，纠结地咬了咬唇，闭上眼睛，在男人偏薄的唇上碰了一下。

她原本打算碰一下就分开的，但是封迟琰骨节分明的大手从她背上移到了后脑勺，堵住了她所有的退路。阮芽瞪大眼睛："唔！"封迟琰垂着眼睫，他的眼睫跟阮芽的不一样，虽然也很长，但是不翘，显得十分冷淡。她脸颊滚烫，慌张无措地闭上眼，封迟琰倾身，几乎将她压在了仪表盘上，吻得更深。

这个吻结束，阮芽人已经傻了。她呆呆地看着封迟琰的衣领，脸红，鼻尖红，嘴唇红，就连脖颈也是红的。

封迟琰顺毛一般在她后背摸了摸，道："饿了没有？带你去吃东西。"阮芽眼睛水汪汪的，控诉地看着封迟琰："你是不是饿了？""还好。"封迟琰说，"不怎么饿。""你骗人！"阮芽说，"我觉得你刚刚就想吃了我！"封迟琰："……"

啧，这小姑娘纯得不行，又欲得不行，说的都是些什么话？她用最天真、最委屈的样子说出来，只会让人更想欺负她。

封迟琰在她细嫩的脸颊上亲了一下，道："好了，不生气了，带你去吃好吃的。"阮芽撇着嘴问："吃什么？"封迟琰："新开的一家日料店，据说味道不错。"

阮芽立刻就被带偏了："我没有吃过日料，吃吃看。""嗯。"封迟琰将人放回副驾驶，才发动车子。

万桂芬和赵蓉椿眼睁睁地看着阮芽从另一道门离开，她们对这里不熟悉，根本找不到后门，只能干瞪眼。"妈的，这个狗娘养的东西！"万桂芬恼怒至极，道，"只能回阮家了，你亲闺女还在阮家呢，她总不会不管我们。"赵蓉椿眼睛一亮："对对对……或许现在阮芸忙完了，我们回去看看。"万桂芬嘀咕道："我就说阮芽那个贱蹄子不是我们老孟家的种，我们老孟家怎么会有这种孩子？"赵蓉椿附和道："就是，她连几件衣服都不知道孝敬，太不像话了！去了阮家，可得好好跟她亲爹和哥哥们说道说道。要是我们阮芸，怎么可能做出这种事？"

日料店装修得很是雅致，每个包间的陈设都不同，这一间里面摆放着几盆茂盛的蝴蝶兰，更显风雅。

服务员拿来了菜单，阮芽看着图片点了几个菜，服务员就出去了，阮芽撑着腮帮子道："你又翘班了？"封迟琰："我翘班是为了谁？"阮芽："那我也没让你来找我呀。"封迟琰喝了口水，说："要是我没来，估计某些人现在还蹲在商场里哭鼻子。"阮芽有点不好意思："我真的没哭。"

封迟琰用修长手指扯了扯自己的衣领，上面有一块的颜色比周围都深几分："那这是什么？"阮芽小声说："你要是不说你在下面，我不会哭的。"她声音闷闷的："我会哭还不都是你的错。"

封迟琰被她逗笑了："这么说，我不该来找你？"

阮芽："那倒也没有……我是个比较大度的人，我不会跟你计较。"

封迟琰："那我该跟你说声谢谢？"

阮芽："不用谢。"

封迟琰："……"

服务员开始上菜，阮芽都不太喜欢，勉强吃饱。一看账单，她凑到封迟琰耳边道："又贵又难吃，咱们下次不来了。"

少女身上柔软馥郁的甜香飘过来，浅浅的吐息就在耳边，封迟琰转头看着她："说话就说话，凑这么近做什么？"阮芽："我不好意思当着服务员的面说不好吃。"

封迟琰签了账单，道："你不喜欢，下次就不来了。"顿了顿，"其实我也觉得不怎么样，下次见到推荐这家的人，我帮你问问他是不是收钱了。"

阮芽点点头："那我们现在去哪儿啊？"

封迟琰道："我回公司，你跟我去吗？"

阮芽表情严肃："你就不怕我是商业间谍吗？"封迟琰："……"

阮芽之前就想过，封迟琰这么有钱，公司应该很大，但当她亲眼看见坐落在CBD中心圈的摩天大楼，还是惊呆了。阮芽问："这一整栋楼都是你的吗？"

封迟琰抬眸，道："连着的六栋都是。"果然，贫穷限制了她的想象。

阮芽："我在想，要工作多久才能买下一栋楼。"

封迟琰想了想，说："按照你在甜品店打工的工资，你大概还需要向天再借五千年。"阮芽："……"

封迟琰想起什么："忘了，你现在连甜品店的工作都没了。"林珞的甜品店修好要花些日子，她给阮芽打了电话，说甜品店暂时不能开业了，所以阮芽又变回了无业人士。

电梯下来了，封迟琰拉着阮芽进去，按了三十二层。这一层只有秘书台和封迟琰的办公室，十分安静。秘书们看见封迟琰，赶紧问好。封迟琰带人进了办公室，装修很简单，有几分空旷。阮芽很喜欢那一整面落地窗，可以俯瞰A城的市中心。如果是晚上，万家灯火，霓虹闪烁，黑夜如幕，弯月冷淡，应该更加漂亮。

封迟琰打了通内线电话，吩咐秘书拿个平板，再找些小姑娘喜欢的零食送进来。秘书送了东西，一出办公室立刻被一群人围住了："怎么样？！琰少和那个小姑娘在里面做什么？""琰少在处理工作啊……

不过那个女孩子我没见过……"

"哟,你们在说什么啊?这么热闹?"一道清朗的声音响起。众人一转头,看见来人,就笑了:"宋少,您怎么来了?"宋锦胤扬了扬手里的文件夹,道:"找封迟琰签个字。"

宋锦胤是公司的常客,和秘书们都混得很熟。他性格好,不轻易跟人生气,出身好,但从不摆架子,能跟权贵一起吃山珍海味,也能跟员工一起啃泡面,加之长得跟明星似的,极受女孩子喜欢。他伸手推开门,没看见皱眉读文件的封迟琰,倒是和正在吃薯片的阮芽对上了视线。他把门关上,怀疑大概是自己眼花了,不然怎么会在封迟琰的办公室里看见一个姑娘?

他定了定神,重新推开门,阮芽手里拿着薯片正往嘴里送。宋锦胤看向封迟琰:"这谁?"封迟琰:"我老婆。"宋锦胤"嘶"了一声:"我一直以为你视工作为老婆。"

封迟琰放下手中的钢笔,冷淡地看着他。宋锦胤打了个哈哈。封迟琰对阮芽道:"今天的日料店就是他推荐的。"阮芽眨眨眼睛:"你介绍一桌人能拿多少回扣啊?"

宋锦胤:"……"

他走到阮芽面前:"你知道我是谁吗?"他从口袋里抽出名片,两根手指一撑,放在了桌面上,"认识吗?"阮芽看了一眼,不高兴地道:"难道我会不认识宋锦胤三个字吗?"宋锦胤惊呆了,道:"除了宋锦胤三个字,你就没有看见别的?"阮芽:"宋氏集团CEO……你都是CEO了怎么还吃回扣呢?"

封迟琰笑了一声,宋锦胤无语道:"我没有吃回扣……算了,不跟你一般见识,不过……你真不认识我?"宋锦胤穿衣服一向讲究,今天穿着休闲风的衬衫、长裤,领口扣子解开了三颗,脖子上挂着一条铂金链子,配着他那张堪比明星的脸……

阮芽大胆猜测:"你是哪个明星吗?那你可能不太火,我真的不认识你。"宋锦胤泄气地坐在另一个沙发上,忽然想起来:"你是从乡下接回来的,不是自小就在这个圈子里,不认识我才是正常的。"

阮芽:"你认识我?"宋锦胤:"封迟琰身边的女人,算来算去就你一个，我不认识你，但我们可以认识一下。"他伸出手，露出一个阳光的笑容："你好，我叫宋锦胤。"阮芽刚要伸手，就被人抓住了爪子，她疑惑地抬头："怎么啦？"封迟琰冷淡道："你不是已经认识他了吗？还握什么手。"宋锦胤意味不明地说："这么护着啊？"封迟琰转眸看他："没事你就赶紧滚。"

"我闲得慌啊，没事来找你？"宋锦胤将文件放在桌上，"签个字，顺便跟你说一声那场车祸。"阮芽知道封迟琰的"死因"就是车祸，立刻竖起耳朵听。"种种线索都表明是封霖干的。"宋锦胤一耸肩，"虽然我觉得封霖是个蠢货，做不来这样精密的局，但我的人尽了全力，确实没找出其他人参与的迹象。要么是封霖突然变聪明了，要么就是幕后之人处理得太干净了，一点痕迹都没有留下。"

封迟琰脸上的表情很淡："封霖一直企图掌权封氏，如果找不出幕后的人，我容忍不了他几天。"宋锦胤道："你们家二房的人还在做梦呢！我听人说封杰辉出去喝酒的时候跟人吹，等你一下葬，封霖就会入主封氏，到时候谁见了他封二少都得叫一声辉爷。"封迟琰眸中划过一抹讥诮，冷声道："就怕这位二少没命享这个福分。"他拿起宋锦胤带来的文件，在上面签了名字，三个字写得龙飞凤舞。

宋锦胤起身道："行了，既然你有打算，我就不插手了。我就好奇了，你爸和封霖虽然不是同一个妈生的，但爹是同一个啊，怎么就差距这么大？"封迟琰唇角勾出嘲讽的笑："有差距吗？封贻还不如封霖。"他提起亲生父亲的语气别说尊重，不说讥诮都算好的了。

宋锦胤没再说这个话题，道："行，那我走了。"

等他出去，阮芽喝了一口果汁，才说："刚刚宋锦胤说，你爸爸和你二叔是同父异母的兄弟？""你不知道？"封迟琰抬起眼皮子，"封霖是老头子的私生子，后来我亲奶奶死了，封霖和老太太才被接回了封家。"阮芽惊讶地道："这么厉害？""她厉害的地方多着呢，这算什么。"封迟琰哂笑一声。

阮芽想起那些她都知道的传闻。据说，封老太太十分厌恶封迟琰的生母，而封迟琰的父亲封贻在妻子去世后就不问世事，一心向佛了。可以说，幼年的封迟琰是没有人管教、关心的。他不是封老太太的亲孙子,能够在封家掌权,简直是奇迹。

阮芽看了一会平板,窝在沙发上睡着了。封迟琰抬眸看了她一眼,从柜子里拿出一条灰色的毯子给阮芽盖上。他将被子掖在了阮芽的下巴处,小姑娘脸颊粉白的,有点肉,显得格外绵软。他指尖有一层薄茧,只是轻轻地擦过了她下巴,就留下了一道淡淡的红痕。

"这么娇气。"封迟琰收回手,见平板的屏幕还亮着,是一张绣样,看图案应该是凤穿牡丹。他把平板关上,放在桌子上,才回去办公。

办公室里分明安安静静,但封迟琰觉得似乎有哪里不同了。

空气中有丝丝缕缕的甜香,耳边能听见另一个人浅浅的呼吸声,日月车马仿佛都慢了下来。

"大哥,是我。"阮栒的声音听着很疲惫,"你人呢?我这儿有份合同找你签字。"阮沉桉道:"我马上回去了。"阮栒笑嘻嘻道:"那什么,你看我也在公司上了好几天班了,能不能……""不能。"阮沉桉道,"这是你自己选的。""我真不喜欢这些东西。"阮栒道,"我看见那些报表就头疼,算我求求你了,你就放我走吧?我觉得我们家有你一个商业天才就足够了。"

阮家和其他豪门截然不同,别家都是争家产争得兄弟反目,而阮家的三个儿子里只有阮沉桉从商;阮落榆跑去当了明星,坐拥万千粉丝,号称"十亿少女的梦";阮栒更是不省心,对家里的产业半点不上心,执意念了军校,被阮沥修一顿毒打,坚决不退学。

"父亲不想让你从军。"阮沉桉打了方向灯,淡声说,"你毕业后不来公司,去做什么?"阮栒声音有些闷:"他不想我去我就不去?二哥都能当明星,凭什么我不行?"阮沉桉没说话。

阮栒又道:"哥,亲哥,我在公司坐班跟坐牢一样,你放我吧!以后要去找阮芽的事情都我去行不行?"阮沉桉眉目一动:"你不是很讨厌她吗?"阮栒道:"但是更讨厌上班。"

"行。"阮沉桉道,"我准了。"

阮栒得到准信儿,毫不犹豫地挂了电话。阮沉桉:"……"

阮芸坐在咖啡店里,冷着脸看着对面两个女人,眼睛里全是不耐烦。

赵蓉椿搓了搓手,道:"小芸啊,今天真是太麻烦你了,又是带我们吃饭,又是带我们喝咖啡的……"万桂芬咂咂嘴,道:"这东西这么难喝,还这么贵?!老板怎么这么黑心呢!"她声音不小,周围人都看了过来。

阮芸觉得丢脸至极,带这两个乡下女人出门实在是太丢人了!"妈!"赵蓉椿赶紧拉了拉万桂芬的袖子,道,"不是你说看电视里人家有钱人都爱喝咖啡,才要来的吗?"阮芸忍无可忍道:"既然不喜欢,那就走吧。"

"等等!"万桂芬说,"这可是真金白银买的,不喝了多浪费啊?"她捏着鼻子强行灌下去咖啡,苦得直咂舌,抓过蛋糕上的草莓就塞进了嘴里,满手都是奶油。"妈……"赵蓉椿脸色一变,道,"那是小芸的蛋糕!"

阮芸看了一眼已经变得让人毫无食欲的蛋糕,抿了抿唇。要不是怕外界议论她白眼狼,她绝对不会搭理这两个乡下女人!万桂芬和赵蓉椿上门的时候她一直推脱不见。阮沥修知道了,让人传话来,说赵蓉椿是她亲生母亲,虽然没有养育之恩,但生身之恩不能忘,她应该见一见。阮芸很怕阮沥修,阮沥修话都说到这份儿上了,若还是不见赵蓉椿,在阮沥修那里不好解释。

"吃好了的话,我们就走吧。"阮芸简直用了自己所有的修养,才能露出一个笑容,"不是说想去逛街吗?"万桂芬咋呼起来:"你别提这个,提这个我就来气!"阮芸一蹙眉:"怎么了?""还不是阮芽那个贱丫头!"万桂芬气不打一处来,"带我们去买东西,结果在店里把我们要买的衣服全部剪了,还让人把我们拖出去……我这张老脸都丢尽了!"

阮芸不动声色道:"你们买的是什么衣服?"赵蓉椿想了想:"好像叫C什么的……"

阮芸眸光一深。那家的东西可都不便宜,阮芽敢把衣服剪碎了,说明她肯定能付得起钱,但是阮芽……哪里来这么多钱?!阮家没有给她拿一分钱,在封家她更不被待见,那阮芽的钱……是谁给的?听说阮芽被应白川带走后，陶湛上门把人接走了，现在又安排她住在汀兰溪，阮芽会不会和陶湛有见不得人的关系？

阮芸心中有了计较，起身去结了账。

万桂芬看见账单上的数字，对赵蓉椿说："还是亲生的好啊，你看看阮芸，再看看阮芽那个贱丫头！"赵蓉椿附和道："肯定的啊，亲生的流着一样的血呢……"

这话狠狠地刺伤了阮芸。她不是阮家的亲生孩子，赵蓉椿和万桂芬的话无疑是往她心尖上捅刀子。"好了。"阮芸不耐烦道，"我们去购物广场看看吧。""其实不用……"赵蓉椿说，"商场里的东西都贵，你还是把钱省着……""还不赶紧走！"万桂芬打断她，兴奋地道，"上次被阮芽剪碎的那些，我都要买回来！"

阮芽身为无业游民，别人在上班，她在满街乱逛，无意间抬起头，见对面的 LED 屏幕上播放着一段宣传视频，宣传的是 C 国的传统苏绣。主角是苏绣大师姚瑞，"姚氏针法"的唯一传承人，她的绣品精美绝伦，惟妙惟肖。

阮芽跟着一个老奶奶学过苏绣，以她看，姚瑞的作品确实精美，但少了一两分灵气，有些呆板。宣传片结束，阮芽打了一个哈欠，决定去封迟琰的办公室蹭空调。

封迟琰今天特别忙，不断有秘书来办公室请示或者拿着文件等签字。阮芽闲得无聊，就拿着纸杯一人一杯地发水，附带小蛋糕。宋锦胤晃晃悠悠地过来，看见这景象，"啧"了一声。阮芽忙得热火朝天，见他来了，往他手里塞了一杯水："我这里还有小蛋糕，你吃吗？""谢谢……"宋锦胤看了眼封迟琰，对阮芽道，"估计他今晚要加班了。"阮芽："你们不是合作伙伴吗？你为什么不加班？"

"哟。"宋锦胤道，"这么护着他啊？我们合作，他占大头啊！最近有个大单子……"说到这里，他顿了顿，道，"算了，跟你说了你也不懂，小丫头，你有喜欢的明星吗？"阮芽翻出自己空空如也的口袋："我这么穷，配追星吗？"宋锦胤哈哈大笑："今晚有一个晚会，不少明星都要去，你感兴趣吗？"阮芽不感兴趣，宋锦胤补充道："你看封迟琰那架势，十点之前都下不了班。你在这里多无聊啊，跟我去玩儿呗，我又不会把你卖了。"阮芽看了一眼排队的人群，觉得宋锦胤说得对，点了点头道："那我跟你去玩儿吧。"

宋锦胤勾起一抹笑，走到封迟琰的办公桌旁边，敲了敲桌面，道："你家阮芽借我几个小时。"封迟琰抬起纤薄的眼皮，凉凉地看着他："做什么？"宋锦胤道："当然是带她出去玩儿啦！你这种老男人真不懂小姑娘的心思，你可以枯坐一天，但是她不可以啊。"封迟琰："她可以看一整天小狗拯救世界的动画片。"

宋锦胤道："其实我今晚缺个女伴，你知道，我要是一个人去，我那些前女友全部都得缠上来，就把她借我吧。"阮芽凑过来道："对呀对呀，你就借给他嘛。"

封迟琰道："想去？"

阮芽点头："想去。"

封迟琰放下钢笔，对宋锦胤道："好好看着她。"

宋锦胤比了个"OK"的手势："放心。"

第三章

Chapter 3

　　宋锦胤说的晚会是一个奢侈品大牌的推广会，群星云集。酒店门口全是记者，里三层外三层地围着，水泄不通。

　　阮芽在车里看见外面的架势，都蒙了："我们要怎么过去啊？""那是给大明星走红毯的地方，我们不走那儿。"宋锦胤说，"等前面疏通了，直接开车过去。"

　　阮芽点了点头，忽然一阵排山倒海的尖叫，娱记躁动起来，阮芽听见有人道："是阮落榆的车！！他真的来了！""之前传言 LP 这次的秀请了阮落榆，我还不信！"阮芽揉了揉耳朵："那些都是阮落榆的粉丝吗？""毕竟号称是十亿少女的梦，不是吹的。"宋锦胤摇下车窗，道，"喏，他下车了。"

　　阮芽看过去，黑色的车门打开，身高腿长的男人从车上下来，穿了一身白色的西装，一看就是量身定做的。胸前的口袋里放着支娇艳欲滴的红色玫瑰，然而这荼蘼的花朵不及他的容貌。

　　阮芽听说，阮落榆和阮沉桉是双胞胎，但两兄弟长得不一样，阮沉桉像阮沥修，阮落榆像夏语冰一点。阮落榆五官极其夺目，无一处不精致，气质温文尔雅，脸上挂着温和的笑，这样的反差感让他更加吸引人。他笑容温柔，阮芽却觉得他不太好相处。

　　阮落榆绅士地扶住车门，从后座牵出一个身着大红色礼服裙的女人。女人妆容精致，五官明艳，是最近刚得了影后奖杯的陈远彤。陈远彤和阮落榆合作了一部戏，两人绯闻不断，现在一起出席 LP 的推广会，无疑是火上浇油。

"陈远彤……他们不会真的在谈恋爱吧？！""我之前还跟我朋友说是假的呢，毕竟我们榆哥出道这么多年，一直洁身自好啊……"

那边陈远彤挽着阮落榆走过了红毯，这边的人群也疏通了，车子往酒店后门开去。宋锦胤道："看你这样子，还没见过你二哥？""没有。"阮芽说，"你不要告诉他我是谁啊！"宋锦胤笑得肩膀都在抖："那一会儿就委屈你做我新任女朋友了，我该怎么跟人介绍你？"阮芽："孟翠花。"宋锦胤说："你以前叫这名儿？"阮芽："这是我给自己取的花名，这年头，混社会的都要有个花名才行，你有花名吗？没有的话我帮你取一个？"

宋锦胤敬谢不敏："我就不……"

阮芽："不如你就叫宋狗蛋吧。"

宋锦胤："……"

他们从侧门进去，酒店里金碧辉煌，中间搭建了 T 台。

宋锦胤随口介绍道："这次走秀的主题是 C 国风，请大名鼎鼎的苏绣大师姚瑞手工绣制了两件旗袍，是今晚秀的大轴。"

阮芽想起上午在 LED 屏上看见的宣传片，好像就是 LP 为这次秀拍摄的。

宋锦胤低调地入场，这次活动他是投资人之一，见到他，不少人都凑了上来，想要攀个关系。其中一位是最近很火的女明星，今晚打扮得尤其性感。她手里端着杯红酒，上上下下地打量了阮芽一遍，阴阳怪气道："宋少，你跟我分手就为了她呀？""袁婧。"宋锦胤微微蹙眉，"是你自己有了喜欢的人……""不是的宋少……"袁婧道，"我对阮落榆没有那种想法，是你误会了。"阮芽一惊，好家伙，跟阮落榆有关系！

宋锦胤道："我这人不喜欢拖泥带水，分手之后如果不能做朋友，"他顿了顿，眸光微冷，"做陌路人也好，要是成了仇人，就没意思了。"袁婧心下一惊，道："我没别的意思……我朋友还在那边等我，我先过去了。"宋锦胤露出一个礼貌的笑："慢走。"

阮芽感慨道："有这么多漂亮姐姐为你争风吃醋，你今天就算是死在这里，也值了。"

宋锦胤说："谢谢大哥，但我还不想死，我赚的钱还没有花完。"

阮芽想溜去甜品台找小蛋糕吃，侍应生匆匆过来，脸色很难看，在宋锦胤耳边说了什么，宋锦胤眸光一冷。"怎么了？"阮芽好奇地问。"出了点事儿。"宋锦胤道，"你先去那边坐一会儿，我过去看看。"阮芽拉住他袖子："你不可以把我一个人放在这里，我会被你的前女友们吃掉的。"宋锦胤无奈道："那你跟我一起吧。"

阮芽点头。他们进了后台，今天受邀来走秀的模特、明星都在，最大的化妆间里气氛凝肃，落针可闻。

"宋总来了！"不知道是谁喊了一声，众人纷纷看了过来。

阮芽一眼就看见了阮落榆。他坐在椅子上，身上换了一件黑色的长袍，上面用银线绣着修竹，针法精妙，是难得一见的精品。这衣服衬得他更加气质温润，加上鼻梁上架着的一副坠着长长链条的金边眼镜，简直是斯文败类本类，衣冠禽兽当兽。

见宋锦胤过来，阮落榆站起身打了个招呼，眸光落在阮芽身上一秒，礼貌地移开了。

"怎么回事？"宋锦胤皱着眉道，"秀还有几分钟就要开始了。"

陈远彤站在柜子旁边，美艳的脸上阴云密布，咬着牙，眉眼阴沉："这件旗袍一直锁在保险柜里，怎么会被划破？！衣服坏了，秀根本就走不了。"

阮芽闻言，看向桌子上的保险柜。一件雪白的旗袍搭在柜子上，用的是上好的锦缎，重工绣制了一大片黑色的枯枝梅花，有种颓废的美感。只可惜，绣花最密集的地方被剪开了，生生地破坏了这份美感。

旁边的小助理脸上都是泪水，她满心惶恐，坚持着解释："我今天早上来检查的时候，看它好好地挂在保险柜里，就没有仔细看，应该……应该昨晚上衣服就坏了……"这件旗袍是本次走秀的大轴，现在却破破烂烂的，根本没办法穿，所有人都觉得天塌了下来。

"找会刺绣的人补救一下吧……"有人说，"秀就要开始了。""补救不了的……"小助理哽咽着说，"姚大师是姚氏针法的唯一传承人，这种针法只有她会,但是这会儿人还在国外……"

"查监控了吗?"宋锦胤沉声开口,"有谁来过这边?"有人赶紧道:"这几天来的人太杂了,按理说衣服在保险柜里,没有密码是打不开的,而且只有这一件衣服出了事……"阮落榆的长袍没有问题,陈远彤的旗袍却被人剪了,很难不让人怀疑对方跟陈远彤有私人过节。

宋锦胤看向陈远彤,道:"陈小姐,你近期有跟人结仇吗?"陈远彤面色一变。如果她的私人原因导致秀无法正常举行,那么她一定会被LP拉入黑名单。"没有……"陈远彤说,"我没有跟人结仇,我想不明白这个人为什么要这么做?""陈影后估计是太紧张,忘了吧?"一道女人的声音响起,带着嘲讽,"这几个月,陈影后靠着和影帝炒绯闻的热度迅速站稳了脚跟。一打开微博,十个热搜里有八个都是你们的,得罪的人可不少。"说话的人是袁婧,她也是参与走秀的明星之一,只不过咖位不如陈远彤,没法走大轴。陈远彤忍了忍,道:"照你这么说,我跟你关系不好,很有可能是你做的了?""你别在这里血口喷人。"袁婧道,"你的私人恩怨给品牌惹了麻烦,别往我身上扯!"

宋锦胤冷声道:"够了!现在是吵架的时候吗?!"

两人闭了嘴。

一位工作人员急急忙忙地冲进来:"处理好了吗?秀就要开场了,大概三十五分钟后大轴就要上。榆哥和远彤一起走了红毯,外面都知道他们是大轴,围了一大圈记者……"

阮落榆道:"如果不能修补的话,我就自己走吧。"袁婧道:"这件重工旗袍是宣传的重点,不出去压场面,媒体会怎么报道?再说了……"她看了阮落榆一眼,道,"今天榆哥和陈影后一起走红毯是为了工作,如果陈影后不走秀,你们两人的关系还不知道要被说成什么样子呢!"

那部让陈远彤一举拿下影后奖杯的电影并非一开始就找上了她,因为阮落榆的推荐,她才出演了女主角。可以说陈远彤是攀着阮落榆一步步上来的,如果没有阮落榆,她什么都不是。袁婧看了阮落榆一眼,不由得觉得不公平,分明她更早认识阮落榆,也合作过,但入了阮落榆眼的偏偏是陈远彤,这怎么能叫人不嫉妒?袁婧本以为攀附宋锦胤可以爬到和陈远彤一样的高度,宋锦胤也捧了她,但她还是落后了陈远彤一大步。

"没有别的办法了。"宋锦胤揉一揉眉心,"实在不行的话,就落榆一个人走。""宋总。"袁婧赶紧道,"我可以和榆哥一起走,调整我的出场顺序就可以了。"她的衣服虽然不如枯枝梅花那件,但也是这次秀里很重要的一件。宋锦胤淡淡看她一眼,袁婧咳嗽一声:"我是为这次活动着想,毕竟主题叫作'七夕',大轴怎么能一个人走?"

宋锦胤刚要说话,一只手忽然举了起来:"那个……我可以尝试修补一下那件旗袍。"袁婧眼神顿时一冷:"这位小姐,你知道自己在说什么吗?!你懂不懂刺绣?!"

阮芽被吓了一跳,往宋锦胤背后缩了缩,道:"我肯定是有信心才说的呀……我学过一点刺绣。"袁婧说:"姚大师是姚氏针法唯一的传人,其他人用普通的针法修补,只会画虎不成反类犬!"

宋锦胤却认真地看了阮芽一眼:"你真的会?"阮芽:"会一点。"宋锦胤唇角抽了抽。

"让我试试吧,情况不会比现在更差了。"阮芽说,"反正衣服已经破得穿不了了。"袁婧冷笑一声:"要是让你补,你却没有补好,损失算谁的?"阮芽眼巴巴地看着宋锦胤。宋锦胤和蔼地说:"算你老公的。"

阮芽忽然不想帮宋锦胤了,这人怎么老想从封迟琰那里薅羊毛?

袁婧见宋锦胤真打算让阮芽修补,咬了咬唇,道:"宋总,你就这么相信她吗?!"宋锦胤笑了笑:"让她玩儿呗,这次的秀失败了也不算什么大事。"反正出了事是封迟琰收拾烂摊子,他只是负责带着封迟琰的老婆来玩的。

众人:"……"

宋锦胤拍了拍阮芽的肩膀,道:"缺什么就让他们给你找,我要上台讲话。"阮芽乖巧地点点头:"那你待会儿来接我吗?你把我借出来,就要负责把我还回去的。"宋锦胤闷笑一声,道:"放心,有借有还,再借不难的道理我还是懂的。"宋锦胤吩咐人听从阮芽的吩咐,便离开了。那边有人叫袁婧去换衣服,袁婧只好怒气冲冲地离开。

阮芽找人要了绣棚和针线,坐在椅子上认真地研究起来。她反复地看被剪开的部分,根本不动针。众人心下了然:她果然不会刺绣,在这里故弄玄虚罢了，纷纷散了，各司其职。

宋锦胤作为投资方简单讲了几句，就下台了，但还不能走，得坐在椅子上看秀，还要面对记者的镜头。

舒缓的音乐响起，走秀正式开始。

模特们陆续登台，不断有赞叹声响起。台上，袁婧自信出场，她最近小有热度，媒体疯狂地拍摄。袁婧眼睛里不由得有了笑意。今天没了陈远彤，那她袁婧就是这场秀的女主角！袁婧走完自己的部分，和其他模特一起靠在台下等秀结束。袁婧知道，如果最后的大轴只有一个人上场，将会掀起轩然大波。她勾起唇角，想着陈远彤从神坛上摔下来的样子就觉得痛快。

音乐到了高潮，大轴来了。

两道身影从台后出来，一人身高腿长，黑色长袍将他的温润气质渲染得淋漓尽致。一人白色旗袍勾勒出丰满身材，密绣的枯枝梅花在行走间摇曳生姿，这幅衰败的梅花图，因为一条细细的、挂在枯枝上的红色丝绦——一只停在空中的墨蝶，而鲜活起来。

"怎么会？！"袁婧猛地站起身，完全控制不住表情，五官狰狞。那件衣服……竟然被修补好了？！甚至比之前更加耀眼夺目！

观众发出赞叹。宋锦胤眉头微皱，随即笑了一下。

陈远彤步履生风，台步走得很稳。阮落榆抬起修长手指扶了一下自己的金边眼镜，这个男人太懂该如何释放魅力了，这么一个小小的动作，瞬间就让人明白了，十亿少女的梦不是吹出来的。

大秀完美落幕。

袁婧仍旧不敢相信那件衣服真的被补好了！她深吸一口气，往化妆间而去。此时化妆间的氛围和之前截然不同，喜气洋洋的。陈远彤抓住阮芽的肩，兴奋地道："你太厉害了……你竟然真的做到了！"阮芽被她晃得有点晕："谢谢，谢谢，你先放开我，我有点想吐。"

陈远彤赶紧放开她，激动得脸都红了，本来她以为自己这次必死无疑，但阮芽真的将衣服补好了，经过修补的衣服甚至更加好看、更加夺目！热烈的红破开暗沉的黑白，简直是点睛之笔！

袁婧咬着牙，尖声道："姚氏针法只有姚大师会，不可能是你补好了衣服！绝对不可能！"阮芽疑惑道："你为什么笃定只有姚大师会这种针法啊？我也学过这种针法，不过它不叫姚氏针法，就是我练习的基本功而已……很难吗？"

"不可能……绝对不可能！"袁婧喃喃道，"明明万无一失的……"阮芽的出现让她全部算盘都落空了！本来今夜她将踩着陈远彤上位，陈远彤却大放异彩，又成了她不可企及的璀璨明星。袁婧恨得眼睛里全是红血丝，表情狰狞得可怕。她看向阮芽："都是你——如果没有你……都是你！都是你！！"

袁婧冲了过来，手里竟然拿着一把削眉笔的美工刀！她怒火中烧，用了十成的力气朝阮芽刺去。阮芽愣在原地，没有反应过来，眼见美工刀就要扎在她身上，一只骨节分明的手忽然用力将她拽开。

阮芽跟提线娃娃一样撞进了那人怀里，额头被硬邦邦的骨头磕得通红，流下了生理性的眼泪。袁婧尖叫一声，握刀的那只手被阮落榆攥住。男人只是一扭，剧烈的疼痛席卷她全身，美工刀掉在了地上。阮落榆很快松开手，皱了皱眉，道："持刀伤人，袁小姐，你彻底不想在娱乐圈待下去了吗？"

"赶紧把她按住，等警察来！"有人喊了一声，"要是她再动手怎么办！"众人如梦初醒，七手八脚地把袁婧制住了。

阮芽还在阮落榆怀里，能闻见阮落榆身上淡淡的香味，不是香水，应该是沐浴露。她咽了咽口水，小心翼翼地挪开阮落榆的手，想从他怀里离开。阮落榆弯起眼睛，他脸上的表情没什么变化，也没有放开阮芽，温声问："怎么不叫哥哥？"

陈远彤惊讶道："榆哥，这是你……妹妹？""嗯。"阮落榆大大方方地承认了，"是我妹妹。"阮芽和夏语冰长得太像，但凡是见过夏语冰的，就不可能认不出她。

阮落榆对阮芽的态度好得让她始料未及。她眼睫颤了颤，从阮落榆怀里钻出去，没说话。

阮落榆笑着问："你不认识我吗？我最近太忙了，你没有见过我……我的错……我请你吃晚饭？"阮落榆很温柔，但阮芽没有从他身上感觉到丝毫的善意，比起阮枸的针对、阮沉桉的冷漠、阮沥修的忽视，他对她的不喜欢有过之而无不及。但他表现得就像一个好哥哥。

"阮小姐,榆哥都说请你吃晚饭赔罪了,不会还生哥哥的气吧?"陈远彤笑嘻嘻地道,"别生气啦,我作证,榆哥最近真的一直在组里拍戏,手机都是关机状态,不是故意不理你的。"

"走吧。"阮落榆揽着阮芽的肩,有些无奈地道,"就当感谢你今天帮忙修补好了衣服。"陈远彤在旁边道:"其实我也想去……但我还得等警察来呢。榆哥,你好好感谢阮小姐哦。""当然。"

陈远彤对阮芽道:"阮小姐,我改天再专门请你吃饭,感谢你。"阮芽终于道:"不用了,其实是小事情……"阮落榆有些失落地道:"还在生我的气吗?真的很抱歉,是哥哥不对……"委屈的阮落榆,让人十分不忍心,其他姑娘都恨不得帮阮芽答应了。"我……"阮芽犹豫了下,道,"好吧。"

阮落榆勾了勾唇角,转头对宋锦胤道:"那人我就带走了?等吃完饭,我送她回去。"宋锦胤还要处理这里的烂摊子,又怕阮芽饿肚子,点头道:"行。"

阮落榆对阮芽道:"走吧。""哦。"阮芽乖乖地跟上阮落榆。袁婧满脸惊恐地看着两人背影:"兄妹……他们竟然是兄妹?!"陈远彤嘲讽道:"你说你喜欢榆哥,你还动他妹妹?死心吧你,你这辈子都没机会了。"

"怎么会……怎么会这样!"袁婧痛苦地抱住头,疯了一般地扯自己的头发。在她原本的设想里,她应该风风光光地站在一旁看陈远彤笑话的,现在她却要因为持刀伤人进警察局,她的职业生涯……全完了!阮落榆的爱,她的未来,一切都没了。袁婧呆怔良久,痛哭失声。

阮芽跟阮落榆出了酒店,阮落榆走的是后门,他的车停外面。助理看见他带了个姑娘出来,一愣:"这位是?"阮落榆说:"我妹妹。"助理见过阮芸,自然知道眼前这位是刚被认回来的那位五小姐了,道:"五小姐好。"

"你好。"阮芽道。阮落榆给阮芽拉开车门,道:"我知道一家很好吃的店,就是有点远,可以吗?"阮芽摇摇头:"没事。"

阮落榆笑了笑:"小赵,去满庭。"小赵一愣:"满庭?"满庭的话,可就不是"有点远"了。阮落榆静静地看着他:"怎么了?""没事。"小赵连忙道,"我给老板打电话定位子。"

车子发动,越走人烟越稀少,阮落榆解释道:"满庭建在半山腰,是我一个朋友的投资,他爱附庸风雅,所以满庭偏僻。"阮芽"哦"了一声。

阮落榆皱眉道:"你不喜欢我吗?"

"没有。"阮芽轻声说。

阮落榆笑了笑:"我们刚见面,彼此不熟悉,这是正常的。回到A城来一切还习惯吗?"

"还好。"阮芽说。

阮落榆看出阮芽兴致不高,就没再说话了。

满庭偏僻得很,到地方时将近十点了。阮落榆倒是没有骗人,这里的饭菜味道很不错。"谢谢你今天帮忙。"阮落榆举起装着薄荷水的杯子,道,"不然这场秀还真不知道该怎么收场。"

"不算什么。"阮芽举起杯子跟他碰了一下,说,"只是举手之劳。""对你来说是举手之劳,可是帮了我们的大忙。"阮落榆弯起眼睛,"你还会刺绣,我真的很惊讶。""学过一点。"阮芽闷头吃饭。

阮落榆没怎么吃,看着阮芽小仓鼠一样往嘴里塞东西,脸上说不上来是什么表情,但在阮芽看向他时,又会挂上温柔的笑容。

吃完饭,阮落榆看了一眼星空,道:"今晚天气好,我们去散散步?可以消食。"阮芽刚才吃得有点多,脸红了一下:"好。"

阮落榆显然经常来这里,轻车熟路地带着阮芽往山下走。他们走的是小路,七拐八绕地,很快阮芽就晕乎了,不知道走到了哪里。"我们回去吧,我有点累了。"阮芽转头说,"而且……"她的声音戛然而止。哪里还有阮落榆的身影?

她慌了:"阮落榆?!"

没有回答。

阮芽咬了咬下唇,拿出手机想要打电话,才发现她的手机落在了阮落榆车上。

所幸有一点路灯的光,阮芽追着光走出树林,顺着马路走到一个三岔路口，沿着马路回到满庭的概率只有三分之一。

太好了，阮芽想，她被阮落榆丢在这里了。如果说他不是故意的，阮芽绝对不相信。有朝一日她有了坏人卡，绝对给阮落榆发一卡车。阮芽可怜巴巴地蹲在路边上，路灯把她的身影拉得很长，小小一团在路灯下面，不知道的还以为是什么野生小动物。

山上温度低，风吹过来就是刺骨凉意，阮芽越想越委屈，委屈得眼泪吧嗒吧嗒地掉。阮落榆……怎么能这么坏啊？她明明帮了他啊。

阮落榆靠在车后座上，面无表情。犹豫良久，小赵还是道："榆哥，真把她丢在那儿啊？万一出了什么事……""跟我有什么关系。"阮落榆冷淡道。小赵立刻就不敢说话了。外界都说阮落榆温润如玉，翩翩君子，只有跟了他好几年的小赵知道，这个人看着温柔，其实骨子里最冷漠，仿佛心肝都是冰凉的，不带丝毫温度。

后座上，阮芽的手机不停地响，是有人在给她打电话，阮落榆看也没看，直接关机。小赵深呼吸一口，道："榆哥，到底是您亲妹妹呢！一个小姑娘大半夜待在山上真的很危险，虽然没有野兽，但要是遇见坏人……"

"这么晚了，没人上山。"阮落榆淡淡道，"就算是当哥哥的给她上堂课，不要轻易相信别人。"

小赵深深地叹了口气。

阮芽不知道自己蹲了多久。她本来想看看有没有车经过，结果等得她都要睡着了，路上还是安安静静的。阮芽擦了擦眼泪，更紧地抱住自己，犹豫着要不要随便选个岔路口，忽然看见刺眼的车灯。她抬手挡住光，车子越来越近，终于停在了她面前。

车门打开，男人从驾驶座上下来，逆着车灯看不清他的脸，只觉肩宽腿长，黑色的长风衣划破刺眼灯光，像是黑夜对光明的逐渐侵蚀。

此时此刻，万籁俱寂，天地阒然，唯他独尊。

阮芽缓慢地眨了一下眼睛。男人停在她面前，微微弯腰俯视着她："看我找到了什么？"

"一颗在哭鼻子的小蘑菇。"

阮芽的眼泪更加控制不住了，猛地站起来，扑进他怀里，哭得超级大声："呜呜呜……我还以为……还以为被丢掉了……"

封迟琰抱住她，在冷风中吹了太久，她身上都是凉的。他把阮芽拢进自己的大衣里，摸了摸她的头发："没有被丢掉。我不是来接你了吗？"封迟琰捧住她的脸，看她哭得满脸都是红的，像一只小花猫，笑了一下："哭这么久，不累？"

阮芽哽咽道："你还笑我……"

"是你自己笨，我还不能笑你？"封迟琰给她擦去眼泪，道，"阮芽，你真是我见过最蠢的人。"

阮芽不可置信地瞪大眼睛："你不仅笑我，你还骂我！"她挣扎着不要封迟琰抱了，"讨厌你！"

封迟琰将她扣在怀里，道："我觉得我也挺蠢的。开了一个多小时的车，来接一个小蠢货。"

阮芽抽了抽鼻子："你怎么连自己都骂……"她拉着封迟琰的衣领，声音闷闷的，"我想回家……"

封迟琰"嗯"了一声，牵住她的手，说："我带你回家。"

第四章

阮芽抹着眼泪上了车，看她那可怜巴巴的样子，封迟琰侧身过去给她把安全带系好，道："再哭眼睛就肿成核桃了。"阮芽："我忍不住……"

封迟琰把外套脱下来，裹住阮芽，又抽了纸巾给她擦眼泪，问："难过什么？"

阮芽眼睫毛又长又密，眼泪粘在上面，看着特别委屈，她鼻头红红的说："我今天明明帮了阮落榆一个很大的忙，他说请我吃饭，结果把我丢在这里自己走了……我还不可以难过吗？"

封迟琰顿了顿，才说："他不是个东西，你为他哭什么？多不值得。"阮芽胡乱擦了擦眼泪："但我就是难过。"她本来就皮肤嫩，这么乱揉，整张脸都红了。封迟琰握住她手腕，道："你要是气不过，我带你去找他麻烦。"阮芽撇撇嘴，说："算了。"她低着头，扯了扯衣角，轻声说，"我让他失去了妈妈，他不喜欢我，我也不要他当我哥哥了。"

封迟琰叹口气："你怎么这么好欺负？你叫阮芽做什么，干脆叫软软，谁都可以捏你两把。"阮芽瞪大眼睛："你又骂我。""没有。"封迟琰笑着说，捏了捏阮芽的脸颊，道，"确实挺软的，你以后叫阮软软。"

阮芽闷声说："你不要给我乱取名字。"犹豫了下，问，"你怎么知道我在这里啊？"

封迟琰发动车子，挑眉说："心灵感应？"阮芽幽幽地说："我九月份就是大学生了,不要拿三岁小朋友都不信的谎话来骗我。"

"让人查了你手机定位。"封迟琰淡淡道。阮落榆把人带来了这一片,他能查到大概位置,但要找到阮芽,也是开车在这附近找了许久的,但这时候她正伤心,封迟琰就没打算说。

阮芽听见"手机",哽咽着道:"我手机还在阮落榆车上!""我让人给你拿回来。"封迟琰道,"好好坐着。""哦。"阮芽声音还是闷闷的,她蜷缩在封迟琰的大衣里,好一会儿才说,"琰少,好像每次我难过的时候你都会出现。"她转头看着封迟琰凌厉的侧脸,这个男人的长相真的无可挑剔,无论是哪个角度,都很好看。"虽然有时候我也会生你的气……"阮芽声音小小的,"但我还是觉得,你是天底下对我最好的人。"

"你夸人都不会换词儿吗?"封迟琰说,"比如说,全世界,你只喜欢我。"

阮芽脸红红,道:"我才没有只喜欢你。"

"那我们换个问题。"封迟琰说,"我都对你这么好了,你还会生我气?"

阮芽说:"那你也有很坏的时候,比如说上次我睡迷糊了,你就点评我的粉色樱桃内衣。"封迟琰:"你更喜欢你的小鲨鱼,我觉得粉色比较好看。"阮芽怒了:"那是你穿还是我穿?"封迟琰笑了声:"那穿上了,给你看还是我看?"阮芽说:"你就在这里放下我吧。"封迟琰看向她。阮芽说:"这不是去幼儿园的车,我要下车。"

封迟琰真把车停下了,"下去吧。"阮芽赶紧抱住他手臂:"我就说说而已,我不下去。"封迟琰垂眸看她一会儿,道:"我生气了。"又说:"得你亲亲才能好。"阮芽脸更红了,声音里还带一点鼻音,小声说:"我现在很难过的,你怎么这样呀……"

封迟琰:"我也很难过。"阮芽撇嘴,有点犹豫,封迟琰忽地靠过去,几乎跟阮芽鼻尖靠着鼻尖。阮芽吓一跳,赶紧想要往后挪,封迟琰却用手撑住了她的后脑勺,让她退无可退。阮芽抓紧了衣摆:"琰少,你……"

封迟琰眼睛里有笑意:"这么害怕?你睫毛一直在抖。"阮芽抿了抿唇:"我说怕的话,你就放过我吗?""不会。"封迟琰说,"你真的很好欺负。"

阮芽想，狗男人。

封迟琰微微垂着眼睫，唇落在阮芽唇角，她一颤，轻轻"哼"了一声，封迟琰在她耳边说："软软，闭眼。"

阮芽下意识地就闭上了眼睛。

撑着她后脑的手猛地用力，阮芽被迫向前，柔软的唇压在了封迟琰有些薄的唇上。她还没有反应过来的时候，封迟琰开始攻城略地。"唔。"阮芽伸手推封迟琰，"我……呼吸不了了……"

封迟琰松开她，见阮芽整个人晕晕乎乎的，跟喝多了似的，"啧"了一声："你怎么这么笨？"阮芽眼泪汪汪地看着他："我……我又没有跟别人亲过……"封迟琰捏了捏她脸上的小奶膘，道："那行，我原谅你了。"

阮芽："谢谢你的原谅？"

"不用谢。"封迟琰道，"不欺负你了。"

阮芽觉得有哪里不对，一时间又想不起来哪里不对。

回到汀兰溪的时候已经很晚了，阮芽昏昏欲睡，是被封迟琰抱着回去的。

阮芽有点迷糊地睁开眼睛，看见熟悉的环境，下意识地在封迟琰怀里蹭了蹭，声音软绵绵的："我们到家了吗？""嗯。"封迟琰抱着她往楼上走，"困的话就睡。"阮芽打了个哈欠："不行……我还没有洗澡，我要先洗澡。"她说着要洗澡，上下眼皮却不停地打架。封迟琰抱着她进了房间，打开浴室的灯，将她放在门口："去洗吧。"阮芽"哦"了一声，睡眼惺忪地走进去，就要脱衣服。

封迟琰一点都不正人君子，就靠在门边看着。

阮芽刚刚掀开衣角，露出白嫩嫩的一点小肚子，察觉到不对，转头说："你把门关上。"封迟琰："你不是都睡晕了吗。"阮芽："就算我睡着了都记得你是大流氓。"封迟琰笑了一声："行。"他把门关上，阮芽才安心洗澡。没过一会儿，门又被敲响了，阮芽皱着眉："干吗呀？"

封迟琰声音带着笑意："你没拿衣服。"阮芽"哦"了一声，封迟琰补充："这次给你拿的你喜欢的小鲨鱼。"他慢条斯理地敲了敲门，"你要不要?"阮芽慢吞吞地把门打开一点,伸出一条胳膊:"给我。"封迟琰把衣服放她手上,那只手飞快缩了回去,"啪"一声关上了门。

阮落榆靠在车边上,点了一根烟。

小赵胆战心惊的道:"榆哥,您……"他们到了山脚下时,阮落榆忽然要求回来。小赵赶紧开了回来,但是阮芽已经不在了。他冷汗直冒,道:"我们来的时候不是看见了一辆从山上下来的车吗?应该就是那辆车把五小姐接走的……"

阮落榆笑了笑,吐出一个烟圈,道:"她被谁接走跟我有什么关系?"小赵腹诽,那你回来干吗?在这儿抽烟干吗?

阮落榆脸上没有丝毫表情,是大部分人没有见过的模样,毕竟他是公认的脾气好,温柔且善解人意,脸上时刻带着笑容,别说发脾气,就连冷脸都很少。"你是不是觉得我这样对她,很过分?"阮落榆忽然问。小赵一惊,道:"您是我的雇主,我怎么会对您有意见呢……"

阮落榆嗤笑一声:"二十年前,我妈怀上了阮芽。

"那时候她身体还好,产检一直没有什么问题。我们知道这一胎是个妹妹,很高兴。"阮落榆垂下眼睫,"不管是我、阮沉桉、阮枸,还有父亲,都很高兴。"他们都期待一个长得像母亲的女孩诞生。阮落榆唇边勾起一点冰冷的笑:"一直到最后,妈执意要把孩子生下来,她甚至没来得及看她拼命生下来的女儿一眼,就没了呼吸。"

小赵喉间干涩,一时间不知道说什么好。从旁观者的角度来说,阮芽没有任何错,但她的出生的确带走了她的母亲,带走了她哥哥们的母亲,以及她父亲深爱的妻子。

小赵扪心自问,如果他是阮落榆,他能做到毫无芥蒂地接纳阮芽吗?

不能。何况阮家的家庭关系本就是靠着夏夫人维系的,夏夫人一走,这个家,就再也不能叫作家了。

"我跟你说这些做什么。"烟抽完了,阮落榆眯了眯眼睛,脸上又是一贯的温和,声音很淡,"回去吧。"他是疯了才会转回来吹冷风。阮芽是死是活,会不会被吓哭,跟他有什么关系。

阮芽在家里睡得人事不省的时候，娱乐圈热闹得不行。

LP大秀当天，袁婧企图持刀伤人、被扭送警局的热搜冲到榜单第一，网友们"吃瓜"吃得都要疯了，袁婧的粉丝起初坚信这是子虚乌有的黑料，但是很快相关细节、证据都被曝光，袁婧的粉丝也不得不相信了。而袁婧本人无法做出任何回应，因为她人在警察局。她的经纪人焦头烂额，一边跟警察说好话，一边跟公司沟通，请求公司再给袁婧一次机会。

"老师。"一个年轻女人快步走进房间，表情严肃，"您看国内的热搜了吗？"

姚瑞正坐在沙发上看电视，闻言道："什么热搜，让你一惊一乍的。"女人道："昨天是LP的七夕秀，临时出了意外，有人将您绣的旗袍毁坏了。"姚瑞皱起眉："这么说，LP的秀砸了？"女人道："LP的秀不仅没有砸，还赢得了满堂喝彩，那件旗袍被人补好了！"

"什么？！"姚瑞瞬间站了起来，"怎么可能？！我的针法没有人可以补！"女人将平板递给她，道："老师你看看，修补之人用的针法跟您的一模一样！"

姚瑞看着图片，瞳孔一缩："怎么会……怎么会？！"红色的丝绦和梅花看似是同一种针法，但是姚瑞一眼就看出来，丝绦的针法比自己的更得其神，让她瞬间想到了一个早就该死的人——她的师父。

姚瑞勉强平静下来，道："知道是谁补的吗？"女人道："似乎是宋总的新任女友。"姚瑞听见是个年轻姑娘，大大地松了口气。是啊……不可能是那个人。那个人早就变得疯疯癫癫了，被她送进了敬老院，怎么可能用得了针线？姚氏针法……早就是她一个人的针法了！

姚瑞慢慢坐下去，道："订最早的航班，准备回国。我要去会一会这个人。"

女人点点头："好的老师，我马上去安排。"

姚瑞看向了放在桌子上的一幅绣品。上面绣的是千鲤图，每条锦鲤动态不一、花纹不一，鳞片闪光。几朵出淤泥而不染的荷花，不蔓不枝，荷叶上犹挂露水，令人叹为观止，无论如何都无法相信这是用针线绣出来的。这是她最具代表性、让她成为国家级大师的绣品。此次出国，就是为了将它带来F国参展。

外界都说这是姚瑞的巅峰之作，只有姚瑞自己知道她倾尽毕生之力都绣不出这幅千鲤图。

千鲤图的绣师，另有其人。

阮芽醒来后有点感冒。她裹着毛毛外套下楼，恹恹地靠在椅子上。

封迟琰从厨房端了一杯水出来，伸手探了探她额头的温度，道："有点发烧。"阮芽嘟哝说："我要找阮落榆赔医药费。"封迟琰将手机放在她面前："你的手机，陶湛亲自给你拿回来的。"

阮芽无精打采地说："你能帮我要医药费吗？感冒药好贵，他起码要赔我五十块。""出息。"封迟琰让唐姨拿了药过来，说，"放心，帮你报仇。"阮芽软绵绵地靠在他身上，小声说："不想吃药。"封迟琰跟没看见她撒娇似的，道："不吃药，那就去医院打针。"阮芽乖乖地说："那还是吃药吧，我觉得吃药好得比较快。"

"先吃早饭。"封迟琰将小米粥端过来，"不然会更难受。"阮芽脸颊烧得飞红，没什么食欲，勉勉强强吃了半碗粥，然后把药吞了。封迟琰吩咐道："两个小时后如果还是没有退烧，就叫医生过来。"唐姨点点头："好的琰少。"

封迟琰站起身，阮芽拉住他衣角："你去哪里呀？"封迟琰微微弯着腰："挣钱养你。"

阮芽声音委委屈屈的："我很好养的，一顿只吃一碗饭，你今天不去挣钱，在家里陪我好不好？"封迟琰笑了："你一顿只吃一碗饭？"阮芽撇撇嘴："好吧，我有一点能吃，我一顿吃两碗饭……"封迟琰摸了摸她柔软的头发，道："我今天有很重要的会议，带你去公司行不行？"

阮芽"嗯"了一声："好。"封迟琰把人抱起来，阮芽顺势搂住他脖子，半眯着眼睛："虽然我很能吃，但我还是很好养的……"她极力证明自己真的不费钱，好像生怕封迟琰因为她吃得多就不要她了。

"知道了。"封迟琰说，"软软乖，睡吧。"

阮芽晕晕乎乎地说:"那我们拉钩……"她伸出手,"你保证,不会不要我。"

封迟琰小时候都没玩儿过这么幼稚的东西,如今一大把年纪了倒是要跟人拉钩。他"啧"了一声,单手抱着阮芽,另一只手腾出来跟她细长的手指勾了一下:"可以了吗?"

"嗯嗯。"阮芽终于安心了,"那我们去挣钱吧。"封迟琰:"……"

挣钱的只有我一个,你不要想多了。

陶湛见封迟琰抱着人出来,问道:"少夫人怎么了?"

"感冒发烧。"封迟琰把人放进后座,淡声道,"我记得阮落榆最近有一个广告,是跟我们公司交接的?"陶湛道:"对,下面的人开了五千万的代言费。"封迟琰给阮芽盖上小毯子,声音没什么温度:"吩咐下去,这个广告不跟阮落榆签了。"

陶湛一愣,而后道:"好的。"

"妈!"卢美玲焦躁地转来转去,"杰辉和南珣已经守了好几天的灵了,眼见着人瘦了一圈,依我看,还是算了吧……"

封老太太喝了口茶,冷笑:"那你就去汀兰溪把阮芽抓回来。"卢美玲一下子就闭嘴了,让她从陶湛手里抢人,她没那胆子。"妈,你说陶湛这么护着阮芽做什么?该不会他们两个……"卢美玲眼珠子转了转,道,"要真是这样,妈您可得好好管一管啊!"封老太太却很淡然:"不管他们是不是那种关系,都不要紧。"

"妈?!"卢美玲不可置信道,"您这是什么意思?!"

封老太太却没回答,而是道:"迟琰过两天就要下葬了,下葬那天,老太太我亲自去汀兰溪请她回来。"卢美玲听得暗恨不已。听老太太的意思,她两个儿子得为封迟琰守灵到下葬的时候了,可这分明该是阮芽做的事!

卢美玲转去灵堂,封杰辉立刻道:"我还要在这里跪多久?!我真是受够了……""杰辉!"卢美玲赶紧道,"你这话要是让客人听见了怎么办?!""听见了就听见了。"封杰辉冷笑,"反正封家迟早是我的。""好了。"卢美玲怜爱地摸了摸儿子的头,道,"没多久了,再忍忍,你爸爱面子,让你爸知道了,肯定要生气。""爸怎么还没拿下公司啊?!"封杰辉嘟囔道,"要是让我来,肯定……"

旁边跪着的封南珣忽然笑了一声。

封杰辉瞬间看了过去:"你笑什么?!""没什么。"封南珣跪得笔直,声音冷冷淡淡,"想起一点以前的事。"封杰辉道:"你是在笑话我!封南珣,我早就看你不爽了,你到底是我弟弟还是封迟琰的弟弟?!"

卢美玲皱起眉,道:"南珣,给你哥道歉。"封南珣早习惯了母亲的偏心,说了声"对不起",就一言不发了。卢美玲气不打一处来:"我怎么会生出你这么个儿子!不像我也不像你爸……"要不是她怀胎十月,真要怀疑封南珣是不是她亲生儿子了。

"好了杰辉。"卢美玲扶着封杰辉站起身,说,"这会儿没什么人来,去坐会儿,妈给你煮了糖水,喝一点。"封杰辉道:"我不爱喝那玩意儿。"卢美玲也不恼,道:"那你想吃什么?妈让人给你做。"

两人走远了,封南珣一个人跪在灵堂前,面无表情。

阮芽被封迟琰放在了沙发上,封迟琰探了探她额头,烧似乎退了一点。

陶湛敲了敲门:"少爷,大家都在等您。"

封迟琰"嗯"了一声,刚要起身,就被阮芽抓住了手,小姑娘软软的脸颊贴在他手背上,声音也软软的:"你去哪里呀?"她问这话只是不想封迟琰走,并不是醒了。封迟琰就没回答,只是对陶湛道:"去找个抱枕来。"

陶湛不明所以,但还是出去了,没一会儿拎着一个大香蕉进来:"没有抱枕,这是找秘书台借的。"这被扒了一半皮的大香蕉还挺可爱,封迟琰挑了挑眉,将香蕉塞进了阮芽怀里,阮芽醒着的时候就不聪明,生病了更好骗,乖乖地抱着大香蕉睡过去了。

封迟琰站起身,道:"走吧。"

阮芽醒来已经一点多了,秘书一直注意着办公室里的动静,听见她醒了,赶紧进来道:"小姐,您有不舒服的地方吗?"阮芽摸了摸额头:"好像不发烧了。"秘书道:"应该是退烧药起作用了,您还有哪里不舒服吗？"阮芽想了想："肚子饿。"秘书连忙道："那我现在叫饭，您想吃什么？"

"姐姐，你帮我点两份清淡一点的饭吧。"阮芽说。

秘书犹豫道："琰少估计得下午三四点才能结束会议……"她想委婉地劝阮芽不用点封迟琰的那份了。

阮芽眨眨眼，道："你可能误会了……两份都是我要吃的。"

秘书："……"

没多久，阮芽就吃到了封氏集团公司食堂的饭、大公司就是大公司，请了专业的厨师，饭菜丝毫不逊于外面的大酒店。

等吃饱了，她靠在沙发上搜索了一下姚瑞的个人信息。

网络上对姚瑞的评价很高，她是国宝级大师、非物质文化遗产传承人，作品在国内外都备受推崇，那幅著名的《千鲤图》活灵活现，实在漂亮。阮芽之前觉得姚瑞的枯枝梅花绣得有些死板，但是看着这幅《千鲤图》，又觉得姚瑞担得起身上的赞誉。不知道她的师父能不能绣出《千鲤图》这样的绣品……

阮芽正出神呢，忽然听见门被推开的声音，转过头，见是宋锦胤走了进来。

"阮芽。"宋锦胤咳嗽一声，道，"我听陶湛说了，阮落榆那个王八蛋把你丢在山上，自己跑了。这事儿是我办得不对，不该把你交给他，跟你道个歉。""我没事了。"阮芽说，"而且那不是你的错。"

宋锦胤坐到阮芽旁边，道："我真没想到阮落榆会干出这种事儿，我跟他不熟，看着他这人挺靠谱的，谁知道……"阮芽垂着头说："可能他就只对我这样吧。"见阮芽蔫头耷脑的样子，宋锦胤更内疚了："你男人给你报仇了，你知道吗？"

阮芽疑惑地问："什么？"

宋锦胤说："本来阮落榆要跟封氏签代言的，但是你男人今早上吩咐下去不签了，这对阮落榆来说损失挺大的，先不说五千万签约费……"

阮芽瞪大眼睛："五千万签约费？？""怎么了？"阮芽悲伤道："阮落榆竟然这么有钱……"宋锦胤哭笑不得："他可是顶流，这个价钱不算高。"

今早上阮芽跟封迟琰说要找阮落榆赔偿医药费，她要五十块，封迟琰转头就让阮落榆多损失了六个零。

"他挺惯着你的。"宋锦胤忽然说，"我跟封迟琰认识二十多年了，头一次见他这么迁就一个人。""LP想要感谢你。"宋锦胤又道，"要不是你，昨晚那场秀就砸了，公司高层想邀请你吃个饭，让你去挑几件还没有发售的当季新款。"阮芽不感兴趣，怏怏地说："我最近都不想跟人出去吃饭了。"

宋锦胤道："那我就帮你回绝了，另外，你知道姚瑞吗？""嗯。"阮芽点了点头。"她想见见你。"宋锦胤说，"我奶奶喜欢她的手艺，所以我跟她有点交情，知道你补好了旗袍后，她很惊讶，想跟你聊一聊有关于刺绣的事情。"

阮芽想了想，道："可以。""你们自己联系吧。"宋锦胤给了她一张名片，顿了顿，说，"其实我个人不太喜欢姚瑞，她有手艺，但是肚量太小了，如果你要见她，别单独去。"

宋锦胤看了眼时间："我先走了，赶着回公司开个会。"阮芽"哦"了一声。

阮芽跟姚瑞约了晚饭。因为宋锦胤的提醒，阮芽不敢一个人去，封迟琰又在忙，她只好给自己的便宜三哥打了电话。

接到电话的时候，阮栒正在跟军校的同学聚会，站在马路边上，问："陪你吃饭？""嗯嗯。"阮芽说，"你有空吗？"

旁边一群五大三粗的老爷们一听对面是个又娇又甜的小姑娘声音，立刻起哄："哟哟，三少，人姑娘约你共进晚餐呢。""听声音肯定很漂亮，栒哥你赶紧答应人家啊。""就是，赶紧答应人家。"

"什么小姑娘。"阮栒骂了一声，"这是我妹。""诶，不对啊。"最先起哄的光头说，"你妹妹不是这个声音。"阮栒漫不经心地说："那个从乡下接回来的。"

"她啊。"几个大男生不像A城那些商界老油条，并不觉得阮芽的身份有多尴尬，道，"妹妹叫你去吃饭，你就去嘛，哥们儿哪有妹妹重要？"

阮栒有点犹豫。他不应该跟阮芽走太近，要是阮芸知道了，肯定

111

会很难过。阮芽没听清楚他们那边的说话声,又问了一句:"可以吗?"光头拿过阮栒的手机,粗着嗓门道:"喂?妹妹,我是你三哥的大哥,搁哪儿吃饭呢?介意多几个人不?"阮芽愣了一下,然后说:"我还没定呢。"光头一听她细声细气的,声音都放低了:"那什么,我们正打算去吃饭,不然你过来吧?我把地址发给你。"

阮芽道:"好呀。"顿了顿,觉得这样不太礼貌,补充了一句,"谢谢哥哥。"光头激动得满面红光,激动地看着众人:"她叫我哥哥!""死光头你配吗?你配让人家小姑娘叫你哥哥吗?!"

光头"嘿嘿"笑着,拍了拍阮栒的肩膀:"唉,栒哥,体验了一把你的快乐,你说我认她当干妹妹怎么样?"阮栒冷笑着一把推开他:"认她当你姑奶奶还差不多。"

阮芽这死丫头,她管外人叫哥哥,都没好好叫过他!阮栒心里极度不爽,但不能表现出来,嘲讽道:"看你那点出息,我是她亲哥,你是我朋友,她看在我面子上叫你一声哥而已,至于这么得意?""我确实挺得意的。"光头摸了摸脑袋,说,"走,我们赶紧过去,别让妹妹等着咱们。"

阮栒冷着脸:"谁妹妹?"

光头:"你妹妹,你妹妹行了吧。"

阮栒"哼"了一声:"知道就好。"

姚瑞特意打扮了一番,穿了一件高定旗袍,妆容精致。她的学生汪倩倩进来,笑道:"老师,不过一个黄毛丫头罢了,您不用这么隆重吧?"姚瑞道:"我看了LP的那件旗袍,的确是用的姚氏针法,这丫头不简单。"

汪倩倩跟着姚瑞三四年了,说是姚瑞的徒弟,但姚瑞从不肯教她姚氏针法,至今都不懂其中玄妙。听姚瑞这么说,她试探地道:"老师是有意……收那丫头为徒吗?"姚瑞冷笑了一声。收一个无名之辈为徒?她现在可以断定阮芽和那个人有关系,只要可能威胁到她的地位,她就绝不可能留着阮芽。

"走吧。"姚瑞道。汪倩倩有些局促道:"她到底知不知道您的身份啊？竟然把见面的地方约在大排档里……""没关系。"姚瑞看着窗外的高楼大厦。

姚瑞和汪倩倩到大排档的时候已经七点多了，汪倩倩一眼就看见了阮芽，因为只有她一个人在门口晃悠，一看就是在等人。"阮小姐。"汪倩倩热络笑道，"你好，我是姚大师的学生，叫汪倩倩。"

"你好。"阮芽看向姚瑞："姚大师好。"

姚瑞露出温和的笑容："真是后生可畏啊，我看修补的针法，以为起码有好几十年的功力呢，你竟然这么年轻。"

阮芽道："您谬赞了。"

"那……"姚瑞温声道，"我们进去吧？""等下等下。"阮芽道，"我哥哥也要过来。"姚瑞一顿："你哥哥？"

"他来了！"阮芽眼睛一亮，蹦起来招招手，"我在这里！"姚瑞转过头，就见一群身高腿长的大男生结伴走过来，手里拎着酒，一个个都是浑身的腱子肉。后面有个背着书包、戴眼镜的瘦弱男生，那阴郁气质和阮芽如出一辙，姚瑞一看，心下轻蔑。

阮芽转头看着姚瑞："姚大师不会介意多点儿人，一起吃饭吧？"姚瑞微笑："当然不会，叫你哥哥一起吧。"阮芽点点头，然后姚瑞就眼睁睁地看那群大男生停在了门口，她意识到哪里不对，看着那个瘦弱男生一拐，走了另一条路，吸了一口气，看着阮芽，问："哪个是你哥哥？"

阮芽看着面前一堆高高大大争相喊自己妹妹的男生，犹豫了一下："都是我哥哥。"姚瑞差点一口血吐出来，不可置信地看着阮芽："全是？！"

阮芽想说只有一个是亲哥，光头就站出来了："不可以啊？"姚瑞："……"

光头挠挠头，对阮芽道："这次挺仓促的，没给你准备见面礼，你别生气，下次给你补上。"阮芽点点头："嗯嗯。"

阮柯想起自己好像也没给阮芽见面礼，踹了光头一脚："就你话多。"光头道："你懂个屁啊，你有两个妹妹，你不能体会我的感受。"他又笑呵呵跟阮芽说："我叫柯擎东，你叫我东哥就成。"

阮芽很听话:"东哥好。"光头的心都要化了,不住地搓手:"诶……妹妹好。"

姚瑞眼睁睁地看着眼前的大型认亲现场,气得不行,勉强平复情绪道:"阮小姐,我们可以进去了吗?""可以啦。"阮芽连忙转头说,"姚大师放心,我定了一个大包间,一定可以坐下的。"

这是包间大不大的问题吗?!姚瑞僵着身子跟阮芽进了包间,其他人把酒摆上,下酒菜一上来,认亲宴又变成了兄弟盟。姚瑞看他们嬉笑打骂,实在是忍不住了:"阮小姐,我是来跟你谈刺绣的事情的。"

阮芽眨眨眼:"我等了好久了,见您一直没有说,以为您不打算说了。"姚瑞勉强露出一个笑容,道:"我想问一下,阮小姐的刺绣……师承何门何派啊?"

阮芽上小学的时候,学校组织了一次课外活动,地点定在镇上的敬老院。阮芽在那里认识了一个老奶奶。敬老院里的护工说,那个姓苗的奶奶原本住在精神病院。苗奶奶的脾气很古怪,不跟人说话,也不笑,成日一个人摆弄针线,她的手指反应迟钝,根本就做不了细致活儿,可她还是不厌其烦地尝试穿针引线。去敬老院那天,很多孩子都看见了苗奶奶,但只有阮芽一个人帮苗奶奶穿过了针线。

那之后,阮芽有时间就会去敬老院,苗奶奶会指导她刺绣,阮芽当一个兴趣爱好学,勉强算是娱乐。

离开的前一天,她去敬老院最后看了一次苗奶奶。苗奶奶说:"你不算我正式的徒弟,所以进了城之后,别跟任何人说你认识我,知道了吗?"阮芽不明所以,但还是答应了。

"我跟着村子里的大娘们学的。"阮芽抬起眼睛,平平静静地看着姚瑞,"没有师父,也没有门派。"

汪倩倩立刻道:"不可能!姚氏针法早就失传了,你会这种针法,怎么可能没有师父?!"

阮枸冷淡地看了汪倩倩一眼,柯擎东直接一拍桌子,虎声虎气地对汪倩倩道:"你声音这么大干什么?!没看见吓到我妹妹了?!"汪倩倩一抖,道:"我……我只是情绪有点激动。""要说话就好好说!"柯擎东道,"是你们要问问题,又不是我妹妹欠你们的,有没有礼貌?"

汪倩倩被他吓得不轻，咽了咽口水："是我不对。"

姚瑞不悦地看了汪倩倩一眼，而后对阮芽道："虽然她没礼貌，但理是这个理。阮小姐，这种针法很难，一般人学不会，你要是没有师父带着，是不可能学会的。"她笑了一下，"大家都是传承刺绣的人，你不必对我有防备心，我只是想要了解一下你的师承，既然你不愿意说，那我也就不多问了。"她从包里取出一张名片，道："我觉得你很有刺绣上的天赋，想邀请你加入我的工作室，这是我工作室的联系电话和地址，你愿意吗？"

汪倩倩不可置信地："老师？！"多少人挤破了头想要加入姚瑞的工作室，姚瑞竟然这么轻易地就给了阮芽机会？！

更让汪倩倩吃惊的是，阮芽竟然没有马上答应。她到底知不知道这是一个多么难得的机会？！汪倩倩看着阮芽那淡定的样子，气得肺都要炸了。

"阮小姐？"姚瑞也有些惊讶于阮芽的淡定，道，"阮小姐有什么顾虑吗？"阮芽看着姚瑞好一会儿，才说："我没有什么顾虑，只是我八月底就要开学了，到时候应该会很忙，加入您工作室的话，可能忙不过来。""没关系的。"姚瑞道，"本来就是交流学习，我不会给你安排繁重的任务。"

"那……"阮芽笑了一下，"那好吧，谢谢姚大师。"

姚瑞也笑了："那就这么说定了。"阮芽把名片收起来，点点头："嗯。"

姚瑞一秒钟都不想在这种环境里多待，尤其同包间的是一群看上去就不好惹、多半是街头混混的大男生。她站起身，矜持道："阮小姐，我还有事，就不多陪了。"

"嗯嗯。"阮芽说，"再见。""欸，这就走了啊？"柯擎东站起身，"那什么，姚大师，一起喝一杯呗？"姚瑞有些厌恶地皱了皱眉，勉强维持住笑容，道："不用了，我开车来的。"

姚瑞和汪倩倩走出了大排档，汪倩倩深呼吸了一口，道："这个姓阮的……她这些哥哥都是什么人啊？路边上收保护费的吧。"姚瑞冷笑："看那样子八九不离十了。"汪倩倩摇摇头："都是人，差别这么大……老师你还记得我上次跟你说的相亲对象吗？他最近放假了，我妈要安排我们见面呢。"

姚瑞顿时来了兴趣,毕竟她之所以挑了汪倩倩当徒弟,就是看中了汪倩倩不凡的家世,汪家在A城算是有头有脸了,可以带来很多便利。汪倩倩的母亲是出了名的交际花,一心想要把女儿嫁入豪门,姚瑞虽然不屑,但汪倩倩嫁得好,对她来说也是好事,便问:"我记得是……柯家的大少爷?"

"对。"汪倩倩兴奋地说,"这位柯少爷可不是纨绔,他是第一军校的学生,年少有为,很多人都盯着少夫人这个位置呢。"姚瑞拍了拍汪倩倩的手,道:"你也不差,等见了面,你给人家留个好印象,人家大家族出来的少爷跟市井混混不一样,喜欢知书达理的。"汪倩倩道:"您放心吧,老师。"

大排档里,一群人喝嗨了,阮芽被他们围在中间,抱着牛奶杯,显得特别娇小。

柯擎东喝得脸通红,正在痛哭:"老子刚从训练基地出来,我妈就马不停蹄地介绍我相亲,她到底多怕我找不到媳妇儿啊?!""哈哈哈哈,我作证!我昨天跟我姐出去吃饭,撞上了东子的相亲现场!"一个叫吕遥的人举手说,"那场面可热闹了,我和我姐看得乐不可支。"

"讲讲。"阮栒饶有兴致道。"人家姑娘夹菜他转桌,姑娘开门他上车……真的,我姐当场就看呆了。"众人不给面子地笑起来。

柯擎东郁闷地给自己灌了口酒,道:"你们懂什么啊?那姑娘喜欢的不是我,是我的身份。"阮栒道:"那你不看看要是你没了这个身份,哪个正经姑娘愿意跟着你啊?!你得感谢你生在柯家,你爹给你挣下那么大一份家业,你知足吧。"柯擎东:"我真是吃够了当富二代的苦,呜呜呜。"

阮栒一转头,看见阮芽眼睛亮晶晶地看着柯擎东,皱眉问:"你这是什么眼神?"阮芽:"我也想当富二代!"阮栒说:"咱家都富了不知道多少代了,你就这点出息?"

阮芽撇嘴:"又不是我的。"阮栒一噎,道:"你没听见东子说吗?富二代也有富二代的苦。""我愿意帮他承受这份痛苦。"阮芽唉声叹气,

"我甚至不配体验这种痛苦。"

她竟然还挺理直气壮。阮栒眯起眼睛："阮芽，我怎么觉得你胆子变肥了呢。"阮芽眨巴眨巴眼睛："有吗？"阮栒仔细想想，还真觉得有，阮芽刚来 A 城的时候哪有这么嚣张啊？

他的电话响了，低头一看，是阮芸的电话。他莫名心虚起来，站起身走到旁边安静点儿的地方接电话："喂小芸，怎么了？"阮芸笑了笑，道："我刚刚看见柯少发的朋友圈，你们在外面聚会吗？"柯擎东发的朋友圈？他怎么这么会来事儿呢。

阮栒赶紧切出去看了眼，见柯擎东发了聚会的照片，虽然阮芽的脸没有露出来，但是结合文案里的"妹妹"两个字，有心人绝对能猜出是谁。

"是。"阮栒道，"他们不是刚从基地里放出来吗？大家伙儿就说来聚聚。"阮芸声音听着很正常，道："小芽也在吧，我认出来了。""嗯。"阮栒说，"我们在路上遇见了，所以……""哥你不用跟我解释。"阮芸笑着说，"毕竟你们是亲生兄妹嘛，血浓于水，我知道的。""小芸……"

"我只是想跟你说，明天我要去参加下午茶，想带小芽一起去，你可以帮我邀请她吗？她回来这么久了，还没有见过我的朋友们呢！她应该见一见的，毕竟以后大家都要打交道。"

阮栒松了口气，看来阮芸没有生气，甚至在为阮芽着想。"放心。"阮栒道，"哥帮你搞定，她明天肯定去的。"

阮芸挂了电话，脸上的笑容潮水一般褪去了。阮栒的那一群朋友都是高干子弟，阮芸不是没有想过借着阮栒这层关系和他们交好，但是那些天之骄子有自己的傲气，不是那么好结交的。但是阮芽——不过是刚见面，竟然能参加他们的聚会！阮芸很难不多想。

肯定是阮栒……一定是阮栒想帮阮芽拓宽人脉，才会带阮芽去参加聚会！阮芸几乎要把牙咬碎。她就知道，到底是一个妈生出来的，流着相似的血液，怎么可能真的不在乎……

阮芸猛地将手机摔在了地上。

"你明天下午跟小芸去吃下午茶。"阮栒坐回阮芽旁边，道，"就当

117

是我今天帮你的报酬。"

阮芽认真地道:"你知不知道什么叫作乐于助人啊?""我不知道。"阮栒道,"我只知道有来有往,你要是不帮我这个忙,以后我就不接你电话了。"

阮芽:"行吧。"

散场的时候,一群人排队过来加阮芽微信。阮芽晕晕乎乎地喊了不知道多少声"哥哥",最后被黑着脸的阮栒拎走:"叫什么哥哥!他们是你哥哥吗?叫名字!"

阮芽把自己手机给他看:"我不知道名字,你看他们打的备注。"阮栒仔细一看,就见一排的东哥哥遥哥哥……阮栒黑着脸道:"这群狗东西……"

狗东西们还在路边冲阮芽挥手呢:"妹妹,改天再出来玩儿啊!"阮芽很有礼貌地点了点头,全都说好。阮栒一脚一个把人踹上车:"滚吧你们。"

等人都散了,阮栒才问:"你回哪儿?"他刚想说要不然就带你回老宅算了,就见阮芽招招手,一辆迈巴赫停在路边,阮芽道:"接我的人来啦。"阮栒看见驾驶座上的陶湛,"啧"了一声。

阮芽跟他说了声"拜拜",就钻进了迈巴赫里。她上了车才发现封迟琰也在:"你忙完了吗?""我哪有你忙。"封迟琰淡声道,"大半夜了刚从酒局下来,阮总业务繁忙。"阮芽说:"我没有喝酒。"封迟琰道:"一身野男人的味儿。"

阮芽闻了闻自己的衣服,没有闻见所谓的"野男人味儿",只闻见了烟酒味道。她皱起鼻子:"确实有点不好闻……我回去就洗澡。"

封迟琰问:"你怎么会和他们在一起?"阮芽解释了一下前因后果,道:"我也没有想到他们人这么多。""你知道他们是谁吗?"阮芽疑惑道:"不是阮栒的同学吗?"封迟琰看向她,小姑娘眼睛里干干净净的,根本没有意识到那些人意味着怎样的人脉。他笑了笑:"是。都是阮栒的同学。"

她跟人交往和别人都不一样,从不在乎身份地位,或许就是这样,才会让人觉得单纯可爱。保持这样的天真很难,但封迟琰愿意以羽翼相护。

第二天，阮芽吃完早饭，封迟琰看了一眼姚瑞给阮芽的名片，道："顺路，送你过去。"阮芽但凡对A城的路线稍微了解一点，都知道这顺的不知道是哪门子的路，她点了点头道："好。"

姚瑞这些年算是功成名就，虽然工作室不如封氏集团一般坐落在A城的市中心，但是地段也不错。

前台的人看见阮芽那一点都不讲究的发型，翻了个白眼："你是来发传单的？"阮芽从包里拿出姚瑞的名片，道："姚大师邀请我来工作室交流刺绣心得。"前台看了一眼名片，随即笑起来："大家都来看看，她竟然说姚大师邀请她加入工作室！"

正巧汪倩倩从电梯里出来，阮芽招招手："汪小姐！""汪小姐！"前台也道，"您来得正好！这个女的不知道是不是疯了，非说姚大师亲自邀请她加入工作室，也不看看自己几斤几两！"汪倩倩脸色不太好看："小何，这是老师的客人，你这是什么态度？！要是老师问起来，你担得起责任吗？！"小何愣了愣："什么？"

汪倩倩也不喜欢阮芽，但她不会跟姚瑞对着干，道："阮小姐的确是老师亲自邀请的客人，如果今天阮小姐不愿意加入我们工作室了，我找你问责！"她瞪了小何一眼，而后对阮芽道："老师已经在上面了，我们上去吧阮小姐。""嗯。"阮芽点点头。

工作室总共三层，第二层是设计室，阮芽一上去就看见了十几个人在刺绣，各种流派的绣法都有。

"老师。"汪倩倩叫了一声，"阮小姐来了。"姚瑞将设计图放到一旁，对阮芽笑道："我昨天回去后才知道，阮小姐竟然是阮家的五小姐，倒是我有眼不识泰山了。"汪倩倩一愣："什么？"阮家的五小姐？！她一直以自己的家世为傲，但是也知道，汪家在贵胄林立的A城算不上什么，封家，阮家、应家这样的家族才是真正的庞然大物，而阮芽竟然是阮家的五小姐？！她自然知道阮芽这个五小姐不受宠，不然也不会嫁给一个死人，但不管阮芽受不受宠，这个身份已经给了阮芽足够的庇护。

汪倩倩的脸色有点难看，她习惯了在身边人身上找优越感，阮芽的身份瞬间压了她一头，让她十分不舒服，但只能勉强自己露出笑容。

姚瑞向阮芽温声道："我最近接了一位夫人的订单，半月后就是她儿子的婚礼了。她特意找我定做一件旗袍，恰好另一位夫人也要出席一个重要场合，也要定一件旗袍，我实在忙不过来，想把这个订单转给你，你看可以吗？"阮芽道："我学艺不精，可能做不了。""没有关系。"姚瑞很温和，"你的刺绣功底比倩倩还要深厚，你只需要刺绣，至于衣服的制作，我这里有很多专业人士，你可以随便挑一位做你的助手。"

听姚瑞这么说，汪倩倩眸中划过一抹阴霾。哪怕知道姚瑞说得是真的，她仍旧觉得非常不舒服。

"那我就尝试一下吧。"阮芽道，"我不认识这里的人，您看着选就好了。"

姚瑞想了想，高声道："柠悦，你过来一下。"

一个瘦瘦小小的女人放下手中的活儿，走了过来："姚大师，您叫我？"姚瑞道："这是程柠悦，我这里非常出色的打版师，你别看她年轻，但是做衣服很厉害的，就让她给你做助手吧？"

阮芽点点头，伸出手道："你好。"

姚瑞给程柠悦说了一下阮芽的来历，而后拍了拍程柠悦的肩膀，意味深长道："柠悦，我可是一直很看重你，你要好好帮衬阮小姐，知道了吗？"

程柠悦的肩膀微不可察地一抖："知道了。"

姚瑞满意一笑："正好，你带着阮小姐熟悉一下工作室，我还要去参加一个讲座，倩倩，你跟我过来。"汪倩倩点了点头。等下了一楼，她才皱着眉道："老师，您怎么能把那么重要的大单子交给阮芽去做？！林太太可是我们的大客户！"

姚瑞看了她一眼，淡淡道："我都跟你说过多少次了，遇事不要这么冲动，你什么时候听进去过？""我……"姚瑞打断她："倩倩，你知道林太太和杜太太的关系不怎么样吧？"

"知道。"汪倩倩道。这两个女人可以说是生死仇敌。二十多年前，林太太和杜太太的先生是未婚夫妻，但他对杜太太一见钟情，执意要跟杜太太结婚。林太太因此成了笑柄，两个女人的仇怨也就此结下，两人针尖对麦芒，处处不肯忍让。

姚瑞眼睛里全是算计，道："我不让你给林太太做衣服是为你好，你之后就知道了。"阮芽是阮家的五小姐，她动不了，但林太太和杜太太都是豪门夫人未必不能动阮芽。阮家并不看重阮芽，出了麻烦阮芽必定会被放弃，那时候……她自然有办法让阮芽彻底消失在A城，将与苗晴牧那个女人相关的最后一点痕迹都抹杀。

姚氏针法……只能是她一个人的！

程柠悦是个话少娴静的人，给阮芽大致介绍了工作室，而后带着阮芽去了分给阮芽的工作间，道："林夫人在我们这里做了不少衣服，我比较了解她的喜好，可以帮你做参考。"

阮芽点点头，道："谢谢姐姐。"

程柠悦支支吾吾地说："你跟姚大师……有什么过节吗？"

"没有啊。"阮芽眨眨眼，"怎么啦？"

"没事。"程柠悦推了推眼镜，说，"你是突然进来的，大家不了解你，难免在背后说三道四，你别在意。"阮芽点了点头道："嗯嗯，好的。""我去整理一下林太太的喜好和要求，待会儿拿给你。"程柠悦说完就离开了。

阮芽一个人待在工作间里，看了看姚瑞准备的东西，都是好东西，针线、布料、绣棚，全是高级货。她用手机拍了两张照片发给封迟琰。

芽芽乐：从今天开始，我就不是无业游民了！

封迟琰很快就回复了。

大大大流氓：给你开工资吗？

芽芽乐：失策，忘了问给不给钱了！

大大大流氓：……

大大大流氓：如果有人把你卖了，你绝对不会帮人数钱。

芽芽乐：那是当然，我很聪明的！

大大大流氓：因为你眼里没有钱，你没有碰过钱，你从来不在乎钱。

芽芽乐：呜呜呜，别骂了，我知道错了，我会找她要钱的！

阮芽发了个哭泣猫猫头的表情包过去，正好程柠悦进来了，她眼巴巴地看着程柠悦："姐姐，我做这个单子，给我钱吗？"程柠悦哭笑不得："当然给了，这个单子是你做的，林夫人给的钱工作室会抽一部分，其他都是你的。"

阮芽松了口气。她把这话给封迟琰发了过去，封迟琰没有再回。

封总开会摸鱼的时候被发现了。

宋锦胤眯着眼睛，双手撑在台子上，身后是投影屏，道："琰少，开会的时候您能看看我吗？"公然摸鱼的封迟琰理直气壮，甚至盛气凌人："你有什么好看的？"宋锦胤："我刚刚讲到了公司的未来，公司的前景，公司的百年计划……"

封迟琰："一百年后我早就死了。"

宋锦胤"啧"了一声，道："诸位股东，你们伺候他吧，我不伺候了！"封迟琰把手机放在桌子上，道："不逗小姑娘了，听你讲。"不等宋锦胤开口，他又说："下次再无理取闹，我直接走人。"宋锦胤气得手指发抖："封迟琰我真是倒了八辈子霉才会遇见你——"

"谢谢。"封迟琰说，"你的荣幸。"

宋锦胤："……"

宋总激情昂扬地发表了演讲，讲了起码有个半小时，轮到封迟琰，他上去就淡淡一句："我的看法跟宋总一样。"众人热烈鼓掌。

宋锦胤一句脏话硬生生憋回去。

会开完了，宋锦胤幽灵似的跟在封迟琰后面："你刚刚是不是在给阮芽发消息？"封迟琰看了眼手机，道："怎么了？"宋锦胤："你以前开会的时候不会摸鱼。果然，这就是恋爱的酸臭味。"

封迟琰：？

宋锦胤摸了摸下巴："说实话，她真的不像阮家的种，也就长相……确实跟她亲妈一个模子里刻出来的。""你见过夏语冰？""见过。"宋锦胤说，"很小的时候了，当时她还怀着阮栒呢，我妈领着我去阮家做客，还说阮栒要是个姑娘就给我做媳妇儿。""不怪阮家主和阮芽那几个哥哥一直放不下夏夫人。"宋锦胤叹口气,"夏夫人确实是……很好的人。"

封迟琰一扯唇角:"你还说过我母亲是很好的人,你这话在我这里已经没有丝毫可信度了。"宋锦胤一怔:"你还是放不下?"他皱起眉:"这么多年过去了。""一百年过去也这样。"封迟琰面无表情道,"你最好不要跟我谈她。"

他快步往外面走,宋锦胤迟疑了一瞬,还是跟了上去,道:"但我一直觉得明阿姨是爱你的……"封迟琰笑了一下,眼睛里却没有丝毫笑意:"如果可以,我刚出生她就会掐死我,你信不信?"宋锦胤哑然。他不知道该怎么去评价明胧音,她活得太极端了,不给别人机会,也不给自己机会。

"本来我不想跟你说这事儿。"宋锦胤道,"我偶然查到,明阿姨在死之前,见过一个人。"封迟琰没说话,继续往前走。

宋锦胤道:"是夏语冰……她临死之前,见的最后一个人是阮芽的母亲,夏语冰。"

封迟琰脚步顿住了。

封家老宅里,封老太太手里拄着拐杖,不住地转着手腕上挂着的佛珠,几个道士打扮的人跟在她身后。她很信任这几个大师,前段时间她总是频繁地梦见明胧音那个贱女人。她年轻的时候手段狠辣,不怕鬼神,但是年纪越大,就越惜命,被夜夜入梦的故人折腾得夜不能寐。请了这几个大师后,她就很少梦见明胧音了,但自从封迟琰出事,那些梦又卷土重来。

大师道:"您不用害怕老太太,您的孙子是个戾气深重的人,命犯孤星,死了之后更是大凶,只要您按照我说的办法做,一定可以镇压他的怨气,还您清净太平。"封老太太道:"但愿如此吧。"

"妈,前面就是静桐院了。"卢美玲忽然说,"咱们……还往前走吗?"静桐院是封迟琰的父亲封贻的居所。封贻不是封老太太的亲生儿子,平日里又不出门,只在自己的院子里吃斋念佛,封老太太表情有些厌恶,道:"不走了,回去吧。""哎。"卢美玲应了一声。她也不大想见封贻,这人与世无争，从来不管封家的事。唯一的儿子死了，他都没踏出静桐院，如此冷漠，卢美玲却下意识地畏惧他。她嫁进封家的时候，封家还在封贻的手里，封家是很传统的老家族，家业的传承讲究嫡长。

但谁承想三十年河东三十年河西，封家的嫡长房败落得如此之快，就连唯一的血脉都断了，封家，终于落到了封霖手里。

程柠悦是个很好相处的人，非常尽心地给阮芽介绍了林太太的喜好，平时的穿衣风格，还有她的身体数据。

阮芽看着林太太的照片，这位夫人是个美人，像一朵盛开的荼蘼的芍药，美艳得不可方物，太素净的衣服会被她压住。

"绣样就定芍药吧。"阮芽在纸上画出大概的样子，道，"你看看怎么样？"程柠悦见她寥寥几笔竟然将芍药的神韵勾勒了出来，可见是有功底在身上的，便笑着说："我觉得很好。"

阮芽点点头，忽然左右看看，道："程姐姐，我问你个问题。""嗯？"阮芽道："我之前看新闻，说姚大师是姚氏针法的唯一传承人了？""对啊。"程柠悦说，"姚氏针法很难，倩倩跟着姚大师好几年了，一直没有学会，现在大家都担心这种针法失传。"

阮芽皱眉问："姚大师的师父也不会吗？"

"师父？"程柠悦惊讶道，"姚氏针法是姚大师自创的，跟她师父有什么关系？"

阮芽瞪大眼睛："她自创的？"

"对啊。"程柠悦道，"二三十年前，姚大师推出第一件以姚氏针法绣出的绣品，就震惊了整个刺绣界。那时候她还不到三十岁，就自创了这样精巧的针法，说是绝世奇才也不为过了。"

阮芽慢慢地皱起眉。姚氏针法……竟然是姚瑞自创的？

程柠悦想起什么，道："姚大师出名后，她师父不为她高兴，反而嫉妒她，冒名顶替姚大师的作品……这件事败露后，姚大师的师父逐渐消匿无声了，我记得……她好像叫作苗什么吧……"

"苗？！"阮芽立刻道，"苗晴牧，对吗？！"

"对！"程柠悦道，"就是苗晴牧，这个名字还挺特别的，所以我记住了……你怎么会知道？"阮芽含糊道："我查资料的时候看见的。"程柠悦摇摇头，道："本来这位苗大师是很受人敬仰的，曾经是刺绣界的执牛耳者呢，只可惜一步错，步步错，现在……唉。"话到这里，她没有再说下去。

阮芽若有所思。苗奶奶大部分时间疯疯癫癫，但是清醒的时候会教阮芽很多为人处世的道理，按照阮芽对苗奶奶的了解，她绝对不会做出这种事。而且阮芽回A城的时候，苗奶奶特意提醒她不要告诉别人师承何派，会不会是为了防姚瑞？！

"你在想什么？"程柠悦道，"想得这么入神。""没什么。"阮芽抿了抿唇角，道，"我只是没有想到，当老师的会做出这种事。"程柠悦一顿，似乎想要说什么，但是到底什么都没说出口。

阮芽看了一眼时间，道："我下午有事，程姐姐，我就先走啦。"

程柠悦笑了一下，摆摆手，道："去吧去吧。"

阮芸今天出门时特意打扮了一番，让人一看就知道是富贵人家养出来的千金小姐。豪车停在姚瑞的工作室楼下，她亲自下车接阮芽，看见阮芽仍旧是那副土气的样子，不自觉地挑了挑眉，笑容却很温柔："小芽！"阮芽看见她，却是不冷不淡的，道："嗯。"

阮芸不在乎她的冷淡，道："你怎么会在这里？"阮芸当然知道姚瑞的名声，只是她对这些不感兴趣，从来没有来过姚瑞的工作室。"我在这里打工。"阮芽随口道。阮芸眼里划过一丝鄙夷。堂堂阮家五小姐，竟然跑来给人打工……也不觉得丢人。"你好厉害。"阮芸叹口气，"我长这么大，一直在花家里的钱，还没有自己挣过钱呢。"

阮芽看了她一眼，道："你觉得很光荣吗？"阮芸："……"

她咬了咬牙——忘了阮芽这人不按道理出牌了，她跟阮芽说这种刻薄的话，阮芽八成听不懂其中的嘲讽。

阮芽飞快地上了车，道："你上来啊，要是去晚了就不好了。"

阮芸："……"

下午茶在孙家举行，孙新蕾和阮芸是高中校友，说是朋友，却是孙新蕾捧着阮芸，毕竟阮芸在一群人里出身是最好的。

孙家的别墅坐落在郊区，阮芸本想着阮芽没见过什么世面，看见孙家的花园别墅会很惊讶，结果阮芽一直恹恹的，只有提到甜品才有点精神。阮芸想，这人是饿死鬼投胎的吧。

"小芸！"身为主人的孙新蕾亲自迎了出来，热情道，"大家都在等你呢！"其他到场的千金小姐纷纷道："我们可等了你好久了，你怎么这么忙啊？""我去接我妹妹了。"阮芸笑着拉过阮芽，道，"你们还没有正式见过吧，这就是我妹妹阮芽。"热热闹闹的场面一下子冷寂下来，众人看着阮芽，没人主动开口。

孙新蕾挑着眉道："小芸，你怎么带着她过来了？"就差把"我们不欢迎她"几个字写在脸上了。阮芸像是没有察觉到周欢的敌意，笑着说："以后大家都是抬头不见低头见，我就想着还是要认识一下嘛。"她给阮芽介绍道："这是孙新蕾，我的好朋友。"阮芽伸出手："又见面了。"

孙新蕾却轻蔑一笑，根本不理会她，直接抱住了阮芸的胳膊，道："你要是再不来，我专门给你准备的红茶都要冷了，快走吧。"一群人拥着她往花园去，阮芽一个人孤零零地留在原地，要是换成别人，肯定会觉得无比尴尬，但是阮芽满心都是小蛋糕，十分自然地就跟了上去，换来众人更加鄙夷的眼神。

"小芽，坐这边！"阮芸拉开自己身旁的椅子，道，"过来。"阮芽坐到她旁边，孙新蕾有点不爽，以前这个位置可是她的！"五小姐。"孙小姐阴阳怪气道，"你倒是挺逍遥快活，丈夫在棺材里躺着，也不知道琰少在九泉之下会不会不安。"

阮芽认真地道："那你去问问他？"

"你！"孙新蕾咬牙，"要是琰少活着，轮得着你嫁过去？"

阮芽："要是他活着，你这么说我，他会生气的。"

孙新蕾道："你以为你是谁啊？琰少会看上你？我看你还是别痴人说梦了。"阮芽有点无奈。这些人怎么就不信呢，封迟琰就是对她很好啊。

她本来就没打算跟这些人虚与委蛇，认认真真地吃蛋糕。孙新蕾又道："我听说五小姐高考发挥失常了？"阮芸赶紧道："小蕾！你别提这件事，小芽会不高兴的。"孙新蕾却道："考得垃圾就是考得垃圾，还怕人说啊？我听说你连高中都是作弊才上去的，怎么，高考的时候没本事作弊了？"

"阮家几个少爷可个个都是名牌大学，小芸也考上了Ａ大的艺术系，一家子高材生里面出了个学渣……"她捂着嘴笑道，"要不是有亲子鉴定报告，谁敢相信你竟然是阮家的孩子啊？"

阮芸不好意思地笑了笑，道："你们不要夸我了，Ａ大很难考，但是艺术系的录取分没有那么高啦，我是踩线进去的，运气好而已。"

"运气也是实力的一部分，你能被录取就已经超级厉害了好不好？反观某些人，不知道要去哪个野鸡大学念书呢……"孙新蕾说着瞥了阮芽一眼，发现她竟然在十分专心地吃蛋糕，顿时气不打一处来，提高音量道："是吧，五小姐？！"

阮芽回神："嗯？谁要去野鸡大学读书？你吗？"孙新蕾咬牙道："我可是拿到了Ｅ大的录取通知书！"Ｅ大虽然不算是什么知名大学，但也算是不错了。

阮芽"啊"了一声："Ｅ大在哪里？我没有听过。"孙新蕾脸色铁青："你不知道Ｅ大？！那你倒是说一说，你考上了什么大学？！"

阮芽不能理解这些人为什么要攻击学历。有人不擅长念书，但在别的事情上有旁人不能企及的天赋，以学历来评判一个人，未免太过于狭隘。

她吃掉了小蛋糕上的樱桃，不打算参与这个话题。孙新蕾却不肯放过她："五小姐考上了哪里？不会就是个专科吧？那可真是要笑掉人的大牙了。"

阮芽有点烦她了，道："你刚刚说，我应该羞愧而死？""对啊，难道不应该？"孙新蕾嘲讽道。

阮芽说："阮芸都没有羞愧，我为什么要羞愧？"

孙新蕾蒙了一瞬："你什么意思？"

阮芽放下甜品叉，道："我考上的野鸡大学是Ａ大，阮芸也是Ａ大，我应该羞愧而死，她难道不应该吗？"

阮芸手一抖，杯子差点没有拿稳："你说什么？！"孙新蕾立刻道："这不可能！你这谎言也太拙劣了！大家都知道你高考失利，你编谎话也不知道编个靠谱点的？Ａ大有多难考你知不知道？！"

127

阮芽才想起自己好像从来没跟人说过自己考上了什么大学，之前万桂芬问的时候，她只是随口说了一句考得不好。看来万桂芬把这个消息广而告之了。

阮芸抿了抿唇，道："小芽，你不要开这种玩笑，被人戳穿了很丢人的。""我没有开玩笑。"阮芽皱起眉，不高兴地道，"我为什么要撒谎？"见阮芽那副死鸭子嘴硬的样子，孙新蕾当即道："那你说说看，你考上的是 A 大什么专业？"

阮芽："生物。"

孙新蕾的表情满满的无语，道："编谎话你也编个像样的！生物学是 A 大的王牌专业，录取分高得离谱，就你？！你敢把你的成绩拿出来给大家看吗？！"A 大的生物系和 A 大的艺术系是两个完全不同的档次，一个是 A+ 的学科，一个是 C- 的学科。

阮芽不明白她为什么这么执着："我考什么学校跟你们有什么关系啊？谢谢你们的关心，不过我不需要。"

"我看是心虚了吧。"孙新蕾道。

阮芸压根不信阮芽能考上 A 大，皱着眉道："小芽，你真的没有骗人吗？"

小蛋糕吃完了，阮芽有些无聊："我都说了，我没有必要骗人。"她态度不好，阮芸也不在意，道："既然这样，那你就把高考成绩给大家看一下吧？这样的话，大家就都会相信你了。"

阮芽："……"

阮芸明摆着想看她笑话，还装地跟个好人似的。

阮芽跟孙新蕾讲条件："刚刚那个蛋糕好吃，你再给我一个，我就给你看成绩。"孙新蕾的嘴角抽了抽，简直不能理解阮芽的脑回路，道："行！我这份给你。"

用人赶紧把蛋糕端到了阮芽面前。阮芽看着面前点缀着樱桃的蛋糕，十分满意，拿出手机。孙新蕾迫不及待地站起身走到阮芽旁边，定睛看去，而后脸色巨变，声音尖锐："这不可能——你肯定 P 图了！！"

孙新蕾的反应让其他人好奇起来，众人围过去，脸色瞬间和吞了苍蝇似的。

阮芸察觉到不对劲，皱着眉看向阮芽的屏幕，就看见成绩查询页面上清清楚楚的字：语文：135；数学：147；英语：148；生物：98；物理：87；化学：89。

总分：704。

那个简简单单的数字刺痛了阮芸的眼睛。

阮芽没有撒谎，七百零四分，进A大生物系没有任何问题。

阮芸脸色极度难看。高考前她拼命补课，好不容易踩线进了A大的艺术系，阮芽竟然……

阮芸勉强笑了笑："小芽……你还说自己考砸了……不好吧？"阮芽："我本来可以考七百二十多分啊，考七百零四分难道不是考砸了吗？"

众人："……"

阮芽吃完了那份小蛋糕，觉得挺饱了，也觉得完成了和阮梅的交易，于是站起身道："那我就先走啦？你们玩儿得高兴哦。"说完真就溜溜达达地走了。

孙新蕾深吸一口气，道："小芸，阮芽读书这么厉害啊？怎么会有人说她高中是作弊才考上的？"阮家在四年前就知道了阮芽的存在，但对她是放养的状态，只把阮芽的姓改了。A城所有关于阮芽的传闻，都是从万桂芬和赵蓉椿的嘴里说出来的，阮芸想过其中会有夸张的成分，却没想过，会这么夸张！

"我也不知道。"阮芸道，"可能她没有把我当家人吧……不好意思，今天让你难堪了，真的很抱歉！""小芸，这跟你有什么关系啊。"孙新蕾连忙道，"都是阮芽心眼多，我看她诡计多端的，你那么单纯，别掏心掏肺地对她，小心她把你东西都抢走了！""谢谢你。"阮芸叹一口气，"但是……到底是我抢了她的身份，不管她要做什么，我都不会阻止的。"

孙新蕾还要再说，阮芸却道："好了，我知道你关心我，但我有自己的坚持，我们不说这个了，好不好？"

孙新蕾只好作罢，殊不知在她眼里天真单纯的阮芸，已经快要把自己的指甲掰断了。

阮芽……今天受的这份羞辱，我一定会加倍还给你！

阮芽回到汀兰溪，见LP的人大包小包地送来一些新款的衣服，宋锦胤说LP会送几件衣服过来，阮芽看着面前的"几件"衣服，蒙了一下。

唐姨她帮着收拾衣服，分门别类地放进衣柜。"小芽。"她忽然说，"这有你的一封信。"阮芽一愣："信？""对。"唐姨说，"好多年没见过有人寄信了，还是阮家那边转寄过来的。"

阮芽拆开信封，里面只有一张照片。一张风景照，是阮芽很熟悉的、孟家小院子的照片，能看见孟永平坐在门槛上抽旱烟的身影。阮芽忍不住笑了一下，翻过照片，背面是一行笔力道劲、自有风骨的字。

几年未归，风光如旧，人不如旧。

唐姨好奇地问："小芽，这是谁寄给你的？"阮芽想了想，说："是一个很好的朋友。"

唐姨看着照片说："这是你以前住的地方吗？"阮芽点了点头："嗯。"老实说，照片上的房子和汀兰溪比起来是一个地下一个天上，但阮芽看着照片的眼神，仍旧是有眷念的。

她总是只记住那些美好的、幸福的东西，比世间绝大多数人都要活得通透。

封霖坐在会议室里，冷冷地看着面前的一众高层，道："封迟琰已经死了！公司自然该我接手，你们把持着权力不放是什么意思？你们要造反吗？！"见没人搭话，封霖一拍桌子道："你们这是什么意思？！装死？！"

终于有人道："封先生，虽然封家的葬礼办得轰动热闹，但琰少的死亡证明可一直都没有开出来。现在公司的最大持股人仍旧是琰少，你没有拿到他手中的股份，我们自然不会将权力交给你。"封霖皱着眉道："这只是早晚的事情而已。""那就请封先生拿到了股权，再来谈入主董事会的事情吧。"一个高层站起身道，"我们还有事，就先走了。"

封霖气得脸色铁青。他原本以为封迟琰死了，他就可以入主封氏，不承想这么多天过去，连核心权力的毛都没有摸到，恼羞成怒道："看你们这一个个护着的样子，不知道的还以为封迟琰活着呢！"

陶湛站在会议室外面，对诸位离开的高层点了点头，转身上了楼。

封迟琰靠在椅子上看电脑上的文件，陶湛敲门进来，道："从他身上恐怕挖不出有用的线索。"封迟琰将手中的钢笔放在桌子上，讥诮道："蠢货就是蠢货，被人当枪使了，连对方是谁都不知道。"陶湛道："幕后之人能让封霖这么相信他，可见确实很有实力。"封迟琰垂眸，漫不经心地看着自己的手指，声音很淡："不管他是龙是虎，算计我，就得有命享这个福。"

陶湛想起些什么，道："说来，今晚上就是您下葬的日子了。"

"这么说，阮芽回去了？"

"是的。"陶湛道，"毕竟下葬是大事，老太太又亲自去汀兰溪请人，我就没拦着。"

封迟琰一顿："亲自？"陶湛愣了愣："怎么了？"

"她亲自去请人。"封迟琰微微眯起眼睛，"她可从来不做掉身份的事。"

陶湛道："大概是怕我不放人。"

封迟琰看了一眼窗外的夜景，此时将近晚上九点，霓虹交织，车灯闪烁。他忽地站起身，拎起衣帽架上的外套，冷声道："回老宅一趟。"

阮芽跟着封老太太回封家的时候，还有点蒙。封老太太没有为难她，只说封迟琰今天晚上就要下葬，她作为妻子，必须在场。阮芽没有理由拒绝，便跟她回了封家老宅。

封家处处都是白幡，用人们脸上都是悲戚之色，不知道是不是真的在为封迟琰的死而伤心。阮芽被人带去换了一身丧服，又回到了熟悉的灵堂。封迟琰的遗像仍旧摆在供台上，阮芽看了一眼，端端正正地跪在了蒲团上。

用人们开始封棺材钉。哪怕知道封迟琰还活着，棺材里装的不过是几件衣服,阮芽还是觉得不太舒服。A城的人都说封老太太疼爱封迟琰,在孙子去世后还给他娶亲,阮芽却没有看出丝毫的祖孙之情,封老太太坚持要给封迟琰娶亲的缘由肯定不是对孙子的爱。

她正想着呢,卢美玲忽然呵斥道:"还不赶紧磕头!"

阮芽回神,对着供台磕了三个头,起身抱起遗像,走在了队伍最前面。

封家送灵,声势浩大,队伍很长,阮芽后面是打幡的和抬棺材的,还有人撒纸钱,是最老式的丧仪。再后面是封家的亲戚,个个哭得撕心裂肺。阮芽在这一堆哭得上气不接下气的亲戚里显得格外冷漠,不仅没哭,甚至看不出哀伤的表情。

封家有一片祖坟,离老宅不算很远,大概半小时就到了,葬的全是封家的祖先。阮芽站在挖好的土坑边上,手里捧着封迟琰的遗像,黑白遗像上的男人神色冷淡,似乎讥诮地看着这一切。有人往土坑里撒了五谷,又有几个道士围在边上唱了不知所云的东西,棺材才被放进去。封家的亲戚挨个儿上前往土坑里撒了一把土,阮芽是最后一个。她将遗像放到旁边,弯下腰掬了一把土,放在棺材的一端。

这个棺材井打得很深,阮芽听老一辈的人说过,棺材井打深点儿对后辈好,她寻思着封迟琰也没有后代,打这么深,不知道便宜谁了。这个想法刚冒出来,她忽然听见封老太太冷喝了一声:"把她推下去!"

阮芽一愣,还没有反应过来封老太太是什么意思,就被人重重一推,跌进了土坑。封老太太居高临下地看着阮芽,皱纹密布的脸上全是冷漠:"你既然嫁给了阿琰,当然要给他陪葬。"

阮芽有点不敢相信自己的耳朵:"陪葬?!"她浑身是泥,一抬头是一张张漠然的脸。卢美玲扶住封老太太,看着阮芽道:"你不会以为你嫁进封家是来享清福的吧?""你们这是犯法。"阮芽扶着棺材站起来,手指触摸到了口袋里的手机,正要打电话,就听卢美玲道:"别白费功夫了,这里装了信号屏蔽器,电话根本打不出去。"阮芽一僵,拿出手机看了看,什么信号都没有。

封老太太转着手腕上的佛珠,淡声道:"让你给阿琰陪葬是抬举你了,就你这样的泥腿子身份,就算是阿琰死了,嫁给他也是你高攀,要不是事情来得突然,我也不会选你。"卢美玲帮腔道:"这是你的荣幸。"

那几个道士凑了过来,为首的对封老太太一弯腰,道:"老夫人,我们看过了,只要下了葬,府中的冤魂厉鬼都会安息,绝对不会再打扰您了。"封老太太轻吁口气,道:"麻烦道长了,我一定会好好感谢道长。"

阮芽震惊:"我们应该抵制封建糟粕,这个世界上是没有鬼的!"她就说为什么封老太太非要阮家履行婚约,原来打的是这个算盘!卢美玲瞪了阮芽一眼:"你闭嘴!"封老太太冷笑道:"你懂什么?要不是那个贱人一直缠着我,我会费这么大力气?"阮芽不知道封老太太说的是谁,但她脸上的表情阴鸷可怕,要不是深仇大恨,绝对不会有这样的表情。她看了眼天色,道:"时间应该差不多了?赶紧填土,免得夜长梦多。"

道士有模有样地掐算了一把,道:"时辰到了。"他抬起手,命令道,"填土吧。"此时将近夜里十点,天上星辰寥寥,冷月无声,封家的墓园里点着几盏不甚明亮的灯,送葬的队伍散了大半,只剩下封家的用人。他们将棺材井围得密不透风,像极了一群野兽在围猎一只肥美的羔羊。而阮芽,就是那只羊。棺材井打得太深了,比阮芽要高出一截,她自己根本就爬不上去,更何况周围还有封家的用人在。

土一铲一铲地扬下来,还有人专门往阮芽身上扬,她浑身上下都挂着泥土。

她不是没有经历过绝望。高考前夕,万桂芬把她锁在柴房里,她无论如何也打不开那把沉甸甸的大锁,几乎崩溃。分明光明的前路就在眼前,她却被隔在门里,无论如何都触摸不到。那把锁最终打开了。

可是此时,阮芽抬头,只看见一张张冰冷的、仿佛戴着面具的脸,又一次面临死亡的威胁,这次,不会有人来救她了。她走之前还跟唐姨说,想吃李子糖水。除了没有吃到李子糖水,似乎也有别的遗憾。

她没有跟封迟琰说声再见。

虽然封迟琰有时候很坏,但他是阮芽遇见的最好的人了。

阮芽背靠着棺材,眼睫颤了颤。她想,就算是陪葬,她更愿意给封迟琰陪葬,而不是几件衣服。

封老太太看了眼月亮，转动佛珠的速度更加急促："快点！动作都快点！"用人们更卖力气，阮芽腿都要被土埋住了，周围点着的灯似乎都变成了鬼火，她忽然觉得，或许这个世界上真的有鬼。

只是鬼不在阴曹地府，而是在繁华人间。

"明胧音。"封老太太喃喃道，"你儿子下去陪你了，我好好地发送了他，你不要再来找我的麻烦！若是你还阴魂不散，我一定让你魂飞魄散……"她浑浊的眼睛里似乎映出了那个女人的样子，她瞳孔一缩，盯着阮芽的眼神变得无比狠毒："阮芽……要怪只能怪你命不好，下辈子，可一定要投个好胎！"

阮芽咬了咬唇，道："如果我被埋在这里……"她不知道哪里来的信心，坚定地说："封迟琰一定会给我报仇的。"其实她不知道封迟琰会不会给她报仇……但是，就当……他会吧。

"哼。"封老太太冷笑，"他已经是个死人了，还——"她话音未落，忽然听见鸦类嘶哑的叫声，像是一柄利剑划破夜空，有人惊恐地叫了一声："琰少？！"

封老太太后背一僵，转身看去。不知道什么时候，几辆车停在了墓园里。男人推门下车，黑色的长风衣都带着肃杀之气，与深夜同色，却比夜色更冷，充满戾气。他逆光而来，光影切割开他深邃五官，一半在浅淡的光里，一半隐没在深浓的夜里。军靴踏在地上，一声一声，让人不自觉地惶恐、颤抖，甚至想要臣服。

封老太太无意识地后退了一步，差点没有站稳，她看着封迟琰的脸，声音颤抖："你……你……你是人是鬼？！"

封迟琰垂眸看着这个老态龙钟的女人。二十来年过去，她的面容老了许多，凶狠的眼神却一如当年。时光教不会人类温柔，只会让凶残者更加凶残。

"老太太希望我是人是鬼？"封迟琰在三米开外站定，面色锋冷，不带丝毫温度，仿佛一把笔直的长剑，悬在所有人的头顶。

"你……"封老太太逐渐反应过来，"你没有死？！"卢美玲更是瞪大了眼睛，浑身的骨头都在恐惧似的战栗，站在封老太太身后："不……不可能……怎么会……"

"咔嚓"一声，打火机幽蓝色的火苗在墓园里亮起，像是一盏荧荧鬼火，封迟琰垂眸点了一根烟，戴着黑色皮质手套的手指修长，带着绝对的力量感。香烟袅袅的烟雾浮动，封迟琰的眉眼恍若冰雪冷冽："老太太如此疼爱我，在我死后还为我娶了妻，怎么我没死，反倒是不高兴了？"

封老太太回过神，连忙挤出一个笑："阿琰，你这说的什么话，你活着，奶奶当然很开心，你……你经历了什么？可要跟奶奶好好说一说，奶奶……"她话还没有说完，封迟琰就不耐烦地打断她："我过来不是跟你演祖孙情深的。"他看着被众人围住的棺材井："我是来接我的未婚妻的。"

哪怕知道封迟琰还活着，封老太太也不愿意放过阮芽，大师说了，要生祭一个人明胧音才会安分。阮芽是最好的人选，马上就要成功了，她怎么甘心放弃？！

"阿琰！"封老太太道，"你的未婚妻阮芸这会儿好好地在阮家待着呢，你要是想见她，奶奶派人去请，现在……我们先回去吧。""看来老太太不愿意放人。"封迟琰微微眯起眼睛，不等封老太太再说话，他手一抬，身后跟着的人瞬间围了上来。

饶是封老太太见过大场面，也被吓了一跳，脸色铁青道："封迟琰！这就是你的孝道吗？！你竟然这样对你的奶奶？！""容我纠正一下。"陶湛无奈一笑，"琰少的奶奶是邵惜芷女士。"听到这个名字，封老太太的表情瞬间扭曲了。

"妈……"卢美玲都要吓哭了，"算了吧……封迟琰就是个疯子……妈，我们回去吧……"封老太太咬着牙："你闭嘴！"但是她知道卢美玲说的是真的。封迟琰就是个疯子，什么事都干得出来。

"老太太。"封迟琰慢慢走近，声音很冷，"你是觉得我不会来真的？"

封老太太一抖，紧紧攥着手里的佛珠，闭了闭眼睛，道："我们走！"卢美玲满身的冷汗，搀扶着老太太匆匆往墓园外面走，封迟琰忽道："老太太突发恶疾，缠绵病态，近期就不要离开院子了。"

封老太太气得全身都在发抖，但是不敢违逆封迟琰，一句话都没说出口。"二夫人一贯孝顺。"陶湛微笑道，"还请二夫人陪着老太太，

135

好好照顾。"卢美玲咬牙道："这是当然。"陶湛想起什么，说："对了，二少爷实在是不成材，明天起，我会亲自教导二少爷怎么管理家族产业。"提到儿子，卢美玲都要气疯了："你要对杰辉做什么？你要是敢——""嘘。"陶湛轻声道，"琰少这会儿生气呢。"卢美玲打了个冷战，瞬间闭了嘴。封家的用人都吓疯了，赶紧跪地求饶，然而很快就被全部扭送走了。

四周寂静下来，甚至能听见虫鸣。

封迟琰缓缓走到棺材井旁边，就见土填了快一半，阮芽浑身是泥，脏兮兮的，露出上半身和一个脑袋，白皙的脸颊上都是泥印子，像是破土而出的一朵小蘑菇。

她眼也不眨地看着封迟琰，半晌，轻声说："你为什么还不救我出来？"话音刚落，大颗大颗的眼泪就落了下来，噼里啪啦全部砸在封迟琰的心尖上。阮芽想，她可真没用，被人推下来的时候没哭，被封老太太挖苦的时候没哭，被埋的时候没哭，反而在看见封迟琰的瞬间，哭得稀里哗啦，丑不拉几。她怎么就不能忍忍呢，封迟琰肯定觉得她很娇气。

"哭什么。"封迟琰利落地跳下了棺材井，抬手擦去阮芽的眼泪，在她眼睫上一吻，声音很轻，"软软，不哭了——我来了。"

人在伤心的时候听不得安慰的话。阮芽原本只是掉眼泪，听见封迟琰的话后，哭出声来，可怜兮兮地伸手要封迟琰抱。

封迟站起身，微微弯腰，抱住阮芽，一用力，像是拔萝卜似的把人从土里拔出来了。阮芽赶紧抱住他，也不管浑身都脏兮兮的，就往封迟琰身上蹭："我差一点点就要被活埋了。"封迟琰抱小孩儿似的抱住她，拍了拍她的背，道："不会的，我这不是来了吗？"

对阮芽来说很难爬的棺材井，对封迟琰来说却不算是什么，即便怀里抱着一个人，他也轻轻松松就上去了。阮芽抬起泪盈盈的眼睛，看见棺材井里那个醒目的洞，突然意识到她刚刚是怎么丢人地被封迟琰给拔出来。

"要不然你还是把我埋回去吧。"阮芽哭着说，"太丢人了。"

封迟琰道："没人看见。"

阮芽："你不是人吗？"

封迟琰说："我觉得你在骂我。"

"才没有。"阮芽擦了擦自己的脸，一擦全是泥印子，她偷偷把手在封迟琰的衣领上蹭了蹭，然后说，"我好饿。"她声音有点哑，轻轻地响在封迟琰耳朵边上："唐姨说给我做李子糖水的，虽然差一点就吃不到了。"

封迟琰"嗯"了一声，说："带你回家。"

阮芽特别喜欢封迟琰说这句话。带她回家，好像她真的在这个世界上有了一个家，那里是永远的避风港。

陶湛拉开了车门，封迟琰要把阮芽放进去，阮芽拍一拍他肩膀："你先放我下来。"封迟琰挑了挑眉，将人放下来。阮芽原地蹦了蹦，蹦下来一些泥块儿，才上了车。封迟琰笑了一声："你对车都这么讲究，结果把泥往我身上擦？"阮芽有点点心虚："我才没有，你有证据吗？"

封迟琰坐到她旁边，道："衣领上还有泥，需要拍照取证吗？"阮芽眼睛里瞬间蓄满了泪水："我已经这么惨了，你还跟我计较这种小事……"

封迟琰："不许哭了。"阮芽往里面挪了挪，看着窗外，说："你让我不哭我就不哭，那我岂不是很没有面子。"封迟琰"啧"了一声。他觉得阮芽越来越难搞，刚见面的时候，这小丫头哪里有这么多的话？

封迟琰忽地伸出手，揽着阮芽的肩，把她按进了自己怀里，道："当我没说，你随便蹭。"

夜风潇潇，山林魃魃，天地阒然。

前座的陶湛听见封迟琰的话，无声地叹口气。当局者迷，旁观者清，琰少似乎没有意识到，阮芽在不知不觉间成了他不可割舍的一部分。

回汀兰溪的路很长，阮芽窝在封迟琰的怀里，没一会儿就睡着了。封迟琰垂眸，用纸巾把她脸上的泪痕擦干，而后道："封霖背后的那个人不仅想要我死，同时想要阮芽的命。"陶湛道："可少夫人之前一直在乡下，和 A 城的名利圈没有来往，不该被牵扯进来才对……"

封迟琰侧眸，车子驶入了繁华的城市，处处是霓虹交织，闪烁的灯光勾勒出 A 城这座积淀了数千年历史城市的纸醉金迷，红男绿女，歌舞升平。"你不觉得，古怪的地方在于他大费力气地让封霖动手吗？"封迟琰笑了笑，"封霖和卢美玲这天生一对的蠢货，拉他们入伙，比自己动手的风险更大。"陶湛道："确实，这一点我不太明白，毕竟二夫人和封先生……不太聪明。"

封迟琰低声说："幕后之人想要封家的人自相残杀。"他微微眯起眼睛，声音里满是冰冷："他恨的不只是我——他恨整个封家。"

"老太太被软禁了。"用人垂眉敛目进了佛堂，轻声说，"二夫人也被一起关在了院子里。"

现世佛一双慈悲眸微微垂下，佛堂里点着檀香，油灯彻夜不熄，封贻跪在蒲团上，慢慢地睁开了眼睛，声音淡淡："封迟琰回来了？"用人道："是的，大少爷毫发无伤地回来了。"封贻挑了挑油灯里的灯芯。用人忍不住，问道："您早就知道大少爷还活着吗？"

"不知道。"封贻往油灯里添了油，火光映出他深邃的眉眼，和封迟琰有五六分的相似，只是他的五官要更加刚毅几分，"他是死是活，我并不在意。"用人一愣，赶紧低下头，闭嘴了。

"阮家那个小丫头。"封贻顿了顿，继续说，"怎么样？"用人道："阮小姐不常在老宅，我只见过她一两次，跟阮芸小姐是完全不同的性格，倒是有几分当年夏夫人的影子。"

"夏语冰……"封贻喃喃地念了一遍这个名字，摇头失笑，"夏语冰死了很多年了。"用人下意识地看了一眼佛像旁边供奉的牌位。那上面端端正正地雕刻着"爱妻明胧音之灵位"几个字，是封贻亲手刻上去的，历经多年，带上了岁月的痕迹。

"好了。"封贻说，"你出去吧。"

用人点头，将佛堂的门关上，隔绝了一室幽幽檀香。

第五章
Chapter 5

　　到汀兰溪的时候，已经很晚了。

　　阮芽睡得香，封迟琰也就没有叫她，伸手将她抱出车的时候，她倒是自己醒了。

　　她揉了揉眼睛，打了个哈欠："我们到家了吗？""嗯。"封迟琰说，"到家了。"他抱着阮芽往别墅里走，问她："醒了也不自己走？"

　　阮芽抱紧他的脖子："你之前说我是萝卜，萝卜是不会自己走路的。"

　　封迟琰挑了挑眉："那我让唐姨把你切了炖牛腩。"

　　阮芽震惊："你怎么这么残忍，萝卜那么可爱，你怎么可以吃萝卜啊？"

　　别墅里灯火通明，终于在午夜时分迎回了主人。封迟琰直接抱着人往二楼走，道："我看别的萝卜也没有你这么可爱。"阮芽有点得意："那当然啦。"封迟琰单手抱住她，另一只手打开了浴室的灯，道："你比较可爱，会更好吃吗？"

　　阮芽说："不会。"她推了推封迟琰："你出去，我要洗澡。"封迟琰道："我也要洗澡，我身上全是你蹭上来的泥。"阮芽看了眼，封迟琰浅灰色衬衣上的泥印子太明显了。

　　"你去客房洗吧。"阮芽说，"你的衣服我帮你洗。""你能帮我洗衣服，不能帮我洗澡？""你要是再说，衣服我也不帮你洗了。"封迟琰见她脸通红，就要炸毛了，笑了笑："行，我去客房洗。"

阮芽把自己洗干净，裹着浴巾出来，见封迟琰还没有回来，赶紧换好了睡衣，正打算下楼去吃李子糖水，忽然听到客房里传出声音："阮芽。"阮芽跑到客房门口："怎么啦？"封迟琰："帮我拿衣服。"阮芽想起之前自己忘了拿衣服的时候封迟琰是怎么对她的，赶紧清清嗓子，道："想要衣服？可以，你求我啊。"

阮芽等了几秒钟，没听到封迟琰的回答，正在想自己是不是太过分了，就见浴室门从里面打开，氤氲的水汽漫出来，同时还有沐浴露淡淡的栀子香。封迟琰在腰间围了张浴巾，走出浴室，居高临下地看着阮芽："怎么求你，嗯？"

阮芽一抬眼就是他裸着的胸膛。这人的身材实在没得说，让阮芽想起大理石像，没有丝毫赘肉，骨肉线条极其流畅，带着色气，又带着极致美感，骨骼感、筋络感、肌肉感，完美地蛰伏在冷白色的皮肤之下。阮芽觉得自己的脸很烫，大概红得不像话了，偏偏封迟琰还要作弄她。他单手扣住她的后脖颈子，将人往怀里一拉，阮芽就贴在了他肌理分明的胸口，柔软的脸颊贴着有点硬的肌肉。

封迟琰身上带着水汽，阮芽嗅见栀子花沐浴露的清香。她手足无措，不知道该怎么办，封迟琰双手卡住她的腰，轻轻松松就把人抱了起来，阮芽双脚悬空，只能无助地紧紧地紧紧抱住封迟琰，她眼睫不停地抖："你……你干什么？"

"求你。"封迟琰在她耳边笑了一声，酥麻的感觉从阮芽的耳郭钻进耳蜗，顺着耳道一路到了大脑，又和血液一起流进心脏，让她晕晕乎乎的，心跳极快。封迟琰还要说："求求你了，软软。"

阮芽迷迷糊糊地说："你……你先放我下来，我马上就去给你拿衣服……嗯，你不要蹭我脖子，你没有刮胡子！"一点胡茬扎得阮芽脖子很痒，她清醒了一点，道："快点放我下来。"

封迟琰没放。他抱着阮芽回了主卧，进了衣帽间，打开柜门，问阮芽："穿哪套？"阮芽觉得都差不多，十分嫌弃地说："你的衣服上为什么连图案都没有。"她指使封迟琰走到自己的衣柜前，打开柜门，美滋滋地道："你看我的，叮当猫、水冰月、米妮、皮卡丘……多可爱呀。"

"是挺可爱。"封迟琰说，"但是码数太小，我就不穿了。"

阮芽幽幽地道："你不试，怎么知道码数小了呢……"

封迟琰看着她说："我只穿你身上这套，你脱吗？"

阮芽又输了。她还是不够不要脸。要是她对封迟琰这么说，封迟琰二话不说就会把衣服脱了，都不带犹豫的。

"不脱。"阮芽蹬了蹬腿，"你赶紧换衣服，我要下去吃饭了。"封迟琰说："我刚刚求你了。但是你没有帮我拿衣服，反而是我把你抱过来了。"封迟琰跟她讲道理："你没觉得自己这样很不对吗？""我又没有让你抱我过来。"阮芽撇撇嘴，"你想要我亲你，你就直说。"

封迟琰："软软，我想要你亲我。"

她脸通红，犹豫了一下："那你闭上眼睛。"

封迟琰挑了挑眉，闭上眼睛。

阮芽做了一下心理建设，微微倾身在他唇角一吻。封迟琰睁开眼，吓阮芽一跳。他把人放在玻璃柜面上，柜台里放着名贵手表和袖扣，阮芽被玻璃冰得抖了一下："我已经亲了，你还要干什么？"

封迟琰一只手搂着她的腰，一只手撑在柜面上，道："你那是小朋友的亲法。"他笑了笑："我教你成年人都是怎么接吻的。"

"我才不要学……唔！"阮芽被亲得晕晕乎乎，还不忘念叨，"玻璃好凉。"封迟琰将她抱起来一点，手在台面上垫着："现在不凉了。"她初见封迟琰的时候，为什么会有他是正经人的想法啊？

阮芽是趴在封迟琰肩膀上被抱下去的。

唐姨不只给阮芽做了李子糖水，还有夜宵。阮芽被亲得嘴唇红红，鼻尖也红红，自闭地把睡衣上的熊耳朵帽子戴上，大肆夸赞唐姨的手艺。她吃饱喝足就犯困，打了个哈欠，道："我要睡觉了。"封迟琰"嗯"了一声，牵着她的手带她上楼。阮芽洗脸刷牙躺床上，不到一分钟就睡着了。

封迟琰看了一会她的睡颜，转身去了书房。他推开窗，夜风阵阵涌进来，吹起他额前的头发，露出饱满的额头和一双冷厉的眸。"封霖那边不用再等了。"封迟琰拨通电话，声音冷淡，"贪心不足蛇吞象，既然一直不知足，那就连同他曾经拥有的一起剥夺。"

141

电话那边,陶湛低声应了,又道:"琰少,近期有一封从平安村寄给少夫人的信,我觉得有些古怪,就查了查。"

"谁寄的?"

陶湛道:"我让人追查过寄信人是谁,但是……"他顿了顿,说:"一无所获。"

封迟琰还活着的消息,如同一阵飓风,席卷了整个A城。

这一夜阮芽睡得昏天黑地,却有不少人夜不能寐。有人庆幸没有向封迟琰的地盘伸手,有人惊慌动了封迟琰的蛋糕,有人惊喜于他没有死,有人暗恨他没有死,但无论众生如何,今夜过后,A城仍旧是封迟琰的A城。他无可争议地站在最顶端,没有人能把他拉下来。

阮芸听说这个消息的时候正跟阮枸在家庭影院里看电影,闻言手一抖,杯子摔在了地上。"小姐……"来传话的用人吓得赶紧去收拾碎片,"您快让开一点,不要被伤到了。"阮芸死死地掐住自己的掌心。

封迟琰……还活着!阮芽这是走了什么大运?!如果封迟琰还活着,封家少夫人这个位置,哪里轮得到阮芽这个乡巴佬?!阮芸简直恨死了,如果当初自己嫁过去,她阮芸就是名正言顺的封家少夫人,何必小心翼翼地守着阮家四小姐的身份?!

阮枸皱着眉道:"封迟琰还活着,那阮芽呢?"用人道:"不知道,不过……"她小心地看了阮芸一眼,道:"不过琰少一向不近女色,他回来了,五小姐应该在封家待不下去了。"阮芸听见这话,松了口气。是啊,封迟琰是什么样的人物,怎么可能轻易地接纳一个被硬塞进来的未婚妻?

阮枸却有些焦虑。如果封迟琰不要阮芽……那阮芽要怎么办?她回不了阮家,难道要被送回平安村那个小地方吗?

阮枸抿了抿唇,对阮芸道:"小芸,如果,我是说如果……""我知道三哥想说什么。"阮芸笑了笑,"如果小芽要回来住,我肯定是欢迎的,就是大哥和二哥那里……"阮枸头疼地揉了揉太阳穴。

"先睡吧。"他站起身,说,"很晚了。"

阮芸"嗯"了一声,在阮枸要走出门的瞬间,说:"三哥,你……"

她沉默一瞬,才接着问:"你把阮芽……当妹妹了吗?"要是以前,阮栒绝对会毫不犹豫地回答一句"怎么可能,我的妹妹只有你一个",但是此刻,他顿了顿,只说:"小芸,很晚了,去睡吧。"

阮芸勉强扯出一抹笑,这点笑意在阮栒离开后,彻底消失。她的表情逐渐狰狞,转身一巴掌扇在了用人的脸上:"滚出去!"

"是!"用人早就习惯了她的两副面孔,赶紧退出了房间。

阮芽一时间成了风云人物,人人感慨于她的好运,误打误撞地嫁给了封迟琰,全然忘记了之前还嘲笑她嫁给死人守寡。

阮芽不知道自己出名了。她被闹钟吵醒,迷迷糊糊地起来刷牙洗脸,洗漱完正打算换衣服,忽然意识到什么,看着站在浴室里的封迟琰:"你为什么还在?"封迟琰目睹了她闭着眼睛洗漱的全过程,道:"你闭着眼睛,脸真洗干净了?"

他道:"过来我看看。"

阮芽磨磨蹭蹭地走过去,扬起白生生的小脸:"洗干净了。"封迟琰握住她半边脸,小姑娘皮肤又软又嫩,触感极好。他捏了捏阮芽脸上的小奶膘,道:"脸洗干净了,牙齿呢?"

"啊——"阮芽张嘴给他看。封迟琰顺势低头在她舌尖舔了一下,尝到了一点牙膏的柠檬味道,笑了笑:"嗯,干净的。"

阮芽还有点蒙,呆呆地看着封迟琰。

封迟琰揉了揉她头发,道:"下去吃早饭了。"

阮芽被他牵着下楼,一直到了餐桌边坐下,才反应过来,瞪着封迟琰:"你故意的!"

封迟琰把热牛奶放到她面前,道:"故意的,怎么了?"

阮芽:"……"

阮芽刚进工作室,就被人拦住了。那人打量了阮芽两眼,抱着胳膊道:"阮小姐,是吧?"眼前的女人穿着一件黑色长裙,三十多岁,妆容精致,长得不错,胸口挂着的名牌上写着"罗慧"。阮芽听程柠悦说过,要不是汪倩倩半路出现,被姚瑞收为徒弟的应该是罗慧。

"你好。"阮芽礼貌地道,"请问你找我有事吗?""我听说姚大师把林太太的单子转给你做了?"罗慧问道。

"嗯。"阮芽点头。

罗慧咬了咬牙:"姚大师教了你姚氏针法?!"这些年她一直在研究姚氏针法,这种针法绣出的东西精致华贵,也极其难学,没有师父教导,根本就不能理会其精髓,她研究了这么久,仍旧不得要领。

"没有啊。"阮芽道,"我跟她是刚认识的。""你骗鬼呢。"罗慧冷笑,"要不是她教你,你怎么可能修补好那件旗袍?""我真的不是她的徒弟。"阮芽绕开她。"你这是什么态度!"罗慧怒道,"就算你现在是姚大师面前的红人,难道就可以不尊重前辈?!"

恰巧程柠悦从楼上下来,见状赶紧道:"罗姐,小孩子不懂事,你不要跟她计较。"罗慧对程柠悦也没有什么好脸色,道:"你又算是什么东西?"程柠悦脸色一白:"我不算什么,但阮芽是姚大师亲自请来的人,罗姐拎得清其中轻重的吧?"

阮芽皱眉道:"大家都是同事,你怎么可以这么说程姐姐?""姐姐?"罗慧像是听见什么笑话,轻蔑地看了程柠悦一眼,道,"你把她当姐姐,她可不把你当妹妹。"

程柠悦脸色更加苍白了。

"程柠悦……"罗慧伸出手指在程柠悦的肩膀上点了点,道,"你那些事儿,大家可都没有忘呢。"

十一点半,柯擎东衣冠楚楚地坐在西餐厅里,等来了汪倩倩。

汪倩倩打扮得十分文艺,将包放在了椅子上,轻声道:"不好意思,工作有点忙,来晚了。""没事。"汪倩倩听见声音才矜持地抬头,看见柯擎东的脸后愣住了。这不是那天的一群混混之一吗?!竟然是柯家的大少爷?!

汪倩倩心慌无比,紧张地看着柯擎东,但是柯擎东没有丝毫特殊反应,像是……根本就不认识她。她既庆幸柯擎东没认出她,又恼怒柯擎东没认出她。不过在大排档的那段经历算不上好,既然柯擎东没认出来,汪倩倩也就不打算提。

老实说，柯擎东有点失望，相亲对象竟然那么像他的小学语文老师。"我听柯夫人说柯少难得有假期。"汪倩倩微笑道，"和我出来吃饭会不会耽误你的时间啊？""没有。"柯擎东还是给姑娘面子的，道，"我在家里待着也是无聊。"汪倩倩对柯擎东很满意，长得帅，个子高，家世不凡，简直是完美的丈夫人选，所以声音掐得十分温柔："我们待会儿去看电影吧？最近阮落榆的新电影上映了，据说口碑很不错。"

"榆哥？"柯擎东和阮栒是好兄弟，自然见过阮落榆，立即道，"他新电影上映竟然没有通知哥几个？我就不跟你去看了，我包个影院和我几个兄弟一起去看。"这就是柯家大少爷吗？这么不解风情。"好吧。"汪倩倩道，"不知道柯少有什么兴趣爱好呢？我平时喜欢看书、听歌、画画什么的……"柯擎东十分干脆："第一喜欢打架，第二喜欢打游戏。"

汪倩倩的笑容垮掉了。

柯擎东挑眉："怎么了？""没什么。"汪倩倩道。一顿饭吃得十分尴尬僵硬，汪倩倩使出了浑身解数，愣是没有撩动柯擎东。

饭后，柯擎东良好的家教让他礼貌地送了汪倩倩一程，但心里想着以后再信柯夫人的话他就是狗，他对小学语文老师一点都不感兴趣。

封氏集团。

封霖目眦欲裂，道："你们怎么能这样对我？！我是总经理，封迟琰的二叔！"几个保镖面无表情，陶湛微笑道："抱歉了封先生，你的能力大家有目共睹，确实是……"他轻叹口气："不适合继续坐在总经理这个位置上。"

封霖咬牙道："封迟琰呢？！让封迟琰来见我！！""琰少很忙。"陶湛道，"没有时间来见你。请你卸任总经理职位是整个高层开会决定的，全票通过，我们已经公示了文件。"

封霖气得脸色通红："你算什么东西，你让封迟琰来见我！""看来封先生是非要撕破脸皮了。"陶湛轻叹口气，道，"封先生在任期间，一共经手了十一个项目。这十一个项目没有一个不亏损，最高亏损达到了两个亿，这笔钱，可是琰少填上的。"

封霖一僵，而后道："做生意，难免有失误……""做生意当然会有失误，但封先生在位期间，中饱私囊，挪用公款……证据我已经让律师整理出来了。如果封先生不愿意和平卸任，我们可以直接打官司。"封霖脸色瞬间惨白："你……你怎么会……""封先生的手段并不高明。"陶湛道，"稍微用心就能查到。"他抬起眼皮，露出一个虚伪的笑："说起来，琰少在 N 城出的车祸，封先生了解内情吗？"

封霖一惊，惊恐地看着陶湛。

封迟琰这是……知道了什么？！不可能……他做得那么干净，一点蛛丝马迹都没有留下，封迟琰不可能知道！

封霖咬咬牙，道："这件事我不会这么轻易罢休的！"陶湛挑眉，道："封先生慢走。"

封霖冷哼一声，转身出了公司，拿出手机拨通了一个电话，那边慢悠悠地接通了："你好。""是我！"封霖声音沙哑，"你不是说万无一失吗？！为什么封迟琰还活着？！现在他要卸我的权，不仅我想要的没有得到，就连我原本拥有的都没有了！"电话那边的人沉默了一会儿才说："那可真是遗憾。"

"你他妈什么意思？！"封霖怒道，"我们是一条船上的蚂蚱，我要是完了，你也别想好过！"对方笑了一声，似乎是嘲笑："封迟琰的性子你也知道，没人能扭转他的决定，如果我是你，与其在这里放狠话，不如找一找封迟琰有什么软肋。""封迟琰就是个冷心冷肺的怪物，他能有什么……"封霖话还没说完，电话就被挂断了，封霖气得五官狰狞，迅速地拨打回去，却只听见一道甜美的女声："对不起，您拨打的号码是空号，请您核对后再拨……"

"妈的……"封霖怒骂，"跟我玩儿这套……等我收拾了封迟琰，一定把你这只老鼠揪出来！"

菱格窗户被推开，夏日的风灌进房间，白瓷花瓶里插着的玫瑰娇艳欲滴。手机被放在了窗台上，刚刚和封霖通话的人唇角勾起："一条船上的蚂蚱？

"你也太高看自己了。

"你只是一个用得不那么趁手的……工具而已。"

窗外蓝天白云,房间里窗明几净,房间的主人却阴郁冷漠,与这浩瀚天地格格不入。

"最后再给你一次机会吧,封霖,让我看看你能做到什么地步,能不能让封迟琰……伤筋动骨。"

阮芽花了一天时间和程柠悦一起定下衣服的款式和绣样,程柠悦负责打版,阮芽要准备刺绣了。

她从工作室出来,见门口停着一辆迈巴赫,跑过去拉开后座门,果然就见封迟琰在里面。他大概刚从会议桌上下来,穿得还挺正经,黑色的衬衣袖口有一圈很细的金边,平添华贵,领口的扣子解开了两颗,领带松松垮垮地挂着,挡住了半截锁骨,实在有那么点勾引人的意思。

阮芽先是慢条斯理地看了会儿他的锁骨,然后正气凛然地伸手给他把领口拉好,严肃道:"你怎么不好好穿衣服呢!"封迟琰侧眸看她一眼,刚要开口,阮芽忽然道:"我怎么觉得你这条领带有点眼熟。"

封迟琰:"是吗?"

阮芽打量了一会儿,想起来了:"这不是我上次买的那条吗!"

封迟琰伸出修长手指慢慢地将领带解开,像要还给阮芽似的,阮芽有点不知道该怎么办:"唔!你干吗?松开我!"封迟琰利落地用领带把她双手捆住,用的是十分难挣脱的绑法,阮芽一脸蒙地看着封迟琰:"你……你绑我干吗?"

封迟琰抬手按了一个按钮,车里的挡板放了下来,隔开了前后座的空间。

他俯身看着阮芽:"我是不是太惯着你了?"阮芽眼睫毛一直颤:"我……我没觉得呀,你完全可以再对我好一点的嘛。"

封迟琰低笑了一声。这人的声音本来就好听,低笑声更是像羽毛在人的心口撩拨,痒得不行,阮芽的耳朵都发麻。

阮芽耳尖红了,无意识地咬了咬唇。

封迟琰更加靠近她,两人鼻尖挨着鼻尖,阮芽看见封迟琰狭长的眸以及密密的睫羽。那双眼睛像是无垠的海,暗流涌动,一不小心,就是万劫不复。

"软软。"封迟琰拇指按住她唇角,道,"再咬就咬破了。"他的手指很干燥,压在唇瓣上的感觉有些奇怪,阮芽无意识地舔了一下,封迟琰眸光更深。

阮芽反应过来自己干了什么,恨不得找个地缝钻进去,结结巴巴地道:"你……你快点松开我。"封迟琰:"不松。"封迟琰抱起她,让人坐在自己腿上,握着她纤细的腰,问:"还记得我之前怎么教你的吗?"

封迟琰摸了摸她脑袋:"验收一下我的教学成果,要是我满意了,就松开你。"

阮芽闷闷地说:"那你说话算话,不能恶意给我打零分。"

"当然。"封迟琰道貌岸然道,"虽然我对别人的要求一贯严格,但是对你……"他顿了顿,笑着说:"可以放松一点。"

阮芽眼睫颤了颤,慢吞吞地蹭上去,丰润的唇贴在封迟琰的唇角磨了一下。她回忆着之前封迟琰是怎么亲她的,循着记忆一点点复现。但她实在是做不到像封迟琰那么不要脸,匆匆在他唇角蹭了蹭,脸通红:"可……可以了吧?"

"勉强及格,继续努力。"封迟琰点评。

阮芽"哼"了一声,把自己被绑着的手举起来,示意封迟琰兑现承诺。封迟琰"啧"了一声,把领带解开了,阮芽抱怨道:"你刚刚弄疼我了。"

封迟琰刚刚没有控制好力道,捂阮芽嘴的手有些用力,她皮肤又白又嫩,这会儿嘴角还有两个鲜红的指印,看着可怜兮兮的。"娇气。"封迟琰说她,伸手给她揉了揉,问,"还疼吗?"阮芽:"本来不怎么疼的,你揉两下更疼了。"

她见那条领带被放在一旁,赶紧伸手拿起来,警惕地看着他,道:"对了!今天我听见不少人说你要把我送回阮家!"

封迟琰垂眸看着阮芽:"我要是真把你送回去,你怎么办?"阮芽抱住封迟琰胳膊,超级大声道:"你不可以把我送回去!""我为什么不能把你送回去?"封迟琰问。阮芽:"我已经嫁给你了,你不能把我退回去!"

封迟琰笑了:"这么说,你还要赖我一辈子?"阮芽谨慎地道:"也不用一辈子吧……等我有钱了，我就可以自己生活了。"封迟琰"嗔"了一声："你到底把我当老公，还是当饭票？"

阮芽弯起眼睛："都差不多嘛，你不要在意这些细节。"她犹豫了一下，说："如果你以后有了喜欢的人，我就不会赖着你了。"封迟琰脸色一冷："喜欢的人？"阮芽被他吓一跳，而后了然："算了，你应该不会有喜欢的人。"

如果非要说封迟琰喜欢什么，那大概就是工作。

她从口袋里摸出一颗巧克力，放封迟琰手上，道："喏，给你吃。"封迟琰觉得这颗巧克力有些眼熟，道："你把我送你的糖又送给了我，这份情谊太沉重了。"

阮芽摆摆手："不用客气，这个挺好吃的，你尝尝看。"

封迟琰把包装纸剥开，露出四四方方的一小块巧克力。阮芽装作不经意地瞥了一眼。忽然有什么东西喂到了她嘴边，她下意识地就咬住了，封迟琰："你连糖纸也一起吃？"

阮芽松开牙齿，封迟琰将糖纸抽走，阮芽尝到了巧克力的味道。"我不爱吃糖。"封迟琰道。阮芽："可是真的很好吃诶。"封迟琰微微挑眉，在她唇上亲了一下，巧克力的苦涩和芬芳在唇齿之间蔓延，封迟琰移开一点，道："味道确实还不错。"

阮芽舌尖下压着糖，嘴里都是甜的，声音有点含糊："你不是不吃糖吗？"

"嗯。"封迟琰说，"所以浅尝辄止。"

"封少，出来玩儿啊。"电话里男人声音猥琐，"听说你最近进公司了，正好给你庆功嘛。"封杰辉看着跟老了三岁似的，站在自己的豪车边上啐了一口，道："庆什么功！老子进自己家公司，反倒要看一个外人的脸色！陶湛那个狗东西，拿着鸡毛当令箭，干什么都使唤我！"

话还没有说完，手机一阵震动，又有电话进来了，他把这酒肉朋友的电话挂了，接通了亲妈的电话："喂妈，怎么了？"卢美玲声音里压着火气："你知不知道你爸爸被逼卸任了总经理的职务？"封杰辉大喊一句："什么？！卸任？！"卢美玲道："回家再说吧！"

封杰辉应了声,一路风驰电掣地回家。卢美玲和封霖都在封老太太的院子里,封南珣和妹妹封若青也在,他匆匆进门,急促道:"到底是怎么回事?!什么叫卸任了?!"封霖脸色极度难看:"今天陶湛宣布我卸任的消息,高层全票通过,我……我已经不是封氏的总经理了。"封杰辉如遭雷殛:"什么?!爸……爸你怎么能这么轻易地就妥协?!他封迟琰凭什么啊,他一个晚辈,他怎么敢——""难道我想吗?!"封霖怒道,"股东大会都开了,文件上盖了公司的印,我有什么办法?!"

封老太太到底比封杰辉看得更明白,心下清楚封霖没敢在公司闹,肯定是有什么不干净的把柄被人拿捏在手里,见封杰辉还要说什么,开口喝道:"够了!"封杰辉不情愿地闭了嘴。封霖看着封老太太:"妈,你可不能坐视不管啊!我们二房本来就势弱,现在公司里封迟琰一人独大,公司以后可就没有二房什么事了!"

封老太太骂道:"那还不是你自己不争气!公司在你手里变成什么样?!要不是封迟琰回来了,公司早就垮了!你现在让我管,我怎么管?!"封霖头一缩,而后梗着脖子道:"妈,封迟琰的眼里彻底没有我这个二叔了,他现在不把我放在眼里,焉知将来会不会骑到您的头上去?!"他顿了顿,又说:"更何况如果他知道了明胧音的事……可绝不会跟您善罢甘休!"

封老太太握着椅子扶手的手一紧,耷拉着眼皮子,满是皱纹的脸上看不出心绪,道:"我人都被关在这院子里了,能有什么办法?"封霖咬牙道:"妈,有些话,我早就想说了,但是一直顾忌着情分没说,但是今天我实在是忍不住了!"他站起身道:"我有时候都怀疑到底我是您的亲儿子,还是封贻是您的亲儿子!小时候你偏向封贻,现在您偏向封迟琰……"他盯着自己的母亲:"难道我就不是您的骨肉吗?!"

封老太太一愣,不可置信地看着封霖:"你说我偏向封贻,偏向封迟琰?!你若是有出息,我老婆子当年用得着觍着脸求封迟琰回来接手公司?!"她气得直哆嗦:"到底是我偏心,还是我在给你收拾烂摊子?!"卢美玲赶紧去扶住封老太太,安抚道:"妈,您别生气,封霖是气糊涂了才会这么说的,他心里肯定不这么想……"封霖也意识到自己话说得太重,道:"妈,我不是那个意思……我……"

封老太太揉着太阳穴道:"你别来我跟前闹腾,封迟琰不当我是他奶奶,我管不到他头上。""奶奶!"封杰辉道,"现在连陶湛一个助理都敢给我脸子看,您要是不管我们,我们以后还怎么活啊?!"封杰辉平时最会讨巧卖乖,所以卢美玲在三个儿女里最疼的就是他,封老太太也不例外。她看着封杰辉憔悴的模样,皱了皱眉,道:"行,我会跟他谈一谈的。"

封霖眼睛一亮,道:"妈,那您可一定要保住我的职位啊!"封老太太冷笑:"封迟琰要是这么好说话,你为什么不自己去跟他谈?!行了,不早了,你们回去吧。"封霖只好起身,和几个孩子一起往外走。

封杰辉满脸不爽:"封迟琰欺人太甚……车祸都没要他的命,怎么命这么大呢!"封南珣抬眼看了看二哥,淡淡道:"大家都以为大哥死了的时候,爸不也没拿到公司吗?"封杰辉就跟被戳了肺管子似的,瞪着封南珣:"你什么意思啊?!"

封霖也很不高兴,冷冷地道:"南珣,你说这话是在讽刺我?"

"怎么会呢爸。"封若青拉了弟弟一把,笑着说,"您也知道,南珣打小就不会说话,我会好好教他的。"封霖冷哼了一声,道:"你什么时候才能有你二哥一半懂事?!"

封杰辉立刻趾高气扬地看了封南珣一眼。封南珣挑起唇角,露出一个冷淡的笑容。

封迟琰走出别墅大门,陶湛已经在外面等着了,他给封迟琰拉开车门,而后上了驾驶座。封迟琰靠在车窗边上,看着窗外夜色,淡淡问:"封霖跑去老太太那里哭了?"

"不然老太太也不会这么着急地让您回老宅一趟了。"陶湛说,"我原本以为您不会同意。"封迟琰单手撑着下巴,道:"正巧我有些事要跟她说清楚,为什么不同意?"他忽然想起来什么:"上次你说的那封信……"

陶湛接口道:"只能查出是平安村发出来的,能在 A 城藏得这么严实,对方来头不小。"

封迟琰笑了:"阮芽还认识这种人物,我倒是有些震惊。"

陶湛犹豫了一下，道："您为什么不直接问少夫人呢？""就她那个小蠢货，她能知道什么。"封迟琰靠着后座上闭着眼睛，捏了捏眉心，道，"而且我不想让她觉得我在监控她的生活。"

陶湛道："我还没见过您对谁这么……"他想了想，想出了一个词："体贴。"

"她那么天真，除了照顾她，还能怎么办。"

陶湛摇头失笑，却没有继续说下去。

车子一路到了封家老宅，即便知道了封迟琰还活着的消息，用人们看见他仍旧是惊惧不已。

封迟琰目不斜视，直接去了封老太太的院子。

卢美玲正在和封老太太说话，听见用人说封迟琰回来了，吓得从椅子上坐了起来，攥紧了自己的袖子。封老太太瞥了她一眼："你这么慌张做什么？""没有。"卢美玲勉强一笑："我只是……只是听见阿琰回来了，激动呢。"封老太太没再说什么。

封迟琰从门外进来，裹挟着深深夜色，分明屋内灯火通明，他却阴翳满身。

"阿琰。"封老太太道，"我叫你回来是为了什么，想必你也……""这个不急。"封迟琰狭长的眸子看向卢美玲，声音里辨不出喜怒："二夫人近来可好？"卢美玲一个哆嗦，赶紧道："我……我还好啊，阿琰怎么会这么问？"

封迟琰靠在椅子上，道："我听说接到我死讯那一天，封杰辉高兴地开派对，开了几瓶罗曼尼康帝。""是杰辉不懂事，我已经教训他了。"卢美玲慌忙道，"你也知道你这个弟弟一向不如你稳重，他那天是因为交了女朋友才开心的，不是因为……"

陶湛站在封迟琰身后，听见卢美玲这话，勾唇一笑，道："这些糊弄人的话，二夫人就不用说了吧？"卢美玲浑身一僵。"我早就让你好好管教你这儿子，你总是不听！"封老太太狠了狠心，道，"这次就由我做主，让他去祠堂领家法，五十个鞭子，一个不能少！"卢美玲眼睛瞬间瞪大了："妈！您这是要杰辉的命啊！"

封老太太冷冷地盯着她："不好好地教训他一次，他恐怕不会长记性！现在就把人给我拖去祠堂！"卢美玲要劝，终究狠下心，没说什么。

"阿琰。"封老太太好声好气地跟封迟琰道，"奶奶已经惩戒了杰辉，你消气了没有？"封老太太不见得对封迟琰有什么祖孙之情，但她清楚知道一点：她在Ａ城的所有荣耀都来自封迟琰。"老太太说笑了。"封迟琰淡声道，"我生什么气？封杰辉不是个东西，难不成我头一天知道？"

封老太太道："杰辉让家里惯坏了，但是你二叔……可是一直在公司帮衬你啊，你这一回来，就要你二叔卸任……"

封家一直维持着一种微妙的平衡。

封迟琰并不敬重封老太太，却给了她体面，因为她，对二房也多有容忍。封老太太知道这一点，但是她也清楚，所有的容忍都是有限度的，如果不是封霖闹到了跟前，她是不打算管这事儿的。

"陶湛。"封迟琰端起茶杯，喝了口茶，道，"给老太太看看，这些年里封霖是如何帮衬我的。"陶湛应了一声，将一个文件夹放到了封老太太面前，道："老夫人请过目。"

封老太太扫了一眼，默不作声。

陶湛道："这只是冰山一角，如果老夫人对剩下的也感兴趣，等整理好了，我让人给老夫人送来。"封老太太道："不必了。"她看向封迟琰："阿琰，奶奶知道你二叔没什么才干，但是你直接叫他卸任，他以后还有什么脸面去见人？不如这样，你随便在公司里给他安排一个闲差，名头好听就行了，不需要有实权……"

卢美玲可忍不住了："没有实权怎么行？！""你给我闭嘴！"封老太太怒道，"我在跟阿琰说话，你插什么嘴？！"卢美玲缩了一下肩膀，还是说："没有实权有什么用？妈，可不能……"封老太太深吸了口气，恨不得直接抽她两巴掌："既然你这么有能耐，这件事儿我就不管了！"卢美玲立时慌了，闭上了嘴。

封迟琰看着这两人耍猴似的，轻轻一勾唇，道："封霖要回公司，可以。"卢美玲顿时眼睛一亮。封老太太却心里一咯噔。

封迟琰说："他回来，我走。"

卢美玲简直不敢相信自己的耳朵。这世界上还有这么好的事？！

封迟琰是疯了吗？！"

　　封老太太却比她清醒多了，封霖什么样子她清楚得很，不然当年不会亲自去求封迟琰回来管家。听封迟琰这么说，她就知道封霖绝对不可能回到公司了，叹一口气："既然如此，我就不说了。""妈！！！"卢美玲尖声道，"封霖到底是不是您儿子啊？！您怎么总是想着外人？！"

　　封老太太气得脸色铁青，刚要呵斥，封迟琰道："其实我这次过来，是有一件事想问二夫人。"卢美玲眼睛都红了："什么？"

　　封迟琰站起身，居高临下地看着卢美玲："我出车祸的事儿，二夫人知道多少？"

　　卢美玲就跟被人捏住了脖子似的，全身僵硬，声音小了很多："阿琰，你这话我就听不懂了……"

　　封迟琰沉默一瞬，竟然没有继续发难，而是道："既然二夫人说听不懂，那我就不说了。"他突然这么好说话，卢美玲反倒蒙了。"还有事，先走了。"封迟琰转身朝门外走，封老太太也站起身道："阿琰，就在老宅住一晚吧？""家里有人等。"封迟琰声音很淡，散开在夜风里，没有什么温度，"走了。"

　　院子的门又被关上，封老太太猛地揪住了卢美玲的衣领："你跟我说清楚，封迟琰车祸的事情……是不是封霖干的？！"

　　卢美玲惊慌道："怎么会呢？妈……封迟琰就是胡说八道，封霖怎么会做出这种事呢！"

　　封老太太紧盯着她："最好没有。如果有，谁也保不了你们！"她手里握着一张保命的王牌，但是这张牌保不下整个二房。她看着卢美玲那样子都来气，道："滚出去，别在这里丢人现眼。"

　　卢美玲被章姐扶着走出门，她深吸一口气，道："封迟琰欺人太甚！就连老太太都偏帮他，她是老糊涂了吗？！"章姐道："老太太年纪大了，难免糊涂。"

　　卢美玲攥着手心，道："你快让人告诉封霖，封迟琰已经开始怀疑他了！"

第六章
Chapter 6

　　从封迟琰有记忆起，封家的老宅子似乎就是这么安静的。不管是白日，还是深夜。好像只有这样的肃穆，才能维持住上百年时间沉淀出来的荣华。

　　封迟琰靠在车边上，垂眸点了根烟，青蓝色的火焰在夜色里燃烧起来，点燃切碎的烟草，散出幽微的淡香。他修长的骨节被冷风吹得泛出一点红，打火机都发烫了，他才松开手，火焰熄灭，只有封家大门口挂着的灯在夜色里闪烁。

　　"你听过我母亲的事吗？"封迟琰忽然问。

　　陶湛一怔，而后道："略有耳闻。"当年封家的事情闹得太大了，鲜有不知道的。但传言不可信，谁知道如今流传的说法和当年的真相是否隔了十万八千里。

　　"我不太记得她了。"封迟琰吐出一口烟，焦油和尼古丁未能安抚他的肺腑和情绪。他皱起眉，将烟捻灭了，牵唇笑了一下："总有无数人拼了命、抢破头地进这名利场，封家富贵已极，但繁华表象下的肮脏污淖，谁都当作看不到。"

　　陶湛顿了一下，说："所以少爷喜欢少夫人。"

　　提起阮芽，封迟琰挑了下眉，道："她没有养在阮家，是好事。"他拉开车门，说："阮沥修满身冤孽，养不出这么干净的孩子。"陶湛也上了车，道："我倒是听说过阮家主年轻时候的事迹，比如今如日中

155

天的阮家大少爷阮沉桉,还要光彩夺目些。"封迟琰说:"外人都说夏语冰嫁给阮沥修是八辈子修来的福分。"他冷淡一笑,"焉知这不是夏语冰的孽债。"

陶湛皱了皱眉:"少爷,您的意思是……"

"说起故人,忽然有感而已。"封迟琰说,"开车吧。"

封家老宅和汀兰溪隔得远,封迟琰回去的时候已经是子夜时分,卧室黑漆漆一片,阮芽应该睡了。

他刚准备拿衣服去客房洗澡,忽然身后一阵风,本能让他想要躲开,但考虑到这房间里除了他就只有阮芽那个小蠢货……

算了,要是弄痛她了多半要哭。封迟琰站在原地,让阮芽扑了个正着。

阮芽抱着封迟琰的脖子,整个人趴在他背上,靠在他耳边笑着说:"我说话算话,等你回来了哦。"封迟琰心脏忽然柔软了一块,他搂住阮芽,将她抱进怀里,道:"你说我要是回来得早才等我,现在都十二点半了。"

阮芽:"我最近在向同龄人学习熬夜。"她抬头在封迟琰的脸颊上亲了一下,道:"你放我下去吧,我要睡觉了,你赶紧去洗澡,我都闻见你身上的烟味了。"

封迟琰"嗯"了一声,将她放回柔软的床上。刚刚还活蹦乱跳的人趴在枕头上没一会儿就睡得不省人事了。

封迟琰摸了摸她的头发,低头在她眉心吻了一下:

"好乖。今晚一定做个美梦。"

早饭过后,封迟琰送阮芽去了工作室,阮芽刚进去,就看见了姚瑞。

姚瑞亲亲切切地迎上来,道:"阮小姐来了。"阮芽不知道她葫芦里卖的什么药,道:"姚大师有事吗?"姚瑞道:"我让人给你的工作间上了指纹锁,你去录入指纹吧。"

阮芽疑惑道:"为什么要上锁?"

姚瑞看了一眼工作室其他人,道:"我这里人多,我不能保证每个人都不起坏心思。林夫人很重视这件衣服,还是要上了锁才安心,你不知道这圈子里面的肮脏事,难免有人嫉妒眼红,想要毁掉你的心血。"阮芽有点茫然,姚瑞会这么好心?

汪倩倩笑着说:"阮小姐,老师这么为你着想,我都要吃醋了呢。"

"谢谢姚大师。"阮芽道谢,几人一起走到了工作间门口,工人已经把锁安好了。阮芽录入了指纹,转头道:"程姐姐,你也录入一下吧,不然进出不方便。"程柠悦一怔,抿了抿唇,而后道:"好。"姚瑞弯唇一笑,道:"那你们忙,我就先走了。"

阮芽点了点头,汪倩倩又看了阮芽一眼,才跟着姚瑞一起上了楼。

一上午匆忙过去,中午阮芽和程柠悦一起吃饭,阮芽正在看菜单呢,程柠悦手机响了。她看见来电显示,犹豫了一下,还是对阮芽道:"我出去接个电话。"

阮芽点了点头。

程柠悦没有走多远,阮芽没有偷听的想法,却还是把程柠悦的声音听了个七七八八:"我走的时候不是把饭给你放在微波炉里了吗?是我亲手做的,真的,我骗你做什么?我现在不能回去,最近在赶一个大单子,要是我再请假,老板肯定会不高兴的……"程柠悦声音疲惫,却仍旧温柔地说:"我一下班就回去好不好?你先把饭吃了,你之前不是说想吃我做的红烧排骨吗?尝尝看。"

"你妈妈要过来?"程柠悦顿了顿,"之前不是说要照顾你姐姐生孩子,暂时不来A城了吗?"

"我没有不让她们来的意思,我怎么会这么想呢……嗯,我知道了,你先吃饭吧,我下了班会去机场接她们的。"

程柠悦挂了电话,脸上没有什么表情,坐回了阮芽对面。阮芽已经选好了菜,抬头看了程柠悦一会儿,才说:"程姐姐,我刚听见你打电话,是你男朋友吗?"

"嗯。"程柠悦勉强笑了一下,道,"是男朋友,我们谈了很多年,最近在准备结婚了,他说他妈妈和姐姐要来A城,我下了班去接一下。"

阮芽撑着下巴:"程姐姐,你提到你男朋友怎么不高兴啊?"

程柠悦抿了抿唇角,低声说:"没有啊,最近可能是太累了吧。"阮芽没再说什么。

程柠悦今年也就二十五六岁,眼睛却十分苍老,像迟暮的老人,没有什么光彩,让她本来出众的容貌都不引人注目了。她身上好像总是压着很重很重的担子,不仅生活让她喘不过来气,还有其他的、更加沉重的东西也一起压在她的肩头。

阮芽垂眸喝了一口柠檬水,对程柠悦笑着道:"那程姐姐要多吃一点饭。"

程柠悦叹了口气,道:"好。"

下午五点多,程柠悦提前离开了,阮芽收拾好了东西,出来时,刘叔的车已经到了。她正准备上车,忽然看见一道眼熟的身影,她眯起眼睛仔细看了看,对方转身就要走,阮芽道:"阮栒!"

阮栒顿住脚步,将烟头扔进了垃圾桶的沙盘里,道:"没大没小。"

阮芽跑过去,打量他:"你来找我?""我找你干什么。"阮栒说,"这里这么大,我不能是来逛街的?"阮芽觉得他说话跟吃了火药似的,皱皱眉:"那你继续逛,我回家了。"

"诶……"阮栒拉住她胳膊,"行吧,我是来找你的。"阮芽瞅着他:"有事吗?""没事不能找你啊。"阮栒没好气地道,"请你吃晚饭去不去?"

封迟琰才正式回归公司,要处理的事情很多,今晚上要加班,阮芽回去也是一个人吃饭,就没拒绝,问:"吃什么?"

"东子他们也在。"阮栒将胳膊横在阮芽脖子上,携着她往前走,问,"你在封家怎么样?"阮芽:"挺好啊。"

"封迟琰……"

"琰少也挺好的。"阮芽说,"不过他总是加班。"

阮栒松口气。"封家的事情,你别掺和。"他嘱咐道,"那里面的水太深了,你一脚踩进去就要被淹死。"阮芽好奇地看着阮栒:"为什么啊?"阮栒道:"你知道封迟琰的母亲怎么死的吗?"阮芽道:"听过一点。"

"那你就不奇怪吗?"阮栒冷声说,"为什么封迟琰会容忍杀母仇人活在这个世界上?他跟封老太太之间没有丝毫感情,为什么他会容忍封老太太这么多年,连带着对二房也忍而不发?"阮芽一脸蒙:"不知道啊。"

阮枸一巴掌打在她脑袋上,道:"这是封家最大的秘密,不知道才是好事,要是你知道了,封家也不会留着你了。"阮芽生气:"我还以为你要告诉我真相。"

阮枸道:"我又不是封家的人,我怎么知道?"阮芽给他翻了一个白眼,挣开他的手气冲冲往前走。

"嘿!"阮枸指着阮芽,"你刚刚是不是给我翻白眼了?!"

"没有。"

"我看见了!"阮枸逮住阮芽,"我看得清清楚楚!阮芽你不得了啊,还敢给我翻白眼了?!"阮芽:"我就翻了,怎么样吧?"

阮枸气得吸气,猛地把阮芽抱起来,几个大步走到了垃圾桶边上:"给我道歉,说哥哥我错了,不然就把你丢进去!"周围不少人在看,阮芽觉得超级丢脸,赶紧抱住阮枸脖子,把脸藏起来:"你放我下来,不然我就要喊了。"

"你喊什么?"

阮芽清清嗓子,开口道:"我不认识你……你要带我哪里?!你要是再不放开,我就要报警了!"围观路人立刻道:"小伙子,人家姑娘说不认识你,你还不放开人家!"

阮枸黑着脸:"这是我妹妹!亲生的!"

阮芽哭着说:"才不是!我不是你妹妹!""小伙子……"围观群众怀疑道,"你要是再不放开,我们可就报警了啊!"

阮枸把阮芽放下来,皮笑肉不笑地说:"你厉害。"阮芽拔腿就跑:"谢谢你的夸奖。"

阮枸转身跟人解释了一句他俩真是亲兄妹,抬腿就追,阮芽哪里跑得过阮枸这个军校里出来的尖子生啊,没两分钟就被逮住了。

"我不跟你去吃饭了。"阮芽喘了两口气,"我回家了。""行了行了。"阮枸"啧"了一声,说,"不跟你闹了啊,我地方都订好了,吃烧烤。"阮芽小心地看他一眼,然后又给他翻了一个白眼。

今天的局,大家主要是想安慰一下相亲失败的柯擎东。虽然柯擎东本人并不在乎,但是大家哪里管他在不在乎,个个喜气洋洋。柯擎东端着杯子看着这群狐朋狗友，深深地叹气："交友不慎，交友不慎！这群人用安慰我当幌子出来玩，他们家里人估计以为我多难过呢。"

阮栒拍拍他的肩膀，道："实不相瞒，我也是这么跟家里说的。"

柯擎东：……

"对了。"他想起什么，看向一旁正在教阮芽剥螃蟹的人，"贺浏阳，你哥都要结婚了，你连女朋友都没有，你家里人不着急啊？"贺浏阳："不急啊，我又不像你，你家就你一个独苗，反正有我哥传宗接代了嘛。"他把剥好的螃蟹放阮芽面前："吃吧。"阮芽道了谢，认真吃饭。

"说起来，我好像听过你哥的八卦。"柯擎东道，"你哥可是我妈嘴里的别人家孩子，当时事情闹得挺大。""你说他大学谈恋爱的事情啊？"贺浏阳道，"确实好多年了，我哥其实挺叛逆的，那时候家里让他学金融，他不肯，跑去学化学，气得我妈断了他的生活费，大二的时候跟同校的一个学妹好上了。

"对方家庭条件不怎么好，我妈就不太喜欢，给我哥定了个未婚妻，让他们分手。"

大家都知道贺浏阳他妈什么样，一时间没说话。

贺浏阳耸耸肩，说："我哥倒没想分手，但那个女的觉得我哥穷，没多久就主动跟我哥分了。后来她又跟别人谈了，知道了我哥的身份，跑回来勾搭我哥，被我哥未婚妻知道，上她工作的地方闹了一通……确实挺丢人的，后面两人应该就没有联系了。"

"我哥那时候护着他那学妹跟护眼珠子似的，"贺浏阳摇摇头，"都打算跟我妈抗争到底了，结果……我妈本来就看不上她的家世，现在又贴上来。"

"我记得她好像是学设计的，叫什么……"柯擎东想了想，"好像叫……程柠悦吧？"

阮芽一怔，猛地抬头。

"对。"贺浏阳说，"我哥还带她见过我呢，人倒是很漂亮，性格看着也温柔，不过知人知面不知心啊。"

阮芽皱起眉。程柠悦……是她知道的那个程柠悦吗？

"听说她现在过得不怎么好。"贺浏阳又说，"之前我哥未婚妻不是上她工作的地方闹了吗,她老板倒是个好人,没有开了她,但她那个男朋友……啧,大学毕业后就一直闲在家里,全家都靠她一个人养活,她估计后悔当初甩了我哥吧?"

一群人说着说着就过了这个话题,阮芽盯着墙壁发呆,阮桷一巴掌拍在她头上:"想什么呢?"阮芽蹙眉说:"在想浏阳哥他哥哥的事情。"

"年纪小小怎么这么八卦呢。"阮桷在阮芽旁边坐下,道,"不过那个程柠悦……确实不太行,要是当初她没有嫌贫爱富,那贺家大少夫人的位置肯定是她的。"

阮芽觉得,程柠悦不是那种人。可这群世家子没有污蔑程柠悦的理由。

想不明白,阮芽干脆不想了,窝在旁边自己吃东西喝饮料,吃羊肉串的时候不小心把油滴在了衣服上,她连忙站起身对阮桷道:"我去下洗手间。"阮桷看见她身上的油点子,"让服务生给你拿点洗洁精看能不能洗掉。"

"嗯嗯。"阮芽应了一声,在洗手间里折腾了好一会儿,才终于把那点油污洗掉了,刚准备回去,就见转角处看见了应白川。店里有专门的吸烟区,就在卫生间外面不远处,应白川这会儿指间夹着一支烟,燃着,但他没抽。阮芽假装自己什么都没看见,面色不改地往前走,应白川:"我知道你看见我了。"

"……"阮芽转过头:"你好,你也来吃烧烤啊?""那我在这儿总不能是来给你烤串儿的吧。"应白川把烟熄了,道:"跟阮桷他们一起来的?""嗯。"阮芽点头。"早点回家,女孩子一个人太晚在外面不安全。"应白川不知想到什么,多说了一句。阮芽还是有点怕他:"哦。"

应白川站直身体,道:"我也准备回去了。"阮芽没忍住好奇:"像你们这样的人……这时候不刚开始夜生活吗?"应白川脚步顿了顿,看着阮芽:"你知道的还挺多。"阮芽比出一点距离:"一点点。"

"确实很多人的夜生活才刚开始,不过我家里有个祖宗,只吃我喂的饭,快到它饭点了。"

阮芽了然:"哦,女朋友。"

应白川:"……猫。"

阮芽立刻非常感兴趣:"小猫咪?"

"嗯。"应白川说:"我妹妹抱回来的一只流浪猫,长毛三花。"

阮芽瞬间觉得应白川也不是那么面目可憎了,养小猫咪的人,再坏能有多坏呢!"走了。"应白川伸了个懒腰,"你也赶紧回。""诶!"阮芽追上去,"我可以看看你家小猫咪吗?你有它的照片吗?""没有照片。"应白川挑起眉,"你要想看就去我那儿看。"

阮芽狐疑:"你这么好心?"

应白川:"不看拉倒。"

阮芽犹豫了一下,道:"那……那改天我去看一下好了。"

应白川想了想自家那臭猫的德行,有些坏心眼地笑了:"行啊。"

第七章

Chapter 7

封家老宅。

封杰辉半死不活地躺在床上,五十个鞭子下来,他身上没了好肉,金尊玉贵地长大,他什么时候受过这种委屈,被从祠堂抬回来的时候就撑着一口气,把屋子里能砸的东西全部砸了,胸口里的恶气才稍微出来点。

封霖走进满目狼藉的房间,封杰辉看见封霖,立刻泪盈于眶:"爸!"封霖在床边上坐下,眼睛里是止不住的心疼:"我刚回来就听说你挨家法了,你奶奶真是的,怎么狠得下心!"

封霖有两个儿子一个女儿,最偏爱的就是大儿子,毕竟封杰辉跟他最像。

封杰辉叫嚷道:"你还说呢!封迟琰才是她亲孙子吧?!就知道维护封迟琰!""杰辉。"封霖低声说,"你放心,爸不会让你白白挨这顿打的!"

封杰辉猛地抬头:"爸,你这是什么意思?"封霖道:"我今天一大早就出去了,就是为了办这件事……只要成功了,我们二房一定能扬眉吐气!"

"真的?"

"当然是真的。"封霖自信满满。虽然那个人的电话再也打不通了,但是他最后的几句话倒让封霖茅塞顿开。封迟琰不是神明,有自己的软肋,只是端看有没有人发现而已。只要拿捏住了他的命窍,还怕封迟琰不乖乖就范?!

封霖眼神阴狠:"你放心吧杰辉,这一顿家法的仇,爸一定给你报!"

阮芽带着一身的羊肉串味儿回了汀兰溪。

都夜里十二点了,她有点心虚,专门打包了一些烧烤回来。

屋间灭了灯,阮芽蹑手蹑脚地上了楼,见卧室灯和书房的灯也是关着的,寻思封迟琰应该睡了。她松了一口气,摸黑打算去客房洗澡,却在黑暗中被人拦腰一抱,人就坐在了二楼的栏杆上。光线太昏暗了,阮芽什么都看不清,但是可以清楚地感觉到自己的悬空状态,紧紧地抱住了对方的脖子:"你……你抱紧一点啊。"

"还知道回来。"男人的声音冷冷淡淡,"还以为少夫人打算夜不归宿。""怎么会呢?"阮芽心慌慌的,"东哥他相亲失败,心里难受,我们安慰他呢……""安慰他?"封迟琰笑了笑,"那柯擎东的心灵还真是脆弱得很。"

阮芽严肃道:"谁说不是呢!东哥看着人高马大的,却这么玻璃心。"

"阮芽。"封迟琰声音淡淡,"这鬼话你自己信吗?"

阮芽蔫蔫儿地举起手:"给你打包了烧烤,尝一尝吗?蛮好吃的。"

"谢谢你还记得我。"封迟琰的声音听不出是不是带着嘲讽,"不过现在已经十二点半了,我不吃东西。"

阮芽慢吞吞地把手放下,咳嗽一声,道:"那我就放冰箱里了……你先放我下来,我有点害怕。""你怎么就不会哄哄我,嗯?"封迟琰靠在阮芽的耳边,声音很低,有一种沙哑的性感,"说点好听的。"

阮芽眼泪哗哗地流,说:"我……我不会呀。"

"你嘴不是很甜吗?"封迟琰道,"连点好听话都不会说?"

"我嘴不甜……"阮芽怂怂的,"一点都不甜,要不我们还是去吃烧烤吧,那个烤玉米可好吃了……唔!"

封迟琰堵住她的嘴,贴着她唇角道:"我亲自尝尝看甜不甜。"

阮芽坐在栏杆上,封迟琰圈着她的腰,倾身去吻她。阮芽不适应地往后靠,她觉得自己似乎里里外外都被烙上了封迟琰的印记,晕头转向地靠在他身上,身上没有一点力气,忽然一只扣在腰间的手移开,而后从T恤下面钻进去,干燥的掌心贴在她软腻紧致的一截腰上,让阮芽全身一个激灵。

她猛地睁开眼,模糊地看见封迟琰的一点影子,声音软绵绵的:"不许摸!""偏要。"男人声音冷静,手指摩挲着那块肌肤。

阮芽抓住他的手:"你再摸我要生气了。"封迟琰:"我只是好奇。""好奇什么?""你腰怎么会这么细。"封迟琰丈量了一下她的腰肢,下了结论,"好像稍微用点力就能折断。"

阮芽摸了摸自己冒鸡皮疙瘩的腰:"你到底吃不吃烧烤呀?都要凉了。"封迟琰长睫一垂:"你就只惦记着烧烤?"

阮芽:"嗯……舌头被你亲麻了,真的不亲了。"封迟琰无可奈何地将她抱下来,道:"跟你这么个小蠢货说这么多干什么?"

阮芽抱住封迟琰胳膊:"我们去吃烧烤,我觉得他们家的羊肉串天下第一好吃。"

二楼有个露天阳台,上面放了不少藤本月季,这时候开得正好,枝繁叶茂。阮芽打开柔光灯,把烧烤放在小圆桌上,问:"你要喝点东西吗?"封迟琰:"冰箱里不是你的牛奶就是你的果汁,你要我喝什么?"

阮芽一想也是:"那你喝白开水吧。"她跑去倒了一杯白开水放桌上:"坐呀。"

皓月当空,星子零散,天穹深邃,遥远的光年外是自宇宙诞生起就不停运转的恒星,远处是交织的城市灯火,此处微风正好,花香幽微。

阮芽坐在藤条椅子上,黑发长而柔软,一双眸子比星辰更加璀璨,像是藏着江南朦胧的烟雨,看人时柔软又缠绵。

封迟琰顿了顿,在她对面坐下。

阮芽拆开保温袋,将里面的东西拿出来,都是她精心挑选的。她抬头看着封迟琰:"你是不是没有吃过烧烤呀?"像封迟琰这样矜贵的世家大少爷,应该没有跟人在大排档里撸串的经历吧?

但出乎阮芽意料的是,封迟琰说:"吃过。"阮芽惊讶道:"你竟然吃过烧烤。"

"不然？我成天喝露水？"

阮芽撑着下巴："我就是觉得你这种有钱人，不会有这种经历，当然了，像我这种穷人也没有，今晚上是第一次。"

封迟琰回忆了一下上次跟人吃烧烤的情景，他们喝着酒，有人喝着喝着就哭了。如今，故人都入了土，人世间全是飘荡的恶鬼。

阮芽把洒满孜然的肉串放在封迟琰眼前，满眼期待："你尝尝看。"

封迟琰从回忆里抽身，看着阮芽："这家店给你钱了？拉一个客人过去给你多少回扣？"阮芽撇嘴："动不动就提钱，你庸俗。"

"你不庸俗。"封迟琰慢条斯理地问，"所以你没钱。"阮芽："……"

今天她晚归，她没理，她忍。

封迟琰尝了一口，味道确实不错，阮芽吃饱了就抱着牛奶杯喝牛奶。不知道唐姨在哪里给她买的杯子，是一只坐着的小鸭子，盖子上还有朵小花，是幼儿园小朋友看见了会爱不释手的款式。

"你看着我干什么？"阮芽迷茫地看看封迟琰，又看看手里的杯子，"你想要同款吗？我那里还有一个蓝色的，明天让唐姨消下毒。"

"谢谢，不用了。"封迟琰道，"我已经过了上幼儿园的年纪。"

阮芽好一会儿才反应过来封迟琰是在嘲笑她，瞪大眼睛："不用算了！我自己用两个！"

夏天的晚上还是有些凉，尤其是冷风一阵阵往里吹的时候。

阮芽喝完了牛奶，跺跺脚："我困了。"封迟琰站起身："那就去睡了。"

阮芽打了个哈欠："我还没洗澡呢，现在我就是行走的'羊肉串'，身上全是烧烤的味道。"

"是吗？"封迟琰抓住她后领子将人拉到身边，"我闻闻看。"说着垂头在阮芽脖颈间轻轻嗅了一下，没有什么羊肉串的味道，只有属于阮芽的柔软的、甜腻的体香。

阮芽脸红红地看着他："闻出来了吗？"

"没。"封迟琰说，"可能还没有腌入味儿。"

阮芽把衣领扯回来，道："我去洗澡了。"

"要我帮你拿睡衣吗？"封迟琰跟在她身后。

"我自己拿！"阮芽快步跑开。

封迟琰看着她的背影，笑了一下，转头看着无边夜色。

他的世界从来枯燥无味，黑白两色，但是某一天，有人懵懵懂懂地撞了进来，从此天地柔软，万物可爱。

贺浏阳回到家，看见客厅里亮着灯，贺信阳坐在沙发上，不知道在想什么。他凑过去问："你下个月才结婚呢，这就紧张得睡不着了？"

贺信阳顿了顿，抬起头笑了一下："不是因为这个。""那是因为什么啊。"贺浏阳在他旁边坐下，道，"我嫂子不满意婚纱还是不满意钻戒啊？"那位名门出身的千金小姐生性挑剔，婚礼像是一场她对全世界人的炫耀，务必要万众瞩目。

"不满意婚纱。"贺信阳笑了笑，"已经在让人改了，我只是……"他垂下眼睫："想起了一些过去的事情。"

"程柠悦？"

这个名字突兀地出现，让贺信阳一愣。

"你在想程柠悦吧？"贺浏阳说，"毕竟是你的初恋，没那么容易忘得掉。"

贺信阳没有承认也没有否认。"不过哥，你眼光不行啊。"贺浏阳道，"嫌贫爱富的女人不能娶。""你年纪小，懂什么。"贺信阳赏了弟弟一个脑瓜嘣儿，"装什么成熟。"

贺浏阳撇嘴，又说："你当时真的很喜欢她吧？不然不会为了跟她在一起，答应家里回来接管公司……她可能永远都不会知道你为她牺牲了多少。"他还要说什么，贺信阳却道："好了，不早了，你赶紧睡，别让妈知道你一身酒味儿回来。""好。"

贺信阳慢慢上了楼，回到空空荡荡的房间，拉开了窗帘。

夜色绵延千里，却没有他的归处。

阮芽第二天早早地到了工作室，她快要将芍药的一片花瓣绣好时，程柠悦才匆匆忙忙地过来。"抱歉……"她喘着气看了眼时间，"我迟到了半个小时。"

"没事。"阮芽递给她一瓶水,"怎么这么赶?路上堵车了吗?"程柠悦接过水,顿了顿,才说:"家里有事情,耽误了。""啊对,你男朋友的姐姐妈妈过来了。"阮芽说,"你要不要请假陪她们去玩玩儿啊?""不用了。"程柠悦摇摇头,说,"工期很赶,我不能请假。"

阮芽"嗯"了一声,瞥见程柠悦胳膊上有一片伤痕,看样子是烫伤,愣了愣:"程姐姐……你手臂怎么了?"程柠悦看了一眼,道:"哦,我昨天端汤的时候不小心撒了,烫到了胳膊。"

阮芽知道她在撒谎。她的伤在大臂外侧,端汤洒了不可能只烫到这里,分明是人为。

"你去医院看了吗?"阮芽问。"还没。"程柠悦说,"我用冰块敷一下就好了,没事的,不严重。"

阮芽忽然说:"程姐姐,我发现很多时候你很不爱惜自己。"程柠悦一愣:"什么?"阮芽皱着眉说:"不管经历了什么,后面的路都还很长,如果你自己都不爱自己,怎么能要求别人爱你呢。"

程柠悦看着少女澄澈的双眼。在A城打拼这么多年,程柠悦见过形形色色、千姿百态的人,却从来没有看过这样一双干净的、仿佛林中幼鹿的眼睛,所有的污秽都被排除在外,只留下天山上冰雪一般的透彻。

她逃避地移开眼睛,轻声道:"我真的是不小心……没事的。"见她不想多说的样子,阮芽也没有继续问。

下午阮芽正在挑选绣线呢,忽然有内线电话打进来,说楼下有人找她。

阮芽放下绣线,跟程柠悦说了一声,匆匆下楼,就见卢美玲打扮得雍容华贵,正坐在一楼会客区的沙发上喝咖啡。卢美玲怎么会来找她?

"二夫人。"阮芽礼貌地喊了一声,"二夫人找我有事吗?"卢美玲抬起眼睛看了阮芽一眼,道:"我也不想来找你。"她站起身,说:"阿琰为了你禁了老夫人足,你就这么心安理得?"

阮芽:"她想活埋我,我没有报警都是我尊老爱幼了。""你!"卢美玲气得咬牙,很快又平复了下来,"我懒得跟你一个村姑一般见识!

我今天来是因为老夫人病了,病得糊涂,一直叫阿琰的名字,但是阿琰还在跟老夫人置气,你先回去看看老夫人,阿琰也就顺台阶下来了。"

阮芽后退一步:"我不去。"卢美玲道:"老夫人一心爱护阿琰,她病重想念孙子,这点小忙你都不愿意帮?"阮芽道:"她想念琰少,你就去找琰少呀。""我要是说得动阿琰,还来找你做什么!"卢美玲青着脸道,"你去一趟怎么了?总不能因为你,阿琰一辈子不理会自己奶奶吧?你要真是为阿琰着想,就该懂事些!"

阮芽有点犹豫:"那……老夫人知道我去看她,不会病得更严重吗?""你不进去就行了。"卢美玲道,"谁想你去啊,只是给阿琰一个台阶而已,知道你在老宅,他不就顺势回来看看老夫人了?"阮芽"哦"了一声:"那我给琰少打个电话……""阿琰忙得很,打什么电话啊!"卢美玲一把拉过阮芽,"先上车,老夫人那边可急得很!"

阮芽匆匆跟前台说了一声,就被卢美玲拉走了,一辆黑色的SUV正在外面等着。卢美玲将阮芽塞进车里,阮芽觉得不对,但是卢美玲已经关上了车门。

卢美玲冷笑,做了个手势:"动手!"

阮芽还没有反应过来,就感觉有人用布巾捂住了她的嘴,渐渐没了意识。

后座上的男人看了一眼晕过去的阮芽,道:"二夫人,已经晕了。"

卢美玲瞥了阮芽一眼,道:"把人绑起来,嘴堵上,免得醒了叫起来烦人。"

"是!"

黑色的SUV驶出繁华的城市中心,一路往京郊而去。

郊外的仓库里,封霖急得来回踱步,终于听见车声,他眼睛一亮,赶紧走到路边。

车子停下,卢美玲下来,封霖赶忙问:"怎么样?!成了吗?!"卢美玲道:"一个小丫头片子而已,有多难绑?"她招招手,有人把昏迷的阮芽抬了下来。封霖兴奋不已:"好……好好好!只要抓住了这丫头,我就不信封迟琰不就范!"

卢美玲却有些怀疑:"老公,封迟琰打小就是个没心肝的怪物,这小丫头……真能威胁到他？"封霖心里也有些打鼓，但是想到那个人的提醒，又道："你什么时候见封迟琰身边有女人？虽然这丫头是老太太娶进来的，但他一直把人养在身边，说不在乎，我可不信。"他摆了摆手，道："照我先前吩咐的，把人吊上去。"

"是！"

封霖兴奋得几乎不正常了，眼睛里全是血丝，死死地掐着自己的掌心："我不只要权力……我还要封迟琰跪在我面前求饶……我要他痛哭流涕跟我道歉！"卢美玲蹙眉担忧道："封霖……你怎么了？"其实她觉得封霖有些冲动，这么大摇大摆地把阮芽绑了，就是明摆着跟封迟琰对着干，一旦失手，连回转的余地都没有。

但是封霖已经听不进去劝了，他盯着山脚下的城市，眯起眼睛："封迟琰……我的东西你夺走了那么多年，也该还给我了！"卢美玲一把抓住封霖的胳膊："老公，要是这事儿办砸了，我们以后怎么办？"

封霖愣了一瞬间，而后就被狂热的心情冲昏了头脑："不可能办砸，没有这种可能。"

宽敞的会客室里，封迟琰和阮落榆对面而坐，阮落榆脸上是温润的笑："我的来意，想必琰少也清楚。"

封迟琰淡淡道："二少不说清楚，我怎么清楚？"

"我掉的那个代言，听说是琰少亲口吩咐的。"阮落榆弯起眼睛，"一个代言我倒是无所谓，我好奇的是，我在哪里得罪了琰少吗？"

封迟琰也笑了笑："既然知道得罪我了，还上门来问我，就有些可笑了，我……"他话还没有说完，就见陶湛匆忙进来。

陶湛一向稳重，鲜少这样慌乱，封迟琰皱起了眉："怎么了？"

陶湛吸了口气，把手机交给封迟琰，低声道："是封先生的电话，他……"

"绑架了少夫人。"

封迟琰猛地抬头："你说什么？！"

"抱歉，是我的过失。"陶湛脸色很难看，"我让人在暗中保护少夫人，没有想到他们竟然光天化日地直接绑人……"

封迟琰眸中阴云一片,翻过手机,视频电话是接通的,屏幕上正是封霖的脸。

他表情有些古怪,看见封迟琰,立刻哈哈大笑:"没想到吧,封迟琰……阮芽在我手里,只要我想,马上就可以弄死她!"对面的阮落榆微怔:"阮芽?"

"你想死了可以直接告诉我。"封迟琰冷声道,"不用这么拐弯抹角。"

"你着急了!你着急了!!"封霖笑声癫狂,"你果然在意她!不枉我下血本了!来来来……给你看看你的心头肉……"

镜头翻转,晃动镜头里出现的是一座陈旧的仓库,集装箱上全是灰尘。

仓库中间的悬梁上绑着一根麻绳,绳子尾端挂着的东西晃晃悠悠,等镜头移近,竟是一个人!

封迟琰瞳孔一缩。

封霖慢慢走近,手中雪亮的匕首在镜头里映出他一双阴狠的眼睛,他拿刀拍了拍绳子,道:"只要我割断绳子,她会立刻摔死!"

"封先生!"陶湛道,"你想好这么做的后果了吗?!"

"我不需要知道后果。"封霖快意笑道,"我只知道,我可以轻而易举地让她去死!"

"地址。"封迟琰站起身,声音很冷,"你想要什么,我跟你谈。"

"哈哈哈哈哈哈……好啊,我等你!"封霖挂了电话,一串地址随之发了过来。

封迟琰将手机扔给陶湛,道:"备车。"陶湛点头。

两人出了会客室,阮落榆才慢条斯理地站起来,脑海里浮现出那个小丫头亮晶晶的眼睛。她好像总是这么蠢,轻而易举地就被人骗,那次在山上丝毫不怀疑地跟他走,被丢下后似乎还是没有长教训。

真是蠢死了。

阮落榆抿了下唇角,快步走了出去,道:"既然是阮芽的事,我一起过去吧。"

陶湛脚步一顿。阮落榆会在乎阮芽的生死?但他是阮芽的二哥,陶湛没有理由拦着,点点头道:"好。"

仓库的位置很偏僻，原本是用来储存家具的，因为地理条件不太好，运输不便，没有继续沿用，很多质量不好的家具就烂在了仓库里。雨水一浸，太阳一晒，朽木的味道格外难闻。

阮芽醒过来，感觉浑身像被车碾了似的痛，好像全身的筋肉都在被扯着，难受得不行。她眼睫颤了颤，睁开眼睛，入目的是全然陌生的环境，并且是俯视的角度。

阮芽后知后觉地发现自己被吊在半空中。她双手被绑着，距离地面起码五六米，就连嘴也被人用胶带封住了。

卢美玲站在不远处，见她睁开眼睛，慢悠悠地用扇子给自己扇了扇风，道："别急，封迟琰很快就来救你了。"阮芽瞪大眼睛："唔唔！"

"说了别急。"卢美玲冷下脸，"再吵我把你嘴撕了信不信？！"

阮芽吸了一口气，安静下来。

外面一阵汽车的轰鸣声，封霖从阴暗处出来，冷笑道："来得还挺快。"他站到栏杆边上，轻佻地用匕首拍了拍阮芽的脸颊，道："多亏了你，不然我还真拿封迟琰没办法。"刀身很冷，像是冰块一样，阮芽不由得哆嗦了一下。

封霖看向了楼下："封迟琰……你可算是来了。"

阮芽转头，封迟琰一身黑色衬衣，胸前的口袋里插着一支金色的钢笔，显然是刚从公司赶来的。他长得好看，五官尤其优越，即便是现在这样面无表情、冰冷似雪的样子，也很好看。

他走进仓库后抬起眼，正好和阮芽的眼睛对上。

封迟琰看见了她眼睛里的泪花。

阮芽看见了他眼睛里的暴虐。

"封迟琰。"封霖靠在栏杆边上，居高临下地看着他，"我还以为你真的冷心冷情，毫无弱点……现在看来，也不过如此嘛。人人都说你是封家后辈里最像老爷子的，我看不尽然，起码老爷子一辈子没有对谁真的动过心。"

陶湛道："封先生，现在收手，或许你还有一条活路。"

"收手？"封霖像是听见了什么笑话，"你当我傻吗？！"

陶湛皱眉道："你不收手，我保证二房绝对不会有什么好下场。"

封霖哈哈大笑："别以为你能吓住我！现在主动权可是在我手里！"他斜眼看着封迟琰，冷声道："你不是狂得很，谁都不放在眼里吗？！"封霖从腰间抽出另一把匕首，扔在了楼下，道："你现在捅自己一刀，否则，这一刀就会落在阮芽身上！"

"封霖！"陶湛额头上青筋都绷起来了，"你真的不想活了？！"

封霖脸色狰狞："是你们先不给我活路的！封迟琰，你想独吞公司，把我们二房的人赶尽杀绝……这世界上哪有这么好的事？！我不知道你用什么方法迷惑了老太太，让她帮着你说话，但我告诉你封迟琰，我绝对不会让出公司！"

陶湛刚要说话，封迟琰抬起手制止了他，淡声道："如果不是你太废物，你亲妈会不帮着你？"

"你闭嘴！"封霖气得满脸通红，"你懂什么！当年就算你不回来，我也有办法让封氏起死回生！你只是运气好罢了，还真把自己当个人物了？！"

封迟琰牵起唇角，不知道是不是讥诮："只有蠢货才会把一切都归结于运气。因为你无能，所以你说自己运气不好。"

封霖彻底被激怒："你再多说一句，我立刻就割断绳子！你想看见她的尸体吗？！啊？！"

封迟琰皱起眉。封霖立刻得意起来："你嚣张什么啊，人现在我手里！我刚刚说的话你听见没有？！立刻捅自己一刀，不然我马上就送她去死！"

"少爷。"陶湛手指握成拳，"您……"

封迟琰上前两步，弯腰从地上捡起了那把匕首，刀锋雪亮。

"少爷！"陶湛声音急促。

"无碍。"封迟琰淡声说。他骨节分明的手握着匕首，手指在刀锋上轻轻一划，像是在检验它的锋利程度，声音散漫："封霖，公司，我可以让给你。"

封霖和卢美玲闻言狂喜。

封迟琰抬起眸，先是看了阮芽一眼，而后才将视线落在封霖身上，道："我也可以给自己一刀。"

封霖兴奋道:"行啊……那你赶紧让人打印股权转让书,把你的股份全都转让给我!"

封迟琛抬手:"陶湛。"

陶湛从公文包里拿出一个文件夹,道:"这是股权转让协议,已经签字盖章了。只要你签字,协议就会生效,我给你送上去?"

卢美玲再也控制不住脸上的笑容,连忙道:"不!你别上来!你放在楼梯口,我下来拿!"陶湛挑了下眉,将文件夹放在了楼梯口,卢美玲十分谨慎,等他退远后才下去拿起了文件夹,而后飞快地回到楼上,打开文件夹一看,果然是签好了字的股权转让协议。

封霖和卢美玲对视一眼,封霖立刻就在上面签了字,卢美玲十分小心地将文件夹护在怀里,低声道:"老公,公司已经到手了,我们是不是……""这才哪儿到哪儿。"封霖冷笑,"过去十几年,封迟琛施加在我身上的屈辱今天我都要一一讨回来!"卢美玲终究是胆子小,道:"算了吧老公……别做得太绝了,封迟琛不好对付……"

"要是留着他才是祸患!"封霖咬牙说。

"你、你什么意思?"

封霖阴森森一笑:"我要他的命。"

七月的天说变就变,上午晴空万里,下午就忽然飘过几朵乌云,笼罩了半个A城。天空阴沉沉的,昭示着风雨欲来。下午三点,瓢泼大雨骤然而至,打得被晒蔫儿的植物更加可怜。

偌大的仓库被废弃多年,常年失修,屋顶不少地方都破了,雨一下,就滴滴答答地往下滴水,让人十分心烦。外面山风怒号,电闪雷鸣。轰隆隆的雷声好像是擂在谁心头的鼓点,暴虐难安。

封霖在雨声里大声道:"股权转让书我已经拿到了,现在你该让我见点血了吧?!"

陶湛眸光沉沉,看着封迟琛。封迟琛仍旧从容自若,他眸子狭长,睫毛长而直,不带丝毫卷翘,和柔软沾不上边,反而刀剑似的冰冷。他抬起纤薄的眼皮,眸中映出封霖狰狞的五官,声音平静:"这一刀下去,你放了她。"

"自然。"封霖极度兴奋，"你动手啊！"

阮芽拼命地摇头，她发不出声音，眼泪跟断了线珠子似的不停地掉，像是要把人的心都砸碎了才甘心。

封迟琰道："别哭。"

阮芽却哭得更加厉害。

封迟琰轻叹口气。这个世界上怎么会有阮芽这么娇气的小姑娘呢？稍微用点力，皮肤上就要留印子，动不动就要哭，还要耍小脾气。

她这么娇气，却被人绑着吊得这么高，脸上脏兮兮的，不知道有没有受伤。她肯定很害怕，明明那么怕了，却用满是泪光的眼睛告诉他：不要。

天外一声炸雷，闪电撕裂天幕，刀身映出封迟琰淡然的双眸，他骨节修长的手指握着刀，猛一用力，穿透皮肉，鲜血四溢。匕首没进肩胛大半，黑色的衣服却将血液尽数吞噬，让人看不见他的狼狈。

"少爷！"陶湛慌忙上前两步，封迟琰微微弯了弯腰，两滴鲜血落在尘土密布的地上，他连眉头都没有皱一下："够了吗？"

封霖盯着那把匕首，呼吸十分急促："好……好……封迟琰，你真是豁得出去……不过你以为这样我就会放过阮芽？哈哈……封迟琰，你怎么这么天真？！"他将手中的刀抵在麻绳上："一刀怎么够……一刀不够还我这么多年受的屈辱啊！好侄子！你想不想她活着？要是想——"

"封霖！"陶湛忍无可忍地道，"不要得寸进尺！"

"我得寸进尺？！"封霖怒声道，"是你们逼我的！封迟琰……你想不想她死？！你再不动手，我就让她去死！"麻绳本来就不粗，他手中的匕首又实在锋利，瞬间就割开了一股，阮芽"唔"了一声，摇摇欲坠。地面覆盖着水泥，从上面摔下来，没有活着的可能。

封迟琰吸了口气，从肩胛里拔出匕首，刀锋上鲜血横流，一滴滴落在地上，和着雨点，在地面开出蜿蜒的花来。"我可以答应你，但是……"封迟琰看着封霖，"你怎么保证，在我满足了你的要求后，你会放过阮芽？"

封霖道："你没有资格跟我谈条件！"

陶湛看了眼一手机，凑在封迟琰见耳边说了句什么，封迟琰"嗯"了一声，笑了笑："没有资格？把人抬进来。"

封霖一怔，就见有什么东西被人扔在了地面上，定睛一看，竟是在老宅养伤的封杰辉！封杰辉挨了鞭子，身上几乎没有什么好肉，动弹不得，被扔在地上，伤口崩开，鲜血流出来，疼得声音都哑了："爸……爸救我！"

封迟琰偏头看着封霖："现在，我有资格了吗？"

"封霖！"卢美玲尖叫道，"够了！已经够了！我们已经拿到想要的东西了！你放了阮芽，不然封迟琰那个疯子不知道会做出什么！""你懂什么！"封霖吼了她一句，低声说，"我现在别无选择！要是今天封迟琰不死，我们以后能有什么安生日子过？"卢美玲泪流满面："那儿子怎么办？！那可是你亲生的！"封霖深吸口气，对封迟琰道："我又不只有这一个儿子，但是阮芽可就只有这么一个！我们可以比比看到底谁更豁得出去！"

封杰辉简直不敢相信自己的耳朵："爸？你不救我？！你竟然不救我？！"卢美玲捂着心口道："封霖你还是人吗！！"

封迟琰居高临下地看着封杰辉，勾唇道："听见了？是你亲爹放弃你的。"

封杰辉痛哭流涕："哥……大哥！这是你们之间的事情，是你和封霖的事情，你别牵扯到我啊！我知道我对你不恭敬，我已经受了家法，求求你了，我不想死……我真的不想死……爸！妈！妈……妈你救救我……"卢美玲嘶声道："杰辉……"

重雷乍起，惊起一阵雨，这一声雷像是某种信号，两边的人混战起来。

卢美玲吓得六神无主，惊恐地跌倒在地上。封霖咳嗽了几声，阴狠道："去……把绳子割断！！"听见他的声音，卢美玲捡起了地上的匕首，哆嗦道："把……把绳子割断……那……那我们怎么办？"

封霖咬牙道："你以为他会放过我们吗？！就算是死，我也要拉着封迟琰的心肝儿给我陪葬！"见卢美玲站在原地，封霖怒声道："动手啊！"卢美玲勉强稳住呼吸："好……好……"

麻绳已经被割断了一股,剩下两股缠在一起,卢美玲站在栏杆边上,双手紧握着匕首,咽了咽口水,闭上眼睛,而后猛地挥出刀!

她错愕地睁开眼。她的手被人擒住了,来人力气极大,几乎将她的腕骨捏碎。

是谁……是谁?!卢美玲侧过头,就见一张经常出现在电视屏幕上的脸。她大惊:"阮……阮落榆!"

一向脸上带笑的阮落榆此时面无表情。

封迟琰大概还有十五秒才会上来,他有十五秒的时间可以割断绳子,让阮芽摔下去,摔成一具血肉模糊的尸体,然后全盘推到卢美玲的身上。不会有任何人怀疑他。毕竟阮芽是他的……亲妹妹。

阮落榆垂眸看向脸上全是眼泪的阮芽。

之前一番折腾的原因,阮芽现在浑身脏兮兮的,头发散乱,像是一个小乞丐,唯独露出的一双眼睛,像是氲着一汪春水,映出满天星辰。眼泪从眸中滑落,像是流星的陨落。

太像了。

阮落榆微微抿唇。他心跳得有点快,他知道自己有些失控。如果他全然清醒,根本不会多看阮芽一眼,而是直接割断绳索,亲手了结这个在人世间偷来十九年岁月的罪魁祸首。

还有五秒。

阮落榆闭上眼睛,一个掌刀劈在卢美玲手腕上,匕首脱落,被阮落榆握住,他用力一挥,麻绳瞬间断了。

封迟琰踏上满是灰尘的楼梯,就见断开的、摇摇晃晃的绳子,靠在栏杆边上的阮落榆伸手抓住阮芽的手臂,用力将她拉了起来。

因为惯性,阮芽整个人扑进了阮落榆怀里,他后背朝地,精致华贵的衬衣与肮脏的地板亲密接触,胸口还趴了一只哭得乱七八糟的"小花猫"。

"软软。"封迟琰快步走过去将人抱起来。阮芽钻进他怀里,哭得更凶,但是嘴被胶带封住了,哭都哭不出声音,一双大眼睛通红,看着实在可怜。

封迟琰拍了拍她,将绑住她的绳子解开,低声道:"撕胶带会有点疼,你忍一下好不好?"阮芽点了点头。

封迟琰一只手搂着她,一只手小心地帮她撕下胶带,她皮肤太娇嫩了,胶带粘上的地方已经通红,围着嘴唇一圈,其实有些好笑,但是她哭得太凶了,让人完全笑不出来。

"不哭了。"封迟琰好像只会这一句安慰人的话,他拍着阮芽的后背,笨拙地哄她,"乖,好不好?"

"才不要……"阮芽哭着说,"你流了好多血……把我衣服都染红了……"

封迟琰才发现刚刚抱阮芽的时候没注意,肩胛上的血把阮芽的白T恤都染红了。

"没事。"封迟琰说,"我下手有分寸,只是皮外伤。"

"我都看见了。"阮芽才不信,胡乱地擦了擦眼泪,道,"流了那么多的血,怎么可能只是皮外伤……"

"好了。"封迟琰说,"再哭眼睛都肿成核桃了。"他握住阮芽的手:"你有没有受伤?"

阮芽摇头:"没有,但是你……"

"软软。"封迟琰摸了摸她的头发,垂眸说,"你先跟陶湛出去好不好?这里的事情,我需要解决一下。"阮芽看了一眼狼狈倒在地上的封霖和吓傻了的卢美玲,抽了抽鼻子:"你就不能……不能先去处理伤口吗?"她都要急坏了,"你流了好多的血……"

封迟琰安抚她道,"我很快就出来,我保证。"陶湛轻声道:"少夫人,我先带您去车上。"

封迟琰抬手,将阮芽脸颊上的泪痕擦去,而后捧着她的脸,在她眉间亲了一下,声音很低:"乖。"

阮芽抽了抽鼻子:"那我……在外面等你。"

"好。"阮芽一步三回头地跟着陶湛下楼,阮落榆弯唇道:"既然琰少要处理家事,我就不好围观了。"

封迟琰没说话,阮落榆识趣地跟在阮芽身后,几人一起出了仓库。陶湛拿了一包湿纸巾给阮芽,让她把脸擦干净。阮芽上了车,里面准备了水、食物还有干净的衣服。

医生就在外面候着，要为阮芽检查有没有受伤。

阮芽把脏兮兮的衣服换下来，医生检查一番，阮芽身上倒是没有什么大伤口，就是手腕被绳子磨破了皮，充血红肿，看着有些吓人。他给阮芽的手上了药，而后对陶湛道："少夫人的伤不算严重，但是受了惊吓，需要好好休息。"

陶湛点头，医生就退到了旁边，陶湛道："少夫人，您先喝点水，吃点东西吧。"

阮芽没有什么胃口，趴在窗户边上看着仓库。她不知道封迟琰要做什么，但她看出封迟琰的心情，非常非常、非常不好。阮芽无意识地咬了咬唇，纤长的眼睫垂下来，整个人委屈巴巴的。

"二少，今天多谢你了。"陶湛官方而礼貌地对阮落榆道谢，"若不是你，还不知道事态会发展成什么样子。""客气了。"阮落榆笑了笑，"阮芽是我妹妹，救她是我的义务，陶助理这么说就太生疏了。"

阮芽在一边听见了，转眸看着他。上次阮落榆把她丢在山上的时候可不是这态度。

阮落榆对上她的眼睛，面色不改，温声道："被吓到了吧？已经没事了，不用怕。"他的做法无可指摘，刚刚救了阮芽，现在又温声安抚，好哥哥也不过如此了。

阮芽白皙的小脸上却没有什么表情，沉默了一会儿，对陶湛说："陶助理，我有话要跟他单独说。"陶湛点点头："好的，少夫人。"陶湛没有多问，直接带着其他人退到了一个足够远的距离。

阮落榆笑容一顿："你想跟我说什么？"

阮芽看着他，轻声说："其实……你想杀了我。"

阮落榆莞尔："这话从何说起？"

"我都看见了。"阮芽垂下眼睫，盖住了澄澈的眼睛，纤细白皙的手指扣在车窗边上，声音很低，"卢美玲想要割断绳子，你夺了她手里的刀，但你并不是想救我……"她猛地抬起眼睛，看着阮落榆，声音仍旧是柔软的："你想亲手割断绳子，送我去死，是吗？"

阮落榆静默片刻，脸上的笑容依然无懈可击："阮芽，你这话说得很没有良心，我救了你，你反而怀疑我？"

"我不知道为什么你在最后选择救我。"阮芽说,"但是我很清楚地知道你想杀我。"

"就和上山那时候一样,我一开始就知道你的恶意。"阮芽抿了抿唇,"但我还是跟你走了,因为你是我哥哥。"阮落榆笑容一僵,他的从容自若在这一刻土崩瓦解。

"阮芽。"他抹了把脸,露出一个和平日的形象截然不符的笑,"你以前没有见过我,也不了解我,就因为我是你哥哥,你就敢跟我走?"他弯腰,双手撑在车窗上,看着阮芽:"你知不知道,若是那天没人来接你,你会怎么样?"

"我不知道。"阮芽后退了一点,捏着自己的衣摆,"但是阮落榆……"
她认真地说:"我很难过。"

阮落榆冷冷道:"你出生的时候,我更难过。"他站直身体,看着阴云密布的天空,雨小了很多,风却仍旧很大,吹起他单薄的衬衣。

他立在风里,无比伶仃。

"你真不像是阮家的人。"阮落榆说,"阮芸都比你像阮沥修的种。"

阮芽一怔。

阮落榆没再接着说下去,而是道:"你说得对,我的确想杀了你,但我一贯会权衡利弊,当弊大于利的时候,我当然有不同的选择。

"我没有要你的命,你得感谢封迟琰足够在乎你。"阮落榆冷淡地道,"如果你死了,他会很难对付,就是这样。"不等阮芽再开口,阮落榆转身就走,礼貌地跟陶湛道了别,就上了自己的车。

发动机响,车子轰鸣,阮落榆离开了。

第八章
Chapter 8

仓库里。

封霖和卢美玲被人硬生生拖下了二楼。他们带来的打手也被尽数制服。封霖受了伤，却不致命。

卢美玲手里紧紧地捏着文件夹，满脸惶恐："阿琰……阿琰，这件事都是你二叔的主意……我也是被胁迫的，我跟杰辉都是被迫的……"封杰辉一听，连忙道："对……对啊大哥！我是无辜的，我真的不知情……我完全不知情啊大哥！！"既然已入穷巷,卢美玲干脆断尾求生，放弃丈夫，保全自己和儿子。

封霖捂着伤口，眼睛通红："你……你们！你们竟然这么对我！"

封杰辉立刻道："爸你可别忘了，是你先这么对我的！你不是说你不只我这一个儿子吗？！我当然也可以放弃你！""逆子！"封霖咬牙道，"你以为这样封迟琰就会放过你吗？！你做梦！"

卢美玲哆哆嗦嗦地把文件夹交出去，道："阿琰……阿琰，这是股权转让书，我还给你……我都还给你，你放过我和杰辉，我保证把封霖做过的事情全部告诉你！"

"卢美玲你这个贱妇——""啪"一声，卢美玲转身直接甩了封霖一个耳光，她气得胸腔不停起伏："封霖！要不是你，我和杰辉不会有今天！我早就劝你见好就收，你非要步步紧逼！你现在骂我贱妇？是谁把我害成这样的？！"

属下从仓库里翻出一把勉强还能看的木质交椅,擦干净了放在地上,封迟琰靠在扶手上,懒散地撑着下巴,看着这家人狗咬狗。哪怕他受了伤,脸色有些苍白,也丝毫不影响他带给人的压迫感。

受了伤的猛兽也是猛兽,绝不是蝼蚁可以比的。

"全部告诉我?"封迟琰似乎来了点儿兴致,弯唇,"行,那你跟我说一说,我在 N 城的车祸,怎么回事。"

一提起这个,封霖目眦欲裂:"你要是敢说……"

卢美玲根本不理会他,道:"我知道!就在一个月前,封霖忽然跟我说他认识了一个很厉害的人,对方有手段,有城府,还跟你有仇。那个人给封霖出了主意,教他怎么布局,N 城那儿就是一个死局,只要你踏进去,必死无疑……"

"卢美玲!!"要不是被人扣着,封霖都要扑过去咬卢美玲两口了。卢美玲才不在乎这些,她满心只想救自己的儿子,封迟琰问什么她都肯说。

"那个人是谁?"封迟琰慢慢地戴上黑色贴肤的手套,他手指骨节分明,薄薄的皮质手套戴上去更显得骨骼漂亮。

"我……我不知道。"卢美玲茫然道,"我没有见过那个人,是男是女我都不知道。封霖也没有见过……他们都是电话联系……"封迟琰没说话。卢美玲哭着道:"阿琰……不……琰少!求求您……求求您了,我只知道这些……"

封迟琰慢慢走到封霖面前,而后蹲下,看着他的眼睛:"你蠢得不像封家人。别人甚至没有露面,就把你耍得团团转,让你心甘情愿地被当枪使。"

"你、你说什么?!"封霖惊愕地睁大眼睛,"你什么意思?!"

封迟琰淡淡道:"我是个睚眦必报的人,你也知道,原本我想把一切还给你的,但是现在……我改变了主意。"封迟琰起身,将一把匕首扔到了封杰辉面前,嗓音散漫:"我放过你,可以。我相信你比你父亲要聪明,别让我失望。"

封杰辉咽了一口唾沫:"我……"卢美玲抓住他的胳膊:"杰辉……杰辉别怕,是他先对不起你的!"封杰辉强忍着身上的剧痛从地上爬起来,双手握着刀,颤颤巍巍地立在了封霖的面前。"你敢——你敢！！"封霖怒骂道,"我是你亲爹！！"

封杰辉扯出一个古怪的笑容："是啊……你是我亲爹,父亲为了孩子,总要牺牲点什么吧……"他面色狰狞,刀欲出手,封霖忙道:"我……我告诉你那个人是谁！"

封迟琰却并不如封霖想的那么激动,甚至十分平静,随意道:"说说看。"封霖擦了一把额头上的冷汗,道:"我……确实没有见过那个人,但是我知道,他是个男人,叫作岳龙,他说他和你有深仇大恨……"

封迟琰一顿。

岳龙。

他垂眸看着封霖："就这些？"

封霖道："我真的不知道别的了……"

"高估你了。"封迟琰喃喃道,"还以为能够套出点东西,结果还是这么废物。"

他挥了挥手,道："报警吧。"封霖一怔："什么？"

封迟琰淡淡道："我可是遵纪守法的好公民,你们犯了绑架罪,当然要等警察来制裁你们。"

封迟琰走出仓库,一眼就看见趴在车窗边上的阮芽。她虽然换了一身衣服,看着仍旧可怜兮兮的,像是在路边流浪的小奶猫。

陶湛见他出来,低声道："少爷,他们……"

封迟琰道："该怎么处理就怎么处理。"陶湛点头,进了仓库,没多久里面就传出了封霖的破口大骂。

封迟琰上了车,捏了捏阮芽的脸："怎么一副要哭的样子？"

阮芽抽了抽鼻尖,道："你的伤……"

"真的没什么。"封迟琰道,"刚刚用绷带缠住了,等会儿就让医生看,好不好？"

这会儿雨大风大,让人觉得透骨的冷,阮芽点点头,说："那我们赶快回去。"有人上了驾驶座开车,阮芽问："陶助理呢？"

封迟琰靠在椅背上,不知道是不是受伤的原因,神色有些倦懒和疲惫,看着阮芽通红破皮的手腕,眸光有些阴郁,回答阮芽的声音却平静:"他留下来处理一些事情。"

阮芽抿了抿唇角,小声说:"对不起。"

"为什么说对不起?"

"我太笨了。"阮芽说,"要是我没有被卢美玲骗走,你就不会受伤……"她本来就哭肿了的眼睛里又有了眼泪:"真的很对不起……封迟琰……"

封迟琰见过很多人哭。苍老的,年轻的,男的,女的。眼泪不过是情绪的宣泄,从来不值钱,他也不屑一顾。但是此时此刻他看着阮芽的眼泪,忽然明白,原来只有足够在乎,眼泪才有足够的价值。

她哭的声音那么小,却如同在封迟琰的心头骤然炸开的重雷。

"不是你的错。"封迟琰抬手擦去她眼泪,道,"你不跟她走,她也会用别的办法强迫你,软软,你别哭了。"他叹一口气:"真是要了我的命。"

阮芽一边抽泣一边问:"我……我怎么要你的命了……呜呜,对不起,我控制不住……"

封迟琰无奈地将人搂进怀里,拍了拍她的背,道:"本来伤口不疼的,听见你哭,就开始疼了。"

"呜呜……"阮芽抽抽搭搭地说,"我……我很吵吗……"

"不吵。"封迟琰笑了笑,"是我自己的问题。"

阮芽努力平复自己的情绪,挣扎着要从封迟琰怀里出来:"压到你伤口怎么办。"

"没事。"封迟琰说,"抱一会儿。"

阮芽从他怀里抬起头,纤长浓密的睫毛都被泪水打湿了,无端让人想起晨阳里沾着露珠的柔弱的玫瑰花。她小心翼翼地看着封迟琰受伤的肩膀,小声说:"那……那就只抱一会儿哦。"

"嗯。"封迟琰随口哄她,"只抱一会儿。"

说是只抱一会儿,阮芽靠在封迟琰腿上没多久就睡着了,大概是之前被吓到了,放松下来,就沉入了梦乡。

"废物。"少女皱着眉将手中的杯子砸在了地上,瓷器碎裂,茶香四溢。

"您……您息怒。"用人小心翼翼道,"不过封霖不知道您的身份,封迟琰查不出什么的,您放宽心。""母亲生日要到了。"少女在椅子上坐下,有些不高兴地说,"我原本想送她一份特别的生日礼物,结果封霖给我搞成这样,我怎么能不生气?""夫人知您有这份心,肯定会很高兴。"用人哄道,"小姐,您别为不相干的人动气,我这儿有个好消息要告诉您。"

少女挑眉:"什么好消息?"

"少爷回来了。"用人笑盈盈道。"哥哥回来了?!"少女猛地站起身,满是欣喜,"我好久没有看见他了!""我就知道您听见这个消息肯定高兴。"用人道,"那封霖那边……"

少女撇嘴道:"没用了的棋子,还管他做什么?岳龙这个人从此就不存在了,你小心点,别留下什么蛛丝马迹。"

用人轻声道:"我知道,您放心。"

A 城出了几件轰动性的新闻。

封迟琰从 N 城死里逃生回来后交出了封氏的股份,封霖和封杰辉却因为分赃不均,大打出手,动了刀子见了血,要出人命时警察及时赶到,将两人都抓了起来。

与此同时,封霖历年来在封氏挪用公款、财务作假的事情被揭露,不过短短一天,封霖就从高高在上的封家二先生,变成了警局里被关押的犯罪嫌疑人。封杰辉也没有好到哪里去,这些年来他花天酒地,做的龌龊事不少,一起翻出来,比他老子过得还要精彩。

看见封老太太和卢美玲出现在走廊,羁押室里的封杰辉挣扎着坐了起来:"奶奶!妈!!"封霖也赶紧道:"妈!您是来救我出去的吗?!"卢美玲一点犹豫没有,直接奔着封杰辉去了,看着他狼狈的样子,心疼得直掉眼泪。

封老太太也没有理会封霖,对封杰辉道:"杰辉,现在我说的话,你都记着。"封杰辉赶紧点头。封老太太说:"我会找最好的律师给你打官司,说是你爸先动的手,你一定不能松口,知道了吗?"

"封迟琰只是把这事儿移交到了警察局,没有多插手,只要他一直不插手,我保你全须全尾地出来。"封老太太道,"可能要坐几年牢,但是没事,你出来了,仍旧是我封家的二少爷。"

封杰辉听到要坐牢,骂了一声。

"好了杰辉。"卢美玲擦了擦眼泪,说,"都听你奶奶的,你听话,坐牢总比枪毙好是不是?"封杰辉勉强道:"好吧。"

封老太太才转头看向封霖,封霖脸色灰白:"你们为了他……要放弃我?!"

卢美玲尖声道:"这件事本来就是因你而起!如果不是你绑架阮芽,我们会落得这个地步吗?!当时在仓库里,是你先对不起杰辉的!"封霖嘴唇颤抖:"妈……就连你……也要放弃我?"

封老太太闭上了眼睛,仿佛一瞬间苍老了十岁,脸上的皱纹都明显起来,良久,才说:"封霖,杰辉年纪还小,他不能死。""他不能死,我就该死了吗?!"封霖崩溃道,"你可是我亲妈,你只有我一个儿子!明明你可以救我,你却为了封杰辉,要把我推向死路!"

"那是你太让我失望了!"封老太太厉声道,"你看看你,有半点像是你的父亲吗?!好高骛远,眼高手低……这些年里若不是因着我这张老脸,你能有这么风光?!动辄你就说我胳膊肘往外拐,说我疼封迟琰,我跟封迟琰没有半点血缘关系,我疼他做什么?!"老太太气得胸口不停起伏,"哪怕你是我亲儿子,我也救不了你了!"

"妈……"封霖伸出手,哭着说,"你不能这样……你不能这样!!"封老太太抿着唇,没再说话,转身往外走,身后是封霖绝望的哭号:"妈!!你不能这样对我!你是要我替封杰辉去死啊!!"封老太太走出走廊,抬起头,眼泪还是顺着眼角滑落下来。她抬手擦去,深吸口气,对卢美玲说:"去,找A城最好的律师,务必要保住杰辉。"

"是……是!"卢美玲说,"我马上就去。"

封氏集团。

封迟琰垂眸在文件上签上名字,陶湛笑了一声:"老太太弃车保帅,倒是挺利落。"

第一眼就心动的人

封迟琰淡淡道:"封杰辉一摊烂泥,算什么帅。""您早就猜到她会放弃封霖?""封霖已经废了,封杰辉却还有希望,这个选择很难做?"封迟琰挑了挑眉,"但凡她还有点脑子,都会舍弃封霖。"

陶湛道:"我查了一下岳龙。"

封迟琰抬眸:"怎么说?"

"在封……她就像凭空蒸发了一般。"陶湛蹙起眉,"还是我们速度……………………的痕迹。"封迟琰把玩着手里的钢笔,"……………………偏远的小渔村,后来在A城摸爬滚………………么个背景,也就只能骗骗封霖了。"

"……

……………………村?"

………………紧问。

…………,道,"只是似乎……在哪里听说……

………………脆溜回了工作室。过了一晚上,她…………儿。

…………唇角,脸色苍白,浑身透露着局促。…………高跟鞋、打扮得十分精致时髦的女人,妆容讲究…………包是限量款,一看就是富家千金。

周围有不少看热闹的人……都在窃窃私语。

"她又来了吗?程柠悦不会又去勾搭这位大小姐的未婚夫了吧?""有第一次,谁知道会不会有第二次啊。""姚大师真是太好心了,为什么还要留着这种人啊?"

这些话不好听,但阮芽好歹知道了女人的身份。贺信阳的未婚妻,下个月就要成为贺家大少夫人的人。

"好久不见啊,程柠悦。"邹悠洁唇角勾起一个笑,道,"你和几年前相比……变化真大。"

程柠悦垂着眼睫:"邹小姐找我有事吗?"邹悠洁从包里取出一份请柬,笑着道:"当年来这里闹一场,是我年纪小不懂事,今天来呢,是专门给你送请柬的。"她偏了偏头:"七月七号,我和信阳的婚期,我让他亲手给你写了一份请柬呢。"

程柠悦手一颤。邹悠洁将请柬递出去,慢悠悠道:"我听说你跟黄鑫也谈婚论嫁了啊,大家都是要建立家庭的人了,之前的事情就抛开不谈了吧,我不计较,你也别惦记。"

程柠悦咬着唇角,缓缓伸手接过了请柬。邹悠洁讥诮一笑,道:"你和黄鑫结婚的时候,可不要忘了我的请柬啊。"

"嗯。"程柠悦低低地应了一声。邹悠洁皱起眉:"你不会还在记恨我吧?当时我是气糊涂了,你说说你那时候,明明嫌弃信阳穷,跟他提出了分手,另寻新欢,知道他的身份后又去找他,要死要活地求复合……换成谁不生气啊?"

程柠悦终于抬起眼睛,看着她道:"你说完了吗?"

邹悠洁一顿:"你什么意思?"

"我没有什么意思。"程柠悦说,"只是你反反复复地说这些话,不累吗?"

邹悠洁面色一变,道:"程柠悦,难道我说的不是事实吗?"

程柠悦死死地掐着自己的掌心,并没有反驳邹悠洁。她的脸色更加苍白,金纸似的,仿佛风一来就会被吹走。

"邹小姐不是下个月就要举行婚礼了吗?"阮芽挤过人群,走到了程柠悦旁边,看着邹悠洁道,"怎么还这么悠闲?"邹悠洁眯起眼睛:"你是谁?""我是程姐姐的同事。"

邹悠洁挑剔地打量了阮芽两眼,而后道:"我的婚礼我自己心中有数,用不着你操心。"

阮芽微微一笑:"那倒也是,如果婚礼流程还没有落实,邹小姐也不会有时间在这里故意恶心人了。""你……"邹悠洁道,"你懂什么!你什么都不知道!六年前她想攀高枝儿,跟信阳分手。信阳为她颓废了好几个月,好不容易缓过来,她竟然又跑来找信阳复合,信阳高兴得不行,可是呢?!"邹悠洁盯着程柠悦道:"她不过是看上了贺家的钱而已,开口就找信阳要八百万……"

程柠悦似乎想要说什么,到底咽了回去,只是拉了拉阮芽的手,轻声说:"算了,我们走吧。"阮芽"哦"了一声,乖乖跟着程柠悦往楼上走。

上了二楼,程柠悦疲惫道:"她说的……都是真的。"

阮芽顿了顿,问:"所有的,都是真的吗?"

"分手,八百万,都是真的。"程柠悦仰头看着天花板,吸了吸鼻子,说,"阮芽,我不是什么好人,你别太相信我。"

阮芽说:"我觉得你就是好人。"

程柠悦咬住下唇,死死捏着手里那张烫金的请柬,自嘲一笑:"你年纪太小了,不知道有些人,天生就很会骗人。"她说完转过走廊,不见了踪影。

阮芽站在原地好一会儿,自言自语道:"但你不是那种人。"

阮芽下班的时候被封迟琰逮个正着。她看着门口停着的迈巴赫,不是很想上去,但是又怂,知道要是自己不上这个车,今晚估计不太好过。

阮芽做了一番心理建设,才拉开车门。

封迟琰面无表情地看着她:"我记得我走的时候,让你今天乖乖待在家里。"

阮芽只好撒娇耍赖:"我真的没事啦,我今天也没拿什么重的东西,你看……"她把自己的手伸到封迟琰眼前,说:"红肿已经消了很多了。"

封迟琰见果然没有今早看着那么触目惊心了,才淡声道:"这次先放过你。"

"那就该我审问你了。"阮芽瞬间反客为主,一脸严肃,"你的伤口怎么样了?快给我看看!"

封迟琰顿了顿,说:"现在?"

阮芽："不行吗？"

封迟琰："在车上脱衣服多让人误会，等回去了让你慢慢看。"

男人的侧脸线条刀凿斧刻一般的凌厉，转角分明，不带丝毫的柔软，就连眼睫都带着一股子锋利似的，让人一眼看过去，只觉得畏惧。

阮芽却觉得，他在无尽的黑夜里发出了耀眼的光。

她的眼神太专注，封迟琰很难不注意到，问："看什么？"

阮芽凑过去在他脸颊上亲了一下，轻声说："你好看呀。"

封迟琰顿了顿，而后礼尚往来地在她柔软脸颊上也亲了一下，道："谢谢，你也好看。"

阮芽脸立刻红了，小声说："你还是第一个这么说的呢。"

封迟琰觉得阮芽大概对自己的美貌没有概念，不过也不打算提醒她，悠然道："我说的是心灵美。"

车子到了汀兰溪，两人进了别墅，阮芽去拿了药，道："你脱衣服吧，我给你换药。"

封迟琰："疼，不想脱。"阮芽撇撇嘴，盘腿坐在沙发上，倾身过去给他解扣子。封迟琰垂眸看着胸前毛茸茸的脑袋，道："阮芽。""嗯？""你怎么这么好骗。"封迟琰说："我说疼，是骗你的。"阮芽抬起头，气鼓鼓地道："你都骗我了干吗还要说出来？"封迟琰挑眉："因为觉得……"顿了顿，说："很可爱。"

阮芽解开绷带，见伤口结痂了，用棉签蘸着消毒水说："你要是觉得痛，想哭的话，我不会笑你的。"封迟琰说："嗯。"阮芽小心翼翼地给伤口消了毒，又换了药，全程封迟琰眉头都没有皱一下，阮芽十分自得："我的手法还是很不错的。"

封迟琰："嗯，你刚刚差点把消毒水当成消炎药给我敷上去了。"

阮芽不理会他，把绷带一圈圈缠上去，收尾的时候打了个蝴蝶结，满意道："但是我蝴蝶结打得不错啊。"封迟琰瞥了一眼，道："是不错。"

阮芽把衣服给他扣好，道："我觉得我好像把你打包成了一份礼物。"

封迟琰懒懒问："送给谁的？"

阮芽弯起眼睛，指了指自己："送给我的。"

封迟琰一怔，阮芽已经笑着起身："吃饭啦，今天唐姨做了好多好吃的。"

吃过饭，阮芽想起程柠悦的事情，便问封迟琰："琰少，你认识贺信阳吗？"

封迟琰顿了顿："你说贺家那个老大？不算认识，酒会上见过。"

阮芽一听，赶紧往封迟琰身边蹭了蹭，道："那你知道他六年前和前女友的事情吗？""听过点儿风声。"封迟琰道，"但是我为什么要告诉你？"阮芽立刻皱起脸："你跟我说嘛。"她抱着封迟琰胳膊摇了摇，"说嘛说嘛！"

封迟琰按住她脑袋："再晃头都晕了。"

阮芽十分上道，坐直身子，搂着封迟琰脖子在他下巴上亲了一下："这是报酬。"

封迟琰懒散地靠在沙发上，随意地道："我听宋锦胤提过。"他耐心地给阮芽讲了事情的来龙去脉。

贺信阳填志愿的时候背着家里填了化学，贺家一气之下跟他断绝往来，所以贺信阳在大学过得半点不像是富家公子。而程柠悦人长得漂亮，是学校设计系的系花，出身不太好，是个孤儿。两人因为一次小意外认识，贺信阳对程柠悦一见钟情，如同老房子着火，噼里啪啦。

贺信阳烧着了，程柠悦却十分清醒，她答应跟贺信阳在一起完全是因为找个校草当男朋友可以满足她的虚荣心，没多久就和跟贺信阳同一个课题组的同学黄鑫打得火热。

在实验室做实验的时候，黄鑫操作不当，引发了火灾，他和贺信阳都差点没逃出来。贺信阳情况还算好，住了几天院；黄鑫却被火烧伤了腿，成了一个瘸子，并且被学校开除了。

其实黄鑫的出身比程柠悦好不到哪儿去，他书读得好，人却混账，仗着长得还不错，到处勾搭有钱姑娘，那些所谓的"阔绰"，都是用姑娘们被骗的钱堆砌起来的。

而贺信阳出院后就转去金融系了，这本来是他为了跟程柠悦在一起对家里做出的妥协，却变成了一个天大的笑话。

贺家大少爷的身份在学校里传开，无数人感叹程柠悦是捡了芝麻丢了西瓜。

程柠悦在贺信阳住院的时候不闻不问，知道了他的身份后又去求复合，在贺信阳刚刚松口的时候，就提出要八百万。这一句话就跟悬在贺信阳头上的屠刀似的，落了下来，砸得他鲜血淋漓。

邹悠洁知道后跑去程柠悦工作的地方闹了一场，闹得沸沸扬扬，半个A城都知道了。

"就这样？"阮芽皱着眉，"我觉得逻辑不通啊。"

"哪里不通？"封迟琰问。

阮芽道："如果程姐姐真的嫌贫爱富，为什么在知道黄鑫很穷之后，还跟他在一起这么久？我听邹悠洁说，他们都谈婚论嫁了。"

封迟琰对人类的情感没有什么研究，看阮芽犯难的样子，尝试解释了一下："也许这么些年朝夕相处日久生情？"

阮芽："这不可能，一个人要是真的嫌贫爱富，她爱的永远只有金钱。"

程柠悦打开门，见黄静正坐在沙发上涂脚指甲油，黄母则一边嗑瓜子一边看电视剧。黄鑫不在客厅里，应该是在卧室。以往整洁的客厅此时满目狼藉，卫生纸、瓜果皮、油渍……堆积在一起，让人看了直皱眉头。

听见开门的声音，黄母抬起头，瞥了程柠悦一眼，道："你怎么现在才回来？"

"加班。"程柠悦说。

黄母冷哼一声："你干脆别回来，饿死我们算了！还不赶紧去做饭！"

黄静拧好指甲油瓶的盖子，道："妈，我都说点外卖了，等她做好饭我都饿死了。"

程柠悦什么都没说，径直进了厨房。她沉默地做好饭菜，又将饭菜端到桌子上，才叫黄母和黄静吃饭。

黄母拿手拈了一块儿鱼肉进嘴里，看着程柠悦道："你去喊小鑫吃饭啊。"

程柠悦放下手中的碗,"嗯"了一声,转而去敲了敲卧室门,轻声道:"黄鑫,吃饭了。"

"吱呀"一声,门开了,露出黄鑫那张蜡黄的脸。他在念大学的时候是很帅气的,不然也不能骗到那么多的姑娘,但是六年过去,他变了许多,和当初判若两人。

"柠悦,你回来啦。"黄鑫扯出一个笑,问,"今天上班辛苦吗?"

"还好。"程柠悦说,"出来吃饭吧。"

"是你亲手做的吗?"

"是。"程柠悦说,"还做了你爱吃的红烧鱼。"

一顿饭吃完,程柠悦进厨房洗碗,黄鑫站在门边,问:"柠悦,你是不是厌烦我了?"

程柠悦一顿,道:"没有。"

黄鑫走进厨房,看着程柠悦的脸,冷冷道:"我看你就是还想着贺信阳!"

"不会。"程柠悦双眼空洞茫然,定定地看着厨房的天花板,"他已经要结婚了,你不是知道吗?"

"你什么意思?!"黄鑫的表情狰狞起来,"要是他不结婚,你就会一直想着他?!我就知道……我就知道你忘不了他!"

眼看着他又要发疯,程柠悦赶紧往后一躲,皱着眉道:"黄鑫!你闹够了没有?!我跟你说得很清楚了,我不会丢下你不管,我欠你的,会用这一辈子来还,这六年里我做得还不够好吗?!"

黄鑫声音颤抖:"可是你不爱我……你不爱我!"

程柠悦静静地看着黄鑫许久,像是终于败下阵来,说:"黄鑫,爱不爱的,这辈子不都这样了吗?有些事,说开了大家都没趣儿,不如一直烂在心里吧,对你我都好。"

黄鑫诡异地笑了笑,说:"好啊,我答应你。"他伸出手:"柠悦,我们到时候一起去参加贺信阳的婚礼吧?我和他,到底是一个宿舍的兄弟嘛,他结婚,我怎么能不去呢?"

程柠悦垂着头,手指颤了颤,还是握住了他的手,轻声说:"好。"

阮芽快到六点的时候给应白川发了一条消息，委婉地提出了撸猫请求——上次见面时应白川随意的提过一嘴，说家里养了只猫主子，叫作佩奇，阮芽就一直惦记着去看看小猫咪。

应白川挺大方，直接同意了，给了阮芽地址。

阮芽让司机老刘送自己去了西萍园，这里很清静，不知道是不是应白川事先知会过，阮芽在保安亭前露了个脸就被放行了，还有人专门给她带路。

上次她是被应白川扛进来的，没看清楚这里的布局，今天一打量，发现整座别墅是请了设计师设计的，各处的陈设都有讲究，有一种复古的典雅，风格和应白川完全不搭。

用人给阮芽倒了水，阮芽问："佩奇呢？"用人愣了愣，而后道："在它房间里，我带您过去。"阮芽酸溜溜地想，小猫咪都有自己的房间了，而她什么都没有。

小猫咪的房间还很大，还有很多猫玩具，阮芽在其中一个猫窝里发现了佩奇。

这只长毛三花长得非常好看，只是看着脾气不太好。

用人道："佩奇很凶，连少爷都咬，阮小姐小心一点。"阮芽点点头，蹲在猫窝旁边看着佩奇。看得出来应白川把它养得很好，毛发柔顺，身体匀称，看不出来十来岁了。

佩奇抬起琥珀色的眼睛打量了阮芽两眼，拖着嗓子叫了一声。阮芽试探性地伸出手，它主动靠过来，用毛茸茸的脑袋蹭了蹭阮芽的手。阮芽轻轻摸了摸它，它就又嗲嗲地叫了两声。

应白川下楼的时候，看见那只赏了自己一手臂抓痕的猫主子被阮芽抱在怀里，又娇又嗲，跟只小奶猫似的，丝毫没有老猫的尊严。他便把手中的牵引绳丢给阮芽："到它遛弯儿的点了。"阮芽："它也需要溜吗？""它跟别的猫不太一样。"应白川说，"到了时间点不溜，可以嚎一晚上。"

阮芽敬佩地看着佩奇："想不到你的嗓子这么好。"她把牵引绳给佩奇套上，佩奇轻车熟路地往外走，阮芽跟在它后面。

两人一猫走了一段路，佩奇停住了，背弓了起来，喉咙里发出威胁的声音——这是猫遇见忌惮的东西的本能反应。

阮芽抬头，就见一群人浩浩荡荡地过来了，为首的是一名穿着短裙的女人，肚子很大，化着全妆，脚上蹬着一双起码十一厘米的高跟鞋。她旁边的男人拄着拐杖，小心翼翼地看着她，生怕她摔了。

"白川！"女人柔柔地叫了一声，"你好久没回家了，我和你爸来看看你。"

阮芽震惊地看向应白川："这是……你妈？"看阮芽那副震惊样子，应白川心中涌起的烦躁变成了无语，黑着脸道："后妈。"

阮芽打量了一下女人，又看了一眼旁边扶着她的老头儿，他应该就是应白川的亲爹了。"小蕙跟你说话呢！"应老爷子冷着脸道，"你这么多年的教养都吃狗肚子里去了？你这是什么态度？！"

应白川笑了一声："要是我妈跟我这么说话，我肯定不是这态度啊，可惜她死得早。""你！"应老爷子举起拐杖，史小蕙赶紧拦住他："怎么又动手呢？不是说好了好好谈吗！"应白川皮笑肉不笑地说："用你在这里充好人？"

"你看看！"应老爷子道，"他嘴里一句能听的话都没有，我何必来他这里找晦气！"说着甩袖子便走。史小蕙拉不住他，走也不是，留也不是，对应白川道："你们这样一直僵着也不是回事啊，还是要多往来，多在一起，才能……"

应白川彻底不耐烦了："你来干什么？"史小蕙笑道："我不是说了吗？你好久没回家，我和你爸来看看你，顺便也来看看佩奇……"她眸光落在阮芽身上，那眼神让阮芽很不舒服，但是她的语气温和："这是……你女朋友？""不是。"应白川冷冷道。史小蕙道："以前可没见你带姑娘来西萍园，你也该交女朋友了，瞒着家里做什么？"她年纪看着比应白川要小，说话却是十足的长辈姿态。

应白川皱起眉，眼睛里全是不耐烦，顾忌着有阮芽这么个胆小如鼠的人在，忍耐了脾气，道："她是不是我女朋友，跟你有关系？"史小蕙道："是女朋友的话，总要跟我们介绍一下呀，正好今天我和你爸都在……不如我们一起吃个饭吧？互相了解一下。"她看向阮芽，柔声道："小姐，你觉得呢？"

"吃什么饭。"应白川冷淡道,拽过阮芽的胳膊,道:"你该回去了。"

史小蕙面色不改,仍旧是那副温柔口气,道:"你总这样惹你爸生气,所以他才不愿意将应白衾的下落告诉你。"

"应白衾"这个名字一出现,应白川就肉眼可见地紧绷起来。应白川说佩奇是他妹妹抱回来的流浪猫,那……应白衾就是他妹妹吧。

"吊着我这么多年,若是最后他说不出个所以然来……"应白川眸光凶狠,"我一定会扒了他的皮拆了他的骨,让他在无间地狱里后悔自己的所作所为!"应家如今已然被应白川全盘掌控,应老爷子是拿捏着应白衾的下落,才能在应白川面前惺惺作态。

听见他这话,史小蕙却扬起唇角,道:"幸好你爸不在,否则又有的气生了。"她的眼神从阮芽头顶溜到脚底,让阮芽起了一身的鸡皮疙瘩,又道:"让你见笑了,白川这孩子不懂事,还得劳烦你……"她以手掩面,轻笑一声,说:"多多照顾他了。"

应白川将要发作,额头凸起道道青筋。

史小蕙用手搂住肚子,低头看了一眼佩奇,做作地说:"本来嘛,我是主人,客人来了应该陪着。可我怀有身孕,不能跟猫待得太久了,对胎儿不好,就先告辞了。"说完便一扭身,两个有眼色的用人围上去,一左一右地扶着她走了,高跟鞋在石径上踩出一连串"嗒嗒"声。

"官司怎么出问题了?!"封老太太晨起刚喝了一口茶,就听见了这个消息,脸色难看起来,"不是请了最好的律师吗?!"用人小心翼翼道:"那位律师突然推说身体有恙,不能帮少爷辩护了……""笑话!"封老太太道,"我封家的官司岂是他想推就能推的?叫他赔违约金,他赔不起,自然就没病了!"

"已经加到这个数了!"用人比了一个数字,又摇摇头,"他眼睛都没眨,直接签了一张支票!""荒唐!"封老太太将茶杯重重地一放,站起身道,"他难道真以为我就没办法了?!"

她用手指拨弄了一下套在腕子上的紫檀木佛珠,冷声道:"本来我年纪大了,是不想再惹事的,但是这些人非要逼我……保不住杰辉,他也要没命!找人安排,绑也得给我把那律师带到法庭上!"用人却露出为难的表情,低声道:"老夫人,他身边有保镖跟着!咱们根本没机会。"

"什么?!"封老太太一惊,"封迟琰插手这件事儿了?"

"是阮家的人。"用人道,"阮家三少插手了这事儿。"

"阮栒?"封老太太皱起眉,"他这是管的哪门子闲事?"

"听说是为了帮阮芽。"用人迟疑道,"阮家人和阮芽的关系大家有目共睹,阮三少为什么要帮她?"

封老太太抿了抿唇,道:"不管为什么,阮栒掺和进来都是大麻烦。"她沉声道:"给我换身衣服,我们去阮家一趟。"

阮芸知道封老太太登门,十分惊讶:"你没看错?真是封家那老太婆?""这怎么会看错呢?"用人道,"就是封家的那位老祖宗。"阮芸问:"她是不是上门来退婚的?!毕竟琰少没死,阮芽哪里配进封家门?"如果是这样,那她就有机会嫁进封家了!

"这我不知道。"用人答道,"不过她确实是来找家主的,脸色不是那么好。""她儿子、孙子都被关着呢,脸色怎么会好?"阮芸想了想,说,"我们过去看看。"用人为难道:"小姐,家主会客的时候一向不喜欢人打扰的……""怕什么。"阮芸不耐烦道,"就算爸要骂人也是骂我,行了,走吧。"

阮家的画堂里,封老太太端起茶杯,喝了口茶。

阮沥修坐在主位上,面色淡然:"老夫人许多年没有登我阮家的门了,今日来所为何事?""说来惭愧。"封老太太放下茶杯,道,"想必你也知道我那不成材的儿孙们的事。""略有耳闻。"阮沥修道。封老太太道:"都是做父母的,你能体会我心情,虽然孩子不成器,但到底是身上的肉,实在是割舍不了。"

阮沥修未发表意见。

封老太太继续道:"我想尽办法要救他们,偏偏你们阮家的人要来插一脚,就让我不明白是什么意思了?"

阮沥修抬起眸子:"阮家的人?"

封老太太冷笑一声:"阮家主何必装傻?若不是你授意,你那小儿子会做这样的事?"

在门外偷听的阮芸一愣："三哥？！"她声音很小，但阮沥修还是听见了，皱起眉道："出来。"阮芸只好走进画堂，道："爸，我……没有打扰你们吧？"

阮沥修看了她一眼，道："既然想听，就坐着好好听。"

阮芸一喜，赶紧道："谢谢爸。"她在椅子上坐下，道："我刚听见老夫人说三哥插手了封家的事情……这里面是不是有误会啊？""没有根据的事，我老婆子会胡说？"封老太太道，"他有没有插手，阮家主问一问不就知道了？"

阮沥修并没有让人去叫阮栒，而是问："他做什么了，让老夫人这么生气？"封老太太怒道："他教唆律师不上庭，难道我不该生气？！"阮沥修用青瓷杯盖推了推茶叶末，淡淡道："那我就不知道他何错之有了。"

封老太太猛地站了起来："你说什么？！"

阮沥修仍旧气定神闲："我不认为阮栒有错，如果老夫人是来找我要说法，这就是我的说法。""你！"封老太太气得浑身发抖，"我以为这些年你长进不少，不想和几十年前一样意气用事！当年你娶夏语冰，闹出多少风波，若是你当时娶了我侄女儿，会有那么多事？！"

"老夫人。"阮沥修眸光冰冷，"陈芝麻烂谷子的事，就不必提了吧。"

封老太太怵得慌，还是强撑着道："一个夏语冰，一个明胧音，都不是什么好东西，现在没什么人记得她们了，但是我老太婆还没死呢！你等着吧，阮沥修，你迟早落得跟夏语冰一样的下场！"说完她怒气冲冲转身就走，显然气得不轻。

阮芸呆住了，问道："爸，她什么意思啊？什么叫……和妈一个下场？妈不是生阮芽难产去世的吗？""不该你知道的，就别多问。"阮沥修冷淡道。"是。"

"去请三少来。"阮沥修吩咐用人。

用人领命而去，阮栒很快就过来了，他显然是刚睡醒，顶着鸡窝头："爸，怎么了？这一大早的。""我为什么叫你，你不知道？"阮栒立刻搜肠刮肚地想自己最近有没有干混账事，思来想去，诚恳地摇头："不知道。"

阮芸赶紧道："哥，今天封老太太来了，说你插手了封杰辉的事，是不是真的？""哦，这事儿啊。"阮栒道，"我是为民除害啊。""我跟你说过，不要和封家扯上关系。"阮沥修声音极冷，"你把我的话当成耳旁风？！"

阮栒一个哆嗦，道："爸，封杰辉是二房的，我又没去招惹封迟琰……这不算什么吧？"

阮沥修闭了闭眼睛："我今天再说一遍，你们都给我好好记着。不要掺和封家的事，尤其是封迟琰的事。"阮沥修看向阮芸，"还有你……趁早打消嫁给封迟琰的念头。"阮芸一抖，不服气道："爸，凭什么阮芽可以嫁过去，我不行？！这不公平！"阮沥修站起身："不是你的，就不要觊觎。免得偷鸡不成蚀把米，最后成了笑话。"

阮芸一惊。阮沥修这话，是在暗示什么吗？

不等阮芸再问，阮沥修走出了画堂。

阮芽伸了个懒腰，把绣棚放下，程柠悦看了看，惊叹："你这绣工……说是出神入化也不为过。"

阮芽道："谢谢程姐姐的夸奖。"偏头又问，"今天中午我们吃什么呀？"

程柠悦道："抱歉啊，今天中午我有点事……"阮芽下意识地看了她受伤的胳膊一眼，问："什么事呀？"程柠悦顿了顿，说："我男朋友过来跟我一起吃饭。""这样呀。"阮芽点点头，"那好吧，你们去哪里吃呀？西餐厅吗？"

"嗯，就外面那家法餐。"程柠悦勉强笑了笑，"那……我就先走了？"阮芽挥挥手："拜拜。"

程柠悦一走，阮芽就赶紧给封迟琰打电话，热情相邀："琰少，我请你吃午饭吧！法餐！"她顿一顿，继续说，"我请客你买单。"

封迟琰笑了声："你到底想干什么？"

"今天程姐姐她男朋友过来找她吃饭。"阮芽如实交代，"我想看看这个让程姐姐甩了贺大少的男人长什么样，但是我一个人又怂，所以……""所以找我给你当保镖？"封迟琰在秘书递来的文件上签了字，

199

随手将钢笔放在桌上,撑着办公桌,笑着说,"阮老师,我给人当保镖,收费很贵的,你给我开多少钱一小时?"

"我都请你吃饭了诶,你还收我钱?"阮芽委委屈屈,"你又不是不知道我很穷的,真的没钱。"

封迟琰:"那我为什么要去陪你吃饭?"阮芽想了想,认真地说:"因为我可爱呀!"

封迟琰站直身体,看着窗外鳞次栉比的大楼,川流不息的汽车,低笑了一声:"行吧,我答应你了。

"因为你可爱。"

黄鑫今天来找程柠悦,是因为程柠悦两天都没回去了。

他腿瘸了,觉得走起路来丢人,出门在外干脆坐轮椅。程柠悦在他对面坐下,脸上说不上是什么表情,只是道:"这家的鹅肝还不错,尝一尝吗?"黄鑫打量了她两眼,才说:"柠悦,我只喜欢吃你做的饭,这两天你没有回来,我真的很想你。""我知道。"程柠悦说,"从你给我打的两百多个电话就能看出来。"

黄鑫垂头道:"是不是我姐找你要钱,让你不高兴了?对不起,我不知道你会生气……""你什么都不知道。"程柠悦心平气和地说,"这几年里,不论你的家人如何欺辱我,你都不知道。"

"柠悦……"黄鑫不可置信地看着程柠悦,"你是在怪我吗?""没有。"程柠悦说,"我只是在陈述事实。我不回去,是因为工作太忙,不是因为钱。""柠悦。"黄鑫轻声说,"是不是因为贺信阳要结婚了,你后悔了,不想跟我在一起了?其实你很嫌弃我对不对?我变成了一个废人,又被大学开除,哪里比得过贺家大少爷……"他咬牙切齿地说:"我知道的……我一直都知道的,你放不下他,哪怕余生还有几十年,你都放不下他!"

程柠悦表情有些麻木。她定定地看着黄鑫,道:"如果你要我的爱,我给不了你。"她又垂眸看向菜单,声音很轻:"黄鑫,这些年,我自认为做得够好了,给你姐姐的钱是我所有的存款。这个钱,我不打算要回来,以前那些账,我也不想算了,人活得那么清楚做什么,对别人不好,对自己更不好,你说是吧?"

"可是我爱你啊……"黄鑫说,"柠悦,我那么爱你,要不是那场火灾,我不会变成一个可笑的瘸子,不会被大学开除,更不会像现在这样一事无成……这都是为了谁,你最清楚了。"他声音很轻,"是吧?"

程柠悦肩膀抖了一下,不自觉地捏紧了手指。

阮芽坐在程柠悦他们桌后面,有一排放在架子上的绿萝挡着,手里捏着叉子,都要气死了:"这个黄鑫!他这不是在 PUA 程姐姐吗?!"

"PUA……"封迟琰挑了挑眉,"Pick-up Artist?"

阮芽点点头:"我看电视学到的,我觉得黄鑫就是在 PUA 程姐姐啊。"

她起身坐到封迟琰旁边,道:"我觉得程姐姐和贺信阳的事情肯定有误会,程姐姐摆明了不喜欢黄鑫,却跟他在一起,是不是发生了什么事情,让程姐姐不得不跟他在一起。"

"这么关心别人的事做什么?"封迟琰喝了口水,声音有些淡。

阮芽叹口气道:"我总觉得……程姐姐很绝望,我要是她,总希望有个人能拉我一把,不让我从悬崖上摔下去……"阮芽侧眸看向封迟琰:"你会有这种想法吗?""不会。"封迟琰风轻云淡说,"我不会让自己陷入这种绝境。"

阮芽撇撇嘴,还没说话,就听见一道尖锐的声音:"程柠悦!!"一个穿着奢牌连衣裙、提着奢侈包的女人气冲冲地冲到程柠悦那一桌,吸引了整个餐厅人的注意。她停在程柠悦面前,脸色很难看:"你什么意思?!你要是不想借我钱就直说,用得着拿一张只有几百块的银行卡来羞辱我?!"

程柠悦看见黄静拍在桌子上的那张卡,一愣,而后道:"是我拿错了。"这张卡是多年前贺信阳送给她的,里面存了五百二十块,贺信阳说以后他工作了,会慢慢地往这张卡里打钱,然后买车买房,给她一个家。

"你说你拿错了就算了?!"黄静冷笑,"你知道我丢了多大的人吗?!"她拿起卡,当着程柠悦用力一折,卡裂成了两半。她将卡扔在了地上,抱着胳膊道:"反正里面也没什么钱,不要了呗。"

程柠悦愣住了，一时间没有反应过来，等意识到发生了什么后，眼圈顿时一红，猛地推了黄静一把，蹲下身将卡片捡了起来。

黄静哪被程柠悦这么对待过？想也没想就一巴掌甩在了程柠悦脸上："给你脸不要脸是吧？！你竟然敢推我？！"

程柠悦紧紧握着卡片，眼睛里有了泪光。

这是……贺信阳留给她的唯一的东西了。

原来到最后，她什么都没有抓住。

黄静指着程柠悦道："你别做出那副委屈的样子，没人心疼你！我打你那是为你好！我告诉你……"她似乎还不解气，又扬起手，忽然听见一道软软的女声。

阮芽看着她，笑着说："大庭广众之下打人，还说是为了她好？满嘴歪理！"

"你又是谁？！"黄静看她小小一个，气焰嚣张，道，"信不信我报警抓你？！"

阮芽："你恶意伤人，还敲诈勒索，你报警啊，看警察叔叔抓谁。"

黄静瞪大了眼睛："我敲诈勒索？！这钱是程柠悦那个贱人自愿给我的，怎么是我敲诈勒索了？！"程柠悦张了张嘴，最后只是拉过阮芽的手，摇摇头："小芽，你不要管这件事，我……"

阮芽没听她的，而是看向了黄鑫："你刚刚不还说爱程姐姐吗？现在就看着人这么欺负她？你的爱虚伪又自私，只会让人觉得恶心。"黄鑫脸色难看："你懂什么？！""我不懂，但我看见你姐姐对程姐姐动手了。"阮芽皱起眉，"程姐姐手臂上的烫伤，也是你们造成的吧？！"

黄鑫一愣。程柠悦手臂上的烫伤是她端汤给他喝的时候，他发脾气将碗推开，一碗滚烫的汤就洒在了程柠悦手臂上。她说没事，黄鑫也就没有多问。黄鑫呼吸急促起来："柠悦，你把这件事说清楚，你是不是在外面编排我们一家人欺负你？你……"

"是我自己看见的！"阮芽震惊了，"但凡稍微关心她一点，就能发现她手臂已经被烫得全是水泡了！"

黄静大声道："你压根就不知道程柠悦干的好事，凭什么怪我们小鑫不关心她？！要不是因为这个女人，小鑫不会烧伤腿！他本来有光明的前程，但全都被这个女人毁了！当年可是她自己说的，为了赎罪，她会照顾小鑫一辈子！"

程柠悦脸色苍白得跟纸似的，显得脸颊上的掌印越发狰狞，她抓住阮芽的手，痛苦地摇头："好了……好了，不要再说了……就跟她说的一样，我有罪，这是我该受着的。"程柠悦擦了擦眼泪，努力挤出一个笑容："你别跟她吵，她骂人很凶的，你要是哭了我可不哄你。"

阮芽撇嘴："我老公在，我才不怕。"要不是有封迟琰坐镇，她也不敢直接冲出来。

"你老公？"程柠悦愣了愣。

"对啊，我老公可厉害了。"阮芽道，"他……"

"你们说起来还没完没了是吧？！"黄静都要气疯了，指使黄鑫道："把她给我抓住，我今天非要撕了她的嘴不可！"

阮芽赶紧后退了两步，黄静狞笑一声，猛地扑了过去，阮芽往沙发旁边躲去。黄鑫想要趁机扣住她的手臂，忽然手腕像是被铁钳箍住了一般，痛得他脸色立刻扭曲，一抬头，正对上男人微微垂下的、不带丝毫感情的双眸。

黄鑫从没有在人类的眼睛里见过这样冰冷的漠然，咬了咬牙，想要挣脱男人的桎梏，却无济于事，甚至不能动摇对方分毫。

"不好意思。"封迟琰笑了笑，"我夫人喜欢见义勇为，我觉得这是优良品德，一般不干涉她，所以她要骂你们，就请你们……"他莞尔一笑："忍着好了。"

黄鑫腿软得几乎站不住："你是……是她老公？！"

阮芽往封迟琰背后一躲，探出一颗脑袋，十分得意："我就说了我老公很厉害的，你们还不信。"

黄静见弟弟脸都白了，哆嗦着道："你……你快放开他！你要把他手腕捏断了！"

封迟琰道："用的力气是大了点儿，不过不至于断了。"他松开手，黄鑫浑身脱力地跌坐在了地上。

这一瞬间，黄鑫好像回到了六年前的校长办公室，他跛着脚，被无数人数落，哪怕他跪在地上祈求，学校仍旧勒令他退学。那一刻的屈辱，那些讥笑、指责和唾骂，穿过漫漫时光，重新灌进了黄鑫的耳朵里。

黄静慌张地来扶他："小鑫……小鑫你没事吧？！"

黄鑫抿着唇没有说话，顺着黄静的搀扶站起身，看见了程柠悦漠然的脸。

好像从六年前开始，程柠悦越来越沉默，越来越冷淡，曾经的骄傲意气和鲜活都如同流沙一般逝去，无论他如何紧握都注定失去。

以前他还会想，这样值得吗？但是现在，他只有一个想法。值不值得已经不重要了，就算程柠悦永远不爱他，他也要跟这个女人纠缠一辈子，谁都不要放过谁，就这样腐烂、堕落下去，直至死亡。

"柠悦。"黄鑫抽了抽唇角，"你就看着别人这么欺辱我吗？"

程柠悦皱起眉，道："是你们自己要对小芽动手的，我并不认为他们有错。"

"好……好。"黄鑫点点头，轻声说，"柠悦，他们当然没有错，错的是我。"

程柠悦觉得不太对——黄鑫可能要犯病了。

"他这两天吃药没有？"程柠悦脸色凝重地问黄静。

黄静一脸茫然："药？什么药？我不知道啊。"

程柠悦也一怔。黄鑫没告诉家里人？

"黄鑫。"程柠悦尽量心平气和地说，"我跟你回去，我也会给你姐姐道歉，以后……以后我都不会再这样了，一下班就回去找你，亲自做饭给你吃好不好？"她轻声说："跟我回去吧，好不好？"

"我不回去……你在骗我。"黄鑫呼吸急促，额头上青筋也绷了起来，"你在骗我……你是不是觉得跟我站一起很丢人？没关系……我不会给你丢脸的……"他从兜里摸出一把水果刀，雪亮刀锋对着自己脖子："我死了就好了……我死了你就解脱了！"

他紧紧地盯着程柠悦："其实你早就想我去死了对不对？我死了你才能解脱，你才能和贺信阳在一起……"他闭上眼睛，眼角滑下一滴泪来："我成全你。"

"黄鑫！"程柠悦睁大了眼睛。

黄鑫闭上眼睛，手上一用力，手中的水果刀却被一把小勺子打落，力道之大，把黄鑫的手指震得发麻。阮芽看着自己手里的冰淇淋杯，又看看飞出去的冰淇淋勺，愤怒地道："我怎么吃冰淇淋啊！"

"顺手。"封迟琰哄她，"待会儿给你再买一份。"阮芽才被哄好："下次不能这样了，我让你帮忙阻止一下，你也不能抢我勺子呀。"

黄静哭天抢地地抓住黄鑫的手："你这是干什么啊？！就算是死，也是程柠悦那个贱女人去死啊！你干什么傻事！"

黄鑫眼睛通红，看着程柠悦："你是不是连我的生死都不在乎了？程柠悦……你到底有没有心？！"程柠悦慢慢蹲下身，道："你只是没有吃药，等吃了药就会冷静下来了。"她伸出手："我带你回去。"

"啪"一声，黄静打开程柠悦的手，尖锐地道："你给我说清楚，小鑫到底怎么了？！我把小鑫交给你照顾，你就是这样照顾的？！"

"他有躁郁症。"程柠悦说，"六年前就有了，我以为你们知道。"

"这绝对不可能！"黄静就跟见了洪水猛兽似的，"我弟弟怎么可能生病？！绝对不可能！是不是你干的？！绝对是你干的！你到底对他做了什么？！"

"我没那么大能力。"程柠悦皱起眉，道，"而且，他患病时间比我认识他的时间要长。"

"你就是想推卸责任！"黄静无论如何都接受不了事实，道，"是不是你想他死，给他吃了会发狂的药，所以他才会变成这样……程柠悦，你这个贱人，你好狠的心！"

程柠悦觉得和黄静无法沟通，道："他现在犯病了，必须吃药，不然会更严重。"

"吃什么药？！他没病！"黄静道，"他没有病，不需要吃药！"

"我没跟你开玩笑。"程柠悦道，"不让他吃药就是在害他你知不知道？"

黄静能够感觉到黄鑫的身体在哆嗦，眼神很呆滞，只会直勾勾地盯着程柠悦看了，她松了口："我们带他回去……但是我告诉你，我弟弟没有病，你不要胡说八道！"

"程姐姐。"阮芽担心地看着程柠悦，现在程柠悦跟着他们一起回去，不被撕碎了才怪。

"没事的。"程柠悦拍了拍阮芽的手，笑了笑，"之前那么多年，也这样过来了。"她说完就跟黄静一起扶着黄鑫坐在了轮椅上，推着他往外走。黄静忽然回头，指着阮芽道："你给我等着，我之后再找你算账！"

阮芽冲她扮鬼脸。

热闹走了，餐厅恢复了安静，阮芽坐回椅子，"我的冰淇淋呢？"

封迟琰让服务员又上了一份冰淇淋，阮芽一脸凝重："我不理解。"

"我也不理解。"封迟琰说。

阮芽疑惑："我不理解程姐姐为什么要留在黄鑫身边，你不理解什么？"

"我不理解冰淇淋有什么好吃的。"

阮芽："你尝尝？"

"不。"封迟琰说，"自己吃。"

阮芽舔了舔勺子上的冰淇淋，甜丝丝冰凉凉的感觉好似一直从舌尖传到了心口。她眯起眼睛，道："我真的挺担心程姐姐的，要是她明天没来上班，我可以报警吗？"

"她是一个成年人，知道自己在做什么，也知道求助。"封迟琰说，"而且她比你大好几岁，比你聪明多了。"

这话阮芽就不服了："我觉得我很聪明啊！我高考七百零四分诶，你都没有高考，你没有资格说我。"

封迟琰："早知道会遇见你，我当年把宋锦胤弄死也要去高考。"

阮芽想到什么，忽然灿烂地笑了一下。

"笑什么？"

她眼睛弯弯地说："如果早知道会遇见你……

"那些不开心的、自己偷偷躲起来哭的日子，都会充满希望吧。"她看着封迟琰，"因为我知道在我十九岁那一年会遇见你。"

封迟琰一怔。

"不会很委屈吗。"封迟琰问。

"为什么要委屈？"

封迟琰："你知道十九岁那一年会遇见我,但还要忍受痛苦的日子。"

阮芽道："不会呀。

"在黑暗里的人，看见光就很高兴，如果能够触摸到，那当然很好，如果不能触摸到，也应该心怀感恩。"

封迟琰捏了捏阮芽的脸颊，看着她干净的眼睛，说："其实有时候，你很聪明。"

只是我从来置身于最深浓的黑暗，你追逐的并不是光。

阮芽收拾东西准备下班，工作间却来了一位不速之客。

汪倩倩站在门口，笑了笑，道："我有点事想跟你说，可以聊一聊吗？"阮芽背着小包走出门，把工作间的门锁上，道："什么事呀？"汪倩倩声音柔和："我想问问你，你的礼服做得怎么样了？马上就到七月了，时间不多了。"

"差不多了。"阮芽说。"那就好。"汪倩倩说，"你要是有什么不知道的，就来问我，我要是能帮，都会帮你的。"阮芽觉得有点稀奇，汪倩倩竟然会说出这种话。

"好。"阮芽点点头，"谢谢你啦。"汪倩倩才走了。

阮芽下了电梯，刚出大门，就看见一道熟悉的身影，她皱起眉："应白川？"应白川看见她，道："嗯。""你找我有事吗？"阮芽走到他面前，"难道你那个后妈又找你麻烦了？"

"不是。"应白川说，"只是觉得之前的事情应该跟你说声对不起。""没事。"阮芽道，"我没有放在心上。""道歉要有道歉的态度。"应白川说，"请你吃饭，海鲜大餐，吃不吃？"

阮芽眼睛一亮："好啊……"一顿，又说，"算了。""怎么？"阮芽叹息："封迟琰让我离你远点儿。"

应白川笑了："他肚量就这么大？怎么，怕我把你拐跑了？"阮芽严肃道："也不是没有这种可能的。"

应白川微微弯腰，看着阮芽的眼睛，笑着说："我们悄悄地去，你不告诉他不就好了？"阮芽："感觉我们好像在偷情。""我定了两个小时前刚到的贝隆生蚝和澳龙……"

阮芽："我们只是在探讨猫猫的养育方法，走吧走吧，我们赶紧走。"

应白川在心里叹一口气，转身拉开车门，阮芽刚要钻进去，就被人从后面拦腰一抱，整个人都悬空了。

"应少啊。"阮栒单手抱着一脸蒙的阮芽，对应白川一笑，"这是要带我妹妹去哪儿啊？"

应白川眯了眯眼睛："她帮了我忙，请她吃个饭，三少一起？"

"不了。"阮栒说，"我找阮小芽有事，事有轻重缓急，我这边是十万火急的大事，饭就不跟应少吃了。"

应白川皮笑肉不笑："没听说阮家有什么大事发生。"

阮栒："我家里的事情还能让你知道？不好意思啊应少，人我带走了。"他把阮芽放地上，牵着她手："跟我走。"阮芽晕头转向地"哦"了一声，走了两步，赶紧转头给应白川做口型：下次再吃！生蚝龙虾！

应白川给她比了个"OK"的手势。

阮芽才放心地被阮栒提溜走："今天怎么大家都来找我了。"

阮栒问："你跟应白川什么时候是可以和平聊天的关系了？""前不久啊。"阮芽说，"其实他人挺好，也挺可怜的。""人好，可怜？"阮栒盯着阮芽，"你老实交代，你今天脑子里进了多少水能说出这种话？"

阮芽："也就你脑子里的三分之一吧，怎么啦？"

阮栒说："你还骂我是吧？你根本就不了解应白川，这人的名声臭得要死，出了名的疯子，你以为他是怎么那么快把老爹架空，自己上位的？反正你离他远点，不是什么好东西。"

阮芽不作回答，而是说："你来找我干吗？"

阮栒说："你浏阳哥哥跟女朋友分手，已经在酒吧里喝了三个小时的酒了，唱《死了都要爱》，谁劝都不听，东子说让你去劝一劝，没准他听你话。"阮芽不能理解："那你们就不能把他打晕了直接抗走吗？""要是留下什么伤让他妈看见，不得反了天了？"阮栒摇摇头，"你不知道他妈，事儿可多了。"

"那好吧。"阮芽伸出手指，"不过你得答应我一个要求。"

"你说。"

阮芽："你给我买一碗西瓜冰粉吧，我今天中午看见了就好想吃，但是十块钱一碗，我没舍得买。"

阮枸深吸口气:"你出去可千万别说你是我阮枸的妹妹。"

阮芽双手合十:"谢谢三哥。"

阮枸去给她买冰粉,阮芽给封迟琰打了个电话,报备行程:"他喝醉了,还在人家那里唱歌……不知道诶,可能是唱得太难听了吧?要是有机会的话,我可以指导他两句。"

封迟琰说:"那你们应该很有共同语言。"

阮芽:"但他跟我不是一个路子啊,他喜欢死了都要爱,我喜欢春天在哪里。"

封迟琰说:"其实有时候,你也挺自信的。"

阮芽:"?"

封迟琰转移话题:"你随便劝两句,做做样子就行了。"

阮芽刚进酒吧,就听见贺浏阳撕心裂肺的歌声,没有技巧,全是感情,说难听都是捧场的,听众的最真实反映应该是拎着椅子直接让歌手闭嘴。

阮芽看着抱着高脚凳大长腿、边哭边唱的贺浏阳,作了一番心理建设,才上前:"浏阳哥?"

"死了都要爱……不淋漓尽致不痛快……嗝。"贺浏阳听见声音,转头看着阮芽,好一会儿,"妹妹!妹妹你怎么来了?正好,跟哥一起唱,你会唱不?"

阮芽:"不会。""没事,哥教你,很简单的……"他清清嗓子就要继续,阮芽连忙道:"我们先不唱歌了,浏阳哥你唱歌这么好听,不能让他们免费听的。"

阮枸用震惊的眼神看着阮芽。好家伙,这已经不是说谎不打草稿了,这属于是丧良心了啊。

关键是贺浏阳真听进去了,把话筒一扔:"你说得对……不能让那群狗东西免费听。"他颤颤巍巍爬起来,招呼道:"调酒师,给我妹妹调杯落日红茶。"

调酒师连忙道:"好,马上。"

吕遥给阮芽竖了个大拇指,道:"你竟然昧着良心说出这种话,我肯定说不出来。"

阮芽："生活所迫，生活所迫。"

"哎！"柯擎东突然招了招手，"哥，这儿！"

阮芽一转头，看见一名穿着宽松T恤的男人穿过人群过来，他五官和贺浏阳生得很像，但是贺浏阳要更桀骜，贺信阳却被时光打磨得温润，没了棱角，让人一看就觉得是个好脾气、好相处的人。

"麻烦你们了。"贺信阳看了眼烂醉如泥的弟弟，叹一口气。

"哥……"贺浏阳抓住他胳膊，"你要带我回家吗？"贺信阳："不然呢？"贺浏阳："我不想回去，我回去妈肯定要骂我。""那你睡大街吧。"贺信阳温声说。

"那我还是挨骂吧。"贺浏阳自己站起来，咳嗽了两声，又转身对阮芽摆摆手："妹妹，哥走了！"

贺信阳一把捂住弟弟的嘴，对阮芽一笑，道："抱歉，他喝多了。"

贺信阳把人架走了，众人终于松了口气，柯擎东拍了拍胸口："再听他号两句，我就得吃速效救心丸了。"

"还是咱妹妹有办法。"吕遥对阮芽说，"这一杯敬妹妹。""去你的吧。"阮栒把人推开，"贺浏阳喝醉了还知道不能给她喝酒呢，你是个人吗？""她总要喝酒的。"吕遥说，"你还保护她一辈子？"

"怎么就不能保护她一辈子。"阮栒挑起眉，揽过阮芽肩膀，"我妹妹，当然要护着一辈子。"阮芽抬起头看着他，阮栒咳嗽一声："看什么？觉得你哥我很帅？"

阮芽："我就是想说，那个酒看起来好好喝，我想尝一尝来着。"她从阮栒胳膊底下钻出来，道，"有人来接我，你继续玩儿吧！"她摆摆手，就钻进了人群里。

酒吧里群魔乱舞，阮芽没来过这种地方，从人群挤出去，终于到了出口，刚要推开门，忽然听见一个少女的声音："你好，我东西掉你脚边了，可以帮我捡一下吗？"

阮芽侧眸，见说话的是个画着大浓妆、穿着火辣的少女。她弯腰将脚边的东西捡起来，发现是一枚铆钉形状的耳钉："你的东西。"

"谢谢。"少女从阮芽手心拿过耳钉，笑了笑，"你不像是会出现在这种地方的人啊。"

阮芽道："我是来找人的。""哦……"少女点点头，"那你找到了吗？""找到了。"

少女莞尔："那你出去的时候小心点哦。"她把耳钉戴上，转身走了。

阮芽被少女的话弄得有点忐忑，酝酿了一下，拉开门就直接跑，没几秒就感觉有一只强有力的手拽住了自己，阮芽吓得一蹦三尺高。

漆黑一片，她什么都看不清："你……"

忽地，对方用一只手在她背后按了一下，阮芽不受控制地撞进他怀里，嗅见从他领口散出来的一点冷淡的木质香，脸颊贴着他心脏跳动的地方，失去了视觉，其他的感官就分外敏锐。

封迟琰的声音就在耳侧："以前没有发现你可以蹦这么高，不去参加奥运会真是可惜了。"

阮芽脸红红的："我……我不知道是你呀！"

封迟琰牵着她手往外走，又去买了糖。车子到了汀兰溪糖才吃完，阮芽把糖棍儿扔进垃圾桶，拍拍手，转身看见封迟琰静静地立在黄昏里看着她。

他今天穿得随意，休闲风的衬衣加一条黑色长裤，勾勒出肩宽腿长得好身材，昏黄天光下显得眉眼更加深邃，热烈的火烧云下他清冷似冰雪，仿佛与这个世界格格不入，又格外融洽。

阮芽叹口气，封迟琰问她："怎么？吃完糖才担心自己的牙齿？"阮芽："就是觉得你长得好好看。"封迟琰弯唇笑了笑，从小到大，还没人这么夸过他，阮芽倒是别出心裁。"哪里好看？"封迟琰问。

阮芽说："哪里都好看，不过……"她伸出指尖在封迟琰眼下点了点，说，"最喜欢你这颗痣。"

这颗痣带着几分说不出的冷淡，让他本就没什么情绪的眼睛显得更加冰冷。

唐姨将晚饭做得很好吃，吃过饭，封迟琰从冰箱里拿出一盒荔枝，声音不高不低："今天宋锦胤送了一盒挂绿荔枝来，想着你喜欢……"

话还没说完，阮芽就从沙发那边瞬移过来了，伸手要拿保鲜盒，封迟琰却将手举高:"想吃吗?"阮芽蹦跶了一下,发现够不着,气站椅子上抓住封迟琰手:"给我。"封迟琰松开盒子,抱住她腰,将人从椅子上抱下来,笑道:"吃我东西还跟我生气,不好吧?"

阮芽打开盒子,看着里面圆滚滚的荔枝:"这是宋锦胤给我的,又不是给你的。"她盯着荔枝看了一会,道:"除了中间有点绿的,和普通荔枝没什么区别呀,它凭什么卖这么贵?"

挂绿荔枝是最名贵的荔枝品种,有"一颗挂绿一寸金"的说法。屈大均在《荔枝诗》里写"端阳是处子离离,火气如山入市时。一树增城名挂绿,冰融雪沃少人知。"

封迟琰把她放在沙发上,道:"大约是物以稀为贵吧。"

"人就是喜欢稀少的东西。"阮芽说,"太容易得到的就不珍惜。"她想到什么,严肃地看着封迟琰:"要是你有好多好多个未婚妻,是不是就不那么喜欢我了?"

封迟琰觉得她的脑回路真的挺奇怪,笑了笑,说:"就算有好多个未婚妻,这个世界上还不是只有一个你?"阮芽道:"那我就算有很多个未婚夫,也最喜欢你。"封迟琰捏住她下巴:"你还想有好几个未婚夫?"

"我就说说嘛。"阮芽笑眯眯道,"全天下,我最最喜欢你了。"

封迟琰说:"花言巧语。"却又忍不住笑了,道:"不该给你吃这么甜的东西,说话都加了糖似的。"

阮芽黏黏糊糊地靠过去:"甜一点多好呀,生活那么辛苦。"

阮落榆从浴室出来,头发还在滴水,手机已经响了好几遍,他拿起来看了看,是经纪人的电话。

他拨回去,笑问:"怎么了岳哥?这么急,我最近不是没接通告吗?"

经纪人道:"不是你的事儿,是关于你妹妹的。"

阮落榆笑容淡了淡,在沙发上坐下,一双大长腿舒展开,茶几上的红酒杯被骨节分明的手端起来,他喝了一口,才问:"怎么?"

"夏老夫人看见了 LP 秀上的那一件旗袍,说蝴蝶绣得好,想见见绣师,帮忙修补一件衣服。"经纪人为难道,"我想五小姐的身份敏感,就没让人说她的身份，落榆，这事儿怎么处理啊？"

"哪件衣服？"阮落榆皱起眉，按了按太阳穴，"她很喜欢吗？""听说很喜欢。"经纪人说，"老夫人请姚瑞去看过，但是觉得姚瑞没那本事，所以就一直搁置着。"

阮落榆问，"一件衣服而已，何必如此珍视。"

经纪人沉默了一会儿，说："是夏夫人跟阮家主结婚的时候穿的嫁衣。"

阮落榆良久没说话，直到经纪人轻轻咳嗽一声，才道："答应下来吧，阮芽那边我会去说。"他垂眸："别说她是阮家的人。"经纪人明白了，道："我这就去办。"

"嗯。"阮落榆把手机扔到一边，揉了揉眉心。

一阵清冷的风从窗户吹进来，他像惊醒似的，站起身去关窗户。窗外万家灯火，无限绵延，漫天的人间烟火气衬得他孤家寡人一个，冷冷清清。

阮落榆想起很多很多年前的旧事。

小时候他放学回家，妈妈坐在钢琴边上看五线谱，窗外阳光明媚，万物盎然。

妈妈看见他，笑着说："今天妹妹踢了我一脚，阿榆要摸一下吗？"

于是他好奇地走过去，伸出手碰了碰，正巧肚子里的小家伙又动了动，妈妈说："看来妹妹很喜欢阿榆哦。"

掌心的触感柔软，里面孕育着一个全新的生命，而这个生命与他血脉相连，是他的亲妹妹。

那是阮落榆与阮芽的第一次"对话"。

第九章

Chapter 9

程柠悦从库房出来，迎面撞见了姚瑞和汪倩倩。她脚步一顿，点了点头："姚大师，汪小姐。"

汪倩倩瞥了一眼她拿的东西，问："马上就要到七月了，阮小姐准备好礼服了吗？"

程柠悦道："差不多了，我刚刚给林太太打了电话，约她来试穿。"

姚瑞笑着拍了拍程柠悦的肩膀，道："我是因为器重你才会把你拨给阮小姐，你可不要辜负阮小姐的期待，别出差错，毕竟贺家的婚礼会办得很隆重。"

程柠悦抿了抿唇，轻声说："知道了。"姚瑞满意地点点头，道："你去忙吧。"

等程柠悦走了，汪倩倩才不满道："老师，你干吗这么看重程柠悦啊？"

"自然是因为她有本事。"姚瑞看着程柠悦的背影，淡淡道，"如果不是当年那件事，她不会屈才留在我这儿。"

汪倩倩眼珠子转了转，说："要说程柠悦这人看着挺温厚老实的，竟然能做出那种事儿……挺让我意外。"

姚瑞意味深长地道："我也挺意外的。"而后嘱咐说："杜太太的礼服也完成了，通知她来试穿吧。"汪倩倩点了点头，问："老师，您该不会是想在宴会上让杜太太穿着您做的衣服，把林太太比下去吧？阮芽毕竟是阮家的五小姐，林太太应该不会因为这点事对阮芽发难……"

姚瑞勾起一抹诡异的笑，她要的是阮芽在这个圈子里身败名裂，再也不配"绣师"上称谓。但她对汪倩倩没有多说，只是道："到时候你就知道了。"

林太太和资料上一样，是个丰腴美艳的女人，哪怕已经四十多岁，仍旧十分漂亮，艳光四射。她走进阮芽的工作间，身后跟着一个女人，估计是她的朋友。

林晓媚打量了阮芽两眼，问："你就是那个在LP秀上补好了衣服的绣师？"

阮芽点点头："林太太好。"林晓媚皱起眉："你看上去太年轻了。""姚瑞疯了吗？"林萍道，"让这么个人来接单子……表姐，我们今天就不该多跑这一趟。"

程柠悦道："林太太，虽然这位绣师年纪不大，但是她的绣工巧夺天工，您先看看吧？"

林晓媚见她一脸认真，在椅子上坐下了："行，我就看看。"林萍冷哼一声："表姐，你还真的信她们啊？这两个黄毛丫头能做出什么好东西？不是我说，就是姚瑞的一些设计我都看不上。"

阮芽将人台推了出来，上面盖着一块白布，林萍仍旧滔滔不绝地说："要我说，没准这就是杜琦那个贱人的主意，让姚瑞随便安排一个绣师敷衍你，让你抢不走她的风头，我才不信这种初出茅庐的丫头片子能做出什么……"她的声音戛然而止。

阮芽将盖在人台上的白布扯下来，只见人台穿着一件暗红色的旗袍。旗袍用料极好，剪裁精致，盘扣用的是饱满圆润的珍珠，最妙的是裙摆上绣着的一丛灼灼绽放的芍药。绣线在灯光下显出波光粼粼的感觉，让人移不开眼睛。

林晓媚从椅子上站了起来，林萍张着嘴说不出话来。

姚氏针法如此受欢迎是因为绣出的绣品十分精致、灵动。而这丛芍药比姚瑞的绣品要更有灵气。

林晓媚用手指划过细密的针脚："真的是你绣出来的？！不……应

该是你绣出来的,姚瑞绣不出这样的东西。"

"之前多有冒犯。"林晓媚对这件旗袍简直是爱不释手,道,"绣师年纪轻轻,绣工却已臻化境,实在让人佩服。"

阮芽笑了笑:"当不起林太太的夸奖,太太试试看吧,如果有哪里不合适的,我们也好修改。"

俗话说得好,人靠衣装佛靠金装,这件旗袍上身,勾勒出林晓媚保持得很好的身材,将她身上成熟的女性美体现得淋漓尽致,像是那丛芍药一般热烈张扬,又妩媚动人。林晓媚照着镜子,十分满意:"我还专门去国外的大秀拍了几件高定,看来是用不上了。"

程柠悦问道:"林太太,有什么不合身的地方吗?"

林晓媚说:"腰这里有点小了……难道我最近胖了?你们是按照我的数据做的吧?"

"当然。"程柠悦道。

"那就奇怪了……这样吧,你们把腰这里放宽一厘米。"

程柠悦点头:"好的,您放心。"

林晓媚笑道:"那就麻烦你了,等到时间了,我让人过来取。"

"您客气。"程柠悦说,"您喜欢就好。"

林晓媚将衣服换下来,对阮芽笑着道:"这位绣师,你的前途必定不可限量,之后我会再找你订单子。"

"谢谢您的夸奖。"阮芽认认真真地鞠躬,道,"我会继续努力的。"林晓媚又说了几句客套话,便和林萍一起离开了。

程柠悦道:"小芽,这些天你辛苦了,腰这里我来改就好了。"

不是什么大事,阮芽也就没跟她争,点了点头。

阮芽中午吃过火锅,无所事事,打算去封迟琰的办公室睡觉,不过她去的不巧,办公室里有人,还是她很不想看见的人。

阮芽后背一僵,转身就跑,还没跑两步就被人拦腰扣住了:"跑什么?""阮落榆在里面。"阮芽小声说,"我不想看见他。"

封迟琰就跟没听见阮芽的话似的,道:"正好你二哥来了。"然后就这么搂着阮芽进了办公室。

阮落榆今天打扮得挺正经,细条纹的衬衣加一条挺括的西裤,一双眼睛含情带意的十分漂亮,是个姑娘看了都得脸红心跳。阮芽也脸红心跳——又气又怕,气的是封迟琰将她拎进来,怕的是阮落榆这个人。

阮落榆率先开口:"你来得正好,我就是来找你的。"

阮芽慢慢扭过头:"找我?"

"嗯。"阮落榆笑了笑,"想请你帮忙。"

她抬着下巴拿腔拿调地说:"什么忙?"

封迟琰觉得她这样可爱死了,笑了一声,阮芽立刻瞪他:不准破坏氛围!

阮落榆道:"我有一个长辈……"他一顿,强调道:"是我外婆,老人家想请你修补一件衣服。那件衣服用的是姚氏针法,修补难度很大。"

阮芽听他提及家人,心中有些意外,又不便多问,只是皱起眉,道:"既然是姚瑞做的衣服,找姚瑞不就好了?""衣服不是姚瑞做的。"阮落榆淡淡道,"她补不了。"

用的是姚氏针法,却不是姚瑞做的……阮芽问道:"做那件衣服的人,是不是叫苗晴牧?"阮落榆一怔:"你认识她?""算是认识。"阮芽说,"你也认识?""幼年时见过。"阮落榆道。

夏语冰很多衣服都出自苗晴牧之手,在她死后,阮沥修将夏语冰的东西一把火烧得干干净净,唯一留下的就是夏老夫人那里的一件嫁衣了。

或许是女儿的死对她打击过大,没多久夏老夫人就神志不清了,夏家也不再与阮家来往,淡出了 A 城的权贵圈,以至于很多新一代的孩子都不太知道夏家。

阮芽看出阮落榆的抵触,知道他不愿意多说,就没有继续问下去,而是道:"如果姚瑞补不了,我也不一定能补得了。"毕竟她没学到师傅的精湛绣工,只会皮毛罢了。

"看看吧。"阮落榆从口袋里抽出一张支票放在阮芽面前,道,"当是我聘请你,数字你随便填。"她叹一口气,把支票推回去,道:"我可以跟你过去看看,支票就不用了,你请我吃个冰淇淋吧,我要吃哈根达斯……"

封迟琰:"不能吃冰淇淋。"

阮芽:"这是我的劳动成果,为什么不行?我就要。"

封迟琰眯起眼睛。阮芽缩成一团。

阮落榆笑了一声,道:"要不……你还是收了支票吧?"

阮芽才不乐意揣这么多钱在身上,要是不小心丢了,她会哭死的,于是做出了妥协,道:"那……冰淇淋换成热奶茶好了。"封迟琰没再反对。

阮落榆站起身:"现在有时间吗?"阮芽点点头。

"那我们现在就走。"阮落榆道。

阮芽"哦"了一声,对封迟琰挥挥手。

阮沉桉走到门口时,忽然听见身后封迟琰有些冷淡的声音:"人我交给你了,要是出了什么意外,别怪我不讲情面。"

阮落榆脚步一顿,笑了笑:"放心,既然人是从你这儿带走的,我当然会完完整整地把人给你带回来。"

阮芽趴在门边嘱咐封迟琰:"你记得隔一个小时就给我发一条消息,我要是没回,就是被绑架了。"

两人进了电梯,阮芽站得离阮落榆三步远,就差把"我们不熟"写在脸上了。

"你很抗拒我。"阮落榆双手抄进口袋里,看着电梯门上映出阮芽的影子,问,"为什么还要跟我走?"

"你不是有事求我吗?"阮芽缩在电梯角,说,"我觉得很难得。"

阮落榆勾起唇角:"没什么难得的,我不是神仙,不是什么事都能办到的。"

一路上阮落榆都没说什么话,偶尔接一个电话。车停在一栋小洋楼外面,阮落榆才说:"找你来的那一位,神智不太清楚,你少说话。"

阮芽点点头:"好。"

阮落榆拉开车门下来,立刻有用人迎了上来:"二少爷,您来了。"又小心谨慎地看了阮芽一眼:"二少爷……这位是?"

阮芽寻思着阮落榆肯定不想让别人知道自己是他同父同母的亲

妹妹，于是主动举手发言："你好，我是阮落榆的女朋友。"单身将近三十年的阮落榆："……"

他盯着阮芽看了一眼，阮芽一脸无辜。

今天夏家挺热闹，人都挤在会客厅里，正在跟老夫人说笑，一个个铆足了力气，想要得到她的青眼。

当听见用人说"二少爷来了"时，客厅里的声音一顿。夏老夫人一共就两个孩子，大儿子老来得子，是一对龙凤胎，今年还在上高中；小女儿有四个孩子，就是去得早。老夫人宠爱女儿，所以夏家的用人不管阮落榆他们叫表少爷，而是按着阮家的排行称呼。

"我们的大明星来了。"坐在夏老夫人旁边的年轻女人笑起来，"刚刚老夫人还念叨呢，现在可不就来了？"夏老夫人十分开心："阿榆来啦？快来，快来外婆这儿……"

阮落榆走进会客厅，长腿一迈，就到了夏老夫人旁边。年轻女人站起来给他让了位置，道："我听岳哥说你最近没有别的通告，想着你会来看看老夫人，果然让我蹲到你了，见你一面不容易啊，大明星。"这个年轻女人叫作施念，算是夏老夫人娘家那边的亲戚。施家和夏家的交情不错，所以她偶尔会来陪陪夏老夫人，老夫人也喜欢她。

相比起施念的亲近戏谑，阮落榆客套疏离许多："施小姐说笑了，要见我，打开电视不就看见了？"施念笑了笑："电视里的哪有真人好看？"

阮落榆没接话，而是对夏老夫人说："外婆，您要找的那位绣师，我给您带过来了。"阮落榆回眸看着阮芽。

她有点紧张，走到夏老夫人面前，轻声道："老夫人好。"夏老夫人看见她，猛地站了起来，吓众人一跳，施念连忙去扶住老人家："老夫人……您怎么了？！"

夏老夫人却推开了施念的手，颤颤巍巍地走到阮芽面前，老泪纵横："语冰……语冰，你终于回来看妈妈了……你终于愿意回来看妈妈了……"说罢，她一把搂住阮芽。

阮芽被老人抱住，闻见这具枯朽身体上沾染的檀香，是让人安心的味道，连着这个并不宽广甚至干瘦的怀抱，都十分温暖。

阮芽的鼻子酸了酸。她知道这个老人是自己的外婆，她们是血脉相连的亲人，但是阮落榆没有说出她真正的身份，就说明他不想夏老夫人知道太多。

"外婆。"阮落榆声音很温柔，"这是我带来的绣师，不是母亲，您认错了。"

夏老夫人听见外孙的声音，迟疑地松开手，道："不是……不是语冰？"

"嗯，不是。"阮落榆说。

夏老夫人由阮落榆扶着坐回沙发上，慢慢冷静下来，神智也清醒了几分，道："姑娘，不好意思啊，我刚刚认错人了……一看见你就觉得亲切，恍惚间还以为是我女儿回来了。"

"孩子，你叫什么名字？"夏老夫人问道。阮芽下意识地看向阮落榆。

阮落榆淡淡道："外婆，把衣服拿来给绣师看看吧。"

"对……"夏老夫人被阮落榆岔开了话题，没再问阮芽名字，站起身道，"姑娘，你跟我来，我带你去看看……"

施念上前扶住夏老夫人，笑着道："二少爷，你个子太高了，扶着老夫人不方便，还是我来吧？"

阮落榆一米八往上的大高个儿，确实不太方便搀着老太太，便没有拒绝。

阮芽跟在几人后面，穿过花园，到了老夫人住的房间，用人打开门，夏老夫人对阮落榆道："阿榆，你打开箱子，把衣服拿出来。"

阮落榆应了一声，打开木质的大箱子，里面躺着一件叠得整整齐齐的嫁衣，放在紫檀木的托盘上。他将托盘取出来，夏老夫人干枯的手指拂过上面精致的刺绣，闭了闭眼睛，道："姑娘，你来看看。"

阮芽走近，这件嫁衣上的刺绣确确实实用的是姚氏针法，工程量极大，如果由一个人绣制，保守估计要一两年的时间。

阮落榆将衣服抖开，嫁衣裙摆竟然被火燎了一块，那一片刺绣已经看不出原本的样子了。

夏老夫人手指停在被火燎了的地方，道："我找了很多人来看，都补不了。"

施念惊讶道:"这嫁衣怎么会被火烧了呢?"

夏老夫人沉默了一会儿,才说:"当年语冰和阮沥修大婚的时候,起了大火。阮沥修带着她逃出来,衣服却没保住,语冰一直想补好这件衣服,却再没能找到绣嫁衣的那位绣师。语冰去世后,我从阮家带走了这件嫁衣,想完成她的多年心愿,可惜,还是没能补好它。"

"姑娘……"夏老夫人满眼希冀地看向阮芽,询问道,"你有把握补好它吗?"

在老夫人的注视下,阮芽轻轻摇头,道:"抱歉,老夫人,这件嫁衣损毁太严重了,我不知道这被火燎的地方原来是什么样子,枉然修补,只怕您会失望。"

夏老夫人叹口气:"你倒是个实诚孩子,以往我找的人都满口答应,说一定能补好,但是他们画出的图样,我都不满意。"

阮芽犹豫了下,还是说:"老夫人,当世之中能修补好这件嫁衣的,估计只有当年绣这件嫁衣的人了。"

"我何尝不知道。"夏老夫人摇摇头,"可是苗大师她……隐居多年,不知所终了。"

阮芽知道苗晴牧在哪里,但是不确定苗晴牧是否愿意接手这件事,想了想,还是说:"老夫人,我可以帮您问一问苗大师。"

夏老夫人眼睛一亮:"你知道苗晴牧在哪里?!"

阮芽点点头,"不过……可能要我去亲自问她才行,想要短期之内修补好是不太可能了。"

夏老夫人却很高兴,道:"只要能够找到苗大师,多久我都能等。"

阮落榆没想到她真有修补好嫁衣的法子,看了阮芽一眼,道:"多谢。"

"不用。"阮芽说,"不是什么大事。"

夏老夫人很高兴,拉着阮芽要留她吃下午茶。阮芽也很想陪陪夏老夫人,她一看见这个老人就觉得很亲切,大概是血缘的关系,她在面对万桂芬时从未有过这样的心情。但是能不能留下不是她能决定的,要看阮落榆的意思。

"既然外婆高兴,就留下吧。"阮落榆笑了笑,听不出什么别的情绪。阮芽才答应下来。

一行人到了花厅,用人已经准备好了茶和糕点,施念扶着夏老夫人坐下,要顺势坐在她旁边时,夏老夫人却招招手,慈爱道:"语冰啊,过来。"施念一顿,知道她又犯糊涂了,把阮芽当成了夏语冰。阮芽还没反应过来,就被人推了一把,阮落榆淡声道:"过去吧。"

阮芽在夏老夫人旁边坐下,老人握住她的手,温声说:"语冰,你看,这些糕点都是你喜欢的,你可要多吃点,不准再赌气了,你看你瘦的……"阮落榆看了阮芽一眼,阮芽才小心道:"嗯,知道了。"

夏老夫人将一块豌豆黄夹进她面前的碟子里,道:"吃吧。"阮芽咬了一口豌豆黄,入口即化,清甜不腻,十分不错。施念道:"老夫人,您尝尝这个云片糕,也很不错呢……"她将老人的注意力转移走了,阮芽连忙站起来,离得远了一点。

夏老夫人看见她就会频繁地想起夏语冰,她忽然觉得阮落榆的隐瞒是对的。如果老夫人知道她是夏语冰的女儿,心里肯定不好受,毕竟她是害死夏语冰的元凶,也是夏语冰最后留下的血脉。

阮落榆看着施念哄夏老夫人,话却是对阮芽说的:"外公、外婆很疼爱小女儿,当作命根子一样。"阮芽耷拉着脑袋,轻轻地"嗯"了一声。

阮落榆声音仍旧温柔:"阮芽,你是不是觉得你很无辜?你是不是觉得你不过是腹中胎儿,根本就没有选择的权利,我们却将所有的过错和仇恨都推到了你的身上,说你是罪魁祸首……你委屈吗?"

阮芽沉默了许久,才轻声说:"你想从我这里听到什么样的回答呢?"

阮落榆笑了一声:"你想怎么回答?"

"我不委屈,但我的确无辜。"阮芽看着满脸笑意的夏老夫人,声音有点闷闷的,"阮落榆。"

这是阮落榆头一次听见她喊自己,连名带姓的,客气有余,亲昵不足。

"阮落榆。"阮芽转眸看着自己的二哥,问,"如果是你的话,你会怎么做呢？"阮落榆没有回答。阮芽说："如果我把这条命还了，你会满意吗？"

阮落榆脸上的笑意渐渐褪去，冷声道："既然知道自己不该来到这个世界上，你就不该答应回到Ａ城，这里不是你的家。"

阮芽吸了吸鼻子，有一点难过，但只有一点，毕竟她早就知道阮落榆厌恶她。

阮落榆和阮栩终究是不一样的，夏语冰去世的时候他已经十岁了，有关于母亲的记忆。过去越美好，就越会衬出如今的苍凉。

阮落榆说Ａ城不是她的家，不是这样的，封迟琰给了她一个家。

想到封迟琰，她笑了一下，然后对着阮落榆鞠了一躬，说："以后我会尽量避免跟你见面的，真的很抱歉。"阮落榆似乎想要说什么，终究没说出口，看着自己的妹妹，勾起唇笑了一下，却没什么笑意。"走吧。"他率先转身，"差不多可以回去了。"

阮落榆亲自送阮芽回了封氏集团，阮芽在楼下跟他保证："我以后尽量不出现在你面前。"阮落榆一僵。阮芽伸出手，挥了挥："我上去了，再见。"说完就进了电梯。

电梯门缓缓合上，隔绝了阮落榆的视线。

阮芽没精打采地窝进沙发里，封迟琰不在，只有宋锦胤在嗑阮芽的瓜子。他本以为阮芽要找他的麻烦，结果小姑娘一声不吭地坐在了沙发上。

宋锦胤放下瓜子，凑过去："你怎么了？发现封迟琰婚外情了？"

阮芽幽幽地抬起头："他有婚外情吗？"

"没有。"宋锦胤说，"之前我以为他会跟工作过一辈子，老实说，你留在他身边，就像是一个奇迹。"

阮芽撑着腮帮子，道："我才不是奇迹。"她深深叹口气，"我是累赘。"

宋锦胤伸手探了探她的额头，道："这也没发烧啊，怎么就开始说胡话了？要不要带你去医院看看？"阮芽打开他的手，说："我没事。"

宋锦胤想了想，道："我听陶湛说阮落榆把你带去夏家了，怎么阮落榆欺负你了？"阮芽说："他没有欺负我。""那你怎么了？"

阮芽看着宋锦胤，问："你说，封迟琰会不会有一天突然不要我了？"

宋少没有想过如他这般的渣男，还有给人做情感顾问的时候。他字斟句酌地说："应该不会……我看他还挺喜欢你的，就算不在一起了，也会给你安排好后半辈子。"

阮芽沉默了好一会儿，宋锦胤连忙补救："其实话不能这么说，好端端的他干吗不要你了？以后的事情谁也说不准，你现在年纪小，不知道，一上来就跟你海誓山盟说永远爱你的才是渣男呢。"

阮芽看着宋锦胤，犹豫了一下，问："那你交女朋友的时候，是不是一上来就海誓山盟？"宋锦胤说："我在你眼里就是这种人？我交女朋友都事先说好和平分手。""那你为什么有那么多的桃花债。"阮芽迷茫。"可能我人太好了呗，她们跟我分手后就看不上别人了。"宋锦胤说。

"是你的钱太多了。"封迟琰从门外进来，淡淡说，"你要是没钱，没人愿意跟着你。""你这就纯属胡说八道了。"宋锦胤十分不忿，要跟封迟琰好好掰扯，"以前也有人说……"他突然顿住，皱起眉："说什么来着？想不起来了。"

封迟琰将一杯温水放在阮芽面前，看她颓靡的样子，揉了揉她头发："怎么了？"阮芽抱住他的腰，声音闷闷的："你会不会不要我？"

封迟琰顿了一瞬，才说："怎么这么问？有人跟你嚼舌根了？"

阮芽摇摇头，抬起一双雾蒙蒙的眼睛看着他："我就是觉得，我好像不被人需要。"

"起码……"封迟琰笑了笑，"我需要你……"他将阮芽一缕耳发别在了耳后，道："给我暖被窝。"

阮芽的脸红红："你还是别需要我了。"

宋锦胤摊在沙发上："本人暂时没有女朋友，请你们适可而止。"封迟琰："你可以选择滚出去。"宋锦胤站起身，指了指封迟琰，说："行，我滚。"说罢悻悻地离开了办公室。

"阮落榆惹你了？"封迟琰坐在沙发上，让阮芽面对面地坐在自己腿上，看着她的眼睛问，"他跟你说什么了？"

阮芽将脸藏在他衣服里，说："其实没有什么。"

封迟琰捏着她的下巴，强迫她抬起头，道："你知道吗？你现在脸上写着几个字。"

"什么字？"

封迟琰说："我很伤心，快来哄我。"

阮芽趴在他肩膀上，哼哼唧唧地说："那你快哄我呀。"

"你都不告诉我你受了什么委屈，我怎么哄你？"

阮芽抿了抿唇，道："其实阮落榆没有说什么，只是……

"我今天看见夏老夫人了，她一直很想念女儿，我觉得……很对不起她。"

"你没有错。"封迟琰说，"软软，别因为那些事贬低自己。"

阮芽泄气地趴在封迟琰身上，道："我没有贬低自己，只是很难过而已，过一会儿就好啦……你可不可以就这样抱着我呀？""我还有工作。"封迟琰故意说，"为了你，我不工作了？"

阮芽松开手："那你去工作吧。"

封迟琰轻叹一口气："软软，有时候，你可以任性一些。"

"可是。"阮芽不解地道，"大家不是都喜欢乖巧听话的孩子吗？"

"大家喜欢，不是我喜欢。"封迟琰搂着她的腰，道，"我喜欢你就够了，不需要别人喜欢。"

阮芽笑起来，在他脸颊上亲了一下："我也喜欢你……那你现在不准去工作，就在这里陪我。"

"那我的报酬呢？"

"你还要报酬呀。"阮芽想了想："那……"她微微起身，跪在沙发上，就比封迟琰高出了一点点，垂下眼睫，说："那我给你亲一下好了。"

"我不是喜欢占便宜的人。"封迟琰道，"先说好，亲哪里？"

阮芽思索一瞬，露出修长白皙的脖子："这里吧，快点快点，亲一下就算是你的报酬了。"

这小姑娘还真是天真的可爱。封迟琰用拇指在她颈侧轻轻摩挲，阮芽后背有点发麻："你快点。"

"好。"封迟琰扣住她的后脑勺，微微俯下身，轻轻地一个吻落在少女白皙如玉的脖颈上，阮芽以为结束了，但是男人并没有放开她。

阮芽察觉到不对劲："你……你干吗呀？报酬不是都给你了吗？"

封迟琰轻笑了一声，道："软软，转过来。"阮芽本能地拒绝："不要。"

封迟琰声音散漫，动作却很强势，顺势将阮芽压在了沙发上："软软听话，我轻一点。"

不是说好了就亲一下吗？！

程柠悦一身疲惫地回到家，黄静在打游戏，黄母在看视频，客厅里一片嘈杂。

黄静见她回来，指使道："给我倒杯水来，快点快点，渴死我了。"程柠悦倒了杯水，黄静一喝就破口大骂："你是想烫死我吗？！这怎么喝？！"黄母抬起眼皮子，道："我看你是越来越不会做事了！真不知道小鑫是不是鬼迷了心窍，非要跟你在一起！我早就跟他说过，让他找个贤惠懂事体贴人的……"

程柠悦没说话，那默不作声的样子看的黄母冒火，骂道："你还站在这里干什么？！还不赶紧去给小静换杯水，然后滚去做饭？！"

"好。"程柠悦给黄静兑了杯温水，然后去厨房做饭。黄静的声音传过来："我今晚要吃干煸大虾。""你没有提前说，我没有买虾。"程柠悦道。黄静道："你不会现在去买吗？这还要我教你？"

程柠悦安静地拿起钥匙，准备出门。"半小时之内回来。"黄母道，"把饭焖上了再走，指望你做饭真是要把人饿死。"话是这么说，可黄母没有主动做饭的意思。

程柠悦把饭煮上，出门，深深地吸了一口气。

小区里这时候人流量最大，下班的、接孩子的、出门买菜的，处处是欢声笑语。

程柠悦沉默地穿行其间，显得格格不入，最终在一把长椅上坐下来，看着眼前苍翠的颜色，想起了初见贺信阳的时候。那时候的贺信阳可不是什么贺家的大少爷，只是一个长得好看但是穷得叮当响的普通学生。

她是艺术系的,鲜少去实验楼。那天为了帮朋友送东西,她骑着自行车急急忙忙地穿过小路,贺信阳在拐角处出现,她没有刹住车,车子直直地朝贺信阳撞去,好在男生力气很大,稳住了自行车。

程柠悦从车上面摔下来,摔得胳膊膝盖都是伤。她坐在地上,一脸蒙:"同学……或许下次你可以尝试救人而不是救车。""抱歉。"男生声音温和又带着十足的距离感,"我是觉得如果我碰到你,你会觉得不舒服。"

程柠悦抬起头,眼睛里映出男生的脸,夏日的阳光从林荫间的缝隙落下来,斑斑点点,切割出男生立体的五官。他眼睛里的笑意浅淡,缓缓对她伸出手:"如果你不介意的话……我拉你起来?"

程柠悦轻轻吐出一口浊气,贺信阳说看见她的第一眼就心动,她又何尝不是呢?

后来,两个人在一起了,校园里很多地方都有他们的身影,如今那些美好的、仿若梦幻泡影的记忆,已经模糊了。

吃过饭,程柠悦照旧默默地洗碗,黄鑫走进厨房,说:"柠悦,明天就是贺信阳的婚礼了,你怎么没有准备?""准备什么?"程柠悦反问。黄鑫笑了笑:"邹悠洁之前那么羞辱你,你应该好好打扮,抢走她的风头,为自己出一口恶气啊。"

"别人结婚,我抢风头做什么。"程柠悦垂下眸,将碗放进消毒柜里,淡淡道,"再说,邹悠洁不是羞辱我,只是实话实说而已。"她偏头看向黄鑫:"你不是最清楚吗?"

黄鑫扯起唇角勉强笑了笑,说:"过去的事情就别提了……其实我想问你,既然贺信阳都要结婚了,我们什么时候结婚?""不急吧。"程柠悦慢慢地将水池干净,"我看你妈和你姐姐不愿意接受我。"

黄鑫握住程柠悦的手:"你放心,我会去跟她们说的,等参加完婚礼,我们就挑个好日子去领证怎么样?"

程柠悦没有问他结婚后怎么办,良久,笑了一下:"好。"

"嘭"一声,她关上了冰箱,冷淡道:"收拾完了,走吧。"

她进了自己的卧室。房间很小,东西不多,她在床上坐了好一会儿,才关上门,打开衣柜,从最深处取出了一条白色的裙子。

这是她和贺信阳一起逛街看见的裙子，那时候的贺信阳太穷了，因为程柠悦很喜欢这条裙子，他掏光所有身家，偷偷地买了下来。程柠悦又气又难过，哭着让他退了，他却说等以后有钱了，会给她买更漂亮的裙子，婚纱也要最好看的。

当年细语犹在耳畔，为他穿婚纱的却不是她了。

程柠悦用手指缓缓抚过裙摆的立体花朵，闭上眼睛，轻轻地叹口气。

一切都要结束了，而她也将解脱。

贺家大少爷的婚礼，请柬自然是送了封迟琰一份。不过贺家就是尽个礼数，没想着封迟琰真会去。

阮芽一大早起来梳妆打扮，还尝试了化妆，最后在封迟琰一言难尽的眼神中把脸洗干净了。她颓丧地坐在椅子上，问："你今天会去参加婚礼吗？"

封迟琰："你不是以封少夫人的名义去的吗？"阮芽："浏阳哥邀请我去的，等会儿阮栒来接我……不过，昨天姚瑞竟然问我需不需要她带我去。"

封迟琰摸了摸她的头发，道："你先跟阮栒过去，我需要处理一些急事，等会儿再去。"阮芽点点头："好。"

阮栒把车开到了汀兰溪外面，阮芽看见他一脸郁色，好奇道："你怎么啦？"

"我怎么了？"阮栒阴阳怪气地说，"我接自己的妹妹，竟然进不来，你说我怎么了？"

阮芽受不了他说话的调调，道："你不是一直说我不是你妹妹，我们不是一家人吗？"阮栒一噎，发动车子道："你要不是我妹妹，我绕大老远路来接你？？"

阮芽说："浏阳哥给我下了请柬，你身负浏阳哥的委托才来接我，别以为我不知道。"

阮栒气得骂了声死丫头。他连阮芸同车的要求都拒绝了，就为了来接这臭丫头，结果是这么一个小白眼狼。

婚礼在贺家老宅举行。

按照规矩,新郎新娘结婚前是不能见面的,但是邹悠洁不在乎这些规矩,她换好婚纱,做好头发就去找贺信阳,笑着问他:"我今天好看吗?""好看。"贺信阳笑了笑,"你今天很漂亮。"

"夸人也不知道选两个好听的词。"邹悠洁抱怨道,她上前给贺信阳扣袖扣,对新郎十分满意,"你今天也很帅。""谢谢。"邹悠洁看贺信阳的眼神不像是看丈夫,而是看所有物,她不允许任何人染指她的东西。

"信阳。"邹悠洁说,"我给程柠悦发了请柬,今天她应该会和黄鑫一起过来吧?我记得你和黄鑫是一个宿舍的呢,这么多年没见,你们应该有很多话题可以聊。"

贺信阳下意识地皱起眉,道:"我跟他仅仅是室友而已,交情不深,没什么好聊的。""哦……我忘了。"邹悠洁道,"你跟程柠悦比较有话题。"

"小洁。"贺信阳揉了揉眉心,"我们已经要结婚了。"

邹悠洁的手指在他心口点了点:"我们的确是要结婚了,可是你的心不在我身上,我知道。"

贺信阳说:"你也未必爱我。"

邹悠洁一顿,没再说什么,提着婚纱慢慢往外走,忽然回头看了贺信阳一眼,说:"信阳,你应该不会做逃婚这种让贺家、邹家都下不来台的事儿吧?"

"你想多了。"贺信阳站在窗边,光影将他的五官切割成明暗两半,显出一种难以言喻的孤独落寞。他没什么笑意地笑了,声音很轻:"不会的。"当年是她不要我的,我又怎么会为了她而逃婚。

程柠悦推着黄鑫出现的时候,不少人都指指点点的。

阮芽本来打算跟阮枸一起进去,在门口遇见了程柠悦,便理所当然地抛弃了阮枸,和程柠悦结伴而行。

阮枸松了一口气。今天阮芸也会来,若是让阮芽看见他和阮芽待在一起,又会生出很多是非。阮芸心思敏感,想得又多,八成要觉得

229

阮芽会取代她。阮枸就想不明白了,明明阮芽一直在跟阮家保持距离,也没有丝毫要赶阮芸走的意思,阮芸怎么会这么想?

但是小姑娘嘛,或许就是这么多愁善感。

汪倩倩轻蔑地瞥了一眼不远处正在跟程柠悦说话的阮芽,道:"看着没有半点过人之处,她到底是怎么留在那位身边的?!"姚瑞笑了笑,道:"既然看见人了,就过去打个招呼吧。"汪倩倩不太乐意,但不能忤逆师长的意思,点了点头道:"好。"

阮芽正在夸程柠悦今天很漂亮。以往她总穿着宽大的T恤和牛仔裤,不施脂粉,脸色憔悴,今天却化了一个淡妆,气色好了不少,加之一身白裙,温婉安静。

姚瑞、汪倩倩皮笑肉不笑地走过来。汪倩倩道:"之前一直没有看见阮小姐和程小姐做的礼服,等会儿林太太来了,就可以一饱眼福了。""是啊。"姚瑞看了程柠悦一眼,微笑,"你们这么用心,一定可以让林太太惊艳四座的。"

阮芽觉得她们说话阴阳怪气的,拉了拉程柠悦的衣袖,小声说:"我们去旁边甜品台吧,我看见小蛋糕了。"程柠悦点了点头,推着黄鑫过去。

姚瑞喝了口手中的香槟,勾唇笑了笑,将杯子放进服务生的托盘里,眼睛里划过一抹讥诮。

不远处,阮芸和一群世家小姐寒暄,孙新蕾气鼓鼓地走过来,道:"小芸,你猜我刚刚看见了谁?!""谁啊?"阮芸道,"怎么气成这样?"

"阮芽!"孙新蕾提高了音量,"小芸,她是怎么进来的啊?!不可能是代表封家过来的吧?!"阮芸唇角的笑意僵了僵,道:"我也不清楚。""你说你三哥没带你一起来,该不会是去接她了吧?!"孙新蕾说,"我之前就觉得三少对她态度变了,还是这个乡巴佬有手段,竟然……"

阮芸的手指缓缓捏紧了。阮枸……是去接阮芽了?!

"哎呀,新蕾,你别多想了。"另外一个小姐道,"她是跟着那个程柠悦一起进来的,她和那种人做朋友,倒是臭味相投。"

众人笑起来。阮芸才轻轻地松了口气。

你一言我一语之间,忽然有人喊了一声:"林太太来了!"

杜琦坐在沙发上看礼品单子,漫不经心地转着手腕上的满绿高冰翡翠镯子,用人道:"太太,外面说姓林的来了。"

杜琦站起身,在镜子面前转了一圈,无比满意自己这身礼服。过去几十年,林晓媚可没少仗着明艳的姿色压她,今天姓林的休想抢走她的风头!

杜琦摆足了仪态,道:"走,我们亲自去接林太太。"

杜琦到了门口,林晓媚的车正好到了,杜琦摆出客套的笑容,准备欣赏林晓媚的挫败表情。

林晓媚从车上下来的瞬间,两人都住愣了。

出来看热闹的宾客不少,眼下也愣了。有个小孩儿开口:"妈妈,为什么林阿姨和杜阿姨穿一样的裙子啊?"

俗话说得好,撞衫不可怕,谁丑谁尴尬,没有林晓媚作对比时,杜琦穿上这件旗袍只觉得再合适不过,十分漂亮。但是林晓媚艳色夺人,旗袍勾勒出她丰腴腰身,独具一种难得风韵。哪怕杜琦再不愿意承认,也明白,这一照面是自己输了。

她气得想把姚瑞当场掐死。姚瑞是什么意思?!专门给她做和林晓媚一模一样的衣服,让她出丑?!今天是她接媳妇的大日子,婚宴还没有开始,她已经把脸丢到天外去了。

林晓媚"哟"了一声:"劳烦杜太太亲自接我,多使不得。"她面上看着无异,心里却也是很恼火。"贵客登门,当然要亲自迎接。"杜琦干巴巴地挤出一个笑,道,"林太,请吧。"两人都尴尬地恨不得找个地缝钻进去,偏偏得一起进门,被人群看猴儿戏似的观看!

杜琦满想赶紧回去换身衣服,却在人群中看见了姚瑞,压着火气,道:"姚瑞,你跟我过来一趟。"姚瑞似乎也很惊讶,道:"杜太太,有什么事不能在这里说吗?"杜琦本就一肚子的火,当即道:"行,我问你,我找你定的礼服,林太怎么会穿了一件一模一样的?!"

林晓媚抱着胳膊冷笑："莫不是姚大师最近手头紧得很，一个设计要赚两家的钱？"她和杜琦鲜少有这样同一阵营的时刻，但此时顾不上膈应了。她只想压杜琦一头，并不是来闹婚的，让人怀疑她故意穿和杜琦一样的衣服，破坏贺家和邹家的婚事就不妙了。

"林太说的哪里话！"姚瑞连忙道，"我们都这么多年交情了，我姚瑞什么时候做过这样的事？！"杜琦冷冷道："那你说说看，事情怎么会变成这样？！"

姚瑞给汪倩倩使了个眼色，汪倩倩连忙道："依我看，这两件衣服不是一模一样。""哦？"林晓媚仔细看了看，杜琦穿的那一件的绣工似乎更为上乘，她更加恼怒，道，"姚瑞，我这衣服可是你推荐的人做的，你总要给我一个说法！"

汪倩倩一愣，而后半捂着嘴，吃惊道："对了，林太太的单子不是转给了阮小姐吗？"杜琦皱起眉："阮小姐？姚瑞，林太太的衣服，不是你做的？"姚瑞有点为难，似乎在纠结说还是不说。汪倩倩道："杜太太，实不相瞒，当时老师先接了您的单子，本打算拒绝林太太的单子的。恰巧我们遇见了另一个会姚氏针法的人，老师惜才，就把人带回了工作室，还把林太太的单子转给了她。"

杜琦看向林晓媚："真是如此？""我当时都不想定了，看姚瑞大约是想提携后辈，一直跟我说这个绣师很不错，我纯粹是买她面子，就答应了。"林晓媚道，"后来我去试衣服，觉得很满意，才选了这件衣服，谁知道会闹出这种事。"

姚瑞皱起眉道："这件旗袍是我为杜太太量身定做的，图纸都在，怎么可能会出现一件一样的……"她话没有说完就闭嘴了，汪倩倩一脸惊讶道："老师……该不会是阮小姐……抄袭您吧？！"

林晓媚对抄袭是深恶痛绝，听见汪倩倩的话，再也压不住火气："我原本看她有灵气，手艺也好，打算推荐给更多人的。现在看来，不过欺世盗名之辈，简直脏了我的眼睛！"

杜琦难得跟她同仇敌忾："这个绣师做出这种事，就别怪我让她在A城里混不下去！"

"她人现在在哪儿？！"林晓媚抿着唇，"等宴会结束,就去找她！"

汪倩倩道："老师，你好心好意地收留她，给她学习的机会，可她呢？！就是这样报答您的！"

姚瑞还要拉着汪倩倩演两场戏，就听一道温软的声音响起："这件旗袍的绣师是我。"

"好啊你……"林晓媚火冒三丈，"你竟然敢来参加婚礼？！没有金刚钻别揽瓷器活，你要是没那个本事就不要接这个单子！小小年纪就走了弯路，以后A城的定制圈子你就别想混了！"

杜琦厌弃道："来人，把她给我赶出去！这种人怎么配来参加我儿子的婚礼！"

"这……"姚瑞劝道，"两位夫人消消气，或许这孩子有什么苦衷，她天赋异禀，我实在惜才，还请两位夫人给她一条活路吧！"她又哀哀切切地看向阮芽："你怎么这么糊涂啊？！你要是接不了林太太的单子，跟我直说就是，何必……"

"阮小姐，我老师对你可不薄！"汪倩倩义愤填膺道，"当初请你去工作室的时候态度诚恳，你去了工作室后方方面面都给你提供最好的，还极力把你推荐给大客户……可是你是怎么回报老师的？！简直是以怨报德！"

声讨之声愈盛，阮芽倒是挺淡定，先是看了看杜琦和林晓媚身上的旗袍，一眼就认出了哪一件是自己做的，道："这两件衣服一模一样，为什么说是我抄袭姚大师？或许是姚大师抄袭我。"

林晓媚蹙起眉，语气稍缓："你说姚瑞抄袭你，你有证据吗？"

"我当初设计这丛芍药时画了手稿，配色、选线都是我亲力亲为。"阮芽道，"我们大可以查一下仓库的监控，看看是谁先去选的线。"

汪倩倩神色一变。她先前一直不知道姚瑞打的是什么主意，但是现在她想清了大概。不管是因为她本就厌恶阮芽，还是因为姚瑞倒了会累及她，她都要跳出来帮姚瑞说话，便道："阮小姐是开玩笑了，我们工作室向来没有出过什么小偷小摸的事儿，仓库里从来不装监控，你不知道？"

监控自然是有的，但在姚瑞的地盘，有没有还不是姚瑞说了算？

汪倩倩勾唇一笑，道："阮小姐，你说老师抄袭你的创意，这根本不可能。当初我们专门腾出了一个工作间给你，还给你的工作间安装了指纹锁，除了你和你的助手，根本就没人能进去，我和老师从未踏足你的工作间，这些可都是能查监控的！"

"这么看来……"杜琦看向阮芽，道，"你就是空口白舌地污蔑人了？"

阮芽没说话，汪倩倩又道："不过……我挺好奇你是怎么知道老师的设计的？"

"好了倩倩。"姚瑞有些慌张地道，"别说了，这件事我不计较了……"她看向阮芽："这样吧，阮小姐，你跟两位夫人道个歉，之后我们再……"

汪倩倩道："老师，都什么时候了你还想护着她！阮芽一个刚来的，哪儿懂那么多！必定有人在背后指点！"说及此处，汪倩倩偷瞄一眼林晓媚和杜琦，才继续道，"当年她因为私生活的问题闹得我们工作室鸡犬不宁，您觉得她可怜，收留她，给她一口饭吃，可是现在她竟然伙同外人来算计您！这口气我咽不下去，非要讨个公道不可！"

"倩倩……"

林晓媚听出了点苗头，道："闹得工作室鸡犬不宁？莫非……"她看了杜琦一眼，杜琦也是脸色一变。当年邹悠洁闹了一通，A城有些名头的公司、工作室都对程柠悦避如蛇蝎，是姚瑞大度宽容，留下了程柠悦。

杜琦吸了一口气，她知道邹悠洁给程柠悦送了请柬，程柠悦应该来了，沉声道："既然说到你了，总要出来面对质疑。"

程柠悦站在人群里，听见杜琦的话，微微垂眸，对黄鑫道："我处理点事情。"

黄鑫本来以为婚宴上程柠悦和贺信阳、邹悠洁之间会有些摩擦，却不想新郎、新娘还没出来，倒是出了另一桩破事儿，抿了抿唇，说："行。"

程柠悦走出人群，道："我的确是阮小姐的助手。"

姚瑞假惺惺地抹了抹眼泪，上前拉住程柠悦的手道："柠悦，我这么信任你，你不会做出这种事情的，对不对？"

程柠悦没说话。

姚瑞手上用了一点力气，直勾勾地盯着程柠悦："柠悦，你回答我啊。"

只要程柠悦说阮芽偷了姚瑞设计图，阮芽就彻底玩完了，别想以绣师的身份自居，只会变成人人喊打的过街老鼠。

阮栒正和贺浏阳他们在外面躲清静，就听后来的吕遥道："咱妹子出事了。"

"什么咱妹子？"阮栒说。"你妹妹。"吕遥道，"前头宴会厅里一堆人围着她骂呢。"

阮栒听见这话，"腾"地就从椅子上站起来了，一边往前厅去一边问："什么情况？他们无端端骂人干什么？！"

吕遥将事情解释了一遍，柯擎东立刻道："不可能！这绝对是污蔑，小芽多好的姑娘，怎么会干这事儿！"他撸起袖子，道，"怎么说，把骂人的都揍一顿？"

"算我求您。"贺浏阳十分头疼，"今天可是我亲哥结婚！东哥、栒哥、遥哥，看我面儿上，别动手，只动嘴，成不？"阮栒勉强冷静下来，道："浏阳，今天在你家，我不动手，但是先说好，要是有不知死活的敢动我妹妹，前头那话就当我没说。""你妹妹不就是我妹妹吗？"贺浏阳说，"阮小芽那么乖巧一姑娘，不可能做这种事，这里面肯定有误会，我们过去好好捋清楚。"

一行人气势汹汹地冲到了宴会厅，听见程柠悦一字一句地说："是我偷了设计图。"

杜琦最厌恶的就是程柠悦，当即怒道："把这两个恶心人的东西轰出去，我看着都来气！"

程柠悦转头看了阮芽一眼，眼睫颤了颤："你就没什么想要问我的吗？"阮芽的脸色有些白。她从来没有看错过任何一个人，所以她不相信程柠悦会做出这样的事。于是对上程柠悦的目光时，她只是抿了抿丰润的唇，轻声说："程姐姐……我不信。"

程柠悦笑了笑："事情都摆在你面前了，你还不信？"

从姚瑞让她给阮芽做助手开始，阮芽就踩进了姚瑞的圈套。她拿给阮芽的身体数据根本就不是林晓媚的，而是杜琦的，所以腰身才不合适。她说会修改腰围，也没有改，只是将阮芽做的旗袍和姚瑞做的旗袍调换了而已。从一开始，姚瑞就想要阮芽声名扫地，再也不敢提针刺绣。而她程柠悦，就是姚瑞的帮凶。

"程姐姐。"阮芽眼睛里有了水光，"你一定是被逼的……对不对？"

程柠悦避开她的视线，突兀地笑出声："谢谢你小芽，我早就满身狼藉，你却愿意信任我……"她抬起头，对上姚瑞的眼睛。姚瑞那几滴鳄鱼的眼泪已经干了，眼睛里尽是得意——程柠悦真是一枚十分好用的棋子，不知道以后能不能榨出更多的价值。姚瑞控制不住地勾起了一个笑容，却听见程柠悦深吸口气，大声道："我的确偷了设计图，但我是偷了阮芽的设计图给姚瑞！"

姚瑞面色一变，一把握住程柠悦的手，面上心痛无比，声音却又低又狠："程柠悦你疯了吗？！你的把柄可还在我手里！要是我说出去……你这六年的忍辱负重可就毫无疑义了！"

程柠悦只是笑了一下，道："你说得也对……六年了，我早就忍够了。"

"他是贺家的大少爷，哪里用得着我的保护……"程柠悦喃喃道，"他已经放弃自己的梦想了。"

姚瑞咬牙道："你别发疯！那件事……"

程柠悦一把甩开她的手，深吸一口气，道："姚瑞忌惮同样会姚氏针法的阮芽，所以千方百计让阮芽进了自己的工作室，让我里应外合盗取她的设计图，好让她同时得罪林太太和杜太太，这样她就会身败名裂。姚氏针法还是姚瑞一个人的针法，彻底垄断！"

汪倩倩一僵，赶紧看向姚瑞，希望她能说两句。姚瑞倒比汪倩倩镇定多了，道："程柠悦，既然你说是我指使，你有证据吗？"她紧紧地盯着程柠悦，眸子里全是两败俱伤的狠辣——这是她给程柠悦的最后机会，若是程柠悦识趣，就此打住，那件事她还会帮程柠悦捂着。然而程柠悦没有分毫动摇，拿出手机道："她找我谈话的时候我偷偷录了音，这就是证据！"

"你！"汪倩倩气得眼睛通红，"老师对你那么好！当初力排众议留下你，你就是怎么回报老师的？！""对我好？"程柠悦重复了一遍，"她只是想要利用我而已。"

杜琦面沉如水，道："你的录音，能给我听一听吗？"

程柠悦的眼睫颤了颤，将手机递给了杜琦。杜琦随便点开一段录音，听见了姚瑞的声音："这么快设计图就出来了？拿给我看看……还不错，杜太太应该看得上，我这边也要开始动工了，等两件衣服做好了，你调换就行了。"

而后是程柠悦的声音："为什么要调换？"

姚瑞冷笑一声："你这是明知故问吧？那丫头的绣工一定是苗晴牧手把手教出来的，我当年只学到了皮毛，到时候两件衣服拿出去，人家一看我还没有一个黄毛丫头绣工好，岂不是徒惹人笑话？"

"我知道了。"

姚瑞提点道："到时候在婚宴上，你知道该怎么做，否则……""是。"

录音结束，姚瑞辩无可辩。她的五官都扭曲了，盯着程柠悦道："好好好……你要跟我鱼死网破是吧？！行……那我们谁也别想好过！"她怪异地冷笑，道："程柠悦，你被人掐着脖子骂了六年，今天我就帮你洗刷冤屈！"

杜琦意识到什么，道："你什么意思？！"

姚瑞冷冷道："谁都说程柠悦嫌贫爱富，咎由自取！可叹她才是痴情呢，为了保护贺大少爷，愿意自己背负污名！"

黄鑫惊得从轮椅上站起来，大怒道："姚瑞！你当初答应了不说的！"姚瑞怒道："今日她临阵反水，断我前途，我还有什么不能说？！"黄鑫看上去比程柠悦还要慌张，道："你先冷静！我们有话好好商量，别冲动……"

程柠悦微微眯起眼睛："我都没有害怕，你在怕什么？"早在决定帮阮芽的时候，她就做好了准备。

黄鑫舔了舔干燥的唇，一把拉过程柠悦，道："我们回去……我们现在就回去！"

程柠悦甩开他的手："你什么意思？"

"柠悦，我……"他话还没有说完，就被杜琦打断了："你们闭嘴！让姚瑞说！"

姚瑞一声冷笑，大声道："当年，黄鑫说是他操作不当引发了火灾，他不仅被烧伤了腿，还被学校开除，大好前程毁于一旦……但是这一切，原本是贺家大少爷的下场啊！"

程柠悦咬紧了唇，而黄鑫恨不得上前捂住姚瑞的嘴。

杜琦大惊："你这话什么意思？！"

"当时程柠悦的生日快要到了，贺大少爷想亲手给她织一条围巾，学习又忙，他只能夜里在实验室赶着做，谁知道因为太困了，操作不当而引发火灾，他差点死在大火里，是黄鑫将他背出去的……"姚瑞笑出声，"黄鑫喜欢程柠悦，于是找到程柠悦，说只要她跟贺大少爷分手，这件事他就会永远烂在肚子里……

"当时的程柠悦根本就不知道贺大少爷的身份，怕男朋友落得和黄鑫一样的下场。所以，她答应了。"

"那八百万是怎么回事？！"杜琦逼问道。

"还不是为了让贺大少爷死心。"姚瑞讥诮道，"分手后贺少爷死缠烂打，程柠悦的心也不在黄鑫身上，黄鑫便说，如果程柠悦能从贺大少爷那里拿到八百万，他就立刻拿着钱远走高飞，成全这对可怜人……"

"可惜……"姚瑞看着不远处的贺信阳，一字一顿地说，"贺大少爷没有给她这八百万。"

贺信阳如遭雷殛，怔在原地。

邹悠洁脸色大变，对姚瑞道："你胡说八道什么！保安呢？赶紧把她们都拖出去！"

"我到底是不是胡说，问黄鑫不就清楚了？"姚瑞看了眼程柠悦惨白的脸色，十分快意，"毕竟黄鑫就是当事人啊。"

坐在轮椅上的黄鑫脸色难看得能滴水，嘴角抽了两下，道："没有这种事……姚瑞，你别在这里血口喷人！"

"哦，我忘了，你才不想让其他人知道这件事呢，这样你就没有要挟程柠悦的把柄了。"姚瑞冷笑一声，"不过我要感谢你，如果不是你去工作室跟程柠悦吵架，我不会知道这个秘密，又怎么能让程柠悦做一条乖乖听话的狗呢。""你……"

杜琦道:"姚瑞,你最好想清楚你在说什么!"

姚瑞知道自己算计阮芽的事情败露,以后在A城混不下去了,干脆撕破了脸皮,面色古怪地看着杜琦:"杜太太,事关你的儿子,就是我信口开河了?你自己问贺大少爷!是不是这么一回事!"

杜琦连忙看向儿子,抓住了他的胳膊:"信阳,你跟妈说,事情不是这样的对不对?你跟妈说清楚!"

程柠悦一直垂着头,手指在微微地发抖,又不由得勾出一个自嘲的笑。

好像过了半个世纪那么长,她听见贺信阳说:"事情根本就不是这样的,姚大师,你为什么要造谣?"

众人一惊,姚瑞禁不住后退一步:"你不承认?!我听闻贺大少爷为人正派,却不想是懦夫一个,连自己的错都不敢认,反而要一个女人来帮你遮掩!"

贺信阳觉得嘴唇有些干,看向黄鑫,一字一顿地说:"黄鑫,当年分明是你在实验室纵火,想要烧死我,怎么在你的嘴里,成了我完全不知道的版本?"

程柠悦猛地抬起了头:"什么?!"

黄鑫有些慌乱,手指不停地颤抖,道:"你不要在这里抹黑我,我……"

"你对柠悦表白不成,在实验室纵火,想要烧死我,却差点葬身火海,是我拼尽全力把你背出去的,随后我昏迷进了医院……人证物证都在,现在可以去警察局调证据出来看,黄鑫……"贺信阳声音很重,"你倒是说一说,我哪里欠你?!"

黄鑫一抖。

程柠悦已然泪流满面。在黄鑫和贺信阳之间,她自然选择相信贺信阳。他从不会说谎,更不会污蔑人。

那这六年来,她所受的所有屈辱、做出的所有忍让,都跟笑话一般。

黄鑫回答不出来,已然六神无主,眼看着要犯病,自己往嘴里塞了药，才勉强冷静下来。

程柠悦咬着唇："黄鑫……你骗我？！"黄鑫上前一步抓住程柠悦的肩膀，呼吸急促，语无伦次道："柠悦……我太喜欢你了……我从来没有这样喜欢一个人，为了你，我甚至把自己烧成了一个瘸子，难道这还不能说明我爱你吗？！"

程柠悦的眼泪大颗大颗地往下掉："我不要你这样的爱……只会让我觉得恶心！"

"恶心？哈哈……"他面色狰狞起来，一把掐住程柠悦的脖子，咬牙道，"反正你也不爱我……你去死吧……你死了就是我一个人的了……"

这变故让不少人惊叫出声。

贺信阳一个箭步上去将黄鑫踹开，一把搂住了程柠悦："柠悦……柠悦你没事吧？！"

程柠悦咳得撕心裂肺，杜琦拉住儿子的胳膊，低声道："信阳，今天是你和小洁的婚礼，你现在是在干什么？！"

贺信阳的眼睛里有了泪光："妈……你也听见了，柠悦都是为了我，她是被黄鑫骗了……"他一直不明白，为何程柠悦当时变得判若两人，她根本不是嫌贫爱富的人，怎么会因为黄鑫有点小钱就跟他分手？

直到今日他才知道，他痛苦了六年，而程柠悦比他痛苦百倍、千倍地度过了这六年！

"那又如何！"杜琦怒道，"现在说谁是谁非有什么意义？！今天是你和小洁的婚礼，你乖乖地结婚，她的恩情，我自然会备下厚礼！""妈！"

杜琦脸色极度难看，今日满堂宾客都看见了这一场闹剧，以后他们贺家可就成了笑柄了！

程柠悦终于喘过了气，她脸色惨白，慢慢地推开了贺信阳，勉强笑了笑，道："放心，我从没想你报答我什么，这是我自己的选择，我不后悔……信……贺少爷，今天是你大喜的日子，新娘还在等你呢。"

贺信阳声音都带着哽咽："你明知道我放不下你……除了你，我再没有喜欢过任何人。"

程柠悦一怔，而后笑出声，笑着笑着，又哭了："我们……已经错过了。"

"够了！"杜琦一把拉住贺信阳，"你还嫌不够丢人是不是？！你这样跟她拉拉扯扯，把小洁置于何地？！"

贺信阳勉强冷静下来，程柠悦的事情可以慢慢说，但是黄鑫……

他眼神冰冷地看着黄鑫，道："当年，我怕警察查出你纵火的原因，对柠悦影响不好，所以说我什么都不知道，让你免去了牢狱之灾。谁知道你竟拿这件事去欺骗柠悦……黄鑫，我现在就送你去警察局！"

黄鑫却怕了。他知道以自己的所作所为，肯定要进监狱的。"柠悦……"黄鑫跪在地上，扯住了程柠悦的衣角，痛哭流涕道，"我们在一起六年了，你不能这么绝情，你要救救我啊柠悦……我千错万错，都是因为我喜欢你……"

程柠悦面如金纸，垂眸看着黄鑫，良久，才说："黄鑫，你的喜欢太沉重了，我受不起。"黄鑫一呆。

程柠悦轻叹一口气，道："我只想知道，当年警察跟我说的案情经过，给我看的证据……难道都是假的吗？"黄鑫无钱无权，哪有本事让警察给他作伪证？！

黄鑫跌坐在地上，看着程柠悦憔悴的眉眼，想到了很久以前，他第一次看见程柠悦的时候。

当时，他和几个同学路过画室，看见她安安静静地坐在里面画画，让人一眼看去，就觉岁月静好。现在，他看着面前眼睛里水光盈盈的程柠悦，恍然觉得，她和当年自己一见倾心的模样已相去甚远。她身上的那些意气，是这六年里他亲手磋磨而去的。

黄鑫恨程柠悦不爱他，所以从不管母亲、姐姐如何折辱她，也不管外人如何议论她，他并不觉得自己错了。他只不过……想要程柠悦永远记住他。

如今，他该为她做一件好事了。

黄鑫沉默了几秒钟，忽地扑向了邹悠洁，一把抓住了她洁白的裙摆，大声道："邹小姐！你可要救救我！"邹悠洁的脸色非常难看，咬牙道:"黄鑫,你疯了吗?!看清楚我是谁没有?!"

黄鑫抬起头,看着她,"哈哈"一笑:"我当然看清了!邹小姐……当年这个计策,不就是你出的吗?!若不是邹小姐你,我哪儿有本事找警察欺骗程柠悦呢!"

满堂皆惊,杜琦也惊疑不定地看向邹悠洁:"小洁……?"

贺信阳皱起眉:"当初我住院时,你来看我,劝我不要说出黄鑫纵火之事,否则学校里的人会议论柠悦……原来是你!"

邹悠洁慌乱道:"信阳,你相信他不相信我?!我没有!我没有!"

黄鑫冷笑一声:"邹小姐,当年你给我的那张支票,我还留着呢……那上面是你亲自签的字,拿到银行里可以兑出一百万的,总不能伪造吧?!"

邹悠洁指着他道:"你污蔑我!我从来没有给过你支票!"

黄鑫道:"你可以不承认,但那两个警察……我还有他们的联系方式呢!"

邹悠洁本就慌乱,听见这话,惊得后退一步:"你……你别想给我泼脏水……"

"妈。"贺信阳到了此时,倒是挺平静的:"你一直不喜欢柠悦,千方百计要我娶邹悠洁……如今你看,她可有半分比得上柠悦?!"

"你在质问我?!"杜琦瞪大了眼睛,"好啊……你竟然质疑你的母亲?!贺信阳,我养你养到这么大,就是让你来气我的?!""妈!"贺信阳道,"难道承认自己错了就那么难吗?!""你!"杜琦气得失去理智,想也没想就一巴掌甩在了贺信阳脸上,清脆的巴掌声让不少人都愣了。杜琦自己也愣了。

"我不敢质疑您。"贺信阳闭了闭眼睛,道,"母亲这一巴掌,是我该得的。但是,我不会娶邹悠洁,当年的事,我也会一笔一笔跟她清算!"

"有什么好清算的!"邹家的人立刻站出来,"你难道还想让我们小洁给一个下贱胚子赔礼道歉?!"

贺信阳正要反驳,忽然有人高声道:"琰少来了!"

阮芽听见,愣了一下,而后赶紧踮起脚尖去看。门口,贺家的家主贺碌亲自引着一个身形颀长挺拔的男人进来了。他穿着一件黑色的衬衣，扣子严严实实地扣到了最上面一颗，领口是手绣的一圈暗银色的边，衬出男人一双淡漠冰凉的眸子。军靴裹着男人修长的腿，他慢条斯理地走到了人群之中，漫不经心地扯了扯左手上柔软的手套，让它更加贴合自己的五指。

贺碌出声道："这是在闹什么？！还不赶紧把无关人等都请出去，免得让琰少看了笑话！"贺碌未必不知道这里在闹什么，但此刻有贵客登门，都应该容后再议。封迟琰却不紧不慢道："无妨，我在来的路上听了一耳朵，倒是觉得很有趣。"

阮芽在旁边瞅着，察觉出封迟琰的心情不好。他心情不好不会露在脸上，只是会习惯性地揉捏手指关节。"都是小事……"杜琦勉强笑了笑，"恐怕让琰少知道了笑话。"

"没什么好笑话的，谁没有年少轻狂过。"封迟琰一抬手，陶湛会意，令人搬了一把椅子过来。封迟琰在椅子上坐下，懒散地跷起二郎腿，俨然要主持公道的模样。杜琦和贺碌对视一眼，都没了主意，干脆就闭了嘴，免得多说多错。

封迟琰眸光落在邹家人身上，缓声道："你们似乎有话要讲，现在有时间了，说吧。"

邹母哆哆嗦嗦地道："琰、琰少，我是为我女儿抱屈啊，今天结婚的大好日子，这个叫黄鑫的人却跑来污蔑我女儿……我是一时气愤……"

封迟琰没说话，邹悠洁先抱着母亲哭了起来。陶湛瞥了一眼，发现封迟琰眸中已经有隐隐不耐，便道："黄鑫言之凿凿，有凭有据，可不像是泼脏水。"邹母哪里能不清楚女儿的所作所为？但她抱着女儿，硬着头皮道："当年小洁是做得不对，但是事情都过去这么多年了，还要她如何？"

陶湛只是笑着，没说话。邹母哆嗦道："就……就让小洁给他们道个歉吧……"她拉着女儿道："你这个不懂事的东西！还不赶紧给程小姐道歉！"

邹悠洁哪里甘愿给程柠悦道歉？但如今封迟琰帮着贺家，她这个歉，无论如何也要道。她咬咬牙，对着程柠悦深深鞠了一躬，道："对不起啊，程小姐，我年轻时候不懂事。"

一句"不懂事"，将这六年的谩骂指责唾弃屈辱折磨痛苦，一笔带过。何其可笑。

程柠悦脸色越来越白，笑了笑，说："邹小姐的道歉，不诚心，我就不接受了。"

"你！"邹悠洁怒道，"你不要得寸进尺！"

贺信阳立刻挡在程柠悦面前，道："本就是你的错，她当然有不接受你道歉的权利。"

邹悠洁气得咬牙："贺信阳！今天是我们的婚礼！""我本就不想娶你。若不是母亲催促，而我误会了柠悦，心如死灰，是绝对不会答应和你结婚的。"贺信阳字字用力，盯着邹悠洁道，"我的新娘，只会是柠悦，哪怕你算尽千机，我也不会娶你！"邹悠洁气恨不得当场给贺信阳一巴掌，邹母上前道："亲家母，按照你儿子的说法，这婚是不结了？！"

杜琦哪里能忍，压着脾气道："信阳，小洁已经道了歉，你们都是这么大的人了，有什么事不能坐下来好好谈？""你还要我跟她结婚？"贺信阳有些疑惑地看着杜琦，"母亲，如此恶毒的女人，你要我娶她，和她过一辈子？""母亲。"他往地上一跪，背脊挺得笔直，"我是人，不是您手中的棋子，若我是一只鸟，您一直将我关在笼子里，我只会觉得……"

他看着杜琦，一字一句地说："不自由，毋宁死。"

杜琦惊得后退一步，指着贺信阳骂道："逆子……你这个逆子！你怎么敢说出这样的话？！我辛辛苦苦把你养这么大，你就学会了用性命来威胁我？！""母亲。"贺信阳惨淡地笑了笑，"您对我有生身之恩，更有养育之恩，我不敢用别的来威胁您，那是不孝。"杜琦捂着心口道："那你一死了之，就是孝道了？可笑之极！"

"妈。"贺浏阳再也忍不住，在大哥旁边跪下了，道，"您非要哥活成您的提线傀儡，才甘心吗？！"杜琦被气得胸口急速起伏："好啊！就连你也帮着他……"

"妈，如果是哥犯了错，我会站在您这边。"贺浏阳道，"我们是您的儿子，但也是独立的人，您所谓的爱，只会让我们觉得窒息。"杜琦死死地掐着自己的掌心："你们这两个不孝的东西……"贺浏阳眼睛里有了泪光，哽咽着道："妈，我当然知道您是爱护我们的，但是……"他看了哥哥一眼，道，"婚嫁大事，您就别逼哥了，他这些年，过得一点都不快乐，您是知道的啊……"杜琦咬了咬牙。

邹母见状，顿时慌了，若是这门婚事真继续不下去，以后 A 城里还有哪个出身好的青年才俊愿意娶邹悠洁？她连忙上前，道："亲家，当初可是你看上了我们家小洁，现在不要她了，你让她以后如何自处？！"杜琦没说话，邹母更慌了，心一狠，道："罢罢罢，若是你们贺家不要她，我邹家也不会带她回去，就让她今天撞死在这里，免得往后被人说三道四！"

邹悠洁哪里不明白母亲的意思，顿时哭闹道："我还不如死了算了！"说着就要往旁边的大理石柱上撞，众人连忙拦着，就是贺碍也有些无措。杜琦能说什么？儿子以死相逼，绝不娶邹悠洁，她难道还要逼贺信阳娶了邹悠洁吗？！

"松手。"一直靠在椅子上欣赏这场闹剧的男人终于漫不经心地开口，"让她去死。"

众人慢慢地松开手，邹悠洁有些茫然，不知道该怎么办了。她就是做做样子，哪里是真的去死啊？！

邹母哭着道："琰少，小洁跟您无冤无仇，您为什么非要逼死她？！"

封迟琰单手撑住下颌，笑了一声："这话说得有意思，不是她自己要撞死吗？怎么就成我逼的了？"陶湛面色阴沉，冷冷道："邹太太请慎言。"

邹母吓得一个哆嗦，邹父拉住妻子的胳膊，斥道："你要丢人现眼到什么时候？！"又对着封迟琰赔了一个笑脸，道："事已至此，这门亲怕是结不下去了，今天让琰少看了笑话，改日我登门赔罪，还请琰少不要见怪。"

封迟琰没说话，邹悠洁哭着道："爸……我没错，凭什么贺信阳说不娶就不娶了，我……""你给我闭嘴！"邹父气不打一处来，喝道，"你还嫌事情不够乱是不是？！"邹悠洁才愤愤地闭嘴了。

陶湛又挂上了公式化的微笑，道："邹先生说笑了，本来就是你们邹家和贺家的事情，琰少就是来看个热闹，何来见怪一说？"邹父脸皮子抽了一下，也不能说什么，转而沉声对贺碌道："本来这门亲事是为结两家之好，现在看来两家孩子却成了仇，也罢，祝令郎另觅良缘。"他话说得谨慎，只说两家孩子成仇，代表邹家还是愿意和贺家来往的。

贺碌道："实在抱歉，事情闹成这般，我改日一定带犬子登门致歉。"

两人你来我往，勉强把事态稳下来了，都是老狐狸，知道做不成亲家，也绝不能做仇人。

邹父要带邹悠洁和邹母离开是非之地，忽然听见一个小姑娘柔软却坚定的声音："程姐姐还没有接受你的道歉！"

程柠悦握住阮芽的手，轻轻摇头，示意她算了，但是阮芽才不干，小姑娘的世界黑白分明，邹悠洁错了，就必须要道歉。

邹母一看是阮芽，轻蔑道："你是谁？""我是程姐姐的朋友。"阮芽道，"邹悠洁当年做的事情对程姐姐造成了很大的损失，更别说她还买通人做假证，这是要判刑的。"

封迟琰手指在椅子上的扶手上敲了敲，陶湛看出他的不耐烦，刚要开口，就见阮栒气势汹汹地冲了出来："邹太太，你是觉得邹家近两年发展得不错，已经不把我阮家放在眼里了？！"邹母一愣，阮三少……怎么跳出来了？

"你怎么跟我妹妹说话的？"柯擎东跟上来，一脸不爽地道，"你赶紧给我妹妹道歉。""邹太太。"最后面的吕遥笑盈盈地道，"这位是阮家的五小姐，你不认识？"邹母呆住了。阮家的五小姐？不是说她很不受宠吗？可是看阮三少的样子，分明很护着这个妹妹啊！

"邹阿姨。"阮芸此时也站了出来，细声细气地对邹母道，"我觉得我妹妹并没有说错什么，她的要求并不过分，邹小姐做错了事情，就该道歉。"她面上维护着阮芽，其实恨得心里都要滴血了。阮栒果然对阮芽变了态度，将阮芽看成亲妹妹了，但是这里这么多人，她作为阮家抱错了的小姐，若是不站出来帮着阮芽，怕是会被戳着脊梁骨骂死。

邹母顿时有些手足无措，邹悠洁道："妈，我绝不可能给那个贱人道歉！"

阮芽皱起眉，道："那我们就报警！让警察彻查你当年做假证的事情。""你……"邹悠洁气疯了，上前两步想要甩阮芽一耳光，被阮枸一把擒住手腕用力一推，她跌倒在地上，还没哭出声，就对上了阮枸阴冷的眼睛："你要是敢碰我妹妹，我饶不了你，你信不信？！"邹悠洁被吓得浑身一抖。

封迟琰从椅子上站了起来。他个子高，给人的压迫感更强，脸上不见什么表情，只一双眼睛森寒无比，让人只觉堕入了无间地狱，浑身发颤。"吵得人头疼。"封迟琰缓声说，"做错了事，就该道歉。"他微微俯身，看着邹悠洁："你说呢？"

邹悠洁浑身发抖，不住地点头，眼泪几乎将整张脸打湿了，捂着心口喘了几口气，哭着对程柠悦道："对不起……是我错了，求求你……原谅我……原谅我吧……"

程柠悦抿了抿苍白的唇，道："我以为你会永远高高在上，邹小姐。我……"她话还没有说完，忽地咳嗽一声，吐出一大口鲜血。

"程姐姐！""柠悦！"

阮芽和贺信阳见程柠悦吐血，大惊之下赶紧上前扶住她。程柠悦原本面无人色，染上了鲜血之后倒是显出了一种荼蘼的美丽。她的呼吸很沉，看着手上沾染的鲜血，勉强道："我没事……这件事，我已经不想追究了，我……"她咬了咬唇，皱起眉，道："我先走了。"

她用力推开贺信阳，跟跟跄跄地往外走，就好似这里有洪水猛兽在追她，她只能拼尽全力地往外逃。

阮芽愣了愣，贺信阳已经追了上去，阮芽犹豫了一下，转身看着邹悠洁，道："既然程姐姐不想追究了，那我就直接报警了。"

邹悠洁一滞："程柠悦已经原谅我了，你凭什么报警？！"

阮芽疑惑道："程姐姐什么时候原谅你了？她只是懒得跟你计较而已。但是我这个人很小心眼，并且是遵纪守法的好公民，我知道你违法乱纪，当然要报警抓你了。"她看向阮枸："我说得对不对？"

阮枸点头："没毛病。"

邹母差点摔在地上:"你们非要把小洁逼上绝路吗?!"

阮芽偏头:"没人逼她。她总要为自己的所作所为付出代价,不然这个世界辗转几千年制定出的规则,又有什么意义?"

少女立在巨大华丽的水晶灯下,分明小小一只,但是此时此刻,万丈光芒都好似由她而来。

警察将人带走后,乱糟糟的大厅终于安静下来。林晓媚咳嗽一声,道:"既然贺家的家事已经解决了,那我就处理我的事儿了。"她看向姚瑞,道:"你陷害栽赃他人,又搅得婚宴不得安宁……"汪倩倩慢慢地后退了一步,不愿再跟姚瑞站在一起,她明白,姚瑞已经完了,她可不想被姚瑞连累。林晓媚的眼神极度厌恶:"你这样的人,根本不配成为非物质文化遗产的推广大使,还在国外丢人现眼,以后A城若是有人找你做单子,就是跟我林晓媚过不去!"

姚瑞咬了咬牙,道:"林太太,我……""闭嘴!"杜琦冷声道,"留你在这儿都是脏了我的地方!来人!把她给我赶出去!之前我杜家给她的单子,全部都收回来!""是,太太。"贺家的用人利索地拖住姚瑞,将她往外扯。

姚瑞面色惨白。阮芽静静地看着她,没说什么。

姚瑞对上阮芽的眼睛,忽然心惊。她总觉得……这件事还没完。

林晓媚握住阮芽的手,道:"实在是抱歉,之前冤枉你了,你别放在心上。"

阮芽倒是挺欣赏林晓媚的脾气的,直来直去,疾恶如仇,有错就改。她笑道:"我没事的,林太太,今天让您不开心了,改天我一定会为您重新做一件旗袍。"林晓媚惊喜不已:"那可真是太好了!你比姚瑞有灵气,一定会越来越好的。"

"谢谢您的鼓励。"

杜琦嘴角抽了抽,深吸一口气,拿出架势,沉声道:"抱歉,今天让大家看笑话了,等来日我再摆酒,跟诸位道歉。"话里的送客意思明显,热闹也看完了,宾客们识趣得很,纷纷告辞。

封迟琰也站了起来,贺碌道:"琰少,要不要喝杯茶再……""不必了。"陶湛礼貌道，"琰少还有事。"贺碌不敢多问，道："好好好，我送您……"

阮芽出了宴会厅，一溜烟上了车，看见姚瑞散着头发，狼狈地站在路边上穿高跟鞋，脸色难看，她的好学生汪倩倩早就坐着自己家的车跑了。

阮芽隔着车窗看着姚瑞的惨状，冷不防旁边的男人道："没解气？那我让人把她……"阮芽连忙按住他的手，道："她还有用。"

封迟琰一挑眉，没有多问，而是捏了捏她脸上的小奶膘，道："我一般不管这种闲事。"

阮芽抱着他胳膊，小声说："谢谢你啦，我知道你是为了帮我。"

"那你要怎么报答我？"

阮芽看他安然自若地坐在座椅上，一副懒散的样子，微微垂下的眼睫盖住了一点漆黑的瞳孔，恍惚间竟然有几分温柔意味，和刚才在贺家的样子截然不同。

在贺家，他冷漠，矜傲，高高在上。

在眼前，他温和，随意，仿佛深情款款。

阮芽不知道自己是不是被他的美色所惑，主动坐在封迟琰腿上，双手搂住他修长的脖颈，而后在他左眼角的小痣上轻轻一吻，眼睫发颤："我刚刚在宴会厅里，看见你坐在椅子上垂着眼睛的样子，就好想亲一下这里。"

封迟琰轻笑了一声："那你为什么没有亲？"

"嗯……"阮芽也笑了，"可能是害羞。"她的手指落在封迟琰的眼角，叹口气："你说你，怎么长得这么好看呢。"

车辆往繁华的市中心而去，穿梭过不息车流。天光透过车窗，落在她侧脸上，照出少女饱满漂亮的鼻尖，旭光在她睫上，都温柔几分，勾勒出一层浅淡金色。

窗外有三千夏日繁华，却不及眼前一段春色。

阮芽的声音很轻："我估计再也找不到比你更好看的人了。"

封迟琰笑了，道："那就永远别离开我。"

阮芽心想，永远，那也太远了。

这个世界上,似乎从来就没有永恒的事情,不过封迟琰这么说了,那她就……信吧。

贺信阳一路追着程柠悦出了宴会厅,程柠悦强撑着一口气,起先走得很快,到了大厅外,一个踉跄,差点摔在地上,好在贺信阳及时冲上前抱住了她:"柠悦……柠悦你是不是还在生我的气?你……"

程柠悦推开他,勉强笑了一下,道:"我没有生你的气,只是贺信阳,这么多年过去了,你不是当初的你,我也不是当初的我了……你不喜欢邹悠洁,但是总会喜欢上别人,这个世界上的好女孩儿那么多……"

贺信阳的面色缓缓沉了下来,道:"柠悦,之前我们分开,是因为误会,现在没什么能阻止我们在一起了。"

程柠悦看着他坚毅的眉目,却缓缓地摇了摇头。

时至今日,她不是当年的天骄之子,六年里,她骂名满身,活得像是沟渠里的老鼠,早就没有了一往无前去爱的勇气。

但是贺信阳不一样。他是贺家的大少爷,前程光明灿烂,如锦似绣,他善良、宽容、有勇有谋,会有很好很好的人生。

她早就已经配不上贺信阳了。

程柠悦抬起眼睛,艰涩道:"贺信阳……以前我跟你在一起,是因为不知道你的身份,不知道这世间有些事情,不是两情相悦就可以解决的。""六年时光漫漫,我还是爱你。"贺信阳抿了抿唇。

程柠悦笑了一声,说:"可是我已经没有勇气去爱你了。""柠悦。"明明有千言万语,可是都堵在喉头,贺信阳最终说出口的,只有一句,"对不起……但是我爱你。"

程柠悦勉强笑起来:"我从来没有怀疑过你爱我。可是信阳,"她说,"爱那么沉重,却又那么渺小,你的世界里不应该只有我,还有你的父母、你的弟弟和整个贺家,我不能那么自私。"

如果她还是六年前那个天真肆意的少女,也许会不管不顾地和贺信阳在一起,撞了南墙也不肯回头,但是时至今日,在他们的世界里,爱情早就不是最重要的东西了。

"我今年,二十六岁了。"贺信阳看着程柠悦的眼睛,说,"二十六年来，我只做过两件违逆家里的事情。第一件，是高考志愿选了化学；第二件，就是喜欢你。这么多年过去，我早就放弃了我的化学梦想，柠悦……"他声音很哑："我不愿意再放弃你。"

程柠悦眼角滑落一滴泪，哽咽着说不出话来。

"我和你在一起，是用我的梦想换来的。"贺信阳嗓音颤抖，"六年前，我们就该在一起，我不会后退，柠悦，你也不要放弃，好不好？

"就像当年那样，勇敢地爱我。"

第十章

　　姚瑞的工作室现在称得上是苟延残喘，资金链断裂，还面临巨额赔偿，姚瑞有没有气出病阮芽不知道，她倒是要气出病了。
　　她穿着兔头拖鞋在客厅里来回走："怎么可以这样！说好那件衣服会给我分六万块！现在一分都没有了！"
　　封迟琰靠在沙发上，垂眸看着平板上的数据，懒散道："这会儿姚瑞一脑门官司，卖车、卖房堵资金缺口，拿不出六万给你。"阮芽在他旁边重重坐下，抱着胳膊："失策了！我应该拿到钱了再让她身败名裂。"
　　封迟琰颇为赞同地点点头："确实。"
　　阮芽抓了一把爆米花塞进嘴里，道："算了。"她抠了一会手指，犹犹豫豫地说："我要去平安村一趟。"封迟琰一顿，问："做什么？"
　　阮芽把夏老夫人的事情说了一遍，道："我并不清楚被火燎了的地方是什么绣样，只能去请师父出马。"封迟琰问："非去不可？"阮芽道："她年纪很大了，还坐着轮椅，让她来A城的话，我怕她身体受不了，还是我回去一趟吧，正好可以回去看看我爸。"
　　封迟琰放下平板："你一个人回去？"阮芽："我想问一问阮枸可不可以陪我回去……不过他肯定要找我要好处。"
　　封迟琰捏住她脸颊："我就在你面前，为什么要找别人？"
　　阮芽愣了愣，说："可是你工作很忙诶，你的生意都是上亿的单子，耽误了我又赔不起。"

封迟琰道:"你说点好听的,我就陪你去。"阮芽眼睛亮了亮,利索地爬到封迟琰身上,坐在他腿上,声音又软又甜:"封迟琰是全天下最好的人!"

"这话我已经听腻了。"封迟琰扶住她的腰,道,"换点别的。"

阮芽哄人的话就那么几句,全部说给封迟琰听过了,蹙眉思索了一会儿,然后脸红红的凑在封迟琰耳边道:"那……今晚我让你跟我一起洗澡好了。"

封迟琰一滞,而后垂眸看着她:"真的?"

阮芽连忙道:"只能洗澡!别的不可以!"

封迟琰笑了一声:"别的是什么?"

阮芽把脸埋在他心口,道:"你要是再说,我就反悔了。"

"行。"封迟琰说,"成交。"

阮芽趴在他肩膀上,说:"其实我不太想带你去平安村。"

封迟琰微微眯起眼睛:"怎么?那小破村子里藏了我不能见的人?"

阮芽无语道:"因为平安村真的很落后啊,我觉得……你跟那里很不搭。"

在阮芽眼里,封迟琰是金尊玉贵的桀骜少爷,十指不沾阳春水,带他去平安村,让他看见她的过往,总觉得有点别扭。但是……她很想带封迟琰去看看她长大的地方,虽然那里的环境不好,却有很多很多回忆。

"你对我大概是有什么误会。"封迟琰捏着阮芽的下巴,让她抬起头。

阮芽侧过头道:"其实我有点难过。""嗯?"阮芽说:"我昨天去医院看程姐姐,医生说她吐血是因为急火攻心,好好养着就没事了。她也跟贺信阳和好了。我想,她明明和贺信阳互相喜欢,却要历经蹉跎才能在一起。如果是暗恋一个人,又有多辛苦。"

封迟琰眼睫微垂:"为什么忽然说这个?""有感而发啦。"

"所以不要先喜欢上别人。"封迟琰低声说,"先动心的人就输了。"

阮芽扬起白皙的脸,道:"如果大家都不愿意做输家,不就不会在一起了吗?"

封迟琰捏了捏她的脸，笑了："总有人输得心甘情愿。"

阮芽轻轻眨了眨眼，那一瞬间封迟琰以为她会问"那你会输吗"？

但是她没有，只是懒懒地靠在他肩膀上，道："我记住了。"

窗外有风过，带起院子里一片花雨，送来一阵清幽的冷香。

　　阮沉桉今天来医院，是因为接到助理的消息，他那卧床许久的未婚妻，醒了。

　　他对这未婚妻没什么感情，偶尔去医院看看她，是为了把深情做给外人瞧。而自从圈内传开他对未婚妻的"不离不弃"后，替他说媒的人少了一大半。

　　阮沉桉冷着脸一路上了五楼，助理正在门口等着，看见他后，面上的表情十分复杂。阮沉桉问："怎么了？"助理："您自己去看看吧。"

　　阮沉桉走进病房，有人从洗手间里出来，似乎是刚刚洗了澡，头发有点儿湿漉漉的，她手里拎着一条毛巾，看见他后，愣了愣："你是谁？"

　　他记不清未婚妻的脸，未婚妻则在订婚的时候跟别的男人逃婚，但是她也不至于在见了他后问一句"你是谁"。

　　孟栖见他不说话，犹豫了一下，小声问："你是……我的未婚夫吗？"

　　"嗯。"阮沉桉将花束放在了桌子上，才看清楚未婚妻长什么样。说不上是倾国倾城的大美人，但是五官生得很好，尤其那一双眼睛，温柔且有灵气。

　　听闻她的母亲早些年在 A 城是很有名的美人，现在看来，倒是不假。

　　"抱歉。"孟栖有些局促，"我……记不得以前的事情了，所以不认识您，但是杨助理跟我说过大概的情况了，这些年一直是您在给我花钱治疗，真的很感谢您。"说着说着竟然还给阮沉桉鞠了个躬。难怪杨助理的表情一言难尽：孟栖在床上躺了几年，给自己躺失忆了。

　　阮沉桉沉默一瞬，看向门外："医生怎么说？"杨助理道："医生说这种情况不算少见，能不能恢复只能听天由命。""她什么时候能出院？"

　　杨助理咳嗽一声道："医生说孟小姐恢复得很好，医院嘈杂，最好今天就带回家里休养,定期复查就好了。"

阮沉桉:"……"

今晚,江边的夜景非常漂亮。两岸灯火葳蕤,霓虹装点了一城艳色,江面波光粼粼,泊着游船,水里映出莽莽苍苍的天际,繁星浸入水光里,照出一深一浅两幅人间相。繁华富丽了几百年的城市,似乎每个夜晚都是这璀璨流金的模样,江水也永远这般滟滟随波千万里。

阮芽趴在栏杆上,夜风吹起她的长发。她看着江畔的一片花林,问:"那是什么花?"封迟琰看了眼,道:"紫薇。"

"我之前没见过。"阮芽说,"不过站在这里,我倒是明白了张若虚写《春江花月夜》时的情致。江流宛转绕芳甸,月照花林皆似霰。"阮芽道,"江天一色无纤尘,皎皎空中孤月轮。江畔何人初见月,江月何年初照人。"

她抬头看着封迟琰:"江边上是什么人最初看见了月亮,江上的月亮又是哪一年最初照耀着人们?"

封迟琰微微垂着眼睑,道:"若我是月。初见月的人是你,明月初照的也是你。"

阮芽一怔,而后道:"这诗不是这么解释的,这是一个哲学问题,不过……"她弯起眼睛笑了:"谢谢你愿意让我做被明月垂爱的那个人。"

封迟琰弯腰在她唇上轻轻吻了一下,说:"也感谢你愿意站在黑夜里。"

"那……"阮芽偏头,"为了感谢我,你背我好不好?"

封迟琰看了一眼周围的人群,道:"如果你不害羞,我没有问题。"

"我才不害羞。"阮芽叽叽咕咕地说。

封迟琰半蹲下,阮芽往他宽阔地背上一扑,紧紧贴在他身上,唇就贴在他耳边,道:"带我到紫薇花的深处去。"

封迟琰稳稳地背着她,明明阮芽每天吃得不少,这么久也才长了两斤肉,背起来轻飘飘的。他步伐很稳,一路走入紫薇花林深处。

阮芽趴在封迟琰背上,伸手碰了碰紫薇的花瓣,惊讶道:"走近了才发现，其实我见过紫薇花。不过在我们那里不叫紫薇，叫蚊子花，花期很长，能开好几个月。"她说，"我小时候用它来编过花环。"

"等回了平安村，我带你去吃桃酥。"封迟琰道，"你给我编一个紫薇花环？"

阮芽伸出右手小拇指，道："拉钩。"

封迟琰腾出一只手，跟她的小拇指勾住，阮芽十分认真："拉钩，上吊，一百年不许变，变了是小狗。"

这种稚童的约定封迟琰总觉得可笑，白纸黑字盖了公章的合同尚且可以反悔，何况是两根手指一搭，一点不痛不痒小孩子过家家的玩笑话？

但是此时封迟琰侧眸看见阮芽眼睛里期待的光，又想，不可辜负春光。

他把阮芽放在地上，阮芽蹲在地上，忽然拉了拉他的衣角："你蹲下来，我告诉你一个秘密。"

封迟琰微微挑眉，蹲下身，问："什么？"

阮芽凑上去，在他唇角吻了一下："今晚上很高兴。"

封迟琰微微一滞，而后搂住阮芽的腰，将她抱起来，抵在紫薇花的树干上。

阮芽与他平视。

封迟琰比她高出二十多厘米，与他平视，就意味着双脚悬空。阮芽全靠封迟琰搂住自己腰的手臂借力，有点慌："你干吗呀？"

风点过江面，森凉几分，吹过阮芽的面颊，天光暗淡，显得阮芽那双眸子尤其的清亮。封迟琰垂眸在她眼皮上一吻，声音有些沙哑："软软。"

"嗯？"

"有没有人跟你说过。"封迟琰与她鼻尖抵着鼻尖，"你真的好可爱。"

阮芽："有啊……"她笑起来，"就是你呀。"

封迟琰更紧地扣住她，在微冷江风和簌簌花雨里，与她接吻。

天空炸开一朵烟花，盛放到荼蘼又如流星一般往下坠落，片刻的光亮映出了封迟琰深邃的眉眼，他的瞳孔仿佛一片漆黑的海，不见波澜，却蕴藏无数危险和……欲望。

回汀兰溪的时候，阮芽牵着封迟琰的手指蹦蹦跳跳："偷偷放烟火的那几个人也太倒霉了，正好遇上了巡逻的警察叔叔。"

封迟琰："喜欢烟火？""好看的东西我都喜欢。"阮芽说。

封迟琰在月色里垂眸看她，他眼睫长而直，有几分锋利意味，冷月星辰皆列天穹，他瞳孔里只映出阮芽的脸，手指在她心口点了点，道："我也喜欢。"

怎么会有人长成封迟琰这个样子？阮芽觉得，若他生在古代，别说掷果盈车了，他住的地方都能被姑娘的香囊、鲜花、手帕、果子砸塌了。

"发什么呆？"封迟琰走出两步，发现阮芽没有跟上来，伸出手，"不回家吗？"

阮芽握住他的手："当然要回家啦。"

最近，阮芽总觉得封迟琰怪怪的，好像在背着她策划什么，但她正儿八经地问了，封迟琰却三缄其口，从陶湛那儿也打听不出来什么。

好在应白川的约饭来得很及时，让阮芽没空再想这些，一心惦记着上次没有吃到的龙虾、螃蟹、海参了。阮芽觉得先不说应白川是不是好人，起码他说话算话啊，说补回来就补回来。

阮芽走进餐厅，见只有靠近全景落地窗的一桌坐了人。应白川今天穿得挺正经的，似乎刚从会议室里出来，衬衫扣子好好扣着，显出一种和以前不同的严肃来。

阮芽走到桌边，拉开椅子坐下。

"东西都是今早上空运过来的。"应白川示意服务生上菜，道，"尝尝看。"阮芽点点头，刚伸筷子要去夹一只虾，忽然听见应白川道："你继母在给阮芸议亲，你知道这事儿吗？"阮芽茫然地问："啊？""戴丽玟给阮芸议亲？"阮芽眼睛都瞪圆了，"那这事儿，我爸同意吗？"

"他最近不在A城，你不知道？"阮芽一摊手："你又不是不知道我在阮家什么地位，他去哪儿我怎么会知道？"应白川点头："倒也是。"

阮芽撇嘴："你知道你为什么没有朋友吗？"

257

应白川:"我太优秀。"

阮芽:"呸,是你不会说话。"

应白川说:"我哪里不会说话了?""要是会说话,刚刚就会安慰我两句。"阮芽说完,又道,"不过你要是安慰我,我也觉得挺吓人的。"

阮芽吃东西向来很专注,应白川本来没什么食欲,看她吃得这么香,不由得拿起了筷子。他夹了两筷子东西放到碗里,忽然说:"阮芽,如果以后封迟琛不要你了,你就来找我。你给我养猫,我给你付工资。"阮芽擦了擦嘴:"你找别人不行吗?"

"它只吃我喂的东西。"应白川道,"我出差都得惦记着它,怕它把自己饿死。"阮芽:"它只吃你喂的东西,为什么不让你抱呢?"应白川:……

阮芽吃得差不多了,问应白川:"那我就先走了?"应白川:"你就真来吃个饭?"阮芽道:"不然呢?"应白川看了一眼时间,道:"那我送你。"

到了汀兰溪外面,应白川停车,阮芽下了车,礼貌地对应白川挥挥手:"再见啦。"应白川看着她一蹦一跳地进了大门,忽然觉得她这人挺神奇,好像从来就不会有烦恼这种东西。

他想错了,阮芽在回去的路上,就挺烦恼。

封迟琛说今天大概得九点回来,阮芽才敢溜出去的,结果有个会议临时取消了,封迟琛比她还早回来十多分钟。阮芽接到了唐姨的通风报信,此时此刻十分心虚且头疼。她站在别墅外面,做了好一会儿心理准备,拍了拍脸颊,给自己打气。

阮芽,不要怕,要是封迟琛凶你,你就哭。要是封迟琛生气,你就撒娇。

给自己做了好一番心理建设,阮芽才敢慢吞吞地进门,一进门就看见封迟琛坐在客厅沙发上,没看文件也没看电视,只是双手环胸,盯着门口。

阮芽尿尿地走过去,站在封迟琛对面,尴尬开口:"你……你今天回来得好早哦。"封迟琛:"我要是回来得不早,怎么知道你跟人出去吃大餐了?"

察觉到封迟琰好像没有生气，阮芽惯会打蛇随棍上，蹭到人腿上坐着了，晃了晃他的胳膊，蹭了蹭他的脖子："不气不气，生气对肝不好的。"

"今天公司里出了一桩事。"封迟琰冷不丁道，"有个股东的妻子，说是去外地出差，其实是去会情人，照片都发到了他手上，他一直在办公室里哭，说女人的话不可信。"

封迟琰抬起阮芽的下巴："我觉得他说得对，女人的话，不可信。"

"你不能一竿子打死所有人。"阮芽咳嗽一声，道，"我没跟你说是怕你生气呀。再说了，你又不回来陪我吃饭，我想着应白川欠我一顿大餐，我要是不吃回来，多亏？"她翻开自己的两个衣兜，道："我兜比脸都干净，还是要懂得勤俭节约的。"封迟琰：……

刚见面的时候这小姑娘唯唯诺诺，才多久就能说半天。阮芽想出一个绝妙的好主意，道："如果应白川再请我吃饭，我带你一起去？"封迟琰：……

"再说了，你也有事情瞒着我。"阮芽开始翻小本本算账，"我都问你多少次了，你都不告诉你。"

"之后你就知道了。"封迟琰说，"现在带你上去洗澡。一身野男人味儿。"

阮芽被抱进浴室里才反应过来哪里不对，锤了封迟琰一下，道："什么野男人味儿，那是应白川车载香薰的味道！"

封迟琰将她放在洗手台上，抬脚踹上门，冷淡地道："不管是什么味儿，都要洗干净。"他伸手将阮芽的衣服扣子解开两颗，露出她雪白的肩颈。

阮芽轻轻抖了一下，道："我自己洗。"

封迟琰瞥了她一眼："又不是没有帮你洗过。"

阮芽脸憋得通红："你那是正经洗澡吗？谁正经洗澡还……还……"她有点说不下去，拿头撞了封迟琰的胸口一下，嘟嘟囔囔，"别以为我不知道你在打什么坏主意。"

封迟琰一脸正人君子："那你说，我在打什么坏主意？"

阮芽："不要逼我咬你。"

封迟琰笑了一声，垂眸吻住她："咬这里。"

"唔……"阮芽被他按在了镜子上，含糊地骂，"你不要脸！"

封迟琰伸手解开她衬衣扣子，另一只手扶住她的腰，缓缓道："软软乖，今天我很生气。"

"要是下手太重，你就忍着。"

阮芽窝在被子里，觉得封迟琰就是借机欺负她，她被咬得好痛，封迟琰还不准她哭，一哭他就更凶。

封迟琰从浴室里出来，看见床上的"卷心菜"，将阮芽的脑袋从被子里剥出来，问："还生气？"

阮芽拿后脑勺对着他："被咬的又不是你，要是换成你，你肯定也生气。"

封迟琰解开衣服："那你咬回来？"

阮芽一转头就看见块块分明的肌肉，她脸通红地说："我才不。又不是所有人都像你那么变态。"

封迟琰掀开被子，将阮芽抱进怀里，亲了亲她的额头："那是喜欢你。"

阮芽："那你别喜欢我了。"

"真的？"

阮芽声音更闷了："算了，你还是继续喜欢我吧。"

封迟琰笑了笑。怀里这个小姑娘，好像很容易得到满足，又好像很贪心。

给她一点点爱就可以满足，又要全部的爱才能开心。

阮芸的脸色很难看："我说了，我不去！"戴丽玟在一边劝："小芸，这是你爸爸的意思，你……"

"我说了，我不去！"阮芸道，"爸干吗着急把我嫁出去？！怎么，阮芽回来了，大家就都不喜欢我了，想尽早打发我走是吧？！"她握住戴丽玟的手，哽咽着说："戴阿姨，你能不能……帮我问一问爸爸？我真的太害怕了……"

戴丽玟为难道:"你也知道你爸爸那个脾气,我也是不好问的啊。"戴丽玟空担着"阮夫人"的名号,事实上在阮家根本没有话语权,阮沥修有什么事儿都不会找她商量,而一旦他决定的事情,戴丽玟都不敢多一句嘴。

"小芸。"戴丽玟也不敢太得罪阮芸,谨慎地问,"你……是不是还想着嫁进封家呢?"阮芸顿了一下,眼睛通红地道:"戴阿姨,婚约本来就是我的,嫁进封家的人也该是我!凭什么阮芽一回来就抢走了我的东西?!我的未婚夫、父亲、哥哥……全部都被她抢走了!"

戴丽玟哪里能不知道阮芸的不平衡,若是阮芸没见识过这些也就罢了,偏偏被带到了阮家这个白玉为堂金作马的地方,三千繁华轻易就能迷了人的眼睛,更别提这繁华还曾被握紧在手中,哪能轻易舍弃。她叹一口气,说:"小芸,你爸还是尊重你的意思的,让你慢慢挑着……这样吧,你跟我去见几个,然后说没看上就好,这样在你爸那边也好交代。""如果他真的尊重我的意思,就不会这么着急地把我嫁出去!""好了好了……"戴丽玟抽出纸巾,给阮芸擦了擦眼泪,道,"再哭眼睛都哭肿了,父女哪有不闹矛盾的?别生气了。"

阮芸勉强止住了哭声,抱住戴丽玟道:"戴阿姨,还是你对我最好。"她将下巴放在戴丽玟肩膀上,声音里带着哭腔,可是眼睛里哪有哭意?她看着墙壁,缓缓地说:"我对夏语冰没什么印象,从我有记忆起,就是您在带着我,您才是真正抚养我长大的那个人。"

听阮芸提起夏语冰,戴丽玟僵了一下。戴丽玟是见过夏语冰的。她本是阮家的用人,负责照顾阮芸。

夏语冰死后不过两年,她就取而代之,成了阮家的当家主母,无数人在背地里骂她借着照顾阮芸的便利,爬上了阮沥修的床。只有戴丽玟自己知道,这些年她从来没在阮沥修的院子里过夜,唯一一次不小心闯进他的卧房,看见了案几上供奉的灵位。而阮沥修勃然大怒,将她直接赶出了房间。

戴丽玟被赶出来,脑子里却全是灵位旁的遗像。

那是夏语冰的遗像,即便身为女人,戴丽玟也觉得她生得太美了,那种美不带有任何攻击性,温和柔软,唇角的笑意都仿若明月清风。

戴丽玟对上了遗像的眼睛，甚至觉得照片里的人要活过来，会在清晨的花园里剪下一枝玫瑰，转头对她说："丽玟，你在害怕我吗？"

她愧对夏语冰，却很不喜欢太像夏语冰的阮芽。

阮芽的长相，和夏语冰仿若一个模子里刻出来的，让她见了就觉得后背发凉。

她闭上眼睛，强迫自己不要再去想那些旧事，又拍了拍阮芸的背，说："我何尝不是把你当自己的亲生孩子。"

"太晚了。"她顿一顿，说，"你先回去睡觉吧，不是还约了明天和朋友一起逛街吗？"阮芸擦了擦眼泪，道："那戴阿姨，我就先回去了，您也早点休息。"戴丽玟点了点头，直到阮芸走了，她才慢慢提起茶壶，给自己倒了一杯冷茶。

冰冷的液体流过食管，落进胃里，四肢百骸都冒出了丝丝冷意。

难怪阮沥修忘不了夏语冰。

她不也还记得夏语冰隔着重重人群投来的清亮眸光吗？

少女摊在柔软的沙发上，犹豫了一下，打了一通电话出去："喂？哥哥，还在忙吗？""嗯。"对方声音有些疲倦，"有事吗？"

少女抓过一旁的抱枕抱在怀里，道："我都好久没有见你了……这次的事，真的不要我参与吗？我真的很想参加，太无聊啦……"

"不行。"对方说，"你有别的事要做。""可是还有很久呀。"她噘起嘴，"难道我这段时间就一直窝在这里打游戏吗？凭什么好玩儿的事情你不带我？我要生气了，我要给妈妈告状！"对方沉默了一瞬，道："你都多大了，还告状。"少女笑嘻嘻道："我就算五六十岁了，也告状。"

"听话一点。"听筒里传出一阵嘈杂的声音，而后是脚步声，应该是他走出了房间，到了阳台，"你最近都不要露面。""哼。"少女怒气冲冲道，"等妈妈知道了这件事，有你的苦头吃，我才不会给你求情。"

对方沉默一瞬，说："我甘之如饴。"

阮芽一大早就被人从被窝里薅了起来。她顶着鸡窝头，十分不满，哼哼唧唧地说："我又不用上学，又不用上班，为什么要早起！"

封迟琰将人放在洗漱台上，给她挤了牙膏，道："今天有事。"

阮芽打了个哈欠："什么事呀？"

"带你见长辈。"封迟琰说，"我给你预约了造型师，陶湛一会带你去。"

阮芽迷迷糊糊的："什么长辈？"

"到时候你就知道了。"封迟琰将小白兔牙刷给她，"刷牙。"

"哦。"阮芽乖乖刷牙，封迟琰在她额头上亲了一下，说："唐姨已经把早饭做好了，是你爱吃的小笼包。我有点事，要先走。"阮芽拉住他衣角，满嘴的牙膏沫，含糊不清地问："今天不是周六吗？你还要上班？"

封迟琰脚步顿了顿，说："不是，是别的事。"阮芽松开手："那你走吧。"

封迟琰看见她含着牙刷半眯着眼睛打瞌睡的样子，在她脸颊上捏了捏，道："我尽快去找你。"阮芽撇嘴："你早饭都不陪我吃。"她现在的小脾气是越来越多了，一点点小事都能叽叽咕咕好久，偏偏封迟琰觉得可爱得要命。"真的有事。"封迟琰道，"晚饭陪你吃。"

阮芽瞬间垮起脸："连午饭都不陪我！"

她一气之下把封迟琰推出盥洗室，关上了门。

封迟琰看着面前紧闭的门，"啧"了一声。

裴菱一大早就在准备了，因为接到了封迟琰的预约。听见外面说人来了，她淡定地道："待会儿都机灵点，不要得罪了人。"众人都赶紧点头。裴菱亲自迎出去，就见陶湛带着一名小姑娘走了进来。小姑娘穿着普普通通的T恤长裤，发型也很普通，看不出长相。

"这位是少夫人。"陶湛开门见山，吓了裴菱一跳："就……就是那位阮家五小姐？！"不是说琰少很不待见这位强塞来的未婚妻吗？！"嗯。"陶湛说，"人我交给你了，你知道，琰少要求一向高，希望你能让他满意。"裴菱不敢说大话，道："我尽量。"

陶湛对阮芽道："我就先走了，等到时间了，会来接您。"

阮芽点了点头,陶湛便转身离开了。裘菱对阮芽伸出手:"你好,我叫裘菱,是这个造型会所的老板,也是首席造型师。"

"你好。"阮芽伸出手跟她握了一下。

裘菱带着阮芽去挑礼服。房间里有七八个人台,穿的礼服裙都是珍藏款,叫阮芽看花了眼睛。

"阮小姐有看上的吗?"裘菱小心观察着她的神色,问道。

阮芽停在了一条白色的裙子前,转眸问裘菱:"这件怎么样?"

裘菱一怔。

阮芽挑中的是一条公主裙,裙面上全是手工串上去、晶莹剔透的淡紫色小水晶珠子,外面罩着一层轻纱,上面点缀着细软的羽毛。最漂亮的是上半身设计,像两只交叠的天鹅翅膀,衬着紫水晶的颜色,格外漂亮。

裘菱道:"阮小姐眼光很好,这一件非常适合您。"再没有比白色更适合阮芽的了。

阮芽弯起眼睛:"我只是觉得,丑小鸭变成了白天鹅。"

她就是踏入繁华的丑小鸭。

裘菱亲自给阮芽盘发,将她的头发都绾在脑后,露出修长白皙的脖子,又叫了专人帮阮芽化妆,左看右看,实在挑不出毛病了,才让人带阮芽去换衣服。礼服繁复难穿,好一会儿阮芽才出来,裘菱在看见阮芽的那一瞬间,不由得觉得,乖乖,这也太惊艳了。

阮芽拉了拉裙子上纤柔的羽毛,道:"我觉得好重,都有点走不动路……要不还是换一条吧?""美丽都是沉重的。"裘菱觉得效果棒呆了,哄着阮芽,"其他裙子也重的。"

阮芽狐疑:"真的吗?""当然啦。"裘菱笑眯眯拉着阮芽来到落地镜前,打了个响指,就有人捧着一个首饰盒过来。她道:"琰少送了好几套首饰过来,我觉得这一套是最配您今天这身衣服的。"

阮芽打开精致的木盒子,里面放着整整一套粉钻首饰。

最夺目的是那顶小王冠,主石有鸽子蛋那么大,粉钻本就产量稀少,更别说是颜色如此漂亮、体积如此之大的了。粉钻围镶白钻,在灯光下熠熠生辉,火彩极其夺目,让人看了就走不动路。

裘菱没有将王冠取出来，而是先给阮芽戴了耳坠，阮芽皮肤白，粉钻衬得她气色更好，丝毫没有珠宝华贵而压人的感觉。

"戒指按照您的尺寸改过了。"裘菱将戒指戴在了阮芽手指上，纤白手指上的一点粉色，显得十足精致漂亮。阮芽还挺喜欢这块粉色的石头，现在她的外表挺能唬人，说是王室公主也没人会怀疑，其实她就是小土包子一个，压根不知道这套首饰的价值。

"好了。"裘菱盖上盒子，退后几步看着阮芽，"阮小姐今天，非常……"她想了想，说："夺目。"

"时间差不多了，陶助理也到了，您可以走了。"裘菱吩咐人将要带的东西都带好，又亲自给阮芽牵着裙摆。

阮芽上了车，越走越觉得不对劲，问陶湛："这是回封家老宅的路吗？""对。"陶湛点点头。

等到了封家，阮芽更觉得不对劲了："不从大门进吗？"陶湛顿了顿，说："侧门可以开车进去，少夫人的裙子不宜走路。"

阮芽"哦"了一声，还是觉得古古怪怪的。

陶湛将车停在院子里，打开车门让阮芽出来，小心地给她提着裙摆，道："少夫人，进前面的房间。"

阮芽听话地往前走，就是不怎么习惯穿高跟鞋，走得慢慢吞吞，但是有一说一，她还挺喜欢这鞋子，让她高了七厘米呢！

"吱呀"一声，阮芽推开木门，里面静悄悄的，她慢慢走进去，在窗边看见了一个背影。背影肩宽腿长，十足好看，阮芽小声说："我来啦。"

封迟琰转过身，逆着光，阮芽看见他穿了一套量身定做的黑色西装，眉眼在身后天光的映衬下显得尤其深邃，一只手正拉着领带。

阮芽觉得，他这样散漫的模样，真是好看得要人命。

"来了。"封迟琰垂眸，说，"很好看。"

阮芽弯起眼睛："看在你说话这么好听的份儿上，我帮你系领带。"封迟琰微一挑眉，向后靠在窗台上，微微俯身："来。"阮芽发现自己穿着七厘米的高跟鞋，还是比封迟琰矮了一大截，不由得恼怒，拽了

265

拽封迟琰的领带:"你再低一点。"

封迟琰又低了一下身子。

阮芽跟唐姨学过系领带,手指翻飞,很快打好了一个饱满的温莎结,她很满意:"幸好我还记得,这个有点复杂。"

封迟琰说:"好人做到底,帮我把袖扣也戴上?"旁边的盒子里放着一对鸽血红宝石的袖扣。阮芽伸手拿过来,垂着眼睫,认认真真地给封迟琰戴上,道:"好啦。"

"作为报酬……"封迟琰看了门外的陶湛一眼,陶湛会意,将手上的木盒子打开,露出里面的王冠。

封迟琰修长手指拿起王冠,将它放在阮芽头上,又低头在她眉心一吻:"为你加冕。"阮芽笑着说:"我又不是国王……不过谢谢你。"

封迟琰伸出手,阮芽不明所以地将手放在他手上,又想蹦到封迟琰前面去问问他到底要干什么,没蹦起来,却往前一摔,好在封迟琰接得快,她才没有把脚扭了。

阮芽趴在封迟琰怀里,郁郁地说:"我看电视里的姐姐踩着高跟鞋也健步如飞,还能追车呢,我怎么跳一下都不行。"封迟琰:"因为你是小废物。"阮芽拍了拍他的手:"你放开我,我不跟你好了。""真的?"封迟琰,"我要是放手,你别哭。"

阮芽站稳了后才过河拆桥:"你现在可以放开我了。"封迟琰不仅没放,反而一用力,将她箍到了胸前,垂下眼皮盖住半双眼睛,显得有点坏:"我要是不放呢?"阮芽的耳朵尖红了,结结巴巴地说:"那……那我就喊人了,说你耍流氓。"封迟琰低笑一声,松开她,道:"为了我的名声考虑,还是放开你算了。"

他牵着人往前走,垂眉敛目的用人上前打开了门。瞬间,大厅里璀璨灯光泄出来,阮芽看见满厅觥筹交错,衣香鬓影,门打开的瞬间,所有人都看了过来,唯有小提琴的声音徐徐,人声已悄然。

来宴宾客自然知道这个晚宴的目的,表面上宣称是封迟琰"假死"的澄清宴,请柬的落款写的却是封迟琰和阮芽两个人的名字。封迟琰分明是专门给未婚妻争面子,撑排场,才有了这一场惊动整个A城的流光之宴。

众人都是锦绣堆里长大的，自小见惯傲人颜色，但是在看见被封迟琰牵着的那个少女时，还是一呆。

少女穿着雪白的礼裙，璀璨灯光淌下来，裙纱上的紫水晶和钻石透出晶莹的光，衬得她肤色尤为白皙粉润，像极了瓷娃娃，不如说……瓷娃娃也没有这般精致。

她的妆容轻淡，仍是天姿国色，秀眉细长，眼眸干净，像是一汪澄澈的水，带着江南三月朦胧细雨，烟波渺渺，映出人间三千春色。三千春色却也不及她双眸流光。唇上铺着桃花色，诱人无声，神情惊讶无辜，像是一支用美色制成的羽箭，在瞬间惑人心神，诱人性命。

拉着她手的男人，沉默冷冽，光是站在那里，就透露出矜傲张狂，他在向全天下炫耀自己的女人，而无人敢觊觎。他将她保护在羽翼之下，让她站在最高的山巅而纤尘不染，像是象牙塔里的公主，不知世事，天真烂漫。

阮芽被这大阵仗吓了一跳，赶紧侧眸去看封迟琰，小声地问："怎么这么多人呀？！"封迟琰垂着眼睫，漫不经心地道："可能是爱凑热闹？"阮芽没有那么好骗，瞪大眼睛，气鼓鼓地问："你是不是骗我？根本就不是见长辈对不对？"

封迟琰想要叹一口气，怎么会有阮芽这样的小笨蛋，到这个时候了，还不知道是为了什么？"嗯，软软真聪明。"封迟琰拉着她往前走，说，"这个宴会，是为了跟所有人介绍你。"

阮芽乖乖地跟着他走，又问："介绍我干吗？这些人我要全部记住吗？"封迟琰笑了一声，摸了摸她的头，说："他们记住你就好，你不用记住他们。今天，我只是想让所有人知道，你是封迟琰的未婚妻，是封家未来的当家主母，不是什么没人要的小可怜。"

阮芽微愣，抬起眼睛看着封迟琰，那双眼睛干净得只能映出璀璨灯火和封迟琰一个人，好像在她的世界里满满当当，再也容不下其他。封迟琰不由得想，这样的一个小姑娘，倘若不是与他指腹为婚，会怎么样呢？

"封迟琰。"阮芽忽然软软地叫了一声，封迟琰便停了下来，侧眸问："怎么？"

阮芽踮起脚尖，抬起手臂勾住封迟琰的脖子，脸红红地在他唇角一吻，而后赶紧侧开头，不敢去看他的眼睛，声音也闷闷的："就是觉得……好喜欢你。"

喜欢得好像心脏都要爆炸了。

它在我的胸腔里扑通扑通不受控制地跳动，像是要迫不及待冲破我的肋骨，好奔向它最喜欢的那个人，将自己的全部交托给他。

封迟琰微怔。阮芽一向内向并不善于表达，她在这么多人面前踮起脚吻他，无疑是鼓足了毕生的勇气。

他给她办这一场轰动整个都城的宴会，她给他满怀炽烈爱意的一吻，十分公平。

一时间宴会厅里掌声雷动，众人脸上的笑意或真或假，倒也其乐融融，宾主尽欢。

"诸位。"封迟琰轻笑着捏了捏阮芽的手指，从服务生的托盘里随意端过一杯香槟，向众人举杯，道，"之前A城里一直有传言，说是封某死了。今日一宴，便是封某为了自证，特为举办的。"他微微勾起唇角，道："正好借此机会，跟诸位介绍一下……"

他牵起阮芽的手，放在唇边，在她手背上落下一吻，声音低沉平静，仿佛在说再普通平常、十几年前就该宣布的事情："这是阮家的五小姐，我的未婚妻。"

阮家的真假千金是A城里的一桩轶事，在这件事里，阮芽一直是个丑角。她明明含着金汤匙出生，却在穷乡僻壤长了十五年，A城的千金小姐们在上马术课、弹钢琴、跳芭蕾、参加各种宴会时，她在养猪、喂鸡、插秧、收稻谷，家里人甚至为了照顾假千金的心情，对她不闻不问。

她好不容易回来了，还是为了代替假千金嫁给一个死人。

谁也没有想到，有朝一日，这只丑小鸭会像是一个真正的公主，站在整个A城最有权势的男人身边，俯视所有人。

封迟琰广邀权贵，阮家自然在列。阮栒看着阮芽，十分自得，心想这么漂亮，不愧是我妹妹，他旁边的阮沉桉脸色就有点难看了。阮栒心下一紧，想起阮沉桉对阮芽的态度，赶紧道："哥，你第一次见她，你不知道，其实她人真的挺好，又乖又听话，一颗糖就能骗走……"阮沉桉眸光沉沉地盯着阮芽，冷冷地道："我并不这么觉得。"

察觉到阮沉桉心情有问题的自然不只阮枸，不过阮落榆并不在意，靠在旁边像是位看客，脸上挂着虚假至极的笑。而阮芸看着站在封迟琰身边、被无数人夸赞的阮芽，本就已经妒火中烧，更别提还不时有人瞥她一眼，表情诡异地交头接耳。即便听不见，阮芸也知道他们在说什么。

封迟琰带着阮芽穿梭在人群里，不时给阮芽介绍几个人。两人边说边走，到了阮家人这边。

然后，阮芽就看见了阮沉桉面无表情的脸。她虽没见过阮沉桉，但是认识阮落榆、阮枸，自然能猜出面前神色阴郁的男人是谁。她装作很淡定的样子，露出一个礼貌的笑容。阮沉桉压着怒气："阮芽。"阮芽一个激灵："在……在。""阮总……"封迟琰微微眯起眼睛看着阮沉桉。阮沉桉冷冷看了封迟琰一眼，而后对阮芽说："跟我过来。"

俗话说得好，长兄如父，阮沉桉若是拿出大哥的架子，要跟自己的小妹说两句话，封迟琰也是不好拦的，况且这是在封家，阮沉桉不至于干什么出格事。所以阮芽屁屁跟在阮沉桉身后走时，封迟琰没有拦着。阮枸倒是想跟上去，被阮沉桉一个眼神定在原地。虽然大哥没说话，但是阮枸知道大哥的意思：敢跟上来就弄死你。阮枸默默地缩回了脚。

阮芸很想知道阮沉桉为什么叫走阮芽，到底不敢去撞枪口，只好忍耐下来，看了封迟琰一眼，露出一个轻软的笑："琰少，这段时间麻烦您照顾小芽了，她之前没有在A城生活过，很多规矩都不知道，如果冒犯了您，还请您不要跟她计较。"阮芸这话看似说得十分得体，处处为阮芽考虑，实际上，封迟琰已经公开承认阮芽的身份了，能跟阮芽计较什么？这番话分明是说阮芽泥腿子出身，登不得厅堂。

但让阮芸气恼的是，封迟琰好似根本没有听见她说话，随意地跟阮落榆碰了下杯就走了，连一个眼神都没有施舍给她。

已经准备好温柔笑容的阮芸："……"

阮芽跟着阮沉桉穿过人群，进了一间僻静的休息室。阮沉桉在沙发上坐下，阮芽关上门，隔绝了外面窥探的视线，跟个小学生一样，双手交握，垂着头，蔫巴巴地站在门边。

阮沉桉冷冷道："过来！我是会吃人吗？"阮芽一个哆嗦，跟只小蜗牛一样移到了阮沉桉面前。

他静静地看了阮芽一会儿，她紧张得嘴唇都有点发白了，局促地站在原地。

阮沉桉是阮氏的掌权人，手底下的人无数，下属害怕上司是天性，但是阮芽身为他的妹妹，却比那些下属更加畏惧他。阮沉桉忽然有些烦躁。最开始他就打算远离阮芽，最好不见面，当彼此是陌生人，现在阮芽这么战战兢兢地站在他面前，他反而非常不舒服了。

房间里安安静静，阮芽耳边是自己如同擂鼓的心跳声，阮沉桉不说话，她就脑补对方是在想什么办法折磨她，于是更加害怕，嘴唇都要咬出血时，阮沉桉才终于开口："第一次见面，为什么这么怕我？"阮芽扯了扯手指，小声说："阮……阮栒说，你要是见到我，肯定会一把掐死我，我害怕，所以，所以就……"阮沉桉皱起眉，阮栒在外面究竟是怎么败坏他名声的？！

阮沉桉用手指膝盖上敲了敲，声音仍旧冷淡："他说，你就信？""他……他是我哥哥呀。"阮芽委委屈屈地说。阮沉桉的火一下子就上来了："我不是你哥哥？"

阮芽惊恐地瞪大眼睛。阮沉桉到底是生了多大的气啊，竟然会这么说！

看阮芽那惊慌失措的样子，阮沉桉意识到自己表现得太严厉，抿了抿唇道："阮栒不是什么好东西，你少跟他来往。"阮芽还挺喜欢阮栒的，有点犹豫："我以后……不能跟他一起玩儿了吗？"

听见"玩"这个字眼，阮沉桉才意识到面前这个小姑娘比他小了将近十岁，他跟一个小丫头片子置什么气？想到这里，阮沉桉僵硬地站起来，生硬地道："我先走了。"他转身就要走，忽然听见小姑娘压着哭腔的声音："大……你是不是真的，很讨厌我啊？"

她想叫大哥，终究没敢叫，因为她知道阮沉桉不喜欢。

只是到底委屈，想要鼓起勇气多问一句，哪怕明知道答案伤人得很。

阮沉桉站在原地。他讨厌阮芽吗？其实他不讨厌，只是厌烦。他厌烦有这么一个存在，所以不闻不问，可是命运的因缘际会还是让他们遇见。他本可以回答一个"是"，但是侧眸看见她红了的眼圈，只是说："你不该回来。平安村才是你最好的归宿。"

阮沉桉说完这话，拉开门出去了。

阮芽一个人站在休息室里，垂着头，吸了吸鼻子，终究忍住了，没有哭出来。

封迟琰找到阮芽的时候，她正呆呆地看着窗外。他走过去握住阮芽有些冰凉的手，微微皱眉："阮沉桉说什么了？"

阮芽摇摇头："没有说什么。"封迟琰将人搂进怀里，摸了摸她的头发，道："不管他说了什么，都不重要。"阮芽笑了："你是不是还想说，因为你有我了，所以其他人都不重要？"封迟琰没承认也没否认。

阮芽低头看着自己裙纱上的某颗紫水晶，小声地说："人活在这个世界上，会有很多错综复杂的关系，亲人，朋友，仇人，爱人……都很重要。""其实你还是很在意阮家的人。"封迟琰说。阮芽轻叹口气："血缘就是这么奇怪呀。他们不喜欢我，对我不好，我也不跟他们一起长大，本来就没有感情，却因为他们的冷漠而觉得难受，是不是特别矫情？"

封迟琰没有兄弟姐妹，不能理解阮芽这种血缘关系上的羁绊，但他包容阮芽的一切，缓声说："不是你的错。""可是在这件事里，没有人错了。"阮芽说，"我妈妈想要生下我没有错，爸爸讨厌我没有错，哥哥不喜欢我也没有错……""活下来的你也没有错。"封迟琰撩起她的一缕耳发，替她别到耳后，声音很沉："软软，别这么想自己。"

"我当然不觉得是自己的错啦。"阮芽弯起眼睛，"我只是跟你分析一下，难道要因为他们不喜欢我，我就整天闷闷不乐吗？我才不会。"

封迟琰觉得，这个小姑娘真的很奇怪。

脆弱是她，坚强还是她。她如同一汪水，最柔软不过，也会在寒冬腊月里凝成坚硬的冰。

"软软。"封迟琰忽然说。

"嗯？"阮芽仰起头看他，"怎么啦？"

封迟琰说："我想吻你。"

阮芽脸红红，慢吞吞地说："你问我，想要我怎么回答你呢？"

封迟琰笑了一声："不需要你的回答。"他搂住阮芽细瘦的腰，道："只是通知你。"

星月正好，天幕晴朗，窗外晚风阵阵，花香漫漫，清冷的月光洒落下来，像是一块裂开的镜子，无数的镜子碎片散落在地面，照出圆窗里相拥的身影。

他们在晴朗的星夜里拥吻，好像黑夜就这样无声地缓缓流淌下去，黎明再不会到来，也没有关系。

宴会热闹得很，主人却消失了将近半个小时才重新出现。

阮芸眼睛尖，一眼就看出阮芽的口红变了颜色，好端端的口红怎么会掉？只能是……想到这里，阮芸郁气更浓，连旁边的阮栒都察觉到了："你怎么了？不舒服？""没有。"阮芸勉强笑了笑，道，"大哥直接走了，我还挺担心的，不会是和小芽起了什么冲突吧？""要是起了冲突受委屈的也是阮小芽啊。"阮栒说，"我看她还好好的，大哥能受什么委屈。"

旁边一直没吱声的阮落榆笑着看了阮芸一眼："你倒是很关心她。"阮芸总觉得这话意有所指，只能小心翼翼道："当然了，毕竟是我的妹妹，我又对不起她……""好端端的又说这个做什么。"阮栒皱起眉，"没人觉得你对不起她。""我……"阮芸想要说什么，但是看阮栒不耐烦的样子，终究闭嘴了。

这才多久，阮栒就已经开始厌烦她了！阮芸捏紧了手指，看着被众星捧月的阮芽，更是恼恨。突然听见有人尖叫了一声，而后人群瞬间朝阮芽那边围了过去。

阮栒个子高，一眼看见是封家那个二夫人在找事。他"啧"了一声，道："我过去看看。"阮芸赶紧道："我也去！"两人挤过人群，就见卢美玲正指着阮芽的鼻子骂："你算什么东西？！我告诉你，你连封家的门都不配进，还当什么主母……"这话骂得实在难听，围观的人都有些听不下去了。卢美玲一口一个"不配""贱人"，摆明了是不把阮芽放在眼里，甚至不顾及她阮家五小姐的身份。

但是封迟琰没有开口，谁也不敢先出头。当然也不乏幸灾乐祸的，毕竟阮芽今天出的风头实在是太大了，总会招人眼红。阮芽倒是没生气，就是被骂蒙了。哪儿就突然冲出来一个人对着她破口大骂啊？

"你装什么无辜！"卢美玲"呸"了一声，道，"要不是你给阿琰灌了迷魂汤，他会六亲不认，把自己的亲叔叔、亲表弟送进局子吗？！就是你这只狐狸精，小贱人……"

阮栒先听不下去了，"嘿"了一声，对卢美玲道："你儿子、你老公怎么进去的，跟我妹妹有什么关系？再说了，你儿子干的那些事儿我说了都嫌脏嘴，你还有脸在这里当泼妇？！"阮栒这么说，简直是在往她的心窝肺管子戳，顿时气得面色发青："你到底有没有教养？！这是你一个晚辈能对长辈说的话吗？！"

封迟琰一直冷眼看着，此时终于开口："闹够了没有。"

他声音分明很淡，却让卢美玲瞬间一个哆嗦，她咬牙道："阿琰……你不能娶这个女人进门，绝对不能！你要是执迷不悟……"她深吸一口气，"我就撞死在这里！"

封迟琰漫不经心地道："我并不关心你的生死。"

卢美玲瞬间脸色极度难看。明知道在封迟琰眼里，她什么都算不上，但是在大庭广众之下被这么说，她还是气得几乎发疯。她冷笑了一声："这偌大的封家，看着富贵繁华，其实深宅幽冷，我待够了。"

封迟琰意识到什么，伸手拉住阮芽，将人扯进了自己怀里。下一秒，卢美玲猛地拉开了外套，众人就见她腰腹部绑了一排炸药。

围观群众惊叫出声，想要往外跑，卢美玲大声道："谁要是跑，我马上就引爆炸弹！"她表情扭曲地看着阮芽，高声道："诸位，若是今天死在这里，可一定要记得……

"是阮芽害死了你们！！"

她伸手去拔炸药上的引线，在她身边的人，全都会被炸死。"都下地狱吧……都下地狱吧！！"她脸上带着疯狂的笑容，一想到阮芽会死在封杰辉之前,她就控制不住地兴奋,手指都有些颤抖,绷直的引线马上就要被她拔出来。

千钧一发之际,忽然一道亮光划过。

变故发生得太突然,众人无比惊恐地看向阮落榆。没人能想到,一向温文尔雅、翩翩君子的阮落榆会甩出一把餐盘里的西餐刀,击中了卢美玲的肩膀。阮落榆笑了笑,对封迟琰道:"无奈之举,希望你别见怪。"

封迟琰颔首,做了个手势,让暗中的人都撤回去,不用动手了。卢美玲突然跑出来,在封迟琰的意料之外,他吩咐人,不准卢美玲和封老太太来前院的。卢美玲能搞到炸药,还能突破重重封禁来到这里闹事,背后明显有文章。

陶湛匆匆过来,脸色少见的凝重,低声道:"少爷,派去后院看守二夫人的人全部不见了。"封迟琰笑了一声,真是有意思,好多年没人敢在他地盘上这么撒野了。

封迟琰冷声道:"我要知道她背后的鬼是谁。"

长夜漫漫,星子零散。

男人挂了电话,往椅背上一靠,伸手揉了揉太阳穴。房间里阒然无声,直到"吱呀"一声响,打破了寂静,也带来了亮光。

少女逆光站在门口,看着黑夜里的男人,小声道:"哥哥?""进来吧。"男人慢慢坐起身,问,"你怎么来了?""不放心你呗。"少女在他对面坐下,拿了果盘里的一根香蕉,扒开皮咬了一口才说,"如果阮落榆没有出手,炸弹会炸吗?"男人没说话。

少女沉默一瞬,才说:"哥哥,阮芽她……""我知道。"男人冷淡说,"不用你来教训我。""可是……"少女咬了咬唇,道,"哥,你真的没必要在这个时候出手,你出现得越多,封迟琰就会查到更多,妈妈肯定会生气的。"

男人淡淡道:"阮芽,只是一枚棋子。"他看着漆黑广阔的天穹,声音很冷,不知道在说给谁听,"不配得到现在的这一切。"

少女抿了抿唇。你究竟是觉得她不配,还是因为……嫉妒?

封家的事情闹了个沸沸扬扬,阮芽一直做噩梦,半夜,封迟琰开车带她回了汀兰溪,才让她后半夜睡得踏实了些。

唐姨知道她受了惊吓,变着花样地做了早餐,还准备了一箩筐的话安慰她。结果阮芽早上起来,除了有点黑眼圈,其他的都还好。就连大早上过来蹭饭的宋锦胤都咋舌,跟封迟琰说:"你家小朋友,心理素质挺强大,昨晚上我不在,但是听描述就觉得挺恶心的。"

封迟琰瞥他一眼:"那是你自己太弱。"宋锦胤一噎:"行,是我弱。"他向后一躺,道:"卢美玲跟警方说,大概两天前有人联系她,自称是你的仇人,跟她说若是她把你炸死了,就会救出封杰辉,让他娶妻生子,活下去。"封迟琰喝了口水,没说话。

阮芽捧着碗吃饭,听得半懂不懂,乖乖地不说话。宋锦胤吓唬她:"小妹妹,你被变态盯上了。"

阮芽眼睫颤了颤,小声说:"你现在就很像变态。"

宋锦胤道:"虽然我有点变态,但没有那么重口味,不过……"他想起什么,看着封迟琰:"你觉不觉得这个风格……有点熟悉?"

封迟琰站起身,抽了一张餐巾纸给阮芽擦了擦唇角,才道:"Bud。"

宋锦胤一拍手:"对,就是他,赫赫有名的神经病,近几年他低调了很多,我一时间竟没有想到他。不过……Bud 一向在 M 国那边活动,并且金盆洗手很多年了。"宋锦胤摸了摸下巴:"其实我见过他一次,只是隔得远,没有看清楚脸。"

"不过让我记忆深刻的是,他身上……"宋锦胤点了点自己的脖子,"从这里到耳边,有一大片刺青,看起来像是某种花卉。"

"他脸上文着花,难怪叫 Bud。"阮芽下巴垫在桌面上,"不过我肯定不认识他的。"

封迟琰没发表意见,只是道:"这几天应该有很多人邀请你参加什么茶话会,你不想去就不去,有兴趣的就给陶湛打电话,让他陪你。"

阮芽:"为什么要陶助理陪我?"宋锦胤道:"这你都不知道。"他跟着站起身,瞥了封迟琰一眼,道:"你家琰少是怕你自己镇不住场面,所以放块儿镇山石在你身边儿。"

阮芽转眸看着封迟琰，然后一头撞进他怀里，满怀感动地说："你人真好。"

宋锦胤惊呆了，这小姑娘感谢人的方式就是发好人卡吗？？

封迟琰倒是习以为常了，摸了摸阮芽的头："我有些事要处理，不方便带着你，晚上回来陪你吃饭。"

阮芽点了点头，依依不舍地送封迟琰去上班，等看不见车了，才回去跟唐姨学烤蛋糕。

宋锦胤伸了伸懒腰，脸上的表情难得有些正经："看来你是接手了一个不小的麻烦。"

封迟琰"嗯"了一声。"现在我有些怀疑。"宋锦胤说，"到底是封老太太要人，阮家才把她接回来，还是阮沥修老谋深算，把这块儿烫手山芋交给了你。""不过若真是第二种……"宋锦胤眯了眯眼睛，说，"让阮沥修那种老狐狸出手，你家小朋友背后的事儿，可不小。作为兄弟，我得提醒你一句，虽然没有确切的证据，但种种迹象都表明当年那些破事儿又找上你了，你当年离开，不就是因为不想掺和进去吗？"

"我心里有数。"封迟琰道。"你心里不见得有数。"宋锦胤皱起眉，"虽然我也挺喜欢阮芽那小姑娘，但我还是要劝你一句，如果你不想再沾染那些事儿，就趁早把人送走，连阮沥修都不敢留着的人，你留着她，就是搂着颗定时炸弹。"

"再说……"宋锦胤的声音忽然低了下来，说，"桑折的死，还不够吗？"

封迟琰一顿。"桑折死之前让我们不要再继续查下去，你答应了他的。"宋锦胤哑声道，"封迟琰，好不容易有几年安生日子，你别犯糊涂。"封迟琰静静看了他一会儿，才说："当年桑折的死，是我的错。所以我不想再失去阮芽。"

宋锦胤抹了一把脸，又笑了："也是……我明知道你是个不信命的人，还跟你说这些。桑折的忌日要到了，小森应该快回来了，她之前给我打电话，说这次回来就不走了。"

"你替她安排。"封迟琰道，"我答应了桑折会照顾她，就会给她最好的。"

宋锦胤比了个"OK"的手势，车里一时沉默，封迟琰突然说："多谢。"

宋锦胤一愣："你说什么？"

封迟琰道："你听见了。"

"听是听见了。"宋锦胤道，"就是有点不可置信，你跟我说谢谢？"

"嗯。"封迟琰说，"很多故人已经不在了，但是你却一直在我身边。"

宋锦胤抿了抿唇，眼睛里有点水光，很快一笑："你说得这么煽情做什么？我们刚出生就认识了，用不着这些客套话。"车窗外风景流逝，宋锦胤跳开这个话题，问："你要去哪儿？"

"老宅。"封迟琰说，"我觉得是时候，跟封贻谈谈了。"

封家，静桐院。

封贻往油灯里添了油，佛堂里烟熏火燎，浓重的檀香味让人窒息，但是他在这里怡然自若。

忽然用人急匆匆地进来："先生……大少爷来了。"封贻并不意外，抽出了三根香点燃，淡淡道："既然来了，就请进来。"

封迟琰跨进佛堂，冷淡道："不必请了。"封贻转身看见他，道："你来得正好，明天是你母亲的忌日，既然你不愿意去祭拜她，就来给她上两炷香。"

佛像旁边，明胧音的灵位无比刺眼。封迟琰沉默一瞬，接过封贻手上的香，对着灵位拜了三拜，而后将香插在了香炉里，道："今年我会去看她。"封贻倒是有几分惊讶了："为什么？"封迟琰定定地看着他，道："找到了想共度一生的人，不都是要带去见长辈的吗？"

封贻脸上平和的表情终于出现了一丝裂痕："共度一生的人？""父亲不知道吗？"封迟琰笑了一声，"若是父亲不知道我对阮芽的看重，何必要置她于死地。""我是想她死，但是这次的事情，我只是行了个方便，你可怪不到我头上。"封贻缓慢地转动绕在手腕上的紫檀佛珠，"欠人的人情，总不能不还。"封迟琰眸子里藏着戾气："父亲，这些年你我一直相安无事，我本不想跟你拔刀相向。"

封贻抬起眼睛，那一点不像是多年吃斋念佛的人的眼睛，情绪浓烈得要将人溺毙，黏稠的、黑色的东西在其中缓缓流动。他露出一个慈和的笑："我从不干涉你的事情，你也别干涉我的事情。"

封迟琰在他面前半蹲下来，看着生身父亲的眼睛，一把揪住了他的衣领，声音里压着寒意："你那么喜欢明胧音，她死了二十年了，你为什么还要活着？"封贻被儿子如此对待，并不恼怒，道："你是不是忘了，最该死的人是谁？"他露出一个恶意的笑，"阿琰，你忘了。你幼年和母亲同榻而眠时，她有多少次想在深夜掐死你？"

封迟琰一僵。那种窒息的感觉如同附骨之疽，过去了那么多年，他以为自己忘了，封贻一提，他才恍然，不是忘了，只是刻进了骨血深处。

"她的遗愿，不就是要你死吗？"封贻扯开他的手，整理好衣领，道，"你还没有死，我怎么能死？"

封迟琰缓缓站起身，居高临下地看着封贻。"父亲。"封迟琰说，"你真恶心。"

封贻不为所动，继续转动佛珠。

"母亲不喜欢你，是你不配。"

封贻手指一紧，上好小叶紫檀串成的佛珠散落一地，"噼噼啪啪"响成一片。

"你若是再对阮芽动手。"封迟琰低声说，"可不会再有一座静桐院让你如同老鼠一样躲二十年了。"他面无表情地从佛珠上踏过，离开了佛堂。

用人慌忙进来，跪在地上捡佛珠，封贻笑了："我倒养虎成患了。"他看着佛陀垂目的慈悲像，喃喃道："看来时间不多了。"

用人小心翼翼道："先生，大少爷对您……实在没有半点恭敬。""我要他对我恭敬做什么。"封贻弯腰捡起一颗佛珠，看着上面密刻的梵文，淡声道，"我只要他活着。"

封迟琰从静桐院出来，脸色并不好看，陶湛低声问："需要不需要加强对静桐院的看守？"

"不用。"封迟琰往前走，看着花园里的一棵老杏树，忽然说，"我记得以前，这里绑着一架秋千。"陶湛道："秋千年久失修，已经不能用了，加之园丁们要修剪树枝，就把秋千拆了。"

封迟琰久久没说话。正是杏子成熟的季节，满树挂着黄澄澄的大杏子，他抬手压低一根树枝，摘了几个杏子。陶湛道："我让人来把果子都收了？""摘两个给她尝鲜就行了。"封迟琰说，"最近小姑娘嘴巴养刁了，吃不了几个。"陶湛觉得，刚从静桐院出来时，封迟琰浑身戾气，此时提起阮芽，瞬间散去了一大半。

"那架秋千。"封迟琰说，"是封贻给我绑的。"陶湛一怔。在他的印象里，封迟琰跟封贻不是针锋相对就是各不相干，没想到他们之间也有一段可以称得上"温情"的岁月。"春天的时候，杏树开花，母亲喜欢抱着我坐在这里。"封迟琰垂下眼睫，看着手上的几颗杏子，"那时候……"

他似乎想说什么，到底没有说出口，只是道："走了。"

阮芽今天学会了做慕斯蛋糕，唐姨不住地夸赞她，让阮芽信心膨胀。

晚上封迟琰回来的时候，她特意将自己做得最好看的那份给他端出来。

封迟琰迟疑地问："这是……什么东西？"

看上去像是水果和奶油的混合物，还有不少黑黢黢的东西，反正令人毫无食欲。

阮芽："这是蛋糕呀！你看不出来吗？"

封迟琰："这是掉地上了你又给捡回来了？"

"这是奥利奥碎！"阮芽生气，"你看不出来这是一块我精心制作的爱心蛋糕吗？！上面的奥利奥是一个心形好不好！"她把叉子放在封迟琰手里："可能卖相不太好……但是味道肯定很不错，我还没舍得吃呢，你尝尝看。"封迟琰："……"

难怪这么积极，合着拿我试毒呢。

在阮芽期待的目光下，封迟琰用叉子插了一块水光裹着奶油放进嘴里，脸上还是没有什么表情，阮芽问："怎么样？"

他稳重地说："不错。"又叉了一块给阮芽："你尝尝看。"

阮芽很得意，就着封迟琰的手一口吃掉了那块蛋糕。

封迟琰早有准备，眼疾手快地将纸巾递到她唇边，阮芽一口吐了出来，捂着嘴："好酸！"

阮芽撇嘴，瞪了一眼封迟琰："你都吃出来不对了，为什么还要我吃？"

封迟琰挑眉："有福同享。"

阮芽气得站起身冲唐姨喊："唐姨今晚上的可乐鸡翅全是我的，一个都不要分给封迟琰！"唐姨叹一口气："知道了。"

吃过饭，阮芽还在生气，气鼓鼓地坐在沙发上看《喜羊羊与灰太狼》。

封迟琰将水果碗放在阮芽面前，阮芽瞥见里面盛着几颗圆滚滚的杏子，"哼"了一声："用杏子就想讨好我？"

"我小时候喜欢吃。"封迟琰说，"摘给你尝尝。"

阮芽一愣："这是你摘的吗？"

"我母亲院子外面有一棵杏树，果子的味道很好。"封迟琰道，"今天路过的时候看见了，想着你可能会喜欢，就给你带了几颗。"

阮芽凑过去拿了一颗，杏子的个头很大，看着就很好吃，想着封迟琰惦记着给她摘杏子，觉得自己不该生气了，咳嗽一声道："那我尝一下。"

她掰开杏子，咬了一口，酸死了！比柠檬蛋糕好不到哪里去！

封迟琰低笑出声："怎么样？味道不错吧？"

阮芽要被气死了，向封迟琰宣布："你失去我了！！"

先让她吃柠檬蛋糕，又让她吃酸杏子，她不要跟封迟琰天下第一好了。

封迟琰给阮芽抽了一张纸，道："跟你开个玩笑。"

阮芽酸得哗哗冒眼泪："你小时候就喜欢吃这种东西吗？"

封迟琰讶异地说："我小时候又不是傻子，为什么会喜欢吃这种东西？我骗你的。"他说着要去抱阮芽，"不生气了。"

阮芽才不理他，立刻往沙发的另一头爬，封迟琰一把扣住她细瘦的脚踝："再跑？"

阮芽的脚踝长得很漂亮，皮肤白，骨节处透出一点粉，细细的，封迟琰能够轻而易举地圈住。

阮芽觉得自己被命运抓住了脚脖子,转头惊恐地看着他:"你干吗?!"

"跟你道歉。"封迟琛缓缓摩挲了一下她突出的踝骨,嘴里说着道歉,实际上没有半点道歉的意思,手指顺着向上,捏了捏她柔软的小腿肚,让阮芽全身发麻,哆哆嗦嗦地道:"我……我原谅你了,你放开我。"

"原谅我了?"封迟琛猛地倾身,看着阮芽的眼睛,"我看你还在生气的样子。"有点薄茧的手指又缓缓向下,握住了她半只脚。

阮芽的心跳止不住地加快,脚趾忍不住蜷缩起来:"我没有生气。"她都有点带哭腔了,可怜巴巴地说:"你放开我好不好?"

封迟琛答道:"好。"他放开阮芽,阮芽连鞋都没穿,赶紧就要跑,只可惜都没跑出去两米就被封迟琛按住了。封迟琛把她打横抱起来,往楼上走。

"你放我下来!"阮芽委屈巴巴地说,"明明是你不对,还反过来欺负我。"

封迟琛步伐稳当,慢悠悠地往楼上走,声音含笑:"怎么就欺负你了?这不是打算给你赔罪吗?"阮芽狐疑地问:"赔罪?"

"嗯。"封迟琛将人抱进了卧室,放在床上,单手解开了自己衣服上的几颗扣子,露出嶙峋的锁骨和一点肌肉线条,单手撑在床面上,另一只手握住阮芽的手放在自己心口,道:"让你摸回来,怎么样?"

阮芽脸红得像要滴血:"明明还是我吃亏!"

"你吃亏?"封迟琛挑了下眉,微微垂眸看着阮芽的胸口,"我摸你的脚,你摸的……"他笑了笑:"可是我这儿。""不过,我这人一向大度。"他一副好说话的模样,"你要还是觉得吃亏,那……"

窗前垂着一汪圆月,冷冷月光落下来,锁住了一房春色。

第二天阮芽还在跟封迟琛闹别扭,但封迟琛很不要脸,一大早就给宋锦胤打了电话,让他跟阮芽说今天是什么日子。

顶着鸡窝头的宋锦胤咬牙切齿:"封迟琛,你真行,连亲妈你都利用。"封迟琛道:"过奖。"然后说:"多谢。"

宋锦胤认命地给阮芽打电话:"喂?小丫头你醒没有?"阮芽道:

"醒啦，怎么了？"宋锦胤语气深沉："你有没有发现，封迟琰今天有点不对劲？"

阮芽看了眼不远处坐在藤椅上不知道在干吗的男人，气鼓鼓地道："有啊，他从昨天开始就一直很不要脸，一直持续到今天。"今天他刷牙的时候还压着她亲，亲得她满嘴都是他薄荷牙膏的味道。

"不对劲就对了！"宋锦胤道，"其实今天是他妈妈的忌日。"阮芽一顿："忌日？"

"对。"宋锦胤说，"每年这两天他都不怎么高兴，今年你在他身边，记得好好安慰他。"阮芽立刻就心软了："那……那他现在一个人背对着我，是不是在哭啊？"

宋锦胤心想，哭什么哭，天塌了封迟琰都不会哭，这个诡计多端的男人只是在算计你罢了。他敷衍道："很有可能啊，你赶紧去安慰，我要去睡个回笼觉……啊不，我要去给明阿姨订一束花。"

阮芽应了一声，挂掉电话，犹犹豫豫地走到了封迟琰旁边，见他正看着天边的云，眼角有点泛红。

"你……"阮芽在封迟琰旁边坐下，小声说，"我不生你气了，你别难过。"

刚被一阵风吹来的沙子迷了眼睛的封迟琰：？

看来宋锦胤有时候挺靠谱的。

阮芽凑过去，抱住封迟琰，在他脖颈间蹭了蹭，轻声说："你别难过。"

封迟琰："我不难过。"

他说的是实话，阮芽却觉得他在逞强，更加怜爱地说："你放心，我会陪着你的。"

封迟琰想，那也是可以难过一会儿的。他满意地抱着阮芽，道："今天你陪我去看看她？"阮芽一愣："我吗？"

"嗯。"封迟琰说，"你是我的未婚妻，我当然应该带你去看看她。"

阮芽有点局促："可是……可是我怕你妈妈会不喜欢我。"

封迟琰勾起唇角笑了笑："没事。"

"她也不喜欢我。"

明胧音并没有葬进封家的祖坟，这是她的遗愿之一。

她葬在一个普通的公墓，封迟琰牵着阮芽的手走过一个个陌生的墓碑，终于停在一座面前。陶湛将手中的花交给了封迟琰。往常那些年，都是陶湛将这捧白色郁金香放在明胧音的墓前。

封迟琰曾说过不会来祭拜母亲，却在她下葬将近二十年后，终于出现在了她的墓前。陶湛自然知道这是为了什么，看了墓碑一眼，便沉默地退开了。

阮芽第一次看见明胧音，准确地说，是明胧音的照片，墓碑上的遗照。"这是她年轻的时候。"封迟琰说，"她嫁进封家之后，就没有再拍过照。"

照片上的少女穿着一条简单的白裙子，看着镜头，笑得明媚肆意，如同向太阳而生的向日葵，热烈灿烂。阮芽从来没有想到明胧音会是这样如同火一样炽烈的人。

封迟琰应该和父亲长得更加相似，只有唇生得像明胧音，两人站在一起也不会让人觉得他们有血缘关系。

"她好漂亮。"阮芽感叹。

封迟琰"嗯"了一声："确实。"他将雪白的重瓣郁金香放在明胧音的墓前，自己在旁边的台阶上坐了下来，淡声道："当年她其实另有喜欢的人。"

阮芽乖乖地跟着他坐下："有喜欢的人？"

"嗯。"封迟琰说，"是她的青梅竹马，两人感情很好，只等念完书就结婚。但是她遇见了我父亲。"封迟琰闭了闭眼睛，"他对我母亲一见钟情，使尽手段，逼迫我母亲嫁给他。"阮芽一愣。"他以为婚姻可以绑住她。"封迟琰说，"却只是得到了她的人，她的心不在封家。后来封贻又以为，生个孩子，就能改变她，让她心甘情愿地留在封家。

"他又错了。"封迟琰看着母亲的照片，轻描淡写地说："她生来自由，不愿意待在金丝笼里，生下的孩子也让她憎恶。

"很多时候，我觉得她像是一只鸟。

"不顾一切，遍体鳞伤也要冲破囚笼，只可惜，她遇见了心狠的猎人。

"哪怕她死，也没能像自己少年时所希望的那样，驰骋于广袤天际，和自己心爱之人，白头到老。"

封迟琰其实没有想过有一天会跟人说出这些整个封家都讳莫如深的事，在封家，明胧音的名字都是禁忌，更别说那些并不光彩的过去。

一阵风过，吹起了阮芽的发丝。她犹豫了一下，伸手握住封迟琰的手，道："我忽然觉得我们好像。"封迟琰侧眸看她，笑了："你浑身上下摸不出二百块钱，跟我像？"

阮芽说："我们都没有办法选择自己的出身。"

当年夏语冰执意生下她，让她背负阮家人的怨恨，她没有选择的权利。而封迟琰作为父亲制衡母亲的工具出生，也没有选择的权利。

封迟琰脸上笑意敛去，阮芽问："如果你能够选择，你愿意成为现在的你吗？"

封迟琰没有犹豫地回答："愿意。"他微微向前，额头抵着阮芽的额头，声音含着轻软笑意，"如果我不是我，又怎么遇见你。如果我遇不见你，又怎么能够等你二十岁的时候娶你为妻。"

阮芽的眼睛仿佛藏了漫天的星辰，笑起来的时候璀璨无比，她说："我也愿意成为现在的我。"

"这样……"她牵住封迟琰的手，跟他十指相扣，说，"我才能像现在这样，跟你手牵手。"

封迟琰捧住她脸颊，不带情欲地在她唇上一吻，阮芽有点不好意思："这是在你妈妈墓前。"

"你相信人有轮回吗？"封迟琰说，"如果真的有轮回，明胧音应该早就转世投胎了，死亡对她来说是解脱，她在人间已经没有牵挂的人了。"他的语气很淡，不带情绪，却让阮芽心尖微疼。

她跟着封迟琰站起身，和他手牵手站在明胧音的墓前。封迟琰微微俯身，手指缓缓抚过"明胧音"三个字，淡声道："母亲，以后我会来看你。"他站在清冷的风里，暖阳洒落在众生头顶，天边飞过守墓人养的白鸽。

他微微笑着说："就当是跟你和解了。"

也跟幼年时候的我自己,和解了。

"走了。"封迟琰牵着阮芽的手往回走,阮芽乖乖地跟着他,好一会儿才挤出一句:"你不要难过。等到了平安村,我带你去捉泥鳅玩儿。"

她的安慰笨拙又单纯,却在瞬间让人心软得一塌糊涂。

"好。"封迟琰说,"一言为定。"

阮芽重重点头:"一言为定!骗你是小狗。"

两人的身影越来越远,有人缓缓地走上台阶,在明胧音的墓前放了一捧雪白的重瓣郁金香。

涂了鲜红指甲油的指尖拂过柔软的花瓣,女人弯腰和墓碑上明胧音的照片对视,良久,弯起嫣红的唇,笑了一声:"明明才过去二十年。

"我却恍惚觉得,已经海枯石烂。"

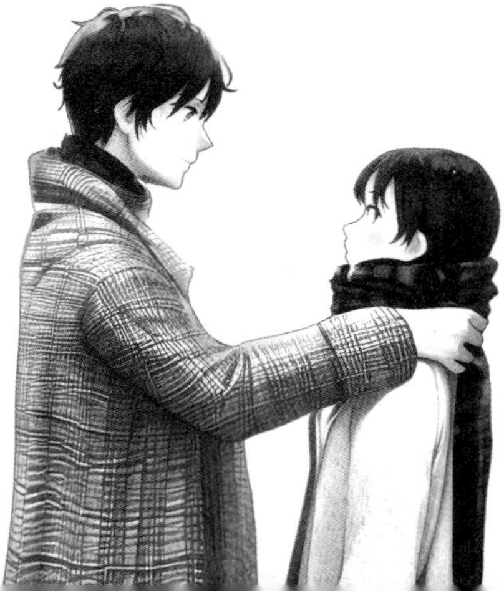